LE MAUVAIS CHEMIN

DU MÊME AUTEUR

LA DERNIÈRE NUIT À TREMORE BEACH, Actes Sud, 2016 ; Babel noir n° 194.

LE MAUVAIS CHEMIN, Actes Sud, 2018 ; Babel noir n° 240.

L'ÉTRANGE ÉTÉ DE TOM HARVEY, Actes Sud, 2020.

Titre original :
El mal camino
Éditeur original :
Ediciones B, Barcelone

ISBN 978-2-330-13562-1

MIKEL SANTIAGO

LE MAUVAIS CHEMIN

roman traduit de l'espagnol
par Aline Valesco

BABEL NOIR

pour Nerea, pleine de promesses

PREMIÈRE PARTIE

I

1

Tout a commencé quand Chucks a cessé de répondre au téléphone et aux mails pendant plusieurs jours, ne donnant aucun signe de vie, même sur WhatsApp, sans doute cloîtré dans sa cave, à enregistrer non-stop et à dormir sur le canapé.

Et s'il lui était arrivé quelque chose ?

Je lui ai envoyé un message mercredi, j'ai essayé de le joindre jeudi soir, mais il n'a même pas pris la peine de répondre : "Désolé. Occupé." Cette semaine-là, entre les coups de fil des journalistes et les courses avec Miriam pour faire le plein de nappes, coffres, chandeliers en bronze et autres babioles qui allaient saturer notre grotte provençale déjà bien encombrée, je n'avais pas franchement chômé non plus. J'étais donc sans nouvelles de Chucks depuis quatre jours et ça a fini par m'inquiéter.

J'avais d'abord pensé que son silence n'avait rien d'alarmant, qu'il était sans doute parti faire une virée en mer avec Jack Ontam et ses poulettes, en Italie, mais dans ce cas pourquoi ne pas m'avoir prévenu la dernière fois qu'on s'était parlé ? Quatre jours plus tôt, au Sapin

Rouge, le bar situé à mi-chemin entre nos deux maisons, on s'était quittés sur un "À très vite".

À présent, ce vendredi 25 mai au matin, je me trouvais seul chez moi, les femmes de la famille étant parties de bonne heure, Miriam pour visiter une galerie niçoise, Britney, au lycée Charles-de-Gaulle, où l'année scolaire tirait à sa fin. J'avais fait mes étirements, mon yoga, ma série de cent abdos et je m'apprêtais à attaquer ma "dure" journée d'écrivain.

Je m'étais servi un café, j'avais posé deux beignets dans mon assiette (ce qui me vaudrait vingt abdos supplémentaires) et, la tasse à la main, j'avais traversé le jardin jusqu'au cabanon en bois qui me servait de lieu de travail. J'ai allumé mon Mac et vérifié sur mon téléphone si Chucks avait répondu à mon dernier message ("T'es toujours en vie ou quoi ?"), mais rien. On en était donc à quatre jours de silence radio.

Nous vivions dans le Sud de la France, cette année-là, et l'été pointait son nez derrière le printemps, emplissant l'air de chants de grillons, d'odeurs d'herbe brûlée, de cris d'enfants jouant dans les rues de ces villages en pierre perchés sur les collines. Les cloches et les chiens marquaient les derniers battements du jour. Comme ils n'avaient pas besoin de courir le monde, vu que le monde entier accourait chez eux et les enviait, les Provençaux s'étaient conduits jusqu'à présent en hôtes idéaux. Indifférents, avec cette touche de classe austère coulant dans leurs veines, cette élégance séculaire qui n'avait pas besoin d'être étalée.

Chucks n'aurait pas dû se trouver dans la région, mais de fait, il s'y trouvait. Seul, parce que c'était son style.

Une pièce difficile à caser dans le puzzle de notre nouvelle vie (ce qui était également son style). Je me suis souvenu de Jimi Hendrix, disparu alors qu'il n'avait pas fini d'enregistrer son "meilleur disque" (selon ses propres termes), et j'ai imaginé Chucks dans sa cave-studio, électrocuté par un câble, mortellement piégé dans son monte-charge ou intoxiqué par un de ses vieux vins à mille euros la bouteille qui reposaient dans sa réserve sous une couche de poussière millénaire.

J'étais son seul ami à un milliard d'années-lumière à la ronde. Un ami doté d'une imagination trop fertile pour pouvoir rester une minute de plus les bras croisés.

J'ai bu une gorgée de café et me suis levé de ma chaise.

Un blouson de cuir plus tard, j'allumais le contact de mon Alfa Romeo Spider 1988 et la faisais ronfler entre les quatre murs du garage. Malgré l'urgence de la situation, j'ai démarré tout doucement, roulant au pas sur le sentier étroit du jardin et, d'un simple clic, j'ai fermé la maison et activé les alarmes.

Quinze kilomètres séparaient notre mas à Saint-Rémy et la maison de Chucks aux alentours de Sainte-Claire par une étroite départementale qui montait et descendait de virage en virage, sillonnant les champs de lavande, les vignobles et les petits villages aux vieilles bâtisses, aux murs tapissés de lierre et aux fenêtres débordant de fleurs.

Je roulais en écoutant à un volume peu recommandable *Exile on Main Street* des Stones, plus précisément *Tumbling Dice*, une chanson qui me fait fredonner à tous les coups, sauf cette fois, où j'avais l'esprit occupé par Chucks. J'ai tâché de me rappeler notre dernière conversation, un détail dont il m'aurait parlé, une fan venue lui rendre visite (et avec qui il serait en train de jouer une scène à la John-Yoko sur le canapé-lit de son studio) ? Un voyage en perspective ?

Rien. Ce jour-là, Chucks m'avait simplement confié à quel point il était heureux d'être en Provence, dans sa nouvelle vie "d'homme des cavernes", à enregistrer son nouveau disque :

— J'ai toujours pensé que seule Londres possédait cette magie. Que si un jour, je quittais la ville, je perdrais la flamme. Et regarde un peu ce qui sort de cette foutue cave !

Assis devant la table de mixage de sa "grotte", une cave à vin transformée en studio d'enregistrement, nous avions écouté son disque, ce qu'il avait composé de mieux en dix ans. Magique. On avait l'impression de revenir à ses deux premiers albums du début des années 1990, quand Chucks était encore The Blind Sculpture, un beau ténébreux de vingt ans, mélange de Jim Kerr et de Bryan Ferry, et qu'il s'était découvert un don pour composer des chansons immortelles. Il y en avait pas mal de ce calibre dans *Beach Ride*, à commencer par celle qui donnait son titre à l'album, balèze comme les murs d'un château fort.

— Je vais revenir, Bert. Après ma longue traversée du désert, je vais revenir sur le devant de la scène.

Je n'avais pas le moindre doute là-dessus. Le disque sortirait en octobre et Jack Ontam, son agent, avait déjà programmé des concerts aux États-Unis et au Canada pour l'été suivant. La participation exceptionnelle de Lana del Rey (à distance depuis Los Angeles, hélas, car Britney aurait adoré la rencontrer) et de Dave Grohl lui promettait une bonne presse au lancement, et on pouvait raisonnablement espérer que *Beach Ride* serait nominé aux BRIT ou au moins aux MTV Music Awards. Toujours est-il que Chucks était au seuil d'une nouvelle carrière, plus mature, où il s'abstiendrait de boire au moins cinq jours sur sept pour profiter de son succès.

Arrivé à Sainte-Claire, j'ai bifurqué vers le pont au-dessus du Vilain et continué jusqu'au bois où se trouvait la Villa Chucks, appelée le "Mas des Citronniers", une maison provençale à trois ailes avec des vignes en pergola et des volets bleus. "C'est une bâtisse Renaissance", disait Chucks, jouant les connaisseurs. À mon avis, il avait entendu cette phrase dans la bouche de l'agent immobilier et l'avait retenue pour épater ses visiteurs. Il est vrai que c'était une belle demeure entourée de citronniers, de jardins en rocaille, de terrasses et d'escaliers en pierre qui descendaient jusqu'à la piscine en forme de demi-lune. Un soir, Chucks nous avait invités à dîner, et même si Miriam n'aimait pas mon ami, elle avait dû admettre qu'il avait fait preuve d'un goût exquis dans son choix. "Il a aussi eu de la chance, avais-je ajouté en me rappelant le prix qu'il m'avait annoncé. Pour la même somme, t'as une boîte à chaussures, à Londres."

J'ai garé ma Spider devant l'entrée principale et donné un coup de klaxon. Chucks employait une femme de ménage, Mabel, une Française aux allures de cartomancienne. C'était toujours elle qui venait m'ouvrir quand je me pointais, je m'attendais donc à la voir apparaître avec sa blouse blanche aux manches retroussées et son sourire chafouin, comme si elle projetait de nous assassiner et de nous dépecer sur place. Chucks avait une chienne labrador, Lola. Mais ni l'une ni l'autre ne se sont manifestées lorsque j'ai éteint le moteur. J'ai remarqué qu'une porte-fenêtre était ouverte et qu'un rideau y ondulait, détail inhabituel.

"Mmm. Bizarre."

Je suis écrivain. Mes romans sont peuplés d'individus soupe au lait qui cambriolent des maisons et tuent leurs habitants. À coups de hache, de tronçonneuse, de cisailles. Le ketchup y coule à flots, le dénouement est parfois heureux, mais cher payé. Je suis en tête du classement des écrivains qui dézinguent leurs personnages principaux, les amis de ceux-ci et leurs proches, il ne faut donc pas m'en vouloir si je vois le mal partout, mais là, j'avais un mauvais pressentiment.

Quelqu'un (et j'ai aussitôt visualisé un gars avec des yeux de lézard) avait ouvert la grille et attendait, tapi derrière la porte, armé d'un stylet bien affûté (par exemple) avec lequel il me trancherait la gorge dès que j'aurais franchi le seuil. À moins qu'il se contente de me l'enfoncer dans le cœur d'un coup vif et précis. Il me traînerait dans la cave, à côté du cadavre de Chucks, son smartphone encore à la main avec le message "Au secours !" tout juste envoyé. Nous ressemblerions à deux poupons oubliés dans le coffre à jouets, nos yeux vitreux fixés au plafond pour l'éternité, les mains dans des postures grotesques, la bouche ouverte, une mouche voletant à l'intérieur.

“Méfiance, Bert. Il te reste de belles années devant toi et une santé de fer, va pas tout gâcher.”

Je suis sorti de ma voiture et me suis adossé à sa magnifique carrosserie rouge. J'ai remonté mes Ray-Ban sur le front pour observer plus attentivement la maison. L'entrée était flanquée de deux fenêtres en saillie éclairant deux grandes pièces, dont l'une faisait office de “salon d'écoute”, comme l'avait baptisée Chucks. Un canapé à six mille euros trônait au milieu de quatre étagères (une par mur) abritant la collection de CD de Chucks ainsi qu'une chaîne hi-fi Harman Kardon qui constituait à elle seule un butin juteux pour n'importe quelle bande de cambrioleurs un peu avertis. À part ça, il n'y avait personne.

L'autre pièce était dédiée au “voir” – Chucks avait inventé toutes ces appellations du temps où il sortait avec une spécialiste de feng shui à Tijuana. L'aménagement était quasi identique à l'autre sauf qu'il y avait installé un home cinéma. Il nous arrivait d'y regarder un film en mangeant des plats thaïs et en rigolant des faux seins d'une actrice. Je l'appelais “la salle Staline”, parce que j'avais lu quelque part que le dictateur possédait un cinéma privé, et Chucks affirmait qu'il ne devait pas être si abominable que ça s'il était cinéphile. Cette pièce aussi était déserte.

On ne voyait aucun mouvement non plus à travers les fenêtres du premier étage voilées de grands rideaux blancs.

“Souviens-toi que tu as une famille : une femme magnifique et une fille qui t'aiment encore un peu, même si elles te prennent pour un blaireau.”

J'ai tenté un "Hé ho !" sans obtenir de réponse. Les voisins les plus proches étaient à environ un kilomètre à travers la forêt, des Parisiens fortunés qui d'après Chucks ne venaient presque jamais. Il n'y avait pas foule entre ici et Sainte-Claire. Hormis peut-être un paysan qui passait à vélo, un cueilleur de champignons ou un touriste égaré, il ne fallait pas s'attendre à voir passer grand monde.

— Chucks ? ai-je crié encore. T'es là ?

J'ai préféré ne pas franchir cette porte-fenêtre entrouverte et me diriger vers la droite avec la saine intention de contourner la propriété pour trouver un angle d'observation plus discret. Dans mon roman *Premières lueurs du jour à Testamento*, j'avais créé le personnage d'un assassin appelé Bill Nooran qui se faufilait dans les maisons en plein jour, déguisé en livreur ou en démarcheur. Les gens redoutent la nuit, mais ils devraient plutôt se méfier du jour, quand on est moins sur ses gardes et qu'on trouve tout à fait normal qu'un homme en uniforme de facteur s'approche pour jeter un œil…

Je suis passé par-derrière, où un chemin pavé menait au jardin, à une terrasse dominant la vallée et à un petit bois. Je me suis penché à la balustrade. La piscine étincelait sous le soleil matinal. Personne n'y barbotait, ni vivant ni mort. Cela éliminait une possibilité : la fin à la Brian Jones que mon cerveau avait imaginée dans un cheminement parallèle. Les portes vitrées de la terrasse étaient closes. Je me suis approché et j'ai observé le salon du "voir" de cet autre point de vue, il était aussi vide qu'auparavant. C'est alors que j'ai aperçu le reflet d'une silhouette surgissant derrière moi.

— Putain ! me suis-je écrié en me retournant.

— Putain ! a répondu Chucks.

Puis, en chœur :

— Tu m'as foutu la trouille !

Cela dit, j'avais plus de raisons que lui d'être effrayé : Chucks me visait avec un fusil.

2

Il serait intéressant de signaler à quoi ressemblait Chucks ce jour-là. Physiquement, c'était un jeune homme de quarante-cinq ans. Aussi maigre qu'un épouvantail, la mâchoire striée de rides, il arborait une magnifique tignasse rock'n'roll complètement en pétard. En peignoir grenat et chaussons, on aurait juré à sa tête qu'il venait d'enchaîner deux nuits blanches. Son arme était toujours braquée sur moi.

— Tu peux baisser ça, bordel ? l'ai-je engueulé.

L'air d'émerger d'un rêve, Chucks a baissé son fusil.

— Désolé, Bert. J'ai entendu des pas derrière la maison et…

— T'as pas vu que c'était moi ? J'ai garé ma Spider devant ta porte.

— Ben non, j'étais dans la cave.

— Bon sang, mais qu'est-ce qui t'arrive ? T'es complètement en vrac ! Presque une semaine sans décrocher le téléphone et maintenant tu te pointes avec un fusil ?! D'où tu le sors ?

— C'est une antiquité. Je sais même pas s'il marche, je l'ai trouvé dans le débarras.

— Pourquoi tu te promènes avec ça ?

— Me pose pas de questions, Bert.

— Comment ça, me pose pas de questions ? T'es devenu fou ou quoi ?

J'ai voulu regarder mon ami dans les yeux, mais il fixait le sol, comme s'il avait honte. Il avait de belles mirettes marron en amande soulignées par des cils épais, sans doute la seule chose encore intacte et pure, presque enfantine, sur ce visage où l'on pouvait lire la carte de ses excès tracée au fil de ses tournées mondiales.

— Qu'est-ce qui se passe, Chucks ? ai-je insisté.

Chucks s'est dirigé vers un canapé en boitillant, petit stigmate d'une tragédie passée. Il a placé le fusil contre le siège avant de s'y avachir et de se frotter le visage des deux mains, les coudes posés sur les genoux.

— Je crois que je suis en train de devenir fou, Bert. Fou à lier.

J'ai écarté l'arme et me suis assis près de lui. Je ne comprenais pas ce qu'il avait, mais la situation devait être grave, vu qu'il gémissait à présent telle une fan hystérique.

— Je t'écoute. Commence par le début.

— Je ne suis pas sûr de vouloir le raconter, ni à toi ni à qui que ce soit.

— Prends ton temps. Je nous prépare deux gimlets ?

— Ça ou autre chose. T'as des clopes ?

— Dans ma voiture. J'y vais.

Dix minutes plus tard, on était installés sur une des petites terrasses entre la maison et la piscine, autour d'une table ronde en pierre. J'avais préparé le cocktail et posé deux verres sur la table. J'avais aussi apporté les cigarettes et Chucks en avait déjà une aux lèvres.

— Bon, a-t-il dit en expirant la fumée par le nez. Je vais commencer par le début.

— Parfait.

— Je crois que j'ai tué un mec.

Ayant lâché cet aveu, il a tiré une longue bouffée qui a consumé près de la moitié de sa Marlboro Rouge. Moi, j'avais l'impression de m'être pris un coup dans la nuque. Avec un temps de retard, bien sûr.

— Répète.

— T'as bien entendu, Bert. Je crois que j'ai tué quelqu'un.

Il a pris son verre de gimlet et en a bu une gorgée. J'étais abasourdi.

— Au fusil ?

— Mais non, putain ! Pas au fusil. Je te dis qu'il est même pas chargé. Avec la voiture, le Rover. C'était lundi dernier.

— Lundi ? Il y a quatre jours ?

— Oui, pile quatre jours. En sortant du Sapin Rouge. Tu te souviens ?

J'ai opiné du chef.

Le lundi précédent, Chucks venait d'achever l'enregistrement de *Beach Ride* et on avait passé l'après-midi à écouter le disque en boucle. Après quelques verres, Chucks avait eu envie de sortir. La veille, Miriam et moi nous étions disputés "pour les mêmes raisons que d'habitude". Du coup, ça ne m'emballait pas tellement de rentrer tant qu'elle était réveillée. J'ai accepté sa proposition. Le Sapin Rouge était l'unique établissement à des kilomètres à la ronde où on pouvait trouver une ambiance un peu sympa – il y avait bien aussi le Raquet

Club, mais on préférait l'éviter. Nous voilà donc partis.

Un groupe plutôt médiocre jouait ce soir-là, mais les musiciens avaient des amies bien roulées qui se sont jetées sur Chucks Basil dès qu'elles l'ont reconnu. Eh ouais, c'est ça, être une rock star. Bert Amandale, auteur de best-sellers comme *Premières lueurs du jour à Testamento* ou *Des bruits derrière la porte*, il n'y a que le bénévole à lunettes de la bibliothèque municipale pour le reconnaître. Même s'il n'était pas monté sur une scène depuis dix ans, Chucks brillait encore dans l'imaginaire collectif comme le beau gosse interprète d'*Une promesse est une promesse.*

Toujours est-il qu'en fin de soirée, Chucks s'ennuyait un peu avec ces gens, la seule fille qui l'intéressait étant partie au bras de son petit ami, un guitariste amateur qui grattait sa Les Paul comme on ponce un volet. Sans compter qu'il s'était accroché avec un type qui lui avait renversé du vin sur l'extravagante chemise de cow-boy qu'il portait ce soir-là, sans même s'excuser. J'ai fini par l'attirer dehors pour éviter que les gens du bar ne s'en chargent, et on a fumé une dernière cigarette sous les étoiles avant de reprendre chacun le volant de sa voiture.

— On était pourtant pas si bourrés, me suis-je étonné.

— On était complètement cuits, Bert. Tu te souviens que j'ai voulu lécher le vin renversé sur ma chemise ? a-t-il ri. Putain, c'est sûrement le dernier truc drôle que j'aurai fait dans ma vie.

— Dis pas ça. Qu'est-ce qui s'est passé après ?

Chucks s'est redressé sur son siège, comme pour marquer le vrai début de son histoire.

— Il s'était mis à pleuvioter, mes essuie-glaces étaient couverts de pollen ou de je ne sais quelle merde. J'imagine que ça ne m'a pas aidé, mais faut dire aussi que personne n'a eu l'idée d'installer l'éclairage dans ce coin-là, avec tout ce qu'on paie comme impôts ! En tout cas, je voyais pas bien la route. J'avais remis *Beach Ride* dans le lecteur, je chantais à tue-tête, une cigarette à la main. Je montais la côte entre Le Sapin Rouge et la vieille boutique d'artisanat, celle avec une enseigne ringarde.

— Maison Merme, ai-je dit.

— Tu connais ?

J'ai acquiescé. Elle appartenait à l'animateur de l'atelier d'artisanat que fréquentait ma femme, un cinglé avec des manières d'aristo qui portait toujours un foulard autour du cou.

— Et donc, a repris Chucks, je venais de dépasser le magasin et j'arrivais dans un virage en pente quand la braise de ma clope est tombée entre mes jambes. J'ai commencé à me trémousser pour l'éteindre et là, d'un coup, je lève les yeux et je vois un mec au milieu de la chaussée, éclairé par mes pleins phares comme au théâtre, qui me fait signe de freiner. Et en un clin d'œil, boum !

— Merde ! me suis-je écrié avant de siffler mon gimlet d'un trait.

— Je n'ai rien pu faire, Bert. Je te le jure sur la tête de ma mère. Rien pu.

Chucks a pris mon paquet de cigarettes, en a renversé trois sur la table, en a pris une et l'a allumée. Ses mains tremblaient. J'en ai saisi une moi aussi et me suis versé un whisky sec. Il faisait une belle journée de printemps, mais j'étais glacé jusqu'aux os.

— Je ne sais pas à quelle vitesse je roulais, aux alentours de quatre-vingts, peut-être. J'ai encore mal au mollet, tellement j'ai freiné sec. Mais c'était trop tard. Le pare-chocs du Rover l'a percuté en pleine poitrine, il s'est plié en avant et son visage a cogné le capot. Il est parti valdinguer dans les airs, et puis j'ai entendu comme un bruit de sac à patates qui s'écrase sur le bitume.

— Quelle horreur !

Le regard de Chucks s'est perdu dans le néant, au souvenir de ce moment. J'ai su, sans qu'il ait à me le préciser, que j'étais la première personne à qui il se confiait. Il "s'entendait" raconter l'accident pour la première fois.

Il s'est servi un whisky.

— Je n'ai pas fermé l'œil depuis des jours, tous mes cauchemars commencent par cette scène. Je lève la tête, je regarde en face de moi et je vois ce type devant ma voiture. C'est bizarre, en rêve, je vois son visage, a-t-il dit en s'adressant plutôt à lui-même. Et je le vois ensanglanté, comme s'il était déjà blessé avant l'accident.

— Chucks, ai-je commencé, mais il m'a coupé.

— Il n'a même pas crié, tu sais ! Il s'est plié et il a volé comme un de ces pantins qu'on utilise pour les essais, et ensuite, un silence horrible. Le moteur du Rover s'était éteint, *Beach Ride* s'est interrompu quelques secondes, puis le circuit électrique s'est rallumé et la putain de chanson est revenue. La chanson de mon *come-back*, la chanson de tous mes espoirs. Et ce type allongé sur la chaussée, inerte, les semelles de ses chaussures éclairées par mes phares.

J'ai regardé Chucks fixement. Même si toute cette histoire me nouait la gorge, je commençais à y voir un peu plus clair.

— Je suis resté un moment assis au volant à écouter *Beach Ride*, a-t-il enchaîné. Personne ne prenait cet itinéraire un lundi, à 2 heures du matin, j'aurais pu rester là toute la nuit sans voir passer la moindre bagnole. J'ai fini par me ressaisir et prendre mon téléphone pour appeler Jack Ontam. Tu sais ce qu'on dit : avoir un bon agent, c'est avoir le diable dans sa poche. J'ai sélectionné son numéro dans mes contacts, puis j'ai renoncé. Au lieu de ça, je suis descendu de voiture.

Il ne pleuvait plus. Le vent avait balayé les nuages et la pleine lune brillait dans le ciel. Ça sentait l'essence, les gaz d'échappement et le pneu chaud, tu sais, ces odeurs immondes des accidents de la route, a-t-il soufflé en fermant les yeux deux ou trois secondes avant de poursuivre. Et là, je vois tout à coup ses chaussures qui commencent à s'agiter.

La deuxième cigarette était un fossile de cendre entre les doigts de Chucks, mais il ne s'en est pas aperçu.

— Je cours vers lui. Il se met à balbutier. Je m'agenouille près de sa tête. Putain, il dit quoi, déjà, le manuel des premiers secours à propos de la tête ? La bouger ou surtout pas la bouger ? Je m'en souvenais plus. J'essaie de la lui lever, et là je m'aperçois qu'il a le visage grêlé d'horribles marques, des cicatrices partout sur la tête. Je me demande comment il a pu se faire ça en heurtant ma voiture alors que le pare-brise est intact.

"Désolée, mon vieux, je lui dis. Je ne vous ai pas vu, je n'ai pas eu le temps. Je…" Mais l'homme ne sait même pas où il est. Il tremble des pieds à la tête, comme un jouet dont les piles sont en train de lâcher. Je me rends compte qu'il a la poitrine enfoncée, que je lui ai explosé la cage thoracique, on dirait le Canyon du Colorado.

Et là, sa main s'agrippe à la poche de ma chemise de cow-boy et il me regarde en tressautant. Sa respiration est rapide et saccadée comme celle d'un vieillard asthmatique, il essaie de happer l'air pour me parler. Et moi : "Je suis désolé, vraiment désolé", je lui répète. Mais le type hoche la tête comme pour me demander de me taire, et il bredouille un mot en français, Bert : *"L'ermitage, l'ermitage."*

— Quoi ?

— C'est tout ce dont je me souviens, l'ermitage.

— L'ermitage.

— Oui, il n'a rien dit d'autre. Il m'a fixé et je revois encore ses yeux qui se mettent à tourbillonner comme des toupies, son corps qui tremble comme si on le congelait vivant, ses mains qui se cramponnent à ma chemise. Ses derniers souffles, on aurait dit des petits hoquets, hic, hic, hic, puis il est mort, Bert, il a clamsé dans mes bras, les yeux ouverts et les doigts repliés sur ma poche. Et là je me rends compte que je l'ai tué. Je… l'ai tué…

Chucks a enfin réussi à pleurer. Je suppose qu'il en avait envie depuis un bon moment. Il s'est écroulé sur la table en gémissant, avant d'éclater en sanglots.

Et moi, j'avais reçu un piano sur la tête. En moins de dix minutes, ma paisible matinée du vendredi avait viré au cauchemar haute définition. Ça ressemblait à s'y méprendre à un autre cauchemar haute définition qui datait de quinze ans auparavant, Chucks fondant en larmes devant moi après un accident de voiture… sauf qu'à cette époque, moi aussi, je pleurais.

“Putain, Chucks, toi et les voitures, ai-je pensé. Toi et tes saloperies de voitures.”

3

Le poids de cet aveu avait transformé l’air en plomb. On en sentait déjà les conséquences, comme des morsures de jeunes loups sous la table. J’ai allumé une cigarette et essayé de le rassurer, je l’ai pris par la nuque pour lui montrer ma bienveillance, tout en me posant des tas de questions. J’ai rempli deux verres et aligné quelques poncifs psychologiques.

— Écoute, Chucks, tu ne peux pas porter tout ça sur tes épaules. Cet homme s’est planté au milieu de la route en pleine nuit, à la sortie d’un virage qui plus est. Il a sa part de responsabilité.

Chucks a levé la tête, inspiré par le nez et siroté son verre. Il s’est ressaisi un instant.

— Je sais, je sais… C’est ce que j’essaie de me dire. Le problème, c’est que… ça ne s’arrête pas là, mon pote.

— Y a autre chose ?

À l’instant où je posais la question, j’ai réalisé. L’accident avait eu lieu le lundi précédent. Qu’est-ce qui avait bien pu se passer après ?

— J’étais bourré, Bert, a dit Chucks comme s’il avait deviné ma question. Et n’importe quel agent de police à travers le monde aurait compris le tableau : une célébrité du rock avec quatre verres dans le nez qui dépasse la limite de vitesse… Et pas n’importe quelle célébrité, Bert ! Moi, Chucks Basil, le tueur d’épouses. Tout ça m'a traversé l'esprit en un éclair. Des pensées égoïstes. J'aurais dû prendre mon putain de téléphone pour appeler Jack ou la police. J'aurais dû saisir ce type sous les bras, le monter dans ma voiture et le conduire à l'hôpital d'Avignon, même si je savais que c'était cuit. Mais j'ai été pris de panique. *Beach Ride* résonnait toujours au milieu de la nuit et je me suis dit que ça allait foutre en l'air la sortie de mon putain d'album. Toute ma vie allait être bousillée sous prétexte que ce mec s'était mis en travers de ma route. Cet homme était mort, et moi j'étais en vie.

— Et tu t'es tiré, ai-je conclu pour rompre d'un coup sec la tension que Chucks prolongeait.

— Oui, je me suis tiré. J'ai été lâche.

Je ne voulais pas le confirmer, "Oui, t'as été lâche", mais je suppose que Chucks l'a lu dans mes yeux.

— Continue, ai-je dit pour noyer le poisson.

— Ben, je suis remonté dans ma voiture, j'ai contourné le corps et je suis rentré chez moi. Je roulais tout doucement et je n'ai pas croisé une seule voiture de tout le trajet. Arrivé à Sainte-Claire, j'ai rangé le Rover dans le garage et j'ai passé une heure à le nettoyer à fond. Bizarrement, le choc n'avait pas laissé beaucoup de traces. La plaque d'immatriculation était un peu enfoncée et l'avant un peu cabossé, c'est tout.

— C'est souvent le cas, avec ces chars d'assaut, ai-je dit en frémissant.

Chucks venait de m'avouer son crime avec pas mal de sang-froid, faisant de moi son complice au passage. Je ne savais pas encore comment l'aborder, mais j'ai pensé : "Faut surtout pas que Miriam l'apprenne, jamais !"

— Je n'ai pas réussi à dormir cette nuit-là, a poursuivi Chucks. Je m'attendais à voir débarquer des voitures de police à tout moment, mais ça ne s'est pas produit. J'ai pris conscience peu à peu de ce qui s'était passé. Ma fuite, le fait d'avoir contourné ce corps et de l'avoir abandonné sur le pavé… Ça a commencé à me tarauder. Et puis je me suis dit que ça pourrait provoquer un deuxième accident au petit matin. Un camion ou une fourgonnette de livraison… Je serais peut-être capable de surmonter la culpabilité d'avoir fauché un suicidaire nocturne, mais pas plus.

J'ai dû prendre ma décision vers 5 heures du matin. J'ai ôté mes vêtements et je les ai cachés comme un putain de criminel, pensant qu'ils contenaient peut-être des traces d'ADN et que la police allait les débusquer comme dans les films. Je me suis douché, rincé la bouche, rhabillé nickel et je suis descendu me préparer un thé. Pendant que je déjeunais, j'ai envoyé un mot à Mabel pour lui dire que je partais rejoindre des amis à Nice. C'est ce que je comptais faire : louer un voilier et partir chez Jack Ontam à Capri ou un truc dans le genre.

J'ai rangé le Rover au garage. J'ai fermé la maison et j'ai commencé à échafauder mon scénario. J'ai sorti la Tesla, puis j'ai quitté le bourg en direction du nord, comme n'importe quel honnête citoyen qui part au travail à l'aube. Ça fait même du bien, de temps en temps, putain. Je crois que je ne me suis jamais levé à l'aube de toute ma vie.

Visiblement, il avait oublié ses années de galère à Londres, quand il faisait mille petits boulots, mais je me suis gardé de le lui rappeler.

— J'ai conduit lentement à travers les collines. À mesure que j'approchais du lieu de l'accident, je me sentais de plus en plus nerveux. J'ai même fait une crise de tachycardie, Bert. Je transpirais des mains, j'ai cru que j'allais crever d'un infarctus. À deux kilomètres du virage, environ, j'ai croisé une vieille Renault conduite par un monsieur à lunettes. Je m'attendais à ce qu'il me fasse des signes, des appels de phares, un coup de klaxon, "Faites gaffe, mon vieux, y a un obstacle au milieu de la chaussée". Mais rien. Il n'avait donc pas vu le cadavre ?

Arrivé à ce maudit virage, le jour se levait et le bitume était mouillé, mais il n'y avait plus rien, Bert, la route était parfaitement dégagée, plus une trace.

— Comment ça ?

— Rien, que dalle. Je roulais au pas, dix à l'heure maximum, j'ai regardé dans tous les sens au moment de passer par le lieu de l'accident. Sur le côté il y a une forêt touffue, je suppose que le mec avait surgi de là, j'étais presque à l'arrêt quand une fourgonnette "Lait Michel" m'a klaxonné.

— Merde ! Et t'as fait quoi ?

— J'ai essayé de garder le contrôle pour ne pas me planter dans le décor. J'ai légèrement accéléré en me demandant si je ne m'étais pas trompé de virage, si je n'allais pas trouver le cadavre plus loin, même si ça me paraissait peu probable. L'enseigne de la boutique d'artisanat était là, huit cents mètres après le virage. Je l'ai dépassée et j'ai continué encore deux kilomètres, le chauffard de "Lait Michel" collé à mon pare-chocs. Comme je m'y attendais, je n'ai rien trouvé et j'ai fini par m'arrêter sur le bas-côté (ce qui m'a valu un échange de coups de klaxon et d'insultes avec le laitier) pour faire demi-tour. J'ai roulé jusqu'au magasin, je me suis garé devant, puis j'ai marché jusqu'au lieu de l'accident.

Il avait encore plu, la route était trempée. J'ai cherché une éventuelle trace par terre, une tache, mais il n'y avait rien. Je me suis même enfoncé dans le bosquet au cas où une tierce personne sans cœur aurait déplacé le mort à ma place, mais je n'ai vu que des fougères et des ronces, pas même un sentier. Le type s'était volatilisé.

— Ou alors on l'avait déjà évacué, ai-je dit.

— C'est ce que j'ai pensé, a répondu Chucks en calant la dernière cigarette entre ses lèvres. Il t'en reste ?

J'ai fait non de la tête.

— Mince. Ça te dirait, un joint ?

— Non, pas maintenant. Tu veux dire que t'as pensé que quelqu'un avait découvert le cadavre ?

— T'en as entendu parler aux informations ? a demandé Chucks en esquissant un sourire sinistre.

— De l'accident ? Pour être franc…

— Non, pas vrai ? Moi non plus.

— C'est peut-être pas le genre de nouvelle qui intéresse les journaux.

— T'es sérieux, Bert ? Un délit de fuite bien comme il faut dans ce trou paumé où la naissance d'un porcelet fait la une ?

— Bizarre.

— Purée ! Plus que bizarre, tu veux dire. Le lendemain, j'ai appelé l'hôpital d'Avignon depuis la cabine téléphonique de Sainte-Claire. En principe, c'est là qu'on enverrait un blessé, non ? Je leur ai raconté une histoire improbable à propos d'un ami que j'attendais ce soir-là et qui n'était pas venu. Je leur ai demandé s'ils avaient admis un accidenté de la route au cours des dernières vingt-quatre heures. Il y avait eu deux blessés, un gars et une fille qui faisaient les fous en mobylette sur la D952, et c'est tout. Après j'ai téléphoné à la clinique de Castellane : un mec qui s'était estropié avec une moissonneuse industrielle, point barre.

— T'as appelé la police ?

— Je n'ai pas poussé jusque-là. Je pouvais faire avaler mon histoire à un réceptionniste d'hôpital, mais pas à un flic. Sans compter qu'avec mon accent anglais, on m'aurait repéré.

Je commençais à avoir mal aux fesses sur ce banc en pierre. Je me suis levé et adossé à la petite rambarde.

— Je pense que tu n'as pas fait le tour de tous les hôpitaux et que, pour une raison quelconque, la nouvelle n'est pas encore parue dans les médias. Je pourrais me renseigner discrètement auprès de Vincent Julian.

— Qui ça ?

Je lui ai expliqué que V. J. était un gendarme de Saint-Rémy avec qui je m'étais lié d'amitié récemment. Il était fan de mes romans, encore un de ces admirateurs à l'image du bénévole de la bibliothèque ou de Mme Pompiu, proviseure du lycée. Vincent aspirait à devenir écrivain et nous faisions souvent des transferts de compétences. Il m'expliquait les procédures policières françaises et je lui prodiguais des conseils en écriture. J'avais lu quelques nouvelles de son cru et l'avais invité à les retravailler. Je dois dire que même si mon français laissait à désirer, ses textes ne me paraissaient pas mal du tout.

— Il me doit un service, ai-je dit pour conclure. Je vais essayer de mettre la main sur lui en ville. Je suis sûr qu'il y a une explication.

— Merci, vieux. Ça fait une semaine que je vis un enfer. J'ai dû aller une centaine de fois examiner les traces à l'avant du Rover. Je commence à me demander si j'ai pas tout inventé, si j'ai pas eu une hallucination.

— Tu crois que c'est possible ?

— Juste avec trois verres dans le nez ? À moins que le vin qu'a renversé ce connard sur ma chemise ait contenu du LSD. Et encore, je n'ai fait que le lécher.

— T'y as vraiment songé ?

Chucks a acquiescé avec une mimique qui signifiait : "Eh oui, tu vois, je suis au fond du trou."

Je l'ai regardé en silence. J'étais pris de sérieux doutes au sujet de toute cette affaire, mais j'ai essayé de m'en tenir aux faits.

— Et ce que t'a dit le mort, alors ? "L'ermitage" ? ai-je demandé en réalisant que j'avais prononcé le mot "mort". Tu t'es renseigné ? Il cherchait peut-être à te transmettre un message.

— J'ai trouvé des tonnes de trucs sur Google, mais rien qui fasse sens. D'ailleurs, je ne suis pas sûr que ce soit le mot qu'il a prononcé, même si ça y ressemblait. Tu pourrais peut-être t'y pencher. T'as toujours été le cerveau de la famille.

— D'accord. Je suis sûr qu'on va tirer tout ça au clair. Mais j'aimerais que tu m'expliques pourquoi tu ne m'as pas appelé.

— Voyons, Bert, à ton avis ? a-t-il dit en frottant ses yeux de nouveau humides. J'avais un mal fou à te le raconter. Tu ne devines pas pourquoi ?

— À cause de Miriam ? Enfin… Ça n'a rien à voir avec ce qui s'est passé avec Linda ni…

— Mais si, ça a tout à voir. Une voiture, quelques verres de trop. Je comprends que tu me méprises.

— Je ne te méprise pas. Je suis ton ami, ne l'oublie jamais. Je pense que tu as commis une erreur. C'est juste ça, Chucks, un malheureux accident additionné à un petit délit d'alcool au volant. Mais maintenant tu as commis un délit en bonne et due forme. Ça s'appelle non-assistance à personne en danger.

Je me suis bien gardé d'ajouter que cet homme n'était peut-être pas mort mais encore mourant au moment où Chucks avait pris la tangente, et que ça l'avait peut-être achevé.

Le regard de Chucks s'est perdu au loin derrière moi, vers le jardin. Je me suis retourné et j'ai vu sa chienne Lola rappliquer en courant, projectile doré sur gazon vert pomme. Elle a grimpé les marches en pierre et s'est faufilée jusqu'à nous, entre un parterre en rocaille et des pins. M'ayant souhaité la bienvenue d'un coup de langue, elle a bondi sur les jambes de Chucks et ils se sont léchouillé le museau.

— Où t'étais passée, Lola ? Qu'est-ce que tu fabriquais ? En plein fricotage avec un limier ?

— Et Mabel ? En plein astiquage ? ai-je demandé.

— Je lui ai demandé de prendre des vacances, a dit Chucks. Je ne supportais pas l'idée de la voir dans la maison pendant que j'errais comme un zombi parano.

Je n'arrive pas à dormir, Bert. Je fais cauchemar sur cauchemar, je revois constamment le visage de ce type qui s'agrippe à ma chemise et me marmonne ces mots que je ne comprends pas. Ou alors juste avant que je le renverse, sous la lumière de mes phares. Dans mes rêves, il est couvert de sang avant même l'accident.

— Et dans la réalité aussi ?

— Je m'en souviens pas, c'est allé trop vite. Mais ses mots… On aurait dit qu'il était déjà en panique avant que je l'envoie valdinguer.

— On va se renseigner, ai-je dit en employant un ton à la Mike Hammer. Commence par rappeler Mabel, je ne pense pas qu'elle te fasse du mal et tu vas finir par choper une saloperie à force de vivre dans la crasse. Tu travailles sur ton disque ?

Chucks a fait non de la tête.

— Ben faudrait t'y remettre. Il te restait des guitares à enregistrer, non ?

— De quoi tu parles ? T'as pas entendu ce que je te disais ? Tout est fini.

— Pas du tout, Chucks. Déconne pas. Tout sera fini si tu continues à ne pas dormir.

— J'ai tué un homme.

— C'est pas sûr. Ce soir je parlerai à V. J. et on en saura davantage. En attendant, il faut que tu reviennes à la vie. T'as des somnifères ? Je peux te prêter ma boîte à magie.

— Je veux pas rentrer là-dedans.

— T'en as besoin pour l'instant, Chucks, c'est justifié. Prends des cachets et passe le reste de la journée à pioncer. Je vais enquêter de mon côté.

— Et qu'est-ce que tu feras quand t'apprendras la vérité ?

— J'aviserai. Mais rassure-toi, je n'ai pas l'intention de te dénoncer. T'iras de toi-même au commissariat s'il le faut.

Chucks a levé les sourcils.

— Tu penses que je devrais me livrer ?

— Je suis ton ami, je n'ai pas l'intention de détruire ta vie. Encore moins après ce que tu m'as confié. Ce type s'est jeté sous tes roues, t'as mal réagi, t'as eu peur, mais le fait est qu'il s'est suicidé, Chucks. Ou alors il était en fuite et il a eu la malchance de sortir du bois au pire moment. Je te conseille d'appeler Jack Ontam pour qu'il te trouve le meilleur avocat de la région, à Marseille. Mais ne garde pas ça pour toi, ce serait très dangereux.

Chucks se taisait, les mains enfoncées derrière les oreilles de Lola, qui haletait, langue pendante, babines souriantes, et nous jetait des regards étonnés. "Mais qu'est-ce qu'ils ont, ces deux-là ?" devait-elle se dire.

— On se voit ce soir ? m'a demandé Chucks sans me lâcher des yeux.

— Ce soir, je peux pas, mon pote. Miriam a organisé un dîner avec certains de ses nouveaux amis du village. Mais je t'appelle dès que j'ai réussi à obtenir des infos par V. J.

— Merci, *bro*.

— Arrête, ai-je dit. Dans mes bras, crétin !

II

1

Je suis rentré à Saint-Rémy en roulant presque au pas, en silence. J'avais laissé Chucks sur le canapé de son salon, avec un verre d'eau, deux Valium et Lola à ses pieds. Le voyant ainsi, dans sa position avachie si caractéristique, je n'avais pu m'empêcher de me dire : "Putain, faut toujours qu'il se foute dans la merde, celui-là." Je m'en étais aussitôt voulu car c'était exactement le genre de propos que tenait Miriam à propos de Chucks. "Chucks, l'aimant à emmerdes."

J'ai pensé à Miriam, à ce qui arriverait si Chucks avait réellement renversé et tué quelqu'un et que le scandale éclatait au grand jour.

Pendant des années avait régné entre Miriam et Chucks ce que j'appelais une *pax romana*, surtout depuis qu'on avait quitté Londres pour s'installer en Provence, mais tout était parti à vau-l'eau il y avait exactement un an, lorsque Chucks avait déménagé à Sainte-Claire "par surprise".

Je la revois encore, si furieuse et si belle, appuyée contre le buffet de la cuisine, un couteau à poisson à la main.

— Jure-moi que tu n'y es pour rien.

— Je n'y suis pour rien. Il n'est même pas venu dans la région. Il a acheté la maison sur Internet, par agence.

C'était au soir d'une longue journée où Chucks avait débarqué à Saint-Rémy à l'improviste pour “nous rendre visite”. Il nous avait raconté qu'il avait quitté Londres pour le week-end, mais en réalité il avait bien préparé son coup, le salopard.

Miriam avait fui avec Brit à Nîmes, soi-disant pour faire des emplettes mais en réalité pour ne pas le croiser. Moi, en revanche, j'étais enchanté de revoir mon ami.

On était partis se balader dans les collines autour de Grambois, on avait déjeuné au restaurant en siphonnant une bouteille de vin, et c'est alors qu'il m'avait appris qu'il préparait un disque. C'était la première fois qu'il me parlait de *Beach Ride*, un morceau qu'il avait composé cet été sur une plage colombienne. “Il a la saveur et la force des grandes chansons des années 1970, mon vieux. Et c'est comme un tronc qui se serait ramifié pour donner naissance aux autres chansons. Ça parle que de la vie, putain.”

Puis il m'avait dit qu'il avait quelque chose de “très particulier” à me montrer et m'avait emmené à Sainte-Claire, un village où je ne m'étais rendu que cinq fois en un an et demi, depuis que Miriam, Brit et moi vivions en Provence. J'avais cru qu'il allait me présenter une fille, une petite Française allumée avec qui il sortait ou un truc dans ce goût-là. Il avait freiné devant une maison qui avait surgi entre les pins bordant la route.

— C'est quoi, ce bordel, Chucks ?

Et cet enfoiré avait explosé de rire avant de me dire :

— Mon nouveau chez moi, Bert. Qu'est-ce que t'en penses ? On est voisins, maintenant.

Ça m'avait empli de joie. Chucks était pour moi ce qui se rapproche le plus d'un frère. La personne la plus drôle (ou du moins celle avec qui je rigolais le plus) au monde. J'aimais bien faire la tournée des bars ou aller au cinéma avec lui, et même pourchasser un hérisson devenait amusant en sa compagnie. Dans notre nouvelle vie provençale, au bout d'environ cinq cents jours dans ces vallées idylliques, je n'avais toujours pas trouvé son égal. Chucks venait combler un vide dans ma vie. Carrément !

Je m'étais préparé à essuyer une grosse tempête quand Miriam l'apprendrait. Chucks et ceux de son espèce étaient l'une des "principales" raisons qui nous avaient fait quitter Londres pour le Sud de la France : nous éloigner du "monstre" et élire domicile sur les collines glamour de Saint-Rémy, commencer une nouvelle vie, saine, au milieu des champs de lavande, faire du sport et avoir des amis en chemise à carreaux qui s'encanaillent à la fête du vin. C'était le grand projet d'hygiène mentale de Miriam pour l'année 2014 et les suivantes. Chucks venait tout foirer en beauté.

— Il n'est pas le bienvenu. Je veux qu'il le sache, dis-le-lui.

— Miriam, il a parfaitement le droit de s'installer où il veut.

— D'accord, mais je ne veux pas qu'il mette les pieds à la maison. Britney est en train de "s'en sortir". C'est une période délicate, je ne voudrais pas que Chucks exerce une mauvaise influence sur elle.

Britney était une des variables de l'équation, bien sûr. C'était même le problème principal. Mon adorable fille de seize ans voulait devenir chanteuse de rock comme Chucks, une rebelle sans cause qui avait fumé de l'héroïne dans du papier d'alu lors d'une fête dans une maison de Brixton et qui avait tourné de l'œil dans un lit pouilleux.

— Pas maintenant. Chucks est une source d'emmerdes, il les attire. Souviens-toi de Linda…

2

J'ai trouvé V. J. à son poste, dans la petite *gendarmerie** de Saint-Rémy, sur une placette entourée de boutiques à touristes. Il trempait son croissant dans un gobelet de café tout en lisant le dernier roman de Benjamin Black.

Quand il m'a entendu toquer à la porte, un sourire s'est dessiné sous sa petite moustache et il m'a invité à m'asseoir.

— Ah, Amandale ! Entrez donc, installez-vous ! dit-il en me montrant son livre. Vous l'avez lu ?

Vincent Julian était le prototype du gendarme français tel que je l'aurais imaginé pour un de mes romans : la cinquantaine, moustache grisonnante et sourire aimable. Ses fonctions se bornaient à organiser la circulation lors de la fête du vin, verbaliser les touristes mal garés ou donner des cours d'éducation routière dans le collège du bourg. Il n'en était pas moins un grand lecteur d'archives policières, et cela lui avait donné d'excellentes

* En français dans le texte.

bases pour les nouvelles qu'il écrivait. À peine m'étais-je assis qu'il m'a dit :

— J'ai presque terminé mon roman. J'aimerais beaucoup vous le faire lire. Vous pensez avoir le temps ? Les cent premières pages, au moins.

— Bien sûr, avec plaisir. Avez-vous résolu le problème du revolver qui disparaît et réapparaît ?

— Oui, j'espère que l'idée vous plaira.

— Je n'en doute pas. Passez-moi le manuscrit dès qu'il sera prêt. Mais il faudra être patient : je ne suis pas une flèche en français.

— Pas de souci. Comment avance votre livre ? Vous voulez un verre d'eau ? Un soda ?

— Non, merci. Mon roman avance bien, ai-je menti, mais j'avais pris l'habitude de ne pas m'appesantir sur mes problèmes. J'en suis à peu près à la moitié.

— Votre promesse de me le donner à lire en premier tient toujours ?

— Je ferai relier le manuscrit et je vous le passerai, vous avez ma parole. Mais je dois vous avouer que je venais vous poser une question d'un autre ordre. Est-ce que vous avez eu à vous occuper d'un grave accident sur la route de Sainte-Claire, récemment ?

V. J. a froncé les sourcils, puis il a souri. Ce n'était pas la première fois que je l'interrogeais au sujet de l'actualité policière du secteur. Quand un écrivain connaît un flic, il exploite le filon.

— Non, ça ne me dit rien. Mais attendez que je vérifie.

Il a pianoté sur son clavier et a examiné les résultats en plissant les yeux comme quelqu'un qui commence à avoir besoin de porter des lunettes. Une poupée représentant une danseuse thaïlandaise s'est dandinée sur l'écran.

— Le dernier incident enregistré date de trois semaines. Un camion chargé de bottes de paille qui s'est renversé dans un virage. Et lundi dernier, sur la D952, un couple en mob s'est planté dans le décor. Ils se sont bien écorchés, mais rien de grave.

J'ai joint mes mains et ai commencé à les tapoter l'une contre l'autre pendant que je réfléchissais.

— Pourquoi voulez-vous savoir ça, monsieur Amandale ? m'a demandé V. J. De la matière pour une histoire ?

— Non… En fait, un ami m'a dit qu'il lui semblait avoir vu des gyrophares et entendu des sirènes dans la nuit de jeudi, ai-je expliqué en souriant. Il s'étonnait de n'avoir rien lu à ce sujet dans les journaux. D'où ma question.

— Ah oui, c'est bizarre. C'étaient peut-être les pompiers d'Arles. Il peut arriver que des branches tombent sur la route ou que quelqu'un heurte un sanglier, mais ce type d'incidents mineurs n'est pas enregistré dans notre base de données. On peut peut-être demander à la gendarmerie de Sainte-Claire.

— Non, laissez tomber. C'était de la pure curiosité, mais si vous apprenez quelque chose, pensez à moi, d'accord ?

— Entendu, monsieur. Mais si ça se transforme en livre, je veux voir figurer mon nom dans les remerciements !

J'ai ri. J'hésitais entre me sentir soulagé ou m'inquiéter davantage. Chucks avait-il affabulé ? Sinon, où était passé ce "mort" ?

3

Quand je suis revenu chez moi, l'horloge de mon Alfa Roméo marquait 12 h 32. On habitait dans une magnifique maison à deux kilomètres du village. Les gens du coin l'appelaient la "Villa des Pommiers" à cause de la quantité d'arbres qui jalonnaient le terrain. C'était une bâtisse de style sobre au toit en tuiles rouges, aux murs gris garnis de lierre où rampaient toutes sortes d'insectes (y compris les terrifiants scorpions qui pullulaient dans ces contrées). On avait un joli jardin avec une petite piscine, élément quasi incontournable dans toute maison provençale.

Après avoir posé les courses sur la table de la cuisine, je suis allé m'enfermer dans le cabanon, où j'avais installé mon bureau : un ordinateur, une imprimante, une connexion Internet et une fenêtre qui donnait sur la maison. La lumière du matin entrait en flèche et faisait miroiter la poussière comme de l'or, illuminant manuscrits, cahiers de notes, dessins… le parfait attirail d'écrivain qui gisait sur l'établi. Derrière le canapé en cuir (seul élément de confort dans mon repaire spartiate) s'alignaient divers accessoires de jardinage : râteaux, pelles, sacs d'engrais et tuyaux d'arrosage…

Mon café du matin était froid et mon beignet, orphelin. Je me suis assis, je l'ai boulotté et j'ai allumé l'ordinateur.

Pendant qu'il s'ouvrait, j'ai failli appeler Chucks pour lui raconter mon entretien avec V. J. (entretien qui, de mon point de vue, donnait un peu la clé de l'énigme), mais je me suis dit qu'il valait mieux le laisser se reposer.

Quand le bureau du iMac s'est affiché, je suis directement allé sur le site web de *La Provence*, j'ai farfouillé dans la section faits divers et dans les articles archivés en tapant les mots clés *"Mort sur la route"*, *"accident"*, mais cela n'a rien donné, mis à part le récit d'un accident de vélo à Avignon six mois plus tôt. J'ai essayé de ratisser plus large en consultant les pages d'autres journaux locaux et même nationaux, en vain. J'ai affiné mon français pour mieux cibler ma recherche. *"Mort sur route Saint-Rémy"*, *"accident Sainte-Claire"*, *"délit de fuite"*... Puis j'ai eu l'idée d'ajouter le numéro de la route. C'était la D quelque chose. J'ai vérifié sur Google Maps et j'ai vu effectivement une D81 qui partait de Saint-Rémy. J'ai ajouté cette précision dans la fenêtre de recherche, mais je n'ai rien trouvé sur une personne récemment tuée dans le coin.

Alors, quoi ? Les morts ne disparaissent pas comme par magie...

J'ai essayé d'écrire jusqu'à 3 heures de l'après-midi, heure à laquelle j'ai entendu ronronner la voiture de Miriam. Cela m'a permis de sortir de l'impasse et de me rendre compte que j'avais une faim de loup : je n'avais rien avalé depuis le petit-déjeuner. J'ai enregistré les dernières modifications et me suis dirigé vers la maison.

Miriam sortait les courses de sacs en toile, me tournant le dos. Je l'ai regardée en silence, profitant du spectacle. Ses cheveux dorés ramassés en chignon, une chemise beige vaporeuse laissant transparaître un soutien-gorge noir, et un pantalon marron qu'on avait envie de mordre.

— Bonjour, la maman sexy, l'ai-je saluée.

C'était notre *private joke* depuis quelques semaines, depuis que Britney nous avait raconté que ses camarades de classe faisaient courir le bruit que sa mère était une MILF, acronyme très dévergondé pour qualifier les mères qui réveillent les hormones des adolescents. “Ta mère est une MILF, lui avait-on dit. Elle est mariée ou divorcée ?”

— Bonjour, l’homme du cabanon, a-t-elle répliqué. T’as passé une bonne matinée ? T’as mangé ?

— Non. Mais j’ai acheté du fromage et du vin pour ce soir.

Elle a posé les pommes sur le buffet avant de me donner un baiser inespéré. Était-ce pour me remercier d’avoir acheté du vin et du fromage ?

— C’est pour ça que ta voiture est dehors, a-t-elle observé. Comme t’arrivais pas à te concentrer, t’es parti faire un tour ?

— Non, enfin… je suis allé chez Chucks. J’étais sans nouvelles de lui depuis plusieurs jours, alors on a pris un café ensemble.

Les adorables joues de Miriam se sont embrasées en entendant le prénom de mon ami. Ses fins sourcils châtains se sont froncés et ses yeux marron ont brillé un instant, furibonds.

— Ah.

Elle s’est retournée pour vaquer de nouveau à ses affaires en silence.

— T’as établi le menu de ce soir ? ai-je dit en me postant à côté d’elle pour l’aider à déballer les fruits.

— Il est établi depuis une semaine, chéri.

“Bien essayé, Bert.”

— Comment il va ? a-t-elle lâché.

— Qui ça ?

— À ton avis ? Chucks.

— Chucks ?

Miriam a acquiescé en émettant un son qui trahissait un certain embarras.

Logique, puisqu'elle ne demandait jamais de nouvelles de Chucks.

— Eh bien il est… Il m'a dit de te passer le bonjour.

— Et son disque ?

— Il avance vent en poupe. Il l'aura bientôt terminé, il lui reste des guitares à enregistrer, c'est à peu près tout.

"Mais à quoi ça rime tout ça, bon sang ? C'est quoi, ce comportement machiavélique ?" ai-je commencé à me demander.

— Génial. J'ai… En fait, j'ai envie de l'écouter. Tu sais que Britney m'a demandé de ses nouvelles, hier soir ? Elle voulait que je lui parle de quand on était jeunes. Elle t'a interrogé là-dessus, toi aussi ?

— Moi ? Non. Enfin si, mais dans les grands traits.

— Qu'est-ce que t'entends par grands traits ?

— Eh bien, comment on s'est connus. Je lui ai raconté qu'on était devenus amis à Dublin, qu'on jouait ensemble dans un groupe. Mais que c'était il y a longtemps, quand on était ados. À Londres. Pourquoi elle veut savoir ça ?

— Je me le demande. Je suis allée dans sa chambre lui dire bonne nuit et tout à coup elle m'a parlé de Chucks. Pourquoi est-ce qu'on ne le voyait pas plus souvent "puisqu'on était amis", et pourquoi, en revanche, on fréquentait tous ces gens nouveaux.

— Et qu'est-ce que tu lui as répondu ?

— Que Chucks était surtout ton ami. Que lui et moi, on avait des visions très différentes de la vie. Tu lui as parlé de lui récemment ?

— Non.

— Elle a dû avoir un coup de blues.

— Un camarade du lycée lui en a peut-être parlé. Il y a un tas de freaks de seize ans qui connaissent Chucks Basil, alors j'imagine que tout le monde est déjà au courant qu'il habite dans les parages. Enfin, va savoir.

— Tu as sans doute raison.

Miriam avait fini de sortir les provisions. La table de la cuisine était couverte de fruits et de légumes, de vins, de fromages, de pots de moutarde, de produits lactés en veux-tu en voilà et d'un assortiment de glaces.

— Bon, c'est sûrement normal qu'elle pose la question… Peut-être qu'il faudrait inviter Chucks à la maison un de ces jours. Cette situation bancale ne peut plus durer : puisque c'est ton ami, il est naturel que tu l'invites chez nous, non ?

— Bien sûr. Tu sais que Chuks en serait très heureux. Et moi aussi, d'ailleurs.

Je suppose que Miriam avait eu sa dose. Elle a dit "D'accord" puis a posé ses mains sur sa taille en contemplant tout ce qu'il y avait à faire. La grande pendule de la cuisine marquait 15 h 12, ce qui nous laissait trois heures pour a) mettre la table ; b) cuisiner la recette de Bruno Loubet, que Miriam avait sélectionnée dans son livre *Mange tout* pour épater nos invités ; c) nous habiller, déboucher le vin et préparer l'apéritif.

4

La bonne disposition de Miriam à l'égard de Chucks n'allait pas durer, tout ça parce qu'il a eu "l'heureuse" idée de se réveiller de sa sieste à 17 heures. Nous y reviendrons. Parlons d'abord du dîner avec les Mattieu et les Grubitz, cet événement crucial pour Miriam et pour notre vie sociale à Saint-Rémy.

Nous avions emménagé depuis un an et demi et, comme dans n'importe quelle petite communauté, pendant toute la première moitié de notre séjour, on nous avait cantonnés au statut de "nouvelle famille", cette période d'observation durant laquelle on est aimable avec vous, on vous demande d'où vous venez et ce qui vous a amené là, en même temps que les "modérateurs" sociaux de votre nouvel environnement vous examinent à la loupe. "Ils viennent d'où, les nouveaux propriétaires de la Villa des Pommiers ? Ils sont anglais ? Il paraît que lui, c'est un écrivain célèbre." "Mon Dieu ! J'espère que ce n'est pas un de ces couples qui se soûle et hurle toutes les nuits." "Ah bon ! Ils se sont inscrits au Raquet Club ? Je pensais qu'il fallait avoir un parrain ? Qui ça peut bien être ?"

À Londres, Miriam travaillait dans une de ces minigaleries franchisées qui proposent de l'art à des prix accessibles, et c'est par ce biais qu'elle avait connu Luva Grantis, une peintre installée à Mouriès, à quelques kilomètres de Saint-Rémy. C'est elle qui l'avait invitée en Provence pour la première fois, et c'est en quelque sorte grâce à elle qu'on y avait atterri. En juillet 2014, lors d'un court séjour chez Luva, Miriam avait eu le coup de foudre pour cet endroit, son climat, la simplicité de ses habitants. Et comme Londres était en passe de devenir un nid à problèmes (surtout à cause des nouveaux camarades de Britney), Miriam a concocté ce projet pour notre famille : "Allons passer un an en France !" À travers les contacts de Mlle Grantis, nous avons trouvé cette jolie villa entourée de pommiers et un bon lycée où Britney pourrait consolider son français. Miriam se consacrerait à débusquer des artistes et des artisans pour sa boutique londonienne et moi… moi, j'étais écrivain, bon sang ! J'étais censé pouvoir travailler même en Alaska.

Les Mattieu (Annette et Dan) et les Grubitz (Charlie et… je ne sais plus le prénom de son épouse) faisaient partie d'un "petit cercle de nouveaux venus" (en ville, on nous appelait les Beverly Hills) qui s'étaient installés dans les alentours de Saint-Rémy, principalement dans des villas et des demeures d'un certain standing. Miriam avait rencontré les deux femmes à travers une des activités proposées par la mairie qu'elle pratiquait depuis quelques mois : la restauration de meubles et d'antiquités. Je suppose qu'elle avait étalé ses connaissances en art pour les séduire et les impressionner, elle faisait ça à merveille. Nous avions été invités à dîner, d'abord chez les Mattieu, ensuite à un barbecue chez les Grubitz, et il fallait maintenant leur rendre la politesse. L'occasion de montrer à quel point nous étions des voisins charmants, intéressants et sophistiqués.

À 17 heures, on était en avance sur notre planning. Le plat mijotait tranquillement dans le four, le dessert était prêt dans le congélateur, tout indiquait qu'on passerait une soirée exquise entre amis lorsque les premiers nuages menaçants ont pointé à l'horizon. Je fais bien sûr allusion à la reine des rebelles sans cause, la déesse destructrice des conventions sociales : Britney Amandale, ma charmante fille de seize ans.

— Tu peux toujours te brosser, j'enfilerai pas cette robe de bonne sœur !

J'étais dans le jardin à essayer l'éclairage qui décorerait notre table quand j'ai entendu sa voix aiguë et musicale se frayer un chemin à travers la fenêtre de sa chambre. Elle avait sans doute découvert la tenue que Miriam lui avait achetée dans une boutique assez chic d'Arles.

“Au moins elle s'est arrêtée à « bonne sœur », ai-je pensé. Ce qui n'est même pas répertorié come insulte. Pas de doute, l'école française commence à avoir un effet positif sur elle.”

— Et puis je vous ai dit que je voulais pas assister à votre dîner.

— Ah bon ? a fait Miriam. Et qu'est-ce que tu prévois à la place ?

— Ça te regarde pas. J'ai ma vie, t'as la tienne.

Même si Britney tient beaucoup de moi (par son goût de la musique et des plats en sauce), elle ressemble aussi énormément à sa mère et porte en elle les gènes d'une guerre nordique sanglante. Quand elles se disputent, je préfère me tenir à l'écart et ne pas risquer de mourir transpercé par une des piques qu'elles s'envoient.

— Je t'avais dit que Bastien, le fils des Grubitz, viendrait. Et il vient exprès parce que je lui ai dit que tu serais là !

— Ben tant pis pour lui. Je le connais, il est dans ma classe et il est chiant comme la mort, putain !

— Surveille ton langage, ma cocotte !

Silence. J'ai imaginé le bruit d'une épée qu'on dégaine.

— Tu sais quoi, Miriam… ?

Voilà que Britney lançait un dard mortel : elle appelait sa mère par son prénom, une manœuvre synonyme de guerre totale.

— … J'en ai marre que t'essaies de nous faire entrer dans ton schéma de famille idéale. D'abord les habits et après, ça sera quoi ? Tu vas me choisir un petit ami ? Tu vas me marier à Bastien ?

— Dis pas de bêtises. C'est une robe noire parce que je sais que tu aimes le noir. La seule différence, c'est que celle-là est élégante. Mais c'est du noir. De toute manière, fais comme tu le sens, habille-toi comme ça te chante et ne viens pas à table si ça t'amuse, mais je te préviens que tu ne sortiras pas de cette maison.

— Tu veux dire quoi ? Que je dois rester cloîtrée dans ma chambre ? a hurlé Britney, mais son cri a coïncidé avec le bruit de la porte que Miriam venait de claquer.

Je l'ai vue descendre l'escalier dans un ensemble marron parfaitement ajusté à sa svelte silhouette, les joues un peu roses de colère.

— T'as débouché le vin ? s'est-elle contentée de me dire. Il vaut mieux l'aérer.

Je l'ai prise par la taille, freinant son avancée vers la cuisine.

— Quoi ? a-t-elle lancé, et le feu implacable de sa fureur a failli m'épiler les sourcils.

— T'es très belle, lui ai-je soufflé en souriant et en essayant de la serrer contre moi.

— Bert, il est 17 heures et…

Je l'ai prise dans mes bras et l'ai embrassée avec fougue. Je savais que sur ce terrain-là, je gagnais à tous les coups. Miriam a résisté un peu, mais elle a fini par se décrisper.

— Y a pas moyen. Vraiment, a-t-elle lâché, des larmes de colère au bord des yeux. J'ai tout essayé, je n'y arrive pas.

— Laisse-moi faire, lui ai-je dit.

Britney était assise sur son lit, dos à la porte. Elle a vite caché son portable. Ça n'avait rien de bizarre en soi, elle devait envoyer un WhatsApp furibard à une amie de Londres.

— Qu'est-ce que tu veux ? Toi aussi tu viens essayer de me convaincre ?

— Pas du tout. Je viens juste voir ma fille. T'as passé une bonne journée ?

Je suis allé m'asseoir à ses côtés. Elle portait un jean noir déchiré aux genoux, une ceinture cloutée et un débardeur. Ses cheveux blonds étaient lâchés sur les épaules, des larmes roulaient sur ses joues. La robe de la discorde gisait sur le lit.

— Elle n'est pas si moche, ai-je dit en la levant. Un peu classique, peut-être, mais une bonne sœur ne porterait jamais ça, crois-moi, ou alors une bonne sœur un peu cochonne.

Britney a tenu bon un moment, puis elle a craqué et m'a souri.

— Tu veux pas l'essayer ?

Elle a fait non de la tête.

— Elle débloque complètement, maman, si elle croit que je vais mettre ça.

Son portable a émis un bip comme s'il avait reçu un message, mais elle s'est gardée d'y toucher.

J'ai contemplé la collection de posters qui tapissaient le mur nord de sa chambre. Nirvana était ce qu'il y avait de plus ancien, mais à part ça, avec vingt ans d'écart, on aurait dit la chambre que j'avais à Londres dans les années 1980, sauf que mes groupes étaient The Police, The Cure et Joy Division. À la place d'un tourne-disque, elle avait un iPod et des haut-parleurs, à la place du magazine *Rolling Stone*, une page internet. Pour le reste, c'était du pareil au même.

— Alors, ça va, le lycée ?

— C'est bientôt fini, heureusement.

Elle s'est déplacée pour s'adosser à la tête de lit en fer forgé et a plié les jambes. Elle a pris le téléphone de manière à ce que je ne le voie pas et s'est mise à pianoter dessus.

J'ai observé sa chambre. Dans un coin, reposait sa basse Fender Jazz Bass. Les contours étaient un peu abîmés, des autocollants décoraient la plaque de protection noire. Je la lui avais achetée quelques années plus tôt sur Denmark Street.

— Comment ça va, avec Rick et Chris ? À quand un autre concert ? Vous nous avez scotchés, l'autre jour.

Rick et Christine Todd étaient frère et sœur, des Américains venus aussi passer quelque temps en France. Leur père, ingénieur en télécommunications, avait été délocalisé dans une filiale de son entreprise située à Sophia Antipolis, près de Nice. Tout comme Britney, ils avaient de grandes ambitions musicales, de sorte qu'ils avaient formé un groupe qu'ils avaient lancé officiellement deux semaines auparavant, lors de la fête du lycée, et ils avaient carrément réussi à faire bouger de leur chaise tous ces culs de quadras ou de quinquas.

— Y a pas du tout de réseau, ici, papa, c'est mort, Rick et Chris pensent pareil. Ils disent qu'en Caroline du

Nord, en été, tu peux jouer tous les jours de la semaine et gagner un max !

— Profites-en pour te perfectionner. T'es pas encore Glenn Hughes. Quand on rentrera à Londres, tu vas casser la baraque.

— C'est ce que j'aimerais savoir : quand est-ce qu'on rentre à Londres ?

— On a dit qu'on en discuterait à la fin de l'été.

Ses jolies lèvres ont laissé échapper un gros soupir.

— Pour parler de quoi ? C'est bon, c'est du passé, j'ai retenu la leçon. Je suis la première à ne pas aimer me vomir dessus et finir à l'hosto.

— Il ne s'agit pas seulement de toi, Brit. Souviens-toi.

— Ben moi, j'ai l'impression que ça va, entre vous. Vous vous êtes pas engueulés depuis des semaines.

Ce n'était pas le moment de rire, mais je n'ai pas pu m'en empêcher.

— T'es top, ma fille. Allez, enfile ce que tu veux et descends dîner. Essaie de supporter ce garçon pendant une soirée, d'acc ?

On a sonné à 18 heures tapantes. C'étaient les Grubitz et les Mattieu. Je leur ai ouvert la porte, j'ai pris les bouteilles de vin, la tarte préparée par Mme Grubitz et j'ai apporté le tout dans la cuisine pendant que Miriam commençait sa performance théâtrale dans l'entrée. À partir de là, nous sommes passés en mode "famille heureuse et marrante".

— Bert, chéri, si tu nous servais du vin pendant que je fais visiter la maison à nos invités ?

— Bien sûr, mon amour.

— Oh, Miriam, mais c'est que tu l'as bien dressé, dis donc, a commenté la Grubitz, et tout le monde s'est esclaffé.

— Espèce de vieille sorcière, ai-je murmuré avec mon accent de Dublin du Nord.

Bastien, le fils "à marier" des Grubitz, avait vraiment une dégaine peu engageante. Un gamin de seize ans vêtu en chemise et petit gilet, la raie bien marquée, chaussures aussi rutilantes que celles d'un soldat un jour de défilé. À peine arrivé, il a essayé d'être drôle dans un anglais bien peaufiné au fil de nombreux séjours aux États-Unis. Son quotient intellectuel probablement élevé ne l'empêchait pas d'être tout à fait lourdingue.

Quand Britney nous a rejoints par le jardin, j'ai pu constater qu'elle m'avait écouté quant à s'habiller à sa guise : à la place de la robe de Miriam, elle portait un short en jean acheté l'été dernier à Barcelone, des collants noirs sur ses jambes fines et un tee-shirt trop court qui lui laissait le nombril à l'air. "J'emmerde tout le monde", ai-je traduit en la voyant. Miriam a failli broyer sa coupe de champagne dans sa main.

Bastien s'est mis à bégayer. Il a ôté son gilet parce qu'il avait chaud, mais sa mère l'a obligé à le remettre.

Ces premières turbulences passées, la conversation est allée bon train pendant l'apéritif. Bastien et Britney ont parlé du lycée, les hommes discutaient d'un côté et les femmes de l'autre. En attendant que le brie finisse de rôtir dans le four, j'ai emmené Charlie Grubitz et Dan Mattieu voir les pommiers. Aucun des deux n'était originaire de Saint-Rémy (le premier était marseillais, le second parisien), mais ils m'ont parlé des Bernard, les anciens habitants de cette maison qui se consacraient au commerce de cidre et de vin. Ils m'ont expliqué que les pommiers étaient d'excellente qualité et m'ont demandé si ça ne me tentait pas de faire du cidre en tant qu'activité récréative. Je leur ai répondu que cela me paraissait une excellente idée (mensonge) et que j'allais y réfléchir (double mensonge).

Mattieu était gynécologue dans un hôpital de la région. Grubitz, avocat, mais il faisait parallèlement ses premiers pas dans l'immobilier. Il m'a parlé de la chance qu'on avait d'avoir dégoté la Villa des Pommiers.

— À n'en pas douter, une des plus belles propriétés de Saint-Rémy. Vous l'avez achetée ou louée ?

Je lui ai expliqué qu'on la louait, mais qu'il existait apparemment la possibilité de l'acheter.

— Tout dépend du temps que l'on prévoit de rester, ai-je dit pour conclure.

Les deux hommes se sont regardés, déconcertés.

— Ah bon ! Vous ne pensez pas vous installer ici définitivement ? On était si contents de compter un nouveau membre dans notre secte ! a plaisanté Mattieu en me tapant vigoureusement l'épaule.

On est passés à table et finalement, ça n'a pas été si désagréable. Grubitz, grand voyageur, avait un tas d'anecdotes dans sa manche et a concentré l'attention sur lui pendant un bon moment. Ensuite, les questions auxquelles je m'attendais plus ou moins ont commencé à pleuvoir. Mme Mattieu a demandé à Britney si elle était déjà fixée sur son orientation pour l'année prochaine qui, en gros, déciderait des études qu'elle choisirait. Il était clair que dans le monde des Grubitz et des Mattieu, tous les gamins de seize ans faisaient des études supérieures.

— Je ne ferai pas d'études après le bac, je veux me consacrer à la musique, a déclaré Britney.

— À la musique ! s'est exclamée Mme Mattieu. Quelle belle vocation. Au conservatoire ?

— Non… a dit Brit, je veux faire du rock, écrire des chansons, avoir un groupe.

Mme Mattieu a piqué un petit fard et nous a lancé un coup d'œil souriant.

— Ce n'est pas incompatible avec des études supérieures, est intervenue Miriam, en tout cas avec certaines filières professionnelles. On en reparlera le moment venu.

— À dix-huit ans, je serai libre de choisir, a lancé Britney d'un ton de défi.

— On en reparlera, a répété Miriam en souriant.

J'ai compris qu'on avait atteint le point de fusion de l'atome et que si je n'intervenais pas dare-dare, on subirait une explosion nucléaire.

— Et toi, Bastien ? ai-je demandé. Tu veux devenir avocat comme ton père ?

Bastien s'est mis à parler des universités américaines ou européennes où il aimerait étudier. Pendant ce temps, mon regard faisait la navette entre Miriam et Britney. Ma fille regardait le garçon comme s'il s'agissait d'une mouche sous cloche, tandis que Miriam s'était resservi du vin, peut-être un peu trop vite car elle avait les joues écarlates. "Détends-toi, tout ira bien, me suis-je dit. On en sortira vivants, on forme une équipe."

Le brie rôti aux patates et au jambon a remporté un franc succès et valu à Miriam une ovation générale. Quand elle l'a flambé au gin au milieu de cette tablée plongée dans le noir, sous les étoiles, nos visages se sont éclairés comme dans un petit sabbat. La conversation a alors dérivé sur nous, surtout vers moi et mes livres.

— Je n'ai jamais lu un de vos romans, a dit M. Grubitz, mais d'après Elena, ils sont terrifiants.

— Effectivement, a confirmé sa femme. J'étais obligée d'interrompre ma lecture par instants. D'où tirez-vous toutes ces idées sanglantes ?

— Ce sont des choses que j'aimerais faire à mes voisins, ai-je plaisanté.

Devant le mutisme des deux couples, j'ai dû ajouter que c'était une plaisanterie.

Ensuite, j'ai un peu parlé du tournage du film inspiré de *Premières lueurs du jour à Testamento* et de ma rencontre avec Benicio del Toro, Raquel Welch et Brad Pitt lors d'une fête chez le producteur à West Hollywood. Mme Mattieu, qui s'occupait de la cinémathèque de la ville, a dit qu'elle prévoyait de le projeter en septembre et qu'elle serait ravie que je puisse assister à la séance et lire quelques extraits de mon livre. L'idée a enchanté Miriam et pendant qu'elles évoquaient les détails de l'événement, j'ai senti une vibration dans ma poche de pantalon. J'ai sorti mon téléphone sous la nappe et vu le nom de CHUCKS affiché en majuscules.

"Putain, c'est pas le moment", me suis-je dit.

Je l'ai remis dans ma poche et l'y ai laissé bourdonner, mais Chucks devait avoir quelque chose de très important à me communiquer car l'appareil a continué à trembler un long moment avant de s'arrêter. Entre-temps, j'avais perdu le fil de la conversation.

— Euh… pardon ?

— Je vous demandais si vous aviez déjà imaginé une histoire qui se déroulerait ici, à Saint-Rémy.

— Eh bien… je… justement, je suis en train de creuser une idée…

Ça a recommencé à s'agiter dans ma poche de pantalon. "Mais merde, qu'est-ce que tu me veux, Chucks ?"

— Veuillez m'excuser une minute, ai-je dit en me levant un peu maladroitement, poussant la table et reversant le verre de Dan Mattieu dans son assiette. Oh, désolé !

J'ai couru jusqu'au salon et sorti mon portable qui vibrait encore.

— Salut, je suis en plein dîner, ai-je répondu sur un ton limite grognon.

J'ai entendu comme des sanglots à l'autre bout.

— Chucks ?

— C'est moi, Chucks.

— Je sais que c'est toi. Qu'est-ce qui t'arrive ?

— J'ai besoin… J'ai besoin que tu viennes à Sainte-Claire.

— Quoi ? Je viens de te dire que je suis en plein dîner. Qu'est-ce qui t'arrive ?

— Je suis à la gendarmerie. Je suis venu me livrer, on m'a autorisé à passer un appel. Tu peux prévenir Jack Ontam ?

— Bon sang, mais qu'est-ce que tu me racontes, Chucks ?

— T'avais raison, c'est mieux comme ça. Ça m'a fait du bien, de dormir… j'ai pu réfléchir. Préviens Jack. Ils ne m'ont pas encore arrêté, mais je suppose que ça ne va pas tarder.

— Bon, bon, calme-toi… J'arrive.

— Laisse tomber. Je ne veux pas vous interrompre. Miriam me haïrait.

"C'est vrai, ai-je pensé. Elle le haïra."

— T'en fais pas. J'arrive.

J'ai raccroché et fixé le téléphone, les pensées se bousculant dans ma tête. L'explosion nucléaire avait finalement eu lieu. Chucks venait de foutre sa vie en l'air à cause d'un conseil que je lui avais prodigué. Cela dit, n'importe qui lui aurait recommandé la même chose, non ? J'ai essayé de m'en convaincre tandis que je me dirigeais vers le jardin. Miriam, Britney et les invités ont interrompu leur conversation quand je suis revenu à table.

— Il y a un problème, chéri ? a demandé Miriam en voyant mon visage à la lueur des petits lampions.

J'avais sûrement l'air d'avoir croisé un fantôme.

— C'était Chucks, ai-je improvisé. Je dois sortir. Une urgence.

J'aurais dû me douter des réactions que susciterait l'emploi du mot "urgence". Dan Mattieu s'est levé.

— Vous avez besoin de l'intervention d'un médecin ?

— Non… non… rassurez-vous. Ce n'est pas un problème de santé.

Miriam a expliqué que Chucks était un ami qui habitait à Sainte-Claire.

— Vous ne devriez pas prendre le volant, a dit Mme Grubitz. Charlie, emmène-le.

— Ce n'est pas la peine, je vous assure, ai-je insisté. Merci. Je n'en ai pas pour longtemps… enfin, j'espère, mais il faut vraiment que j'y aille.

— Maintenant ? a demandé Miriam, l'air décomposé, et j'avais l'impression que son visage affichait en grosses lettres les mots ARRÊTE TES CONNERIES, BERT. Si c'est pas un problème de santé, est-ce vraiment si urgent ?

— Crois-moi, Miriam, ça l'est.

Britney, qui s'était tue jusque-là dans un coin de table, m'a jeté un regard inquiet.

— Tu veux que je t'accompagne, papa ?

J'ai apprécié son offre, mais je lui ai dit que c'était inutile.

Je suis sorti, laissant derrière moi une ambiance froide et indigeste. J'avais gâché le dîner, mais pas seulement : j'entendais déjà se mettre en branle les rouages de la cancanerie locale du lendemain. "Miriam est charmante, mais son mari, cet écrivain, là… Pff. Un type bizarre, comme tous les artistes. Et t'as vu la vitesse à laquelle il sifflait son vin ? Il a dû quitter le dîner en trombe. Un ami à lui. Des ennuis avec la justice, dites-vous ?"

Je sentais l'énervement, l'exaspération, l'humeur de chien de Miriam planer au-dessus de ma tête.

J'ai essayé de me concentrer pour conduire avec prudence. Manquait plus que j'aie moi aussi un accident, surtout avec deux verres de vin dans le nez. Arrivé à Sainte-Claire, il ne faisait pas encore tout à fait nuit. J'ai demandé la gendarmerie à deux cuisiniers qui prenaient une pause en fumant une cigarette à l'arrière d'un restaurant.

La gendarmerie nationale occupait un bâtiment blanc à deux étages et à toit rouge au cœur du village. Dans mon français de cuisine, j'ai expliqué à l'homme en uniforme qui montait la garde à l'accueil que j'étais l'ami d'Ebeth James Basil (le véritable nom de Chucks), lequel m'avait apparemment appelé de chez eux. Ne parlant pas un mot d'anglais, il a acquiescé sans ouvrir la bouche et m'a fait signe de patienter.

J'ai attendu environ cinq minutes l'arrivée d'un collègue à lui, plus âgé et plus sérieux. Il avait des yeux plissés et une mâchoire carrée.

— Vous êtes l'ami de M. Basil ?

J'ai acquiescé. Le gendarme s'est présenté comme étant le lieutenant Riffle.

— Voilà, monsieur. Votre ami est arrivé il y a une heure et demie en déclarant qu'il souhaitait faire des aveux. Nous l'avons écouté en salle d'interrogatoire, où il nous a rapporté une histoire très étrange.

— Qu'est-ce qu'il vous a raconté ? ai-je demandé, me gardant bien de dévoiler quoi que ce soit.

— Eh bien, en gros, il affirme que lundi dernier il a renversé un homme sur la route départementale. Il dit qu'il n'a pas pu l'éviter, que cette personne a surgi de nulle part au beau milieu de la nuit.

— Oh, mon Dieu.

— Puis, pris de panique en constatant que l'homme était décédé, il aurait fui. C'est du moins ce qu'il affirme. Et qu'ensuite, il l'a regretté, mais que, retourné sur les lieux, il n'a pas retrouvé le corps.

— Quoi ? ai-je fait, l'air de tomber des nues.

Le lieutenant Riffle, qui n'avait rien d'un idiot, a dû deviner mon manège direct.

— Vous étiez au courant ?

— Moi ? ai-je dit en plantant un doigt accusateur sur ma poitrine.

— Écoutez, voilà deux heures qu'on appelle tous les hôpitaux et les urgences de la région. Il n'y a eu aucun accident et on n'a retrouvé aucun cadavre dans les parages cette semaine. Nous avons envoyé des agents inspecter le tronçon de route où votre ami situe les faits. Et les marques sur le Rover qu'il a présentées comme preuves ne sont pas vraiment significatives. Bizarrement, M. Basil dit les avoir frottées à fond. Vous le connaissez bien, M. Basil ?

— Plutôt, oui. Nous sommes de vieux amis.

— Souffre-t-il d'une quelconque maladie mentale ?

Un silence s'est ensuivi. Il y avait de quoi.

— Il a traversé un épisode difficile dans le passé, ai-je répondu en me rappelant une vieille histoire, mais ça remonte à loin. Et c'était en rapport avec les drogues. Vous savez…

— Son examen toxicologique montre qu'il a pris des calmants au cours des dernières heures. Consomme-t-il des stupéfiants habituellement ?

— Ça fait très longtemps qu'il n'a pas touché à autre chose que de la bière. (Ce n'était pas tout à fait vrai, mais à part un petit joint de temps en temps et de l'alcool, Chucks ne s'était pas défoncé depuis qu'il était en France, du moins pas en ma présence.) Il a déjà séjourné dans des centres de désintoxication.

Riffle a marqué un silence, songeur. Je lui ai demandé si je devais trouver un avocat à Chucks, mais il a fait non de la tête.

— Sans indices de crime, et tant que nous n'avons pas découvert le cadavre ou enregistré une disparition dans la région, rien ne justifie une mise en examen. M. Basil n'a fourni aucune description, aucun signalement concernant ce prétendu "cadavre". Il pourrait tout aussi bien s'agir d'une hallucination, de faux aveux ou d'une envie de se faire remarquer, vous comprenez ? En attendant, on ne peut pas le mettre en détention, mais je compte sur vous pour qu'il ne quitte pas la commune.

— Bien évidemment.

— Nous savons qu'il a une propriété à quelques kilomètres du village, et que c'est une célébrité, alors je ne vois aucune raison de le garder une nuit ici. Ramenez-le chez lui, discutez avec lui. Vous devriez peut-être contacter un psychologue.

— D'accord.

J'ai attendu et, dix minutes plus tard, Chucks est apparu en compagnie de deux gendarmes, vêtu d'un chandail blanc. Il n'avait pas l'air franchement content.

— Rien. Tout ça pour rien, mon vieux. T'as appelé Jack ?

— Allez, Chucks, on en parlera tout à l'heure.

Le lieutenant Riffle nous a accompagnés jusqu'à la porte.

— Monsieur Basil, en France, de simples aveux n'entraînent pas une arrestation, et faute de preuves matérielles, votre histoire ne constitue pas un crime. Cependant, je compte sur vous pour ne pas quitter Sainte-Claire pendant quelques jours, le temps de procéder à des vérifications. Entendu ?

— Oui, monsieur l'agent. Vous avez ma parole.

Nous sommes sortis en silence. Chucks a pris sa Tesla et je suis remonté dans ma Spider. Pendant que je conduisais, j'ai essayé d'appeler Miriam, mais elle avait dû oublier son téléphone quelque part. Britney a fini par décrocher.

— Maman est furax.

— J'imagine. Les invités sont toujours là ?

— Ils sont restés encore un petit moment après ton départ. Quand Maman a servi le dessert, ils se sont dépêchés de l'avaler et ils n'ont même pas pris de café. Qu'est-ce qui est arrivé à Chucks ?

— Rien. Une histoire très bizarre. Je vous la raconterai en rentrant.

— Dépêche-toi, papa. Je crois que c'est un de ces fameux jours où…

— Oui… Je vois très bien.

Arrivés chez Chucks, on a garé nos voitures respectives l'une derrière l'autre. J'ai suivi mon ami à l'intérieur. On a ouvert les portes-fenêtres donnant sur la terrasse arrière et on s'est assis. Chucks s'est préparé un gin tonic et m'en a proposé un, que j'ai refusé. On avait suffisamment abusé de l'alcool au volant.

— Rentre chez toi, voyons. T'arriveras peut-être au dessert.

Je lui ai dit de ne pas s'inquiéter.

— Je vous ai gâché votre soirée, et tout ça pour des prunes.

— Pas pour des prunes, Chucks. C'est bien. T'as fait… comme tu le sentais.

Lola rôdait dans nos pattes, elle nous a léchouillé les mains avant de s'installer aux pieds de Chucks.

— Mais ce type est toujours mort quelque part. Tu sais que j'ai rêvé de lui, cet après-midi ?

— Rêvé ?

— Oui. J'étais à une terrasse de café, à Londres. Il était là, devant moi, la petite trentaine, bien sapé, le visage intact. On buvait notre pinte de bière et on discutait, il me disait que je n'y étais pour rien dans l'accident.

Il a bu une gorgée de gin tonic, on est restés tous les deux à cloper en silence. La fumée de nos cigarettes formait un fil parfaitement rectiligne. Chucks avait le regard dans le vague, des cernes profonds.

— J'avais l'impression de le connaître. Je voyais parfaitement son visage, chaque détail. Un gars aux yeux en amande, avec un menton proéminent. Il parlait précipitamment, mangeait ses mots, comme quand on a beaucoup à dire en très peu de temps. Je ne comprenais pas la moitié de ce qu'il me racontait, mais il était là, devant moi… Un truc de dingue.

— Tu m'étonnes.

— Il me disait que j'avais une mission à accomplir, que j'en détenais la clé. Je lui demandais laquelle, mais il restait muet. Tout à coup, il avait la bouche cousue de fil blanc. Et puis quelqu'un lui avait cousu ensemble les manches de sa chemise, il était assis bras croisés, comme un fou. Alors il se mettait à hurler, les yeux grands ouverts. Il avait le regard vide, bovin, et la tête couverte de petites coupures. Puis je le revoyais sur la route et je le percutais encore avec ma voiture. BOUM, il volait par-dessus mes phares. Et là, je me suis réveillé et j'ai décidé d'aller me livrer.

— T'as fait ce qu'il fallait, mon vieux. Tu te sens mieux ?

— Oui, mais maintenant ces flics croient que je suis cinglé. Et toi, Bert ?

Je me suis tu, pensant à cette ancienne histoire dans la vie de Chucks. Elle m'était revenue quand le gendarme m'avait demandé si Chucks pouvait être atteint d'une maladie mentale et que je lui avais répondu qu'il avait “traversé un épisode difficile dans le passé”.

“Et si ça recommençait ?” me suis-je dit.

5

Il y a un million d'années, en 1995, si je ne m'abuse, Chucks venait d'achever une tournée européenne. À cette époque, il passait rarement une journée sans picoler. Il se défonçait avec tout ce qui circulait dans les coulisses, ce qui représentait des montagnes de drogue.

À la fin de sa tournée, il s'est installé à Amsterdam chez sa petite amie de l'époque, Elise Watenberg, un splendide mannequin hollandais. Ils avaient prévu d'y rester l'hiver – une sorte de sas de récupération avant d'affronter l'année 96 et la tournée en Amérique qui l'attendait – et de passer Noël à Londres.

Je suppose qu'à Amsterdam on ne menait pas une vie franchement saine en ce temps-là, si bien que Chucks a poursuivi sur sa lancée de champion de l'autodestruction. Elise n'était pas vraiment une sainte non plus, et ainsi qu'elle me l'a raconté plus tard, leur vie était plutôt chaotique dans cet appartement du Pijp. Bringues à n'en plus finir, parties à trois, partouses. Elise était branchée échangisme et ne faisait pas la dégoûtée devant une femme. On sait tous qu'à l'époque, Amsterdam était le grand carnaval versicolore de toutes les drogues.

Toujours est-il qu'au cours de ce mois d'octobre, Chucks commença à se sentir observé "par des gens" pendant ses promenades en ville ou ses virées nocturnes. C'est ce qu'il nous avoua longtemps après, à Miriam et moi. Des gens, toujours les mêmes, mais "fringués" différemment. "Un Chinois aux yeux bridés, un type avec une tête d'Arabe, un autre…"

Une vingtaine de personnes se seraient relayées, lui collant au train pour une raison inconnue : l'espionner, le séquestrer, ou pire. Dans son dernier disque, deux morceaux insultaient ouvertement le gouvernement des États-Unis et les *neocons*, des textes qui avaient provoqué des crises d'urticaire et une avalanche de censures aux États-Unis, où il devait entamer une tournée au début de l'été suivant.

Son imagination exaltée avait établi un lien entre ces différents éléments, lui suggérant que ces individus d'Amsterdam étaient des agents de la CIA.

"Un jour, on était dans un restaurant avec Elise et des amis, à boire jusqu'à l'eau des vases, quand j'ai vu qu'ils m'épiaient, assis à une table. Le Chinois, l'Arabe et une grande bringue. Je me suis levé et me suis approché d'eux, j'en ai chopé un par la cravate et je lui ai hurlé JE VOUS AI REPÉRÉS. T'aurais vu le scandale ! Mais je me suis pas fait arrêter, comme l'a prétendu la presse. J'ai pris ma voiture et roulé toute la nuit jusqu'à Paris."

Selon lui, ces agents l'avaient suivi sur l'autoroute jusqu'à Paris. Il avait pris une chambre au George-V et appelé Jack Ontam pour qu'il vienne à sa rescousse avec deux gros bras, sous prétexte qu'on cherchait à lui "faire du mal". Le lendemain, il s'envolait vers Heathrow en jet privé.

Chucks a été interné pendant deux mois, puis il a été transféré dans un centre de désintoxication en Irlande, au sud de Dublin (où il est devenu très ami avec Jimmy Page). Il a passé l'hiver 1995 à peindre des aquarelles et à apprendre à modeler des statuettes en argile. Je suis allé lui rendre visite deux ou trois fois, on s'est même payé un voyage en van à travers l'Ouest du pays et la côte du Connemara, un voyage de "fin de cycle junkie" où il a promis de tout arrêter. Avec la bénédiction de Miriam, nous l'avons invité à passer Noël chez nous. À ce moment-là, il avait pris conscience de son délire. "Je n'avais plus le contrôle de mon esprit, j'avais perdu les pédales, Bert. Je ne veux pas revivre ça." Il nous a raconté aussi qu'après sa petite aventure d'espionnage en Europe, il avait rompu avec Elise, qui passait apparemment par une phase homosexuelle avec une Danoise.

Miriam avait invité sa meilleure amie, Linda Fitzwilliams, à ce même réveillon. Linda ressemblait à un angelot. Une étudiante en école d'ingénieur aux yeux bleus et aux cheveux roux dotée d'un joli corps d'athlète semi-professionnelle. Chucks et elle se sont trouvés par hasard assis côte à côte et l'alchimie instantanée qui s'est produite entre eux n'a échappé à aucun invité. Linda provenait d'un milieu ouvrier et avait grandi dans un quartier dur de Londres. Elle ne se laissait pas impressionner par la grandiloquence de Chucks, à qui elle cloua le bec plusieurs fois sans la moindre hésitation. Au lieu de prendre la mouche, Chucks se contentait de la regarder en rigolant. Et quand était venu le moment d'ouvrir les cadeaux tirés au sort sous le sapin, ils étaient déjà en train de nous organiser un voyage en Écosse où Linda connaissait un endroit parfait pour passer le réveillon de la Saint-Sylvestre. Finalement, personne ne fut intéressé et ils y allèrent tous les deux en amoureux. Voilà comment débuta l'idylle de Linda et Chucks. Je n'avais jamais vu mon ami aussi heureux, au point qu'à peine un mois après le début de leur liaison, il faillit la demander en mariage (ce que je lui déconseillai). Quant à Miriam, elle vit d'emblée leur relation d'un mauvais œil. Elle connaissait Chucks, elle l'aimait bien, mais il lui faisait peur. Elle disait que c'était "une catastrophe ambulante", un "égoïste qui joue les mecs sympas". Après l'accident, elle avait carrément décidé de le haïr de toutes ses forces, ce qui était toujours d'actualité, jusqu'à ce soir.

Voilà pourquoi, la trouvant assise seule dans le salon, un verre de vin à la main, j'ai d'abord décidé de me taire. M'ayant entendu entrer, Britney a commencé à descendre au rez-de-chaussée, puis s'est immobilisée au milieu de l'escalier.

— Je reviens du commissariat, ai-je dit en fermant la porte. Chucks a eu un accident.

Miriam a écarquillé les yeux.

— Quoi ? a fait Britney en descendant quelques marches et en se tenant à la rambarde. Il va bien ?

Dilemme. Chucks était mon ami, Miriam ma femme. Devais-je lui raconter la vérité ? À quoi cela aurait-il servi ? Était-il véritablement arrivé quelque chose ?

— En voiture, ai-je fini. Plus de peur que de mal.

Le regard de Miriam s'est perdu au loin, mais je savais parfaitement où.

— Il était… ?

— Non. Sobre comme un chameau. Il a dû patiner sur une flaque d'huile. Sa voiture a juste quelques éraflures et il a un peu mal aux articulations. Ça ira.

— Bon sang, Chucks et… a-t-elle lancé avant de s'interrompre.

— Vas-y, dis-le Miriam, l'ai-je encouragée.

— … et les voitures. Chucks et ses satanées voitures, a-t-elle lâché avant de s'enfiler une grande gorgée de vin.

Cette nuit-là, j'ai rêvé de Chucks, Miriam, Linda et moi. On était sur une plage en Espagne, à jouer de la guitare et à boire de la bière autour d'un feu de camp. À la lueur des flammes, Miriam et Linda étaient les deux filles de vingt-sept ans les plus belles du monde. Chucks se levait, contemplait les étoiles et criait : “Ils sont là !”, et nous rigolions en chœur. On était en 1999, l'été où nous avions sillonné l'Espagne, le Maroc et le Portugal à bord de deux vans. Mais cette nuit-là, sur cette plage de Cadix, des silhouettes commençaient à se profiler dans le lointain. Dix, vingt, trente personnes qui avançaient vers nous, menaçantes. J'essayais de prévenir mes amis, qui continuaient à rire sans me prêter attention.

III

1

Le lendemain est arrivé, d'un bleu absolu, et même si l'histoire de Chucks me taraudait, j'étais toujours un écrivain avec son lot d'obligations.

Je me suis levé d'un bond, me suis préparé un café et l'ai bu en fumant ma première cigarette, assis à notre petite table de jardin à l'arrière de la maison, en contemplant le splendide spectacle printanier qui se déployait sous mes yeux. En Provence, les choses possèdent une aura et un arôme. L'herbe, les arbres, la lavande embaument, rayonnent, t'invitent à les peindre ; pas étonnant que tant d'artistes célèbres aient voulu séjourner sous cette lumière. On dit aussi que le parfum de lavande renforce la confiance en soi. Il est scientifiquement prouvé qu'on prête plus volontiers de l'argent à un type qui fleure bon la lavande. C'est sans doute pourquoi, ce matin-là, ma foi en mon talent d'écrivain affichait six sur dix et je me suis senti capable de pondre un bon paquet de feuillets.

Après avoir fini mon café, j'ai gagné mon cabanon. Assis dans mon confortable fauteuil de ministre, j'ai allumé l'ordinateur. J'avais sous les yeux, posés sur la grande table en bois, des tas de papiers où j'avais pris des notes en vrac. L'un d'eux, près de mon clavier, était censé contenir ma meilleure idée jusqu'à nouvel ordre :

"Bill vient d'arriver à Testamento sous les dehors d'un vendeur d'abonnements pour une revue religieuse. Alors qu'il mange une glace chez Andy's, il croise par hasard Patty Carcaiste, bénévole au centre d'assistance pour femmes célibataires. Elle devient sa seizième victime."

À la lueur du soleil matinal, ce plan m'a paru complètement tarte. Je l'ai pourtant relu et, prenant une grande respiration (lavande, lavande !), j'y ai réfléchi.

"Écris ce qui te passe par la tête, mon coco. T'as un contrat à honorer, un roman à finir, alors fonce !"

Nora Lee, mon éditrice chez S & S, avait acheté à prix d'or le troisième volume de *Premières lueurs du jour à Testamento*, à une condition : que l'assassin soit encore Bill Nooran et que le livre dépasse les cinq cents pages. (Romans à vendre au kilo !)

J'avais attaqué en janvier, vent en poupe (près de cinq pages par jour), alignant six chapitres d'affilée tel un surfeur à la conquête d'une vague géante. J'avais montré ce début à Mark qui l'avait transféré à Nora Lee à New York. Celle-ci avait envoyé un mail dithyrambique en retour. Et voilà qu'à présent je ramais, plus laborieusement de jour en jour. De deux mille à trois mille mots pour une séance moyenne, j'avais dégringolé à cinq cents ou mille en mai. Certains jours, j'avais carrément souffert du "syndrome de la page blanche", sans me décider encore à actionner la sonnette d'alarme. La panne, cette bête noire des écrivains professionnels, est toujours le symptôme d'autre chose. Fatigue, absence de perspective ou besoin de se déconnecter le cerveau.

Il était 10 h 30 quand un coup de klaxon m'a tiré de mes pensées. Je suis sorti et j'ai vu la fourgonnette de la poste stationnée derrière la clôture.

Le facteur, qui avait une vague allure de délinquant juvénile en réinsertion, m'a remis un colis assez lourd.

— Ça vient d'Angleterre, a-t-il dit sans dissimuler sa curiosité déplacée.

J'ai regardé l'expéditeur : "M. B. Ukraine Street, 318. London." Je ne connaissais qu'une personne habitant au 318 de la rue d'Ukraine : Mark Bernabe, mon agent. J'ai supposé qu'il s'agissait de quelques exemplaires justificatifs d'une quelconque édition étrangère, peut-être la version hollandaise de *Premières lueurs*... J'ai apporté la boîte dans mon cabanon. Elle contenait plusieurs livres et un petit mot de Mark. Avant de le lire, j'ai soulevé un des lourds volumes.

L'illustration de couverture, de style gothique, dans des tons sombres, représentait une vieille maison plongée dans le brouillard au cœur d'un paysage marécageux et une femme avançant en sa direction. Le titre était en grands caractères rouges :

NUIT DE JALOUSIE MEURTRIÈRE

AMANDA NORTHÖRPE

— C'est quoi, ce bordel...

J'ai pris le mot de Mark :

Cher Bert,

Contrairement aux apparences, ceci n'est pas une mauvaise plaisanterie. L'agent d'Amanda m'a expédié ces livres à Londres, ils sont dédicacés. Il serait peut-être temps de faire la paix, vous deux. Après tout, vous êtes confrères. Je t'embrasse.

Mark.

PS. : Comment se porte Bill ?

J'ai ouvert *Nuit de jalousie meurtrière* et j'y ai découvert la dédicace de miss Northörpe :

> Pour Bert, avec toute l'humilité d'une apprentie et en espérant avoir le privilège de ta lecture. Je t'embrasse. Amanda.

J'étais mort de rire. J'ai refermé le livre et examiné la quatrième de couverture : le portrait de la jeune et séduisante Amanda Northörpe me souriait au-dessus d'un hyperbolique échantillon de prose markienne :

> Avec plus d'un million d'exemplaires vendus à travers le monde, Amanda Northörpe s'affirme d'une façon magistrale comme la nouvelle virtuose du thriller. Rejoignez les milliers de lecteurs qui se sont laissé captiver par les inquiétantes enquêtes de l'inspectrice Ratty Callahan secondée par son majordome et amant, Mr Bundt.

J'ai contemplé encore ce joli minois souriant d'à peine vingt-six ans, constellé de taches de rousseur et encadré de cheveux roux.

— Au fond, t'as la classe, miss Northörpe.

L'an passé, lors d'une conférence à la Foire de Francfort, j'avais lancé une pique à propos des ouvrages d'Amanda Northörpe, et c'est de là que tout était parti. Un journaliste m'avait demandé si j'avais lu le dernier auteur en vogue et j'avais répondu – avec assez peu de jugeote – que je n'avais pas pu dépasser les premières pages. Ma sortie avait fuité, se transformant en putain de gros titre. Quelqu'un avait parlé de "guerre entre le maître et la disciple", j'avais contesté, mais j'avoue que le phénomène Northörpe avait torpillé quelques-uns de mes lancements d'été aux États-Unis et en Europe du Nord. Étions-nous en guerre pour autant ? Non, même si ça fait mal d'être détrôné, de vieillir, de sentir que quelqu'un de plus jeune commence à vous détrôner.

J'ai passé le reste de la matinée à tenter d'esquisser une réponse à miss Northörpe, mais je n'en ai pas trouvé de réellement sincère. Vers midi, Britney m'a tiré de mes pensées. Elle a déboulé dans le cabanon et m'a trouvé allongé sur le canapé, un bouquin à la main.

— Tu lis quoi ? Un Northörpe ? Je croyais que tu la détestais.

— Elle n'est pas si mauvaise, mais elle m'endort. Elle m'a envoyé deux livres en mode narquois. Dédicacés et tout.

Britney a rigolé.

— Tu peux m'emmener à Sainte-Claire ? Je dois apporter la basse et quelques affaires chez les Todd, j'ai pas envie d'y aller en scooter.

Ce programme m'a semblé bien plus intéressant que d'entrer dans le monde mystérieux de Ratty et Mr Bundt. J'ai posé le livre et suis allé chercher ma veste.

2

J'adorais être en voiture avec Brit. Contrairement à Miriam, elle aimait la vitesse. Comme moi, elle avait plaisir à prendre un virage en surrégime avec la musique à fond, en chantant. On a fredonné *Off the Record* de My Morning Jacket et on a interpellé les cyclistes qu'on croisait. On a eu droit à des sourires. C'est l'avantage de trimballer une blonde en décapotable.

On a atteint Le Sapin Rouge en un quart d'heure, puis on a pris la route qui grimpait vers le mont Rouge, celle où Chucks avait eu son "accident". J'ai un peu ralenti. C'était un interminable lacet qui montait et descendait au milieu d'une grande forêt. On a dépassé la boutique d'artisanat de M. Merme et l'entrée de son petit "comptoir" de meubles du XVIe siècle. J'ai imaginé que le virage fatidique était un de ceux-là.

— Qu'est-ce qui se passe, papa ? s'est enquise Britney.

— Rien, il m'a semblé voir un hérisson.

Je voulais m'arrêter pour jeter un œil aux alentours.

Après avoir déposé Britney chez les Todd, j'ai rebroussé chemin, beaucoup plus lentement cette fois, jusqu'au fameux endroit.

Dans ce sens-là, la courbe était en descente. À droite le bois, à gauche le flanc de colline découpé et retenu par un revêtement en ciment. Si ça s'était passé comme

Chucks le clamait – sa vitesse excessive, la braise sur son siège, sa chemise imbibée de vin… –, il fallait reconnaître qu'il n'avait pas eu beaucoup de temps pour freiner. J'ai essayé de calculer la distance que pouvait parcourir une voiture lancée à quatre-vingts kilomètres-heure alors que son conducteur essayait d'éteindre une cigarette avec son derrière et que quelqu'un surgissait d'un coup au milieu de la chaussée.

J'ai regardé dans le rétroviseur, personne derrière moi. J'ai freiné et ralenti à vingt kilomètres-heure, en quête d'un endroit où m'arrêter. La forêt qui s'ouvrait à ma droite ressemblait à une immense gorge vert sombre. La ligne droite n'offrait aucune possibilité de stationner, mais un étroit sentier rural démarrait cent mètres plus loin. Ce n'était pas discret, mais à cette heure la route était déserte. J'ai viré peut-être un peu trop vite, mon bolide en a profité pour tenter une ruade, mais j'ai réussi à le maîtriser et à me faufiler pile poil dans le chemin, puis je me suis arrêté.

J'ai longé à pied l'accotement quasi inexistant jusqu'au virage.

Envahi d'arbustes et de broussailles, le bois qui bordait le macadam semblait impénétrable. Le terrain s'inclinait en pente douce, formant un fossé. J'ai heureusement trouvé un sentier caillouteux en descente et je l'ai suivi jusqu'à une épaisse forêt de pins et de châtaigniers qui plongeait à pic.

J'ai dérapé à plusieurs reprises, atterri dans des ronces, j'avais le pantalon tout crotté, des épines dans le corps et j'ai commencé à nourrir des doutes sur ma petite expédition. La forêt devait aboutir à une formation de rochers abrupts ou sur les flancs d'une autre colline. Que pensais-je découvrir ? La maison de Hänsel et Gretel ? Et que dire de ma Spider stationnée sur ce chemin rural, exposée aux sévices d'un fermier au volant de son tracteur.

Au moment où mes élans détectivesques commençaient à flancher, le relief s'aplanissait et j'ai entrevu une percée de lumière au loin. J'ai pressé le pas jusqu'à la dernière rangée d'arbres.

Je me trompais sur ce qu'il y avait au bout de la forêt de pins : nullement un accident géologique infranchissable, mais un joli champ de colza d'un jaune d'or étincelant. Ce terrain à l'abri au milieu de la forêt devait s'étendre au moins jusqu'aux abords de Sainte-Claire. On distinguait une grande bâtisse blanche au loin. Une maison de maître flanquée de quelques dépendances.

De l'endroit où je me trouvais, je ne voyais aucune activité, aucun passage à travers champs, hormis quelques stries sans doute creusées par les roues d'un tracteur. J'ai été sérieusement tenté de marcher au milieu de cette mer de fleurs, mais j'étais statufié, comme si je venais de découvrir la maison de la sorcière tapie au fond de la forêt, un trésor enchanté ou maudit. Cette demeure était située non loin de l'endroit où Chucks était censé avoir renversé un homme qui semblait en fuite.

"Fuyant cet endroit ?"

Je me suis caché derrière un pin, un frisson m'a parcouru la nuque tandis que je contemplais l'image même de la tranquillité. La maison au milieu du colza devait se trouver à deux kilomètres, de là où je me tenais, je ne voyais pas grand-chose. Ni gens ni voitures, aucun signe de vie hormis les fleurs bercées par le vent.

Je contemplais ma troublante découverte depuis environ deux minutes lorsque j'ai entendu un craquement dans mon dos. Un bruit de branches brisées et de feuilles remuées à toute vitesse. Je me suis retourné. Quelque chose approchait à travers bois, une masse sombre cavalant à fond de train.

Il m'a fallu quelques minutes pour comprendre, mais trop tard. Je n'ai même pas eu le réflexe de détaler. Le monstre à quatre pattes, un molosse grand comme un cheval, déboulait en aboyant à tue-tête.

J'ai regardé autour de moi et repéré une branche au sol. Je l'ai attrapée en quelques enjambées. Elle n'était ni aussi longue ni aussi grosse que je l'aurais souhaité, mais je n'avais rien d'autre pour me défendre contre cette bête qui galopait dans ma direction, ses pattes retentissant comme un tank de la *Blitzkrieg*.

Quand l'animal a surgi, j'étais abrité derrière un tronc d'arbre (j'y aurais bien grimpé, mais je ne m'en sentais pas capable). J'ai alors constaté, horrifié, ses dimensions réelles. Debout sur ses quatre pattes, sa tête m'arrivait à la poitrine. Ses crocs n'avaient rien à envier à ceux d'un tigre. Bon Dieu ! Si cette mâchoire m'enserrait le cou, je pouvais tirer ma révérence.

— Tout doux, mon lapin, lui ai-je lancé d'une voix un brin ridicule qui l'a juste fait grogner plus fort.

La branche que j'empoignais d'un air menaçant a semblé dissuader le monstre de se jeter sur moi et de me dépecer sur place.

Mais après un examen rapide, il a dû comprendre que mon bout de bois ne représentait pas un réel danger. Il a fait un bond en avant pour venir tout près de moi. Il aboyait de plus belle, l'écume qui dégoulinait de ses babines m'éclaboussait.

J'ai hissé mon arme et battu l'air pour lui montrer à quoi il s'exposait s'il avançait, mais ma manœuvre était pitoyable, pire que si je n'avais rien fait. Il allait de soi, même pour une intelligence canine, que je brandissais un gourdin de pacotille.

Il a fléchi les pattes arrière, prêt à bondir. Me contenter de rester caché était risqué, alors j'ai fendu l'air avec ma branche aussi vite que possible, utilisant la technique samouraï dite "du ventilateur", et ça l'a un peu calmé. Mais le molosse, programmé pour tuer, s'est propulsé sur mon flanc. Je me suis retrouvé à portée de ses mâchoires.

J'ai entendu un sifflement strident qui a vrillé mes tympans et ceux du chien. Il s'est immobilisé quelques secondes et j'en ai profité pour retourner m'abriter derrière le tronc. Le sifflement a repris et l'animal s'est figé pour de bon, tout en continuant d'aboyer. Dans sa langue, il devait être en train de me dire : "Je vais te briser la nuque d'un coup de mâchoire et te bouffer les tripes."

J'ai regardé sur le côté et vu deux hommes courir entre les arbres.

— Ne bougez pas ! Ne courez pas ! m'a crié l'un d'eux en français.

J'ai respiré, soulagé, sans changer de position. Le chien non plus n'a pas bronché. Il était parfaitement dressé.

Les hommes sont arrivés : l'un était âgé d'une vingtaine d'années, l'autre d'une quarantaine. Ils portaient des tenues de chasseur mais n'étaient pas armés.

Le jeune a fondu sur le chien et l'a mis en laisse. L'aîné, yeux verts globuleux, cheveux roux et raides, corpulence imposante, loin de s'excuser d'avoir lâché son fauve sur moi, m'a lancé :

— Que faites-vous ici ? Vous êtes sur une propriété privée.

— Comment ? Je... Je me promenais, je n'ai vu aucun panneau indiquant quoi que ce soit.

— On va quand même pas mettre un panneau sur chaque arbre. Vous avez remarqué qu'il n'y avait aucun sentier public, non ?

— Oui, c'est vrai, mais votre chien pourrait provoquer un très grave accident, vous savez ? La route est à peine à deux cents mètres. Imaginez qu'un enfant descende pour faire pipi. C'est imprudent, de le laisser en liberté.

— C'est notre problème, m'a répondu l'homme sur un ton assez désagréable.

— Ah bon ? C'est peut-être le mien aussi, ai-je répliqué, énervé. Et celui de la police.

L'homme a souri. Il portait une chemise kaki légèrement imprégnée de sueur. Il a porté la main à sa poche et en a sorti un téléphone mobile.

— Tenez, vous voulez l'appeler ?

— Je n'y manquerai pas, ai-je répondu en me remettant en marche. Mais avec mon propre téléphone, merci. Je peux avoir votre nom, s'il vous plaît ?

Je tenais la technique du "je peux avoir votre nom" d'un *road manager* de Chucks qui demandait toujours l'identité des gens qui lui cassaient les pieds. Mais il devait sûrement s'y prendre autrement car, avec moi, ça n'a pas marché. Le type aux yeux globuleux a rangé son téléphone dans sa poche, s'est adressé en français au jeune qui tenait le chien en laisse, puis m'a ordonné, d'un air plus mauvais que son chien :

— Bon, je vous le répète : déguerpissez !

Le chien hurlant et ces deux paramilitaires ne m'ont inspiré aucune réplique héroïque hormis : "Bonsoir." Je les ai entendus chuchoter dans mon dos pendant que je m'éloignais. Ils ont dû trouver un côté comique à la scène car ils se sont mis à rigoler. Je me serais bien retourné pour leur cracher une insulte dans ma langue, mais je me suis souvenu que le chien était toujours affamé.

Juste avant de rejoindre la route, j'ai quand même jeté un regard en arrière pour les voir marcher entre les arbres, le chien devant eux tirait sur la laisse en reniflant le sol.

— Ils cherchent quelque chose ? ai-je murmuré entre mes dents. Ou bien quelqu'un.

3

Tandis que j'attendais sagement assis dans le hall de la gendarmerie, j'entendais à travers la porte entrouverte un riverain se plaindre des places de stationnement que la mairie venait de tracer devant chez lui. De sa voix de fonctionnaire blasé, V. J. essayait de calmer sa fureur en lui promettant de trouver une solution.

— C'est une petite commune et je suis l'unique bureau des réclamations, m'a-t-il expliqué quand je suis entré dans son antre et me suis laissé choir sur une chaise. Cela dit, on trouve toujours moyen de satisfaire tout le monde.

Sa table était jonchée de dépliants sur la Thaïlande. Je savais que V. J. projetait de prendre sa retraite dans un condominium de ce pays où il devait rejoindre d'anciens collègues vivant comme des pachas de leur pension française.

— Je pensais que c'était pas pour tout de suite.

— Non, bien sûr, mais j'irai peut-être faire un tour dans la résidence cette année. Il faut réserver sa place longtemps à l'avance, vous savez. Et puis le mois de décembre est trop déprimant, en Provence. Le froid, la pluie… mes vieux os de fonctionnaire craquent de plus en plus.

— Vous n'êtes pas si vieux que ça, Vincent.

Il a ri.

— Merci, Bert. Alors, qu'est-ce qui vous amène ? J'espère que ce n'est pas mon roman, je ne l'ai pas encore fini.

— Non… C'est autre chose, une drôle d'histoire qui m'est arrivée. J'ai un ami dans la région du nom de Chucks Basil, il habite à Sainte-Claire. Il est allé se livrer hier soir à la gendarmerie en déclarant qu'il avait renversé un homme.

— Ah oui, a fait V. J. en souriant. On m'en a informé ce matin. C'est le type qui dit avoir renversé quelqu'un sur la D81 ? Il paraît que ses aveux étaient un tantinet extravagants. Il prétend que le cadavre a disparu. Ça alors ! J'ignorais que c'était votre ami…

— Un vieil ami, même. Il est venu s'installer ici il y a un an, mais on se connaît depuis un bail. Vous savez si on a du neuf là-dessus ?

— Rien du tout. Une patrouille de Sainte-Claire a passé la route au peigne fin ce matin à l'aube. L'ennui, c'est que l'accident a eu lieu il y a plusieurs jours… enfin, d'après les dires de votre ami. C'est une vieille star du rock, non ?

— Oui. Le gars qui chantait *Une promesse est une promesse*. Vous vous en souvenez ?

J'ai fredonné l'air et V. J. l'a reconnu.

— Mais oui ! Mon ex-femme l'adorait. Écoutez, monsieur Amandale, ne le prenez pas mal, mais… c'est en lien avec les questions que vous m'avez posées hier matin ?

Je n'ai pas pu éviter de piquer un petit fard.

— Chucks me l'avait raconté, c'est vrai, et j'ai trouvé ça tellement invraisemblable que j'ai préféré vérifier auprès de vous d'abord.

V. J. a baissé les yeux en tambourinant de ses doigts sur un dépliant touristique.

— Vous auriez dû me le dire, Bert, a-t-il déclaré d'un ton professoral avant de s'éclaircir la gorge. On est en confiance ! C'est un petit patelin, ici, vous savez bien. On doit s'entraider.

— Je sais, ai-je souri. Mais moi non plus, j'y croyais pas vraiment. Chucks a une imagination débordante et… ce n'est pas la première fois que ça lui arrive.

— Ben oui… Une star du rock ! s'est-il écrié en dessinant une arabesque de la main. Enfin, passons à autre chose. Alors, qu'est-ce qui vous amène ?

— Voilà. Ce matin, je passais par hasard par le mont Rouge et je n'ai pas pu m'empêcher de m'arrêter. Je me suis garé sur le bas-côté et je suis descendu faire un tour. Il y a une forêt de pins vraiment magnifique, mais j'ignorais que c'était une propriété privée.

V. J. a froncé les sourcils.

— Une propriété privée ?

— Ce n'est pas le cas ? Cette forêt de pins au bord de la route…

— Pas que je sache, pourquoi ?

— Ah ben mince alors ! Y a des types avec un chien, pour pas dire un cheval avec des crocs, qui m'ont quasiment viré à coups de pied sous prétexte que j'étais sur une propriété privée.

V. J. s'est adossé à sa chaise, a posé les mains à plat sur le bord de son bureau tel un amphibien.

— Ça s'est passé où, exactement ?

— Attendez que je réfléchisse... J'avais un grand champ de colza en fleur devant moi. Et au fond je voyais une grande maison de maître.

— Ah, oui, chez les Van Ern. C'est un centre de désintoxication.

— Un quoi ?

— Une clinique de luxe pour alcoolos et junkies friqués.

— J'ignorais son existence, ai-je dit. Je connaissais celle de Castellane, mais celle-là...

— La Provence en est remplie, croyez-moi. Depuis que les Rolling Stones se sont installés sur la Côte d'Azur en 1971, c'est devenu un lieu d'exil officiel pour célébrités tourmentées. Ce n'est pas à vous que j'apprendrai ça... a-t-il glissé en rougissant. Enfin... je ne veux pas dire que vous êtes une célébrité tourmentée... mais vous me comprenez.

— Bien sûr, bien sûr, ai-je répondu en pensant : "Si vous saviez, V. J."

— C'était peut-être des gens du centre Van Ern, a-t-il repris peu après.

— Qui donc ?

— Ceux qui vous ont molesté. Je sais qu'ils ont des agents de sécurité. Surtout à cause des paparazzis et de quelques tentatives d'introduire des drogues douces. Il y a deux ans, ils nous ont amené un jeune homme qui livrait du haschisch à un pensionnaire. On l'a laissé une nuit au trou à chialer comme un morveux. Un Niçois lui avait filé trois mille euros pour tenter d'envoyer la drogue à l'intérieur d'une balle de tennis.

— Mince alors ! Il y a donc du beau linge, dans cet endroit.

— Ça ne se sait pas, évidemment. Une des clés de la réussite de ces centres, c'est justement de garder le secret sur l'identité de leurs hôtes. On voit parfois aller et venir leur hélicoptère. On suppose qu'ils vont cueillir les gens à l'aéroport de Marseille ou de Nice et qu'ils les amènent directement. Pareil pour le personnel. Il n'y a quasiment que des étrangers, pour éviter les fuites et les racontars. Mais quelques noms ont quand même franchi le champ de colza.

V. J. a rassasié ma curiosité en me citant de véritables légendes du cinéma et du rock. L'un d'entre eux, insoupçonnable, m'a laissé bouche bée.

— Putain. Il était alcoolique ! J'étais persuadé que c'était le mec le plus sain d'Hollywood.

— Accro aux somnifères. C'est du moins le bruit qui court. Mais il ne faut pas tout prendre pour argent comptant, n'est-ce pas ? Bref, je suis presque sûr que vous avez croisé leurs "hommes de main". Vous voulez que je leur remonte les bretelles ? Je leur dirai que vous n'êtes pas un paparazzi, mais un de nos plus illustres voisins. Leur chien était en liberté ?

J'ai dit à Vincent de laisser tomber, d'un coup je n'avais plus besoin de laver mon honneur. En revanche, tout ce qu'il venait de me confier me faisait froid dans le dos.

— Et si ce type que mon ami prétend avoir renversé venait de la clinique ? C'était peut-être une célébrité qui a fait le mur pour partir en bringue ?

V. J. a rigolé.

— Belle hypothèse. Attendez que je passe quelques coups de fil. Je connais bien les Van Ern. Des gens de la haute, mais très aimables et chaleureux. Je leur demanderai si un de leurs patients est revenu avec une jambe cassée lundi dernier. Ha ha ha !

— Merci, Vincent. Ah, tant que j'y pense : vous savez s'il y a un ermitage dans le coin ?

— Un ermitage ? a-t-il ri. Vous me posez de drôles de questions, aujourd'hui, monsieur Amandale. Mais non, ça ne me dit rien du tout.

— Merci. Essayez de ne pas trop ébruiter cette affaire, je vous prie. Chucks est une célébrité et… vous connaissez la chanson.

— Ne vous inquiétez pas, Bert, m'a rassuré V. J. en m'adressant un clin d'œil. Je serai muet comme une tombe.

4

J'ai passé l'après-midi à Avignon avec les filles. Le soir, Brit est allée au cinéma en plein air à Sainte-Claire avec "des amis" (sans préciser lesquels). J'en ai profité pour inviter Miriam au Puits Daphné, à Aix-en-Provence, un de ses restaurants préférés. On a passé le dîner à parler de quelques artistes que Miriam avait repérés pour des expositions à Londres. À vrai dire, c'était plutôt elle qui parlait. Je me chargeais de remplir nos verres tout en gambergeant sur l'histoire de Chucks. Je craignais que le téléphone sonne pour m'annoncer encore une mauvaise nouvelle. Miriam semblait lire ma crainte sur mon visage et s'efforçait d'éviter le sujet, mais je sentais qu'elle brûlait de savoir ce qui se passait. Elle a fini par me demander si tout allait bien.

— Tu m'as l'air ailleurs, Bert. Ma conversation t'ennuie ?

Imaginez une femme splendide, élégamment vêtue, ses cheveux d'or attachés en chignon, des boucles en diamants ornant ses jolies petites oreilles. Une table à l'air libre sur une petite place dans une belle ville française. Les étoiles, la brise printanière, le brouhaha des conversations, le bruit des bouteilles que l'on débouche et le murmure de la fontaine, un duo de violon et violoncelle dans un bar voisin. Imaginez la scène et essayez de ne pas vous sentir d'humeur romantique. Y parvenez-vous ? Moi, oui.

— Non, chérie, ai-je dit. Je suis juste un peu inquiet…

(Ah, ces jolies joues qui s'embrasent…)

— Pour Chucks ? Et zut ! a-t-elle râlé en prenant sa serviette sur ses genoux et en la jetant sur la table. Pourquoi c'est pas lui que t'as invité à dîner ?

— Allons, Miriam. Je suis désolé, c'est à cause de l'accident. Je l'ai trouvé très déprimé, dans un état bizarre.

— Chucks est toujours déprimé et bizarre, Albert. Et quand j'essaie de dîner tranquillement en tête à tête avec toi, il finit toujours par s'interposer entre nous.

— Faut pas lui en vouloir. Il est très seul, le pauvre.

— Mais tu te rends compte de ce que tu dis ? Ce n'est pas contre Chucks que j'en ai. Il n'est que l'alibi dont tu te sers pour ne pas faire ce qu'on avait prévu en venant ici : repartir de zéro, rencontrer des gens nouveaux. On dirait que t'es seulement venu me tenir compagnie, Bert. On est là depuis un an et demi. Combien d'amis t'es-tu fait ?

— Moi ? Tu sais bien que je ne suis pas du genre à en avoir beaucoup. Il y a V. J., Chucks… hum…

— Laisse tomber, a-t-elle dit en riant et en prenant son verre. Laisse tomber. Tout ça n'a aucune importance.

— Au contraire, mais que veux-tu ? Je n'accroche pas trop avec ces gens. Je n'aime pas porter des polos Lacoste avec un pull jeté sur les épaules. Je n'aime ni skier, ni faire de la voile, ni…

— Tout ce que tu aimes, c'est écrire et boire de la bière avec ton pote. Faut surtout pas compter sur toi pour te réinventer.

— Bon sang, Miriam, j'ai quarante piges. Tu voudrais quoi ? Que je me lance dans la comédie musicale ?

— Non, juste que tu fasses un effort, Bert. Un effort.

Le serveur est arrivé avec les desserts, brisant la traînée de poudre qui nous menaçait.

Je ne sais plus comment je m'y suis pris, mais j'ai réussi à nous rabibocher. Nous sommes arrivés à la maison en rigolant, Miriam s'est demandé si Britney était déjà rentrée de chez les Todd, signe qu'elle était peut-être tentée malgré tout par une partie de jambes en l'air. Mais un coup de fil de Jack Ontam alors que j'étais déjà allongé sur le lit est venu tout gâcher. J'ai regardé le téléphone, vu un numéro inconnu commençant par +44 et pris l'appel.

La voix du délinquant juvénile transformé en nabab du rock m'a salué et j'ai reconnu le vacarme de son penthouse londonien.

— Bordel, mais qu'est-ce qui se passe ? Chucks m'a appelé pour m'annoncer qu'il s'était livré à la police.

Miriam était en train de se changer dans la salle de bains. Je suis sorti de la chambre et me suis empressé de descendre l'escalier. Je ne voulais surtout pas qu'elle entende.

— Oui, exactement, ai-je chuchoté. Il est persuadé d'avoir renversé quelqu'un, mais il n'y a aucune preuve.

— Oh, merde ! Putain ! s'est écrié Ontam.

J'ai entendu rire à côté de lui et me suis rappelé ce que m'avait raconté Chucks à propos de son jacuzzi avec bar intégré où il invitait ses petites amies.

— Tu crois que c'est vraiment arrivé ?

— J'en sais rien. Mais si Chucks le dit…

— Oui, mais tu vois à quoi je fais référence. Il s'est remis à boire ? À fumer ? Un autre truc louche ?

— Il boit, il fume des clopes et un petit joint à l'occasion. Du moins, c'est ce que j'ai pu constater. Tu crois que ça pourrait être encore une bouffée délirante comme à Amsterdam ? De l'eau a quand même coulé sous les ponts.

— Ne crois pas ça, a dit Ontam. J'imagine qu'il t'a raconté son film d'espionnage à Londres, l'année dernière.

— Quoi ?

— T'es pas au courant, donc. Il s'est embrouillé avec des mecs parce qu'il pensait qu'ils l'espionnaient à travers le wifi. Il a fait de la garde à vue et il a dû payer une amende de cinq mille livres pour agression et dégradation des biens d'autrui.

Mon sang s'est glacé dans mes veines.

— Non mais tu déconnes ?

— Chucks et ses crises de paranoïa. Un jour, quelqu'un lui a parlé de toutes ces histoires de hackers et lui a conseillé de coller un sticker sur sa caméra web. Je ne sais pas qui c'était, mais il lui a fait une putain de vacherie, quand on sait à quel point il est parano. Comme il sauvegardait toutes les démos de *Beach Ride* sur son MacBook, il s'est mis à flipper. Il a installé des applications pour détecter les hackers et ce genre de trucs, et un jour, toutes les alarmes ont commencé à clignoter en même temps. Il s'est mis en tête que c'étaient des mecs du cybercafé en face de chez lui, à Kensington. Il y est allé et leur a fermé l'ordinateur sur les doigts. Il s'est fait insulter, s'est pris un œil au beurre noir et puis voilà. Quand ils ont su qui il était, ils ont porté plainte contre lui pour le saigner à blanc. *C'est la vie**.

Je me suis tu, me demandant pourquoi Chucks m'avait caché un épisode pareil.

— Je l'ai envoyé chez un psy, ce docteur à Los Angeles qui l'avait aidé la première fois. Je crois que c'est à ce moment-là qu'il a décidé de te suivre en France. Au fait, comment vont Miriam et les filles ?

— Je n'ai qu'une fille, Jack. Elles vont bien.

— Tant mieux. J'ai passé l'après-midi à essayer de le joindre, mais il ne répond pas. Ça commence à m'inquiéter. Juste au moment où une occasion en or se présentait à lui.

* En français dans le texte.

— Il doit être dans son studio. Tu le connais, quand il se met au travail.

— Pourvu que t'aies raison. En attendant, je vais tâcher de prendre un avion pour Marseille mercredi. Je vais le sortir de là. On va aller faire un tour au bord de la mer. Air pur, petite halte à Capri. Ça vous dirait de venir avec nous ?

— Non, attends. Laisse-moi essayer de lui parler d'abord. J'aimerais le convaincre de retourner chez ce docteur à Los Angeles. Calgari, il s'appelle, non ? Si tu te pointes, il risque de se braquer.

Il y a eu des rires autour d'Ontam. De la musique, des gens.

— On fait comme ça, Bert. Ça me rendrait service, parce que j'ai… deux, trois engagements ici.

— T'inquiète pas, je gère.

"Les sommes que t'as investies sont sauves, Ontam."

J'ai raccroché et suis retourné dans notre chambre. Miriam était déjà au lit, feuilletant une revue. J'ai glissé jusqu'à elle et l'ai embrassée sur la joue.

— Avec qui tu parlais ?

— Euh… Bernabe, ai-je menti. (Piètre mensonge, puisque Mark Bernabe, mon agent, m'appelait rarement le soir.) Il m'a envoyé des livres d'Amanda Northörpe en mode taquinerie et…

Miriam a tourné la page de sa revue rageusement. "Elle a pas gobé", me suis-je dit, mais j'ai décidé de ne pas m'expliquer. Je n'étais pas encore prêt à évoquer avec elle l'histoire de Chucks, je voulais qu'elle reste en dehors de tout ça.

J'ai essayé de l'embrasser encore, mais elle s'est contentée de chausser ses lunettes et de reprendre sa lecture.

Merde.

5

Un petit marché se tenait le dimanche sur la place du Général-de-Gaulle, à Saint-Rémy. On pouvait y goûter du vin, déguster des fromages et acheter des produits hors de prix. Miriam et les gens de l'atelier de restauration y présentaient un stand d'encadrements et d'antiquités. Les Mattieu et les Grubitz étaient présents, ainsi qu'une dizaine de Beverly Hills (notamment M. Merme, chef spirituel des ateliers d'activités manuelles). Le genre de rendez-vous dont je me serais bien passé en prétextant que je devais écrire, tondre la pelouse ou aller chez Chucks. Mais cette fois, Miriam n'a pas eu à me le préciser : j'ai compris que je tenais là une chance de rattraper ma débandade du vendredi et mes gaffes à répétition de la veille.

J'y suis arrivé de bonne heure et me suis comporté en parfait petit mari. J'ai aidé à porter des meubles, à couper du fromage, à disposer les bouteilles et à servir du vin aux visiteurs. La Grubitz rôdait dans les parages et n'a pas manqué de me demander des nouvelles de ma "petite urgence de vendredi".

— J'ai un ami qui s'est fait une frayeur sur la route, ai-je répondu, reprenant la version bis. Je suis vraiment désolé de vous avoir lâchés si brusquement.

Britney était assise sur le rebord de la fontaine avec des amis. Même si elle fréquentait le lycée de Sainte-Claire – comme la plupart des habitants du secteur –, les gamins résidant comme nous à l'extérieur du village traînaient dans les rues de Saint-Rémy. J'ai reconnu les Todd avec leur frange barrant des visages angéliques tout droit sortis du monde de Oui-Oui, Sarah, une fille toute menue et pâlotte en tenue gothique, et Malu, une "herbeuse" (surnom attribué par Britney) qui avait l'âge d'être en fac car elle avait triplé plusieurs classes. J'ai remarqué aussi quelqu'un que je n'avais jamais vu auparavant : un blond mince à barbichette doté d'une denture comme seuls en arborent les Américains. Britney et lui étaient assis cuisse contre cuisse et riaient de concert. Il faut avouer qu'ils formaient un beau couple.

— Dis donc, j'ai l'impression que notre Britney commence à s'acclimater, ai-je dit à Miriam, qui les regardait aussi.

Miriam a croisé les bras et souri.

— Je crois qu'il s'appelle Elron. Plutôt mignon, non ?

Si Britney avait eu onze ans, cela m'aurait amusé et j'aurais même admis qu'Elron était beau gosse. Mais elle en avait seize, et mon instinct paternel m'a fait voir les choses sous un angle différent.

— Elle t'en a parlé ?

— Oui. Ils vont au même lycée, mais lui, deux classes au-dessus, en terminale.

"Dix-huit ans, donc. Génial."

J'ai essayé de jouer les pères modernes et de ne pas les surveiller de trop près. Britney, habituellement assez revêche avec les garçons, se laissait aller à rire de ses blagues, et même à lui toucher l'épaule de temps en temps. Le garçon aussi semblait aux anges.

"Tu serais pas un peu jaloux, Bert ?"

Pour clore le marché, quelques cavistes de la région avaient organisé un buffet avec dégustation de vins. Ils avaient installé cinq longues tables à l'ombre d'une allée arborée. On s'y est rendus en bande, notamment avec les Grubitz et d'autres copains du coin. Les tables et les bancs trop étroits ne devaient pas tenter les gens, qui préféraient rester debout, à boire du rosé en bavardant. À un moment, je me suis retrouvé à côté d'une magnifique et séduisante dame aux traits aristocratiques. Elle m'a adressé des sourires à la fois polis et timides avant de m'entreprendre :

— Ne seriez-vous pas le célèbre écrivain Bert Amandale ?

Je n'ai pas l'habitude d'être reconnu dans la rue. Au dos de mes livres figure une photo de moi il y a dix ans, et on ne voit pas souvent ma trombine dans les journaux, même si ma maison d'édition s'évertue à cultiver mon image d'écrivain maudit. Je n'ai pas pu m'empêcher de me sentir flatté. J'ai souri, serré sa main délicate et admis, comme on avoue une espièglerie, que c'était bien moi.

— Je suis une de vos grandes fans ! a déclaré la femme. J'ai dû lire tous vos romans, un par été.

— Ça alors ! Merci beaucoup !

Au point où on en était, je l'ai toisée. En robe blanche, elle portait un chapeau très élégant et, pour tout bijou, un solitaire sans doute hors de prix. Sa denture était parfaite et son nez probablement retouché. “La cinquantaine très bien conservée, ai-je estimé. Ça sent la fortune séculaire.”

— Edilia Van Ern, s’est-elle présentée.

Van Ern. Son nom a carillonné dans ma tête comme une sonnette d’alarme. J’ai posé mes lèvres sur ses joues douces et parfumées.

— Bert Amandale, enchanté.

— Pas autant que moi, a-t-elle répliqué. Sincèrement ! Même si je dois reconnaître avoir triché. Je savais par Elena que vous habitiez dans le coin. Elle a dîné chez vous vendredi.

J’ai vu approcher Mme Grubitz en compagnie de Miriam et d’un homme assez grand aux cheveux argentés qui n’avait pourtant pas l’air vieux. Bronzé, il arborait un de ces sourires qui plissent les joues. Il avait assorti sa veste dans les tons clairs à une chemise en satin rose. Il s’est présenté, Eric Van Ern, Dr Eric Van Ern. J’ai supporté sa poignée de main musclée avec le sourire.

— Ravi de vous rencontrer, monsieur Amandale. Je le disais tout à l’heure à Miriam, j’attendais une bonne occasion pour vous présenter toutes mes excuses. Je suis vraiment désolé pour l’incident dans le bois.

— Quel bois ?

— Vincent, le gendarme, m’a raconté que deux de mes employés vous avaient fait peur pendant votre promenade dans le bois de pins. Un de nos molosses leur avait échappé.

“Le salaud !” me suis-je dit en repensant à Vincent qui me rassurait avec un clin d’œil : “Je serai muet comme une tombe.” Miriam, à mes côtés, m’a regardé en silence. J’aurais à répondre à deux ou trois questions.

— Ce n'est rien, simplement le chien était impressionnant.

— Oui, mais il n'est pas censé être en liberté. Je ne cesse de le leur répéter. Je veillerai personnellement à ce que cela ne se reproduise pas. Acceptez mes excuses, je vous prie.

— Ne vous inquiétez pas, je vous assure.

Edilia lui a soufflé quelque chose à l'oreille et il a acquiescé.

— Permettez-moi de vous inviter à une petite exposition de Richard Stark que j'organise à Aix mardi, nous a-t-elle dit. Vous avez entendu parler de cet artiste ?

— Stark ?! s'est écriée Miriam en joignant les mains.

Même moi, je le connaissais. Un peintre à la mode en France, le nouvel *enfant terrible** de la peinture contemporaine. Un poseur.

— Il possède un petit atelier à Nelcotte. On arrive parfois à le convaincre d'exhumer quelque chose de son grenier et de l'accrocher au Gueuleton. On a limité le nombre d'invités, mais je trouverai une petite place pour vous trois, histoire de nous faire pardonner l'incident du chien.

— Ce n'est vraiment pas nécessaire, ai-je affirmé, mais j'ai aussitôt lu un "Tais-toi !" dans le regard de Miriam.

— Bien sûr que c'est nécessaire, a insisté Edilia. Et puis, très égoïstement, nous avons envie de faire votre connaissance. Selon Elena Grubitz, vous vous intéressez à l'art, Miriam. Ce qui n'a rien d'étonnant, quand on est mariée à un écrivain. Et puis, je crois qu'Elron et votre fille se sont liés d'amitié récemment.

* En français dans le texte.

Miriam et moi avons échangé un coup d'œil surpris.

— Elron est votre fils ?

— L'aîné de nos deux chatons, a répondu Eric. Je crois qu'il est sérieusement pris dans les mailles de Britney. Depuis qu'il l'a vue chanter au concert de fin d'année du lycée, il ne cesse de nous en parler.

Nous avons éclaté de rire. Au même instant, une fillette d'environ neuf ans a fait irruption. Elle était le second rejeton des Van Ern. Elle a pris la main de son père et posé sa tête sur sa cuisse. Semé de taches de rousseur, anormalement pâle, encadré d'une chevelure rousse, son visage avait je ne sais quoi d'inquiétant. Je n'ai pas su déchiffrer le regard qu'elle m'a lancé.

Cet après-midi-là, après une petite sieste à l'ombre des pommiers, j'ai formé le projet d'organiser une bonne partie de Monopoly. Pizza maison et musique sur la platine avant de faire main basse sur les rues les plus huppées de Londres : un programme idéal pour un dimanche après-midi en famille. Quand je l'ai soumis à Britney, elle m'a répondu qu'elle avait prévu autre chose.

— Une répétition chez les Todd ? me suis-je renseigné.

— Euh… non. En fait, Elron m'a invitée à voir un film chez des amis.

“Eh oui, Elron.”

J'avoue l'avoir pris comme un cruel coup de couteau dans le ventre. Pourquoi réagissais-je ainsi ?

J'avais besoin d'en parler avec Miriam, mais reconnaître ma jalousie eût été humiliant. J'ai donc abordé le sujet sous l'angle de la prévention.

— Allons ! Elle a déjà eu un petit ami à Londres, m'a dit Miriam.

Elle était en train d'arroser les pots de fleurs dans le jardin. Sous la lumière rasante du soir, la poussière miroitait comme de l'or. Je me suis assis sur le banc pour me rouler une cigarette.

— Oui, mais à Londres elle était encore toute jeune. Maintenant, c'est une autre histoire, sans compter que cet Elron a dix-huit ans…

— Oui, papy. Il a dix-huit ans et c'est bien pour ça que Britney s'en est entichée. C'est un garçon intelligent et bien élevé, Britney est bien avec lui, c'est la seule chose qui devrait nous préoccuper.

— Mais c'est du sérieux ? Ils sont ensemble depuis quand ?

— Ils ne sont pas encore ensemble. Britney l'avait repéré au lycée, mais lui, il ne la calculait pas trop. Apparemment, ils se sont croisés hier à une fête et c'est là qu'il l'a invitée à sortir pour la première fois. Il lui a dit qu'il n'arrêtait pas de penser à elle depuis le concert au lycée.

— Hier ?

— J'ai l'impression qu'elle n'a plus du tout envie de rentrer à Londres. Et puis Eric et Edilia m'ont l'air d'être des gens très intéressants, non ?

— Oui, enfin, des gens bien élevés qui puent le fric. Leur clinique doit leur rapporter gros.

— Ils sont élégants et ne puent rien du tout, Bert. Elena m'en a un peu parlé, pensant que j'aimerais en savoir un peu plus sur la famille d'Elron.

— Et donc ? Elle t'a appris quoi ?

— Qu'ils sont dans la région depuis six ans. Avant, ils étaient plus au nord, vers la Loire, Eric travaillait dans une université. Ils ont acheté deux maisons de maître avec leurs dépendances pour ouvrir leur clinique. Il paraît qu'ils n'ont pas discuté le prix et qu'Edilia vient d'une grande famille, mais le bruit court qu'il y a aussi un autre investisseur. Tout est très secret autour d'eux, y compris le nom de leurs hôtes. Beaucoup de stars d'Hollywood, des musiciens, des gens haut placés dans le monde de la finance, tu vois le genre, des traders accros à tout et n'importe quoi. Leurs clients ne mettent jamais les pieds à Saint-Rémy, ils arrivent tous en hélicoptère. Le traitement coûte une fortune, mais visiblement la liste d'attente est remplie pour plusieurs années. On raconte des merveilles sur les méthodes d'Eric.

Quant à Edilia, elle jouait les riches dames patronnesses, participant à la vie sociale et artistique de la contrée. Son invitation à l'exposition de Stark lui avait fait gagner environ cinq mille points dans le palmarès des "personnes à connaître" de Miriam.

— Comparée aux autres, elle a vraiment la classe, a-t-elle conclu avant de monter dans son bureau s'informer sur l'œuvre de Stark.

IV

1

J'avais décidé d'aller faire un tour chez Chucks en fin d'après-midi avant même d'entendre le message d'Ontam : "Des nouvelles ? Je commence à m'inquiéter."

Je suis arrivé à la Villa Chucks à 18 heures. Elle semblait paisiblement endormie, toutes lumières éteintes, hormis une lueur en provenance des lucarnes en verre dépoli de la cave. J'en ai conclu qu'il était bel et bien en train de travailler à son enregistrement.

J'ai sonné et attendu un bon moment. Je suis allé crier à une lucarne pour m'annoncer. J'ai entendu Lola courir dans le couloir et, quelques secondes plus tard, la porte s'est ouverte.

Chucks a passé la tête dehors. Ses cheveux étaient une boule blanche qui m'a rappelé les habitants d'une île perdue du Pacifique. Il avait l'air très fatigué et dégageait une odeur légèrement âcre, signe qu'il ne s'était pas douché. Il a regardé à droite, à gauche, puis m'a invité à entrer d'un geste nerveux.

— Salut, Bert. Viens. Grouille !

Le vestibule, carrelé en damier, était orné d'un joli guéridon où trônait un vase avec des fleurs séchées. Bert s'est dépêché de fermer à double tour et de remettre la chaîne de sûreté. Son allure était affligeante. Il boitillait, attifé d'un tee-shirt des Stones, d'un pantalon de survêtement et de Crocs blanc perle. Ce dernier détail m'a paru particulièrement désolant.

— On va descendre au studio, a-t-il chuchoté.

Un peu surpris, je l'ai suivi à travers le couloir jusqu'à la porte de la cave. Je lui ai emboîté le pas, puis je l'ai entendu verrouiller la porte. Nous avons descendu les marches raides qui conduisaient dans la petite pièce attenante au studio. Une couverture était tendue sur le canapé, un oreiller fripé gisait près de l'accoudoir. Des tasses, des boîtes de conserve et un paquet de céréales éventré jonchaient le sol. Plusieurs canettes de bière étaient stockées dans un coin.

"Ça devient vraiment trop malsain, me suis-je dit en voyant le souk. J'appellerai Ontam en partant. Il faut sortir Chucks de cette maison, il a besoin de prendre l'air."

Une petite voix me disait que Chucks était encore jeune, à peine quarante-cinq ans, qui en valaient certes deux cents chez un homme ayant dix tournées mondiales dans les pattes. Il ne s'était pas ménagé, d'accord, on savait tous qu'il paierait un jour ses excès de jeunesse, mais de là à perdre la tête ? Bon Dieu, ce serait une fin horrible.

— Charmant, ai-je dit en essayant de faire bonne figure. J'adore ta nouvelle déco geôle thaïlandaise. Tu dors là depuis quand ? Deux jours ?

— Depuis vendredi.

Il s'est affalé sur le canapé, puis il a cherché une cigarette dans les paquets vides ou entamés, semés un peu partout.

— T'en veux une ?

— Non, merci, ai-je dit en m'asseyant à côté de lui.

J'ai regardé le panorama plus attentivement. Vêtements, bière, papier à musique noirci d'accords et de paroles. Une Fender Stratocaster Relic 1965 à six mille livres jetée par terre comme un vulgaire jouet. On apercevait la salle de mixage à travers une grande vitre et, plus loin, le studio équipé d'une grande batterie DM blanche aux ferrures chromées et de micros. Derrière les cloisons d'insonorisation, on entrevoyait une collection de guitares et d'amplificateurs, un piano électrique.

— T'as eu la visite des gendarmes ? ai-je demandé pour démarrer la conversation.

— Oui, un brigadier est venu samedi. Il m'a posé quelques questions et il a inspecté le Rover de près. Il n'a rien relevé à part quelques éraflures. Ils ont enquêté dans les hôpitaux, téléphoné aux gendarmeries voisines pour savoir si elles avaient reçu un signalement de disparition inquiétante. Ils m'ont quand même demandé de ne pas quitter la commune. C'est pour ça que je suis resté, sans quoi, je me serais déjà tiré hier.

— Mais qu'est-ce qui se passe ?

Chucks a désigné le plafond de manière insistante.

— Il y a quelqu'un dehors, Bert, a-t-il chuchoté.

— Quoi ?

— Je suis surveillé.

Le ciel m'est tombé sur la tête. “Non, Chucks, je t'en supplie, ne perds pas la boule.”

— Ça va aller, Chucks, ça va aller, ai-je dit d'une voix de surveillant d'asile psychiatrique que je voulais rassurante. Récapitulons. Comment sais-tu qu'il y a quelqu'un ?

— Je n'ai pas de preuves, mais je les ai entendus parler.

— Tu les as entendus parler ?

— Oui, à travers l'ampli. Viens, je vais te montrer.

Il a bondi comme sur ressort et m'a conduit jusqu'à la salle d'enregistrement. Une Gibson SG de 1968 reposait contre un haut-parleur Marshall JCM de cent watts. Bert l'a passée en bandoulière, s'est collé à l'enceinte et a monté le volume de celle-ci, produisant un effet larsen assourdissant.

— Mais qu'est-ce que tu fous ? ai-je crié en me bouchant les oreilles.

L'accord a résonné un bon moment. Chucks a posé la main sur les cordes et le son s'est arrêté net.

— Samedi soir, j'enregistrais les guitares rythmiques quand une voix est sortie du haut-parleur. Tu sais, comme quand un ampli chope une fréquence radio.

J'ai acquiescé. Tous ceux qui jouent de la guitare électrique ont intercepté un jour un bruit de câbles, de tramway, une conversation dans une salle de répétition voisine.

— Ils parlaient de moi, Bert. Une voix a dit : "Il est en bas, dans son studio, il joue. Mieux vaut attendre." Et une autre a répondu : "On n'a pas le temps", ou un truc dans le genre. Ils parlaient en français, mais j'ai compris quelque chose comme : "On peut tenter le coup." Heureusement, j'ai tout enregistré. Écoute.

Il a reposé la Gibson sur son support avant de passer dans la cabine d'enregistrement. Je l'ai suivi, de plus en plus lentement, de plus en plus inquiet.

On a retrouvé les tabourets sur lesquels on s'était assis une semaine auparavant pour écouter la magnifique maquette de *Beach Ride* en sifflant des bières. Chucks a entré le code confidentiel de son iMac et ouvert un fichier intitulé "Nuit du 28/05/2015". Plusieurs pistes son se sont affichées. Il en a choisi une intitulée "Guitares *destroyer*". Il a déplacé le curseur sur 01:01 et a cliqué sur la flèche de lecture.

— J'enregistre toujours tout, au cas où il y aurait un truc bien dans le lot. Écoute ça.

Les enceintes de la cabine de mixage ont émis un fatras de bruits. Derrière, on devinait une sorte de voix métallique parlant par radio amateur ou talkie-walkie, le tout parfaitement inintelligible.

— Tu peux remettre ?

Il s'est exécuté. On n'entendait que de la friture et, au fond, un écho qui, j'admets, ressemblait vaguement à des propos articulés.

— Je n'entends rien, Chucks. On dirait des voix, mais ça pourrait être n'importe quoi.

— Elles ne sont pas bien enregistrées parce que le micro était un peu loin, mais j'étais à côté de l'ampli. Bon sang, Bert. Je te jure. Tu me crois pas ?

— Je te crois, ai-je dit d'une voix chevrotante. Mais pourquoi tu m'as pas appelé ? Moi ou les gendarmes, d'ailleurs.

— Le même Chucks Basil qui venait d'avouer avoir tué une personne imaginaire vendredi ? Ils se sont déjà bien poilés à mes dépens.

— Pourquoi ne pas m'avoir appelé moi, alors ?

— Parce que… Miriam me hait suffisamment comme ça. Tu lui as raconté ?

— Je lui ai juste dit que t'avais eu un accident de voiture.

— Ouf. Remarque, t'aurais pu lui révéler la vérité. Elle le sait mieux que personne : je suis "une cata sur pattes".

— Arrête tes conneries. On est amis. Les amis doivent être là pour le meilleur et pour le pire. Maintenant j'aimerais que tu prennes une douche, que tu enfiles des vêtements propres et qu'on aille faire un tour. On va aller se payer une entrecôte au Sapin et discuter un peu, ça te va ?

— Écoute, Bert. J'aimerais que tu me fasses une promesse.

— Je suis tout ouïe.

— Si jamais il m'arrivait quelque chose…

— Qu'est-ce que tu racontes ? l'ai-je coupé.

— Laisse-moi finir, bon Dieu.

— Excuse-moi.

— S'il m'arrivait quelque chose, un infarctus, un accident, n'importe, je veux que tu sauves *Beach Ride*, m'a-t-il dit en montrant la table de mixage. Promets-le-moi. C'est la seule chose à peu près correcte que j'aie produite au cours de ces dix dernières années de merde. Sauve mon album, mon vieux. Appelle Jack pour qu'il confie la post-prod à Ron Castellito. Je ne vois que lui pour s'en occuper. Tu me le jures ?

— Je te le jure, Chucks. Mais, comme on dirait au cinéma, tu iras jusqu'au bout de ton disque. Et tu la feras, cette putain de tournée de promotion, d'ailleurs j'espère bien y aller en qualité de VIP. Allez, à la douche, maintenant ! Tu pues la geôle thaïlandaise. Sans compter que j'ai envie d'une bonne entrecôte.

J'ai pris un itinéraire bis pour éviter le fameux virage de l'accident. Je ne voulais pas me sentir obligé de parler à Chucks de la clinique et des découvertes que j'avais faites depuis deux jours. Je savais que si je mentionnais ce bâtiment, cela stimulerait son imagination, or ce n'était vraiment pas le moment d'alimenter l'usine à ennemis que Chucks avait montée de toutes pièces.

J'ai donc fait un grand détour en essayant d'accaparer son attention. Je lui ai parlé de Britney, de ses nouveaux copains provençaux et notamment du fils Van Ern qui me semblait un peu arrogant. Je lui ai dit qu'ils me rappelaient les personnages des *Femmes de Stepford*, ce roman d'Ira Levin où une communauté en apparence idyllique dissimulait un horrible secret. Chucks m'a demandé si Ira Levin était une femme. "Non, un mec. Un génie, mais un mec." J'essayais d'avoir l'air détendu, mais je regardais constamment dans le rétroviseur.

Une demi-heure plus tard, nous étions au Sapin Rouge. Dans une cabane de style plus canadien que provençal, ce rendez-vous de pêcheurs et de chasseurs servait une viande succulente. Je me demande si je ne l'avais pas choisi inconsciemment pour entretenir l'illusion de la normalité. C'est à cet endroit que tout avait commencé une semaine plus tôt, le lundi précédent pour être précis. Nous y revenions manger une entrecôte comme si de rien n'était.

— Allez, relax, mon vieux. Le champ est libre, personne ne nous a suivis. Je voudrais te donner un conseil très sérieux, en tant qu'ami : il est peut-être temps de te faire aider par un professionnel.

— Tu veux dire un détective ?

— Non, je pensais à un thérapeute (je préférais de loin ce terme à celui de psychiatre). Quelqu'un à qui tu puisses déballer tout ça de manière méthodique. Tu te souviens du type qui t'a aidé à Los Angeles ? Le Dr Calgari ?

Je comptais mettre habilement sur le tapis l'épisode de la traque à Amsterdam, mais Chucks a dû s'en douter et s'est fâché.

— Qu'est-ce que c'est que ces conneries ? Cette fois, ça n'a rien à voir. Cette fois, c'est réel.

— Bon, d'accord. Excuse-moi.

— C'est réel, Bert. J'ai fauché un mec, alors qu'est-ce que tu m'emmerdes ?

— Baisse d'un ton, s'il te plaît. Pas besoin que tout le bar soit au courant.

Il a posé ses mains sur son visage avant de prendre une cigarette dans sa poche de chemise et de la coincer entre ses lèvres.

— Tu peux pas fumer ici, Chucks.

— Tu me crois pas, putain ! a-t-il dit en allumant quand même sa cigarette. C'est pas possible ! Ça me fait très mal, Bert.

Un serveur qui nous avait à l'œil derrière le bar nous a hurlé dessus. Chucks a éteint sa cigarette dans un petit vase qui ornait la table et lui a fait un doigt d'honneur.

— Parfait, ai-je dit. Prépare-toi à savourer le mollard que ce mec va cracher dans ton assiette.

— M'en fous, j'ai pas faim. Je veux me casser d'ici.

— Attends, ai-je dit en lui prenant la main. Laisse-moi t'expliquer. Je te crois, pour l'accident. Je n'ai jamais pensé que tu racontais n'importe quoi, mais le coup des voix électroniques, c'est plus difficile à avaler.

— Pas des voix électroniques, une interférence radio. Ils devaient se trouver tout près de la maison et échanger par talkie-walkie. Pourquoi t'as du mal à le croire ? Un jour, j'ai joué dans une base militaire, en Écosse, et j'ai passé la moitié du concert à entendre un contrôleur d'hélicoptères. Je sais de quoi je parle.

— D'accord, je suis désolé, c'est plausible, mais, que veux-tu, ça me rappelle étrangement ton histoire à Amsterdam…

— C'était différent. À cette époque, j'étais sous champignons hallucinogènes la moitié du temps et l'autre moitié je carburais à la White Widow. Je suis clean, putain. Depuis des années.

— Et l'épisode de Londres ? L'histoire de la wifi avec tes voisins ? Qu'est-ce qui s'est passé ? Avant que tu me demandes comment je l'ai appris : Jack Ontam se fait beaucoup de souci pour toi.

Chucks s'est mis à rigoler.

— Quel enfoiré ! J'y crois pas. C'était un pur malentendu, bordel.

Il s'est tu. Un homme qui venait d'entrer dans le bar s'est assis à la table voisine. Je me suis tourné pour le regarder : un barbu à lunettes rondes d'une cinquantaine d'années. Je lui ai souri et il m'a salué de la tête. Sans un mot, il s'est plongé dans la lecture de son journal. Chucks le regardait fixement.

— Bon, ai-je dit en déplaçant ma chaise de manière à soustraire le monsieur à la vue de mon ami. Tu me racontes ce qui s'est passé à Londres ? C'est pour ça que t'es venu en France ?

— Ça a joué, mais sans plus. J'avoue que j'ai merdé sur ce coup-là. J'ai surtout pensé que quitter Londres pendant un temps me ferait du bien, j'avais envie de me rapprocher de gens avec qui je me sente en confiance. Vous êtes pour moi ce qui ressemble le plus à une famille. C'est bête, non ?

Voilà pourquoi je vous ai suivis en France comme une putain d'âme en peine. Je suis seul, Bert, terriblement seul.

— T'as bien fait, mon vieux. Nous sommes ta famille. Nous l'avons toujours été et nous le resterons, compris ?

— Même si Miriam ne peut pas me blairer ?

— Dis pas ça, c'est faux. Elle pense même qu'il serait temps que tu viennes dîner à la maison. Ça te tente ?

Chucks a souri, et je crois bien que c'était la première fois de la journée.

— Mais avoue que t'as une petite tendance à la parano.

— Déformation professionnelle, mon pote. Comme toutes les stars. Sauf que cette fois, ça n'a rien à voir. Cette fois, c'est réel, Bert.

— Admets que ça pourrait éventuellement relever du délire de persécution.

— Oui, je l'admets. Ces voix dans mon ampli pourraient être le produit de mon imagination débordante. Mais j'ai fauché un gars avec ma bagnole, Bert. Ça, je l'ai pas inventé.

Une belle serveuse nous a apporté nos entrecôtes frites. J'ai acquiescé sans un mot, pour tenter de faire taire Chucks.

— Je l'ai pas inventé, je l'ai pas inventé, a-t-il martelé pendant que la fille posait les assiettes devant nous.

Nous avions faim, le repas a opportunément fait diversion. J'ai essayé de ne pas penser au risque que le serveur ait craché dans nos assiettes. Nous avons commandé deux demis et mangé en silence pendant un moment.

Nos estomacs rassasiés, nous avons devisé du dernier album de Bob Dylan et de musique en général, ce qui avait toujours le don de nous relaxer. J'ai réussi à le faire rire aux éclats en évoquant quelques souvenirs cocasses de notre jeunesse, du temps de nos premiers groupes, le but étant de le détendre pour qu'il prenne du recul et oublie cette impression d'être fichu. À la fin du dîner, je voulais revenir à la charge à propos du psy, ou en tout cas l'envoyer faire un tour loin de la Provence.

À un moment, je me suis levé pour aller aux toilettes. J'étais en train de me laver les mains quand j'ai entendu un grand ramdam. Je me suis précipité dans la salle, craignant que Chucks soit impliqué. Et c'était le cas.

Il se tenait debout près de la verrière, flanqué de deux personnes : le barbu à lunettes qui s'était installé derrière nous et le serveur qui l'avait engueulé parce qu'il fumait. Un journal à la main, il semblait leur demander de ne pas s'énerver.

— Ça se croit tout permis ! hurlait le serveur.

— Je lui ai juste emprunté son journal deux secondes, a répondu Chucks.

— Il ne voulait pas vous le prêter. Vous n'avez qu'à vous l'acheter !

Me voyant revenir, son visage s'est illuminé.

— Bert ! s'est-il écrié en me montrant l'imprimé et en pointant un doigt sur une photographie publiée en une. C'est lui !

— Rendez son journal à ce monsieur ! a insisté le serveur en tentant de le lui arracher, mais Chucks a été plus rapide et me l'a lancé à travers la salle.

— Vous m'emmerdez, sale poivrot british ! a crié l'homme.

— Eh, surveillez votre langage, mon ami, suis-je intervenu.

Il m'a gratifié de tous les noms d'oiseaux et m'a bousculé d'un coup d'épaule.

— Tu vas t'en prendre une, putain de Français ! l'a menacé Chucks.

Les autres clients nous regardaient, dont cinq ou six debout. J'ai d'abord cru qu'ils s'interposeraient pour empêcher la bagarre, mais j'ai vite compris que le "putain de Français" avait heurté le patriotisme de l'assistance. Le serveur nous a sommés de déguerpir, prétendant qu'on avait "déjà cherché des noises la semaine dernière", et j'ai supposé qu'il se souvenait de nous à cause du verre de vin renversé sur la chemise de Chucks.

Un type à l'air peu commode s'est approché pour nous demander de poser le journal, payer l'addition et partir fissa. Trois bourrins le suivaient, prêts à nous faire sauter les dents, j'ai donc levé les mains en l'air et joint mes pouces pour esquisser le geste de la paix. J'ai restitué le journal froissé à son propriétaire et posé cent euros sur la table. Nous sommes sortis en envoyant les Français se faire foutre, tandis qu'ils nous rendaient la pareille. J'ai pensé qu'on ne remettrait plus jamais les pieds au Sapin Rouge, du moins au cours des dix prochaines années, ce qui était vraiment dommage car la viande était excellente.

— C'était lui ! a répété Chucks une fois à l'abri dans ma Spider.

— Mais de qui tu parles, bon sang ?

— De l'homme que j'ai renversé. Sa photo était sur le journal.

— T'en es sûr ?

— Certain. Allons vite à Sainte-Claire, on trouvera un journal quelque part.

— T'en es sûr à cent pour cent ?

— J'ai passé la semaine à rêver de ce visage, Bert. Quand tu t'es levé pour aller aux toilettes, j'ai regardé le journal et j'ai reconnu son visage sur la une. Regarde-moi, putain, je tremble, a-t-il dit en levant la main.

Il était blanc comme un linge.

Arrivés à Sainte-Claire, nous nous sommes garés dans une rue qui donnait sur la place et nous sommes engouffrés dans un bistrot du centre encore ouvert à cette heure. Dans le porte-revues, nous avons trouvé un exemplaire de *La Provence* du dimanche. En bas de la première page, un blond aux yeux en amande, la trentaine, souriait à la caméra. Le texte de l'encadré disait :

L'ÉCRIVAIN DANIEL SOMERES MEURT
DANS UN ACCIDENT DE LA ROUTE.

> Durant la nuit de vendredi, alors qu'il roulait sur la route des Corniches en direction de Nice pour rendre visite à un membre de sa famille, il a perdu le contrôle de son véhicule en plein virage. Sa voiture s'est précipitée dans un ravin.

Ça m'a laissé sans voix. Toute cette histoire prenait soudain une tournure aussi inattendue que sinistre.

— Daniel Someres, a lu Chucks. Ça te dit quelque chose ?

J'ai eu une vision terrifiante. J'étais dans le rêve que Chucks m'avait raconté, sur cette terrasse du King's Road, à Paris, à boire une pinte en écoutant ce garçon parler sans discontinuer. Un gamin intelligent aux idées réellement brillantes, mais un peu lourdingue. Il semblait mû par un besoin désespéré de communiquer.

Sauf que ce n'était pas un rêve mais un souvenir.

— On le connaissait, ai-je dit.

— Comment ça ?

— Ce n'est pas un rêve, mon vieux. On connaissait tous les deux ce garçon. Toi et moi.

2

J'avais calculé que c'était en 2009, mais Mark Bernabe, mon agent, m'a corrigé. C'était très exactement au cours de l'été 2010. Je venais de vendre les droits de *Premières lueurs du jour à Testamento* à l'éditeur français Actes Sud et j'étais de passage à Paris en compagnie de Bernabe et de sa correspondante locale, une très belle femme dont j'avais oublié le nom – Anne-Fleur Kann, ainsi que Mark me l'a rappelé. Pour clore notre programme de promotion et d'interviews, on était sortis prendre un verre dans le Quartier latin quand Chucks m'avait téléphoné pour m'annoncer qu'il était à Paris. On s'était tous retrouvés pour boire des pintes à la terrasse du King's Road, un pub de style anglais.

Anne-Fleur avait rendez-vous avec un de ses poulains, mais on l'avait convaincue de rester encore un peu (elle était plutôt intéressante et Chucks insistait pour qu'elle dîne avec nous). Elle avait fini par l'appeler pour qu'il la rejoigne au King's Road, et ce garçon n'était autre que Daniel Someres.

Après notre sinistre découverte, assis au fond du bistrot de Sainte-Claire, nous tentions d'exhumer les vagues souvenirs que nous conservions de lui et nous rejoignions sur sa personnalité anxieuse et un brin névrosée. Il parlait sans discontinuer, les mots se bousculaient dans sa bouche. Il venait de publier un livre sur le Club Bilderberg, les attentats sous fausse bannière et ce genre de délire conspirationniste. Il avait tout lu, le genre qui vous assomme avec sa science.

— Une vraie pipelette, s'est rappelé Chucks. Je voulais bavarder un peu avec cette sublime Française, mais il ne me laissait pas en placer une. Il nous soûlait avec ses histoires de mains noires. C'est dingue que je me souvienne encore de ce détail !

— Oui, c'est incroyable ! ai-je dit en y repensant.

Daniel Someres était jusque-là un visage noyé dans la masse des gens que l'on croise dans sa vie et que l'on pense avoir oubliés. Un souvenir enfoui sous des couches et des couches de souvenirs. Une conversation anodine d'une heure maximum, sur une terrasse parisienne quatre ans plus tôt. Et il s'avérait tout à coup que c'était le type renversé par Chucks ?

— Comment peux-tu en être si sûr ? ai-je fini par lui demander. Je veux dire : sur cette route, en pleine nuit… Comment peux-tu être certain à cent pour cent que c'était lui ?

— Son visage, Bert, je te le jure sur tout ce que j'ai de plus cher. Je l'ai vu pendant quelques minutes, éclairé par les phares de ma voiture, et c'était lui, Daniel Someres…

— … dont la voiture est tombée dans un ravin quatre jours plus tard, à des dizaines de kilomètres de l'endroit où tu l'aurais vu…

— C'est un coup monté, bien sûr.

J'ai fait signe à Chucks de baisser le ton. Il était près de 23 heures et, hormis un jeune assis au bar (sans doute le petit ami de la serveuse), nous étions seuls dans la salle.

— Ah, je l'attendais, cette théorie…

— Tu ne la partages pas ? Je tue un mec en pleine nuit. Son corps disparaît et quatre jours plus tard ils le foutent dans un précipice, très loin de l'endroit où il est mort pour de vrai, a braillé Chucks en s'esclaffant. C'est comme au cinéma, mon pote ! Et je suis l'unique témoin.

Le garçon nous regardait en souriant. Peut-être m'inquiétais-je inutilement : il fallait s'accrocher pour comprendre notre anglais rapide et nerveux. Cette conversation n'en était pas moins en train de me faire dresser les cheveux sur la tête. J'ai repris en chuchotant :

— D'accord. Admettons que tu aies raison. On fait quoi, maintenant ?

— On enquête, bien sûr. Ce garçon n'est pas mort dans les Corniches, c'est certain. Il faut le dire à la police.

— Et tu penses qu'ils vont te croire ? Récapitulons, Chucks. Tu trouves pas ça super bizarre, d'avoir renversé quelqu'un que tu connaissais ?

— Comment ça ?

— T'as peut-être associé ce visage à celui de Someres parce qu'il lui ressemblait, comme quand on croit voir une nouvelle tête en rêve, alors qu'en réalité on l'a entraperçue dans la journée.

— Pourquoi tu t'obstines à penser que je suis fou, putain ? Qu'est-ce qui te prend, Bert ?

— Rien, mais tout ça est tellement surréaliste. J'essaie juste d'y mettre un peu de logique.

— Y mettre de la logique ? Appelle ton agent. On va vérifier ce que foutait Someres aux Corniches et comment il est mort. Je te parie que si on gratte un peu, on découvrira des trucs super louches autour de sa mort.

— Marché conclu. Mais s'il s'avère que tout s'explique normalement, promets-moi d'aller consulter le Dr Calgari à Los Angeles.

— Écoute, mon vieux, je suis tellement sûr de moi que j'accepte ta proposition. Si les circonstances de la mort de Someres se vérifient, je pars en vacances chez les hommes en blanc. Mais si on découvre un truc suspect, tu m'aideras à mener l'enquête ?

J'ai acquiescé, mais cela n'a pas suffi à Chucks.

— Dis-le, Bert. Promets-le-moi.

Je le lui ai promis. J'allais m'en mordre les doigts, mais je l'ai fait.

La serveuse a commencé à monter les chaises sur les tables et à balayer. J'ai dit à Chucks qu'il était l'heure de rentrer. On a repris ma voiture et je l'ai raccompagné. C'est seulement devant chez lui, dans l'obscurité, que j'ai pensé à lui proposer de venir dormir à la maison.

— Ça va aller, je ne veux pas t'embêter. Et puis je pense prendre un peu le large. Je demanderai peut-être à Jack de me prêter sa maison à Capri pendant quelques jours. Enfin, on verra. En attendant, on a du pain sur la planche.

— T'es sûr que tu serais pas mieux chez nous ?

Chucks a encore fait non de la tête, il a ouvert la portière et, avant de descendre, m'a dit une chose que je n'oublierai jamais :

— Va retrouver ta famille, Bert. Moi, je retourne à mes fantômes.

3

J'ai fait plusieurs cauchemars, cette nuit-là. Je suppose qu'après une journée aussi intense, il fallait s'y attendre. J'ai d'abord rêvé de Someres dans ce fameux pub parisien. Je ne sais pas si ça s'inspirait de ce que m'avait raconté Chucks, mais Someres et moi buvions de la bière, il avait la tête cernée d'étranges cicatrices. Comme si on l'avait coiffé d'une couronne formée d'une vingtaine de lames de rasoir qui lui avaient tailladé la peau, puis qu'on l'avait recousu avec du gros fil. Il parlait sans discontinuer mais, n'y comprenant rien, je détournais le regard et découvrais que j'étais à présent sur une place à Aix-en-Provence. Assis sur le bord de la fontaine, Chucks parlait à bâtons rompus avec Miriam, ils rigolaient ensemble comme au bon vieux temps. Et moi, je me disais : "Je suis content qu'ils soient redevenus amis. Il t'en a fallu, du temps, pour lui pardonner après le drame de Linda !"

Quelqu'un m'empoignait tout à coup le menton et m'obligeait à tourner la tête. C'était Someres. Il avait les orbites évidées comme un zombi, du sang coulait de ses plaies suturées.

— Écoutez-moi bien, Amandale. Vous devez retrouver l'ermitage. Tout est entre vos mains, maintenant. Et vous êtes en danger.

Je riais nerveusement, je regardais vers la fontaine d'Aix, mais Miriam et Chucks avaient disparu, remplacés par un homme à lunettes noires coiffé avec la raie sur le côté.

— C'est qui ?

— C'est lui, le père, répondait Someres. Tenez-vous éloignés de lui. Vous comprenez ? Il dévorera votre âme, vous grignotera le cerveau.

— Ce vieux ?

Mais quand je me retournais vers Someres, il n'était plus le garçon bavard de mon souvenir. Il se taisait, comme le mort qu'il était. Au moyen d'une horrible opération chirurgicale, on lui avait amputé la calotte crânienne. On voyait le cerveau, masse grise et gélatineuse qui palpitait, éponge sanguinolente hérissée d'aiguilles métalliques. Ses yeux étaient épouvantablement révulsés, sa langue gonflée et étirée vers le menton…

Je me suis éveillé. Dans mon rêve, je hurlais, mais pas dans la réalité.

Dehors, il pleuvait, une de ces averses printanières qui rafraîchissent l'air toutes les deux ou trois nuits. Miriam dormait en silence à côté de moi, mon cœur battait à cent à l'heure.

Je me suis levé précautionneusement pour ne pas la réveiller et suis allé boire au robinet de la salle de bains. Devant le miroir, je me suis débarbouillé le visage comme pour extirper de mon esprit le souvenir de ce cauchemar.

Petit à petit, je l'ai oublié, mais ça a déclenché d'autres pensées : Chucks, l'article dans le journal et cette maison au milieu du champ fleuri, les Van Ern, les sbires et leur chien assassin. C'est au petit matin que les idées sont le plus limpides, sans artifices. Notre conscience est désactivée, tout notre système de défense endormi. Pas moyen de se fourvoyer, de se raconter les salades dont on a besoin ensuite pour reprendre le cours de son existence. Voilà la fonction des rêves ; la réalité serait trop terrible si elle se montrait nue. Soudain, la théorie de Chucks a pris vie à mes yeux. Pour la première fois, je me suis dit que Chucks était en danger. Et moi aussi, peut-être.

Je ne lui avais toujours pas parlé de la clinique. Ça partait d'une bonne intention : ne pas l'inquiéter davantage. Mais était-ce juste à l'égard de mon ami ? N'était-ce pas une manière de le juger sans preuves ? En attendant, je ne pouvais pas non plus en parler à Miriam, de crainte de réveiller chez elle le souvenir de l'autre vilaine histoire de Chucks en voiture. Pourtant, elle ne tarderait pas à être au courant, vu le manque de discrétion à prévoir de la part de V. J. J'étais piégé dans un double mensonge.

Je suis retourné au lit pour tâcher de m'endormir. J'ai surfé un peu sur le Net à l'aide de mon smartphone, lu mes mails et la page sportive du *Herald*, consulté Facebook pour me mettre à jour : David Brown avait mangé un steak ce soir à Londres, Sarah avait passé de merveilleuses vacances à Bali avec son nouveau petit ami kenyan, visiblement nos amis Frank et Brenda s'étaient ennuyés au cours de leur séjour à Oslo. Au bout d'une heure, je n'arrivais toujours pas à trouver le sommeil.

Je connais mes insomnies par cœur et celle-ci en était une carabinée. J'ai donc décidé d'agir, sans quoi je risquais de passer la nuit à contempler le plafond. Je me suis relevé, réveillant légèrement Miriam.

— Ça va, chéri ? Tu n'arrives pas à dormir ? a-t-elle dit d'une voix de Belle au bois dormant, les yeux clos, caressant le matelas encore chaud à l'endroit que je venais de quitter.

— T'inquiète. Je ne vais pas tarder à sombrer.

Je suis allé dans notre petit dressing entre la chambre et la salle de bains. Dans un des placards, on avait une armoire à pharmacie avec des médicaments de première nécessité et des gélules de valériane achetées par Miriam chez un herboriste à Marseille, efficaces pour une insomnie banale (niveau tourments mondains), mais pas pour la dose de terreur qui circulait dans mes veines après mon cauchemar.

Un peu plus haut, derrière de vieux papiers, je cachais ma "boîte à magie". Je l'ai sortie et j'ai jeté un œil dans la chambre : Miriam roupillait. "Voyons ce qu'il y a au menu. Mogadon, Donormyl, Xanax, Valium." J'en ai choisi un pas trop fort histoire de ne pas être une larve le lendemain, j'ai posé le cachet sur ma langue et, après avoir remis ma boîte à sa place, je suis retourné boire au robinet.

Le médicament n'a pas tardé à agir, j'ai plongé dans un profond sommeil. Dans mon cauchemar suivant, dont je ne me souviens que partiellement, je faisais l'amour avec Edilia Van Ern. Rien de bien palpitant : j'avais l'impression de m'accoupler avec un polochon. À la fin, je me levais et marchais nu à travers une sorte de long couloir d'hôpital plongé dans le noir, par les fenêtres duquel on entrevoyait un grand champ de colza et, au loin, parmi les arbres, les phares d'une voiture qui rugissait au milieu de la nuit. J'entendais une voix derrière moi. Je me retournais et voyais la petite Van Ern au visage de démon avec, au bout d'une laisse, le chien monstrueux qui tirait en bavant pour essayer de me mordre. La petite le retenait sans grande conviction et m'adressait un sourire maléfique.

— Non, ne le lâche pas ! lui criais-je.

Alors la fillette ouvrait la main et le laissait se ruer sur moi. J'étais au bout du couloir, coincé. Le chien m'attaquait le visage, me dépeçait par lambeaux, la bouche, les joues, les oreilles. Finalement, d'un coup de mâchoire, il m'arrachait un œil et, juste avant qu'il l'avale, je voyais mon propre visage en bouillie.

Étais-je réveillé ? Je n'en aurai jamais la confirmation. En tout cas, j'ai cru que je faisais encore un cauchemar, je me sentais comme dans du coton, j'avais l'impression de planer à cause du médicament.

J'ai émergé dans mon lit, j'entendais la pluie dehors. Miriam dormait à poings fermés. Je me suis levé et j'ai avancé comme un fantôme jusqu'à la fenêtre. J'ai écarté le rideau et contemplé le jardin. La pelouse, la piscine et les pommiers. Au fond, mon cabanon d'écrivain et, plus loin, la ligne obscure des haies. C'est là que je les ai vus. J'ai d'abord pensé qu'il s'agissait de lucioles, mais ces insectes volent, remuent, alors que ces lumières vertes demeuraient immobiles.

C'étaient des yeux. Trois ou quatre paires d'yeux regardant la maison.

Comme un enfant effrayé, je me suis contenté de refermer le rideau et de retourner au lit, près du corps chaud de Miriam. Je me suis rendormi et n'ai plus rêvé.

V

1

Le lundi, je devais m'envoler pour Amsterdam afin d'assurer la promotion de *Bill Nooran.* Je me suis levé à 6 heures et me suis rendu en voiture à l'aéroport de Marseille. Après un petit somme dans l'avion et un café assez potable offert par Air France, j'ai atterri à Schiphol et m'en suis remis au planning prévu par Geertje Van Gulik, mon éditrice hollandaise. Une radio, deux télés et une série de photos prises à travers la ville. Heureusement, ils n'avaient pas oublié mon restaurant thaï préféré à Zeedijk, où nous avons déjeuné en compagnie du directeur de la maison et d'une attachée de presse. L'après-midi, j'ai retrouvé l'auteur Herman Grok au DeBalie pour enregistrer une interview télévisée. Nous avons parlé trois heures durant de *Premières lueurs du jour à Testamento* et *Bill Nooran*, qu'il avait adorés. Encore une séance photo et enfin un dîner à bord d'un petit bateau sur les canaux. Le soir, en arrivant à l'hôtel Amstel, je ne tenais plus debout. L'insomnie de la veille ajoutée à l'agitation de la journée m'avaient achevé. J'ai juste pris le temps d'écrire un message à Miriam sur WhatsApp pour lui raconter que mon marathon était terminé et que j'étais à l'hôtel. Aucune bringue en vue, on était lundi. J'ai aussi lu un message de Chucks me remerciant de tout ce que je venais de faire pour lui. "J'ai commencé mes recherches et je suis sur la piste d'un truc énorme", ajoutait-il.

Cela m'a rappelé que je devais téléphoner à Bernabe pour l'interroger au sujet de Daniel Someres. J'avais franchement la flemme, à cette heure (et à n'importe quelle heure, pour être honnête, mais une promesse est une promesse). J'ai opté pour un message que j'ai rédigé à moitié et repoussé au lendemain. J'ai allumé la télé et, au bout de dix minutes, je me suis assoupi devant le film *Rock*, avec Sean Connery. J'ai dormi comme une masse jusqu'à l'aube.

Le lendemain, après un petit-déjeuner à l'hôtel avec des journalistes, je suis parti à Schiphol. Miriam m'a confirmé que nous étions attendus le soir même à 18 heures pour le vernissage de l'exposition Stark, à Aix. Mon avion atterrissant à 15 h 40 à Marseille, j'aurais dû arriver largement dans les temps, mais il a eu une demi-heure de retard. J'ai appuyé sur le champignon et suis rentré à la maison pour changer de chemise avant de filer rejoindre Miriam.

L'exposition se tenait dans une galerie du centre-ville, Le Gueuleton. Tout le club d'activités artistiques de Saint-Rémy était là, y compris M. Merme, les Grubitz, les Mattieu et, bien sûr, l'élégante Edilia Van Ern déployant tout son charme, drapée dans une robe en velours rouge. Vin de Provence, délicieux petits-fours et conversations de haut vol sur la peinture du très jeune Stark, lequel exhibait un air d'"artiste maudit mais quand même", tenue noire, moustache, épaules voûtées par le poids de ses obsessions. Edilia Van Ern me l'a présenté, nous avons échangé quelques propos courtois. Généralement, il se produit une sorte d'alchimie entre les artistes plasticiens et les écrivains, mais là, elle brillait par son absence. Stark me faisant l'effet d'un odieux enfant gâté, j'ai vite trouvé un prétexte pour prendre la tangente. C'est facile, dans une galerie : il suffit de se mettre à contempler les tableaux.

Comme d'habitude, Miriam était occupée à saluer et bavarder avec tout le monde, j'ai donc profité de ma solitude et du vin en regardant les peintures sans les voir. Après avoir fait le tour des lieux, j'ai pris mon verre et suis sorti dans la rue en prétextant une envie de fumer. Nous étions sur la place principale de cette jolie ville, berceau de Cézanne et d'Émile Zola. Une fontaine reflétait les premières étoiles du soir. Je me suis assis sur le rebord, j'ai allumé une cigarette et me suis souvenu que je n'avais pas encore appelé Bernabe – excellente excuse pour rester un moment à la fraîche.

Mark m'a demandé si j'avais reçu les livres d'Amanda et si je pouvais le rappeler plus tard car il était en plein dîner. J'ai insisté : “Prends-toi un verre, une clope et va dans la rue. Il faut que je te parle.”

— Someres ? a-t-il fait après mon topo. Mais oui, je crois que c'est Anne-Fleur qui s'occupait de lui. Quand dis-tu qu'il est mort ?

— Vendredi dernier.

— Ça alors ! Je tombe des nues. Il était tout jeune, quel dommage.

— Écoute, Mark, je voudrais te demander un service. Pourrais-tu appeler Anne-Fleur et lui demander ce que fabriquait ce jeune homme ces derniers temps ? S'il enquêtait pour un livre ou autre chose…

— Autre chose ? Qu'est-ce que tu mijotes, Bert ?

— Rien, mais j'ai un ami qui ne cesse d'échafauder des thèses conspirationnistes en ce moment, et comme c'était le domaine de prédilection de Someres… Disons qu'on aimerait savoir ce qui occupait Someres juste avant de mourir. Sur quoi il travaillait, *et cetera*. Toutes les infos que tu pourras obtenir nous intéressent.

— Pas de problème. Il fallait justement que j'appelle Anne-Fleur. J'en profiterai pour lui présenter mes condoléances. Ce n'était pas un auteur qui lui faisait gagner beaucoup d'argent, mais elle aimait beaucoup ses livres et je crois qu'ils s'étaient liés d'amitié. Je l'interrogerai pour toi, Bert.

— Merci. Appelle-moi dès que tu sais quelque chose.

— Compte sur moi, a-t-il dit en lâchant un petit rire. T'as commencé à lire les romans d'Amanda ?

— Allez, retourne à ton dîner, Mark, ai-je lancé pour botter en touche.

Il me restait encore un bout de mégot, mais je l'ai écrasé par terre et me disposais à rejoindre la galerie quand j'ai vu quelqu'un assis de l'autre côté de la fontaine. À ma grande surprise, il s'agissait d'Edilia Van Ern.

N'était la bonne éducation qu'on pouvait lui supposer, j'aurais juré qu'elle avait épié en silence ma conversation avec Bernabe.

— Ah, monsieur Amandale, c'est vous ! s'est-elle exclamée en me voyant. Quelle belle nuit, n'est-ce pas ?

— Oui, ai-je répondu, un peu hébété. Désolé, je ne vous avais pas vue.

— Je suis sortie prendre l'air. L'art, c'est comme le vin. Pour bien le déguster il faut l'oxygéner. M'offririez-vous une cigarette ? Je ne suis pas fumeuse, mais vous m'avez donné envie.

Je lui en ai tendu une et la lui ai allumée. Elle a décoché quelques flèches de fumée par le nez. Pas un merci.

— Vous ne m'imitez pas ?

— Je viens d'en finir une. Je boirai pour vous accompagner.

— Comme c'est aimable. Vous aimez l'exposition ? Une œuvre qui vous attire en particulier ?

— Le saxophoniste, ai-je dit en pensant à une magnifique toile de deux mètres sur deux qui constituait, supposais-je, le clou de l'exposition. Et quelques petits formats. La série de miniportraits au Mexique, par exemple.

— Moi aussi, j'aime beaucoup ce tableau, mais son prix est exagéré, vous ne trouvez pas ? Même pour un prodige comme Stark. Il est encore très jeune.

— J'imagine que c'est un prix de lancement, pour les gogos. Dans un mois, il sera bradé, sauf si un milliardaire amateur de musique l'achète avant.

Je dois reconnaître que mon regard avait légèrement dévié vers le collier de perles qui ornait le joli cou de Mme Van Ern, puis vers le mystère si bien gardé de son décolleté, où on apercevait la naissance d'une paire de seins frémissants. Elle s'en est aperçue et a souri sans rougir le moins du monde, comme si elle était habituée à provoquer cette réaction chez les hommes.

— Ah oui, vous et la musique… Dans vos romans, il y a toujours un musicien. C'est parce que vous en avez été un, je présume. Miriam nous a raconté…

— Oui, enfin, j'ai joué dans quelques groupes dans ma jeunesse, je me suis carrément lâché, histoire de cocher la case "audace", mais ça n'a pas duré.

Elle me fixait de ses yeux félins couleur or bleu, je commençais à me sentir à la fois nerveux et excité. "Retourne à l'intérieur, Bert."

— Un vieux rocker, donc. Très sexy. J'aimerais bien vous voir jouer, un jour.

— Ah non, j'ai arrêté les frais. En revanche, ma fille, Britney, est très douée.

— Britney, bien sûr. Elle est tellement belle ! Une vraie poupée. Elron ne cesse de nous en parler et ça ne m'étonne pas. Elle a vos yeux, vous savez ? Des yeux si mélancoliques, comme si on y lisait une profonde tristesse.

— Des yeux irlandais, ai-je répondu, conscient qu'on se dévisageait ouvertement. Mon grand-père était originaire de Cork. Et vous, d'où tirez-vous les vôtres ? De Hollande ?

— Du Danemark.

— Magnifiques.

Elle a ri, l'air de se douter que je tomberais dans le panneau de la galanterie.

— Vous êtes un enjôleur, *mister* Amandale. À l'instar de tous les écrivains. Répondez-vous à d'autres stéréotypes ?

— Stéréotypes ? C'est-à-dire… ?

Elle a tapoté du bout de l'index mon verre de vin (presque vide). Le cristal a tinté telle une clochette dans la nuit. Je l'ai regardée avec un sourire stoïque. Que pouvait bien savoir Mme Van Ern de mes années troubles ?

De mes longues nuits de déglingue à la bière, au whisky et aux cachetons ?

— Ah ! je ne bois plus trop. Je n'en ai plus besoin. Ça fait un bail que je ne carbure qu'au café pour écrire.

— Je vois. Les années folles sont loin derrière. Vous êtes devenu un sage quadra père de famille. Un homme heureux en ménage et un écrivain célèbre.

Elle a encore posé son doigt sur mon verre, cette fois pour le pincer et en sortir un son argentin. Puis elle a secoué la tête et sa chevelure a libéré mille arômes.

"Putain, elle m'excite", me suis-je dit.

— Plus ou moins sage et célèbre, oui. Et heureux en ménage, c'est vrai aussi.

— C'est clair. Plus que clair. Miriam est une femme splendide. Vous avez beaucoup de chance de vous être trouvés.

Elle a tiré une dernière bouffée avant de jeter son mégot, de l'écraser du bout du pied et de se lever. Elle me dépassait en taille de quelques centimètres. Un prodige de la nature *made in Copenhague*. Je n'ai pas dissimulé mon ovation visuelle.

— Je suppose que Miriam vous a parlé de notre petite fête, n'est-ce pas ?

— Euh… Comment ?

— Nous organisons une petite soirée chez nous samedi prochain. J'espère que votre agenda surchargé d'écrivain vous permettra d'y assister. Nous pensions qu'il serait opportun de faire connaissance, maintenant que Britney et Elron… enfin, depuis qu'ils sont devenus proches.

— Eh bien… Vous en avez parlé à Miriam, dites-vous ? Elle connaît mon emploi du temps mieux que moi.

— Dans ce cas, nous nous reverrons samedi prochain.

Nous avons marché jusqu'à la galerie et ne nous sommes plus parlé de la soirée. Je me suis même efforcé de l'éviter car quelque chose me disait que nos regards se croiseraient.

La galerie a commencé à se remplir et l'ambiance à monter. Je me suis trouvé nez à nez avec Eric Van Ern, qui venait d'arriver. Il s'est montré très courtois et m'a tendu un verre de vin, mon troisième. Il ne semblait pas très intéressé par les œuvres, lui non plus, mais il avait envie de parler des miennes.

— Vous autres, écrivains, avez un esprit si captivant !

— Vous trouvez ?

— Vous êtes capables de recréer l'état de rêve, de l'induire. Votre cerveau est de l'or, pour un psychiatre. Un matériau à conserver dans le formol.

— Attendez peut-être que je sois mort, ai-je plaisanté.

Eric a ri et m'a donné une tape sur l'épaule avec une familiarité un tantinet excessive.

— Cela vous dirait-il de venir faire un tour dans notre clinique, un de ces jours ? En tant qu'écrivain, je suis persuadé que l'endroit vous intéressera. Nous pourrions prendre le temps de discuter autour d'un café. Depuis que mon chien a failli vous dévorer, je me sens en dette envers vous.

Je l'ai regardé fixement. Un instant, j'ai eu l'impression que rien de tout ça ne relevait du hasard. Peut-être V. J. lui avait-il parlé de ma thèse à propos de l'accident de Chucks. Quoi qu'il en soit, sa proposition me séduisait. Je pourrais y emmener Chucks, ai-je pensé.

— Je ne voudrais pas déranger vos patients, mais votre invitation me tente, bien sûr. J'y pêcherai peut-être des idées pour mon livre.

— Parfait. Je consulte mon agenda et je vous fais signe. Mais si vous avez l'intention de tuer quelqu'un, prévenez-moi !

Mon rire a résonné comme une boîte de conserve vide dégringolant une pente caillouteuse. Ayant aperçu des amis, Eric m'a abandonné en compagnie de l'ennuyeuse Mme Mattieu, qui s'obstinait à compter sur moi pour la projection de *Premières lueurs du jour à Testamento* à la cinémathèque de Saint-Rémy. J'ai fini par bâiller ostensiblement afin que Miriam accepte de partir.

2

À la maison, le scooter de Britney avait disparu, nous en avons conclu qu'elle était partie chez les Todd ou chez son nouveau petit ami Elron. Ni Miriam ni moi n'avions faim après le brie, les petits soufflés au crabe et les canapés. Nous sommes montés directement dans la chambre, dans le noir.

Je me suis écroulé sur le lit et l'ai regardée se déshabiller. Elle portait une délicieuse lingerie en satin, matière qui me donne l'impression d'être un pêcheur d'huîtres et me rend fou. Elle est entrée sous la douche. Je l'ai rejointe par surprise, nu comme un homme des cavernes. Elle s'est laissé faire. En moins de deux, j'avais joui. C'est le problème, quand on s'est abstenu pendant plus d'une semaine. Je lui ai proposé de m'occuper d'elle, mais elle a refusé. Cela faisait un moment que je ne lui avais pas procuré un bon orgasme.

Nous avons éteint la lumière et laissé les fenêtres ouvertes. Une brise légère berçait les arbres près de la maison. Je l'ai regardée dormir, en repensant à mon flirt un peu effronté avec Edilia Van Ern au bord de la fontaine. Était-ce une manière de tâter le terrain ? Une plaisanterie ? Un piège ? Peu importaient ses intentions à elle. Ce qui comptait, c'était le petit séisme que cela avait provoqué en moi. Étais-je en train de replonger ?

Nous avions raconté à beaucoup de nos amis que l'idée d'aller en France nous était venue en regardant *Une grande année*, le film de Ridley Scott où un trader agressif finit par quitter Londres pour la paisible et romantique vie provençale. C'était presque vrai. Nous avions effectivement vu ce film un jour et nous nous étions dit que ce serait génial de partir un an là-bas. Après tout, nous avions de l'argent, Miriam avait envie de voyager, et une année de plus loin de la maison ne pouvait qu'être bénéfique à Britney (elle avait déjà fait un séjour d'un an aux États-Unis à l'âge de treize ans), avant d'entrer dans un âge charnière où elle aurait à prendre des décisions importantes.

La vraie raison était cependant tout autre. Et elle avait à voir avec ce qui s'était passé ce soir-là autour de la fontaine d'Aix-en-Provence. Du moins en bonne partie.

Miriam et moi avions été pendant très longtemps un couple parfait. Sérieusement, même si ça peut paraître prétentieux, les gens nous adoraient. Non seulement on était les invités les plus intéressants, pétillants et sympathiques de toutes les fêtes, mais en petit comité, on baisait comme des castors et on menait une vie romantique : champagne à Paris, chocolat chaud à Rome, sunlights à New York. Mes livres, son art, Britney. Tout allait comme sur des roulettes. Notre vie avançait sur un chemin doré.

Je ne sais plus quand notre couple a commencé à battre de l'aile. Le jour où j'ai regardé une autre femme de manière un peu trop appuyée, où je me suis montré "un peu trop sympa" avec une serveuse ? Le soir où j'ai incidemment quitté une fête au bras d'une femme ? J'avais juste parlé avec elle pendant une heure, incapable de détacher mes yeux de ses boucles noires. Elle s'appelait Louise et c'était ma première infidélité en quinze ans de mariage. Un petit coup à la va-vite à l'intérieur d'une voiture, pas le grand pied, mais suffisamment agréable pour créer un besoin, une soif d'aventure qui me hantait.

Le lendemain, je m'étais réveillé seul à la maison. Miriam était en voyage, un de ces nombreux voyages, et Britney passait le week-end à Cambridge avec ses cousines. Je m'étais regardé dans le miroir en me disant : "Espèce d'abruti. Ça ne se reproduira plus. Inutile de le raconter à Miriam." Voilà comment ça avait commencé. Mais à son retour, un mois plus tard, elle m'avait annoncé qu'elle avait quelque chose à me confesser. Il s'appelait Michael et c'était un des assistants de la galerie. "Je voudrais que tu me pardonnes, Bert. J'ai commis une bêtise, je le regrette."

J'ai élu domicile dans un hôtel pendant un mois. Je lui ai demandé le divorce, ça me semblait la solution la plus sensée. À quoi bon continuer ? J'avais sauté Louise, elle s'était tapé Michael à deux semaines d'intervalle. Qu'est-ce que ça signifiait ? Que nous nous étions éloignés l'un de l'autre et que nous voulions vivre de nouvelles aventures, explorer le vaste monde. "On n'a qu'à se quitter", lui ai-je proposé, et elle a accepté. "Mais donnons-nous quand même un peu de temps."

Résultat des courses : j'ai vécu un enfer pendant ce fameux mois. Le feu me dévorait de l'intérieur lorsque je pensais à un monde sans Miriam, un monde où Miriam finirait par rencontrer un homme qui n'était pas moi, et rien ne venait à bout de l'incendie. Je me retournais dans mon lit en pensant à elle, en l'imaginant dans les bras d'un autre, s'envoyant en l'air dans nos draps. Une nuit, j'ai fini par craquer et l'ai appelée à 2 heures du matin. Elle ne dormait pas non plus. Je lui ai dit que j'avais besoin de la voir et lui ai demandé d'une voix entrecoupée si elle était seule. "Oui, moi aussi j'ai envie de te voir." J'ai pris un taxi de l'hôtel à chez nous, à Kensington, je l'ai trouvée assise sur le perron en train de fumer dans la nuit londonienne. Britney n'étant pas à la maison, on a d'abord fait l'amour dans l'entrée, contre la porte. Puis sur la table de la cuisine et enfin dans le couloir du premier étage. Cette nuit, nous avons décidé de recommencer à vivre ensemble. Les flammes s'étaient éteintes dans mes entrailles, j'étais heureux. Du moins l'ai-je été pendant un temps.

Pourtant, ce n'était plus pareil, ce n'était pas possible, ou pas tout de suite. La confiance est comme le cristal : une fois brisée, difficile de recoller les morceaux. On a commencé à devenir fous de jalousie. Elle travaillait toujours avec Michael et je m'interdisais de me rendre à la galerie. Je craignais d'avoir envie de lui casser la figure si je le voyais. Entre-temps, j'avais fini d'écrire *Premières lueurs du jour à Testamento* et devais partir en tournée de promotion à travers l'Europe et les États-Unis. Ça tombait mal, juste au moment où on essayait de se rabibocher. Un jour, je l'ai appelée de Madrid et c'est un mec qui a répondu : Michael. Mes brûlures d'estomac sont revenues. Elle m'a expliqué qu'ils étaient charrette et qu'il avait pris la communication par erreur. Je l'ai traitée de menteuse et elle, de malade. On s'est raccroché au nez. J'étais assis à une terrasse dans le quartier de Malasaña avec quelques personnes, notamment une splendide Espagnole qui avait organisé l'événement de ce soir-là et qui m'avait déjà lancé quelques regards furtifs.

J'ai été réveillé par le téléphone dans ma chambre d'hôtel, avec la fille à mes côtés. C'était Miriam, en larmes. Elle m'appelait de l'hôpital.

Britney.

3

Quelque chose m'a tiré du sommeil deux heures plus tard, en pleine nuit. Les fenêtres étaient toujours ouvertes, les rideaux ondoyaient au vent. J'ai entendu comme un bruit de conversation tout près. Ensuite, celui d'une voiture roulant au ralenti.

"Qu'est-ce que c'est ?"

Un petit jardin d'une quinzaine de mètres de long séparait la porte principale du muret. On aurait dit qu'une voiture venait de s'arrêter devant celui-ci.

"Britney..."

C'était l'explication la plus logique, non ? J'ai pensé qu'à dix-huit ans, Elron était en âge de conduire. J'ai regardé le radio-réveil sur ma table de nuit : minuit une. Je me suis demandé d'où pouvait revenir Britney à cette heure… "À ton avis ?" Seize ans, c'est pas un si mauvais âge pour… mais il faudrait consolider un peu son éducation sexuelle, au cas où elle aurait oublié un détail. D'ailleurs, je pourrais lui acheter des préservatifs. Dave, un ami de Londres, m'avait dit qu'il en procurait à ses filles depuis leurs quatorze ans. Il les laissait dans un tiroir et elles se servaient, ni vu ni connu. "Elles vont faire n'importe quoi, mon pote. Il vaut mieux les rancarder."

Un bruit a coupé court à mes cogitations, j'ai ouvert grand les yeux pendant que mon cœur dansait au rythme de *La Fièvre du samedi soir*.

C'était le bip caractéristique des talkies-walkies et il avait retenti tout près, pour ne pas dire sous notre fenêtre.

Vif comme le lézard, je me suis redressé sur mon séant et j'ai tendu l'oreille, immobile. Le moteur de la voiture ronflait toujours. Une voix métallique et crépitante a parlé en français à travers un récepteur. J'ai aussitôt pensé à Chucks et à son histoire improbable de conversation interceptée par sa Gibson SG modèle 1968. Avant de laisser libre cours à cette suspicion, j'ai bondi du lit et suis allé prudemment à la fenêtre. Je n'ai pas eu besoin de tirer le rideau pour percevoir la lueur bleue d'un gyrophare.

Ça m'a coupé le souffle.

Une voiture de police stationnait devant chez nous. À cet instant, on a sonné à la porte.

— Miriam ! ai-je vociféré pendant que je courais enfiler mon pantalon et ma chemise laissés sur le canapé.

Miriam a émis un “Mmmffquoi ?” en remuant sous les draps.

— Debout ! La police. Il est arrivé quelque chose.

Alors que je quittais la chambre, elle a émergé en hurlant : “Quoi !?”

Il me vient une image pour décrire la manière dont notre champ de vision se rétrécit, comme dans un tunnel, quand la terreur fait irruption dans notre paisible existence : le zèbre en train de boire au marigot, surpris par un prédateur. Tout notre corps s’active en mode “débandade débile” et nous ne voyons qu’une direction où aller : devant. C’est sans doute ce qui explique que j’aie dégringolé l’escalier. Je descendais si vite et j’étais si hébété que j’ai buté sur l’avant-dernière marche et atterri ventre à terre dans le vestibule. Miriam a accouru et, me voyant au sol, a crié. La sonnerie a retenti une nouvelle fois.

— Ça va, j’ai rien, ai-je braillé. Ouvre la porte !

Et pendant que je me relevais, j’ai vu les deux gendarmes sur le seuil de l’entrée, fixant leurs pieds, lèvres serrées et tronche de deux kilomètres. J’ai aussitôt pensé que nous avions perdu Britney. Je l’ai vraiment pensé. Que cet imbécile d’Elron s’était planté en voiture ou pire, bien pire, et qu’ils nous diraient de les accompagner à la morgue pour reconnaître le cadavre de notre fille, probablement défiguré et à moitié brûlé. J’ai failli me laisser tomber au sol, j’aurais voulu traverser le parquet et m’enfoncer jusqu’à être réduit en cendres au centre de la terre.

Les gendarmes nous parlaient en français.

— Vous êtes les parents de Britney Amandale ? a demandé l’un d’eux.

— Oui, a fait Miriam dans un sanglot.

— Elle va bien, s'est empressé de préciser le gendarme. Elle va bien, ne vous inquiétez pas.

— Où elle est ? Qu'est-ce qu'elle a ? lui a demandé Miriam.

— Elle va bien, a répété l'homme. Elle n'a rien. Ce n'est pas elle.

On ne comprenait rien à rien. Si Britney allait bien, alors pourquoi elle n'était pas là ? Et pourquoi deux gendarmes étaient venus chez nous ?

— Elle a fait une bêtise ? s'est informée Miriam. Elle a commis un délit ?

Cette phrase a paru ridicule dans son français pourtant meilleur que le mien, mais personne n'avait le cœur à rire.

— Non, non… pas du tout. Mais on va être obligés de vous emmener. Habillez-vous.

— Je suis déjà habillé, ai-je dit. Allons-y.

Le policer a regardé mes pieds en toussotant. Et pour cause, j'étais pieds nus.

Miriam est montée dans notre chambre récupérer nos imperméables et des baskets pendant que les policiers discutaient entre eux dans le jardin. J'ai seulement pensé à prendre, dans la commode de l'entrée, le classeur à cartes de visite contenant les coordonnées de Fisher & Noon, mes avocats londoniens.

Nous sommes montés dans leur véhicule en silence, sur la banquette des "prévenus". Notre fille allait bien, cela nous suffisait, mais la peur nous clouait le bec. Si elle allait si bien que ça, pourquoi n'était-elle pas là pour nous le dire ? Nous ne voulions peut-être pas le savoir. J'ai pris la main de Miriam. La voiture a démarré. Le mois où j'avais vécu à l'hôtel, Britney avait commencé à fréquenter les pires racailles du lycée. L'un d'entre eux se faisait appeler le Rat – tout est dit. En même temps, je suppose qu'elle était dans son droit. Nous avions saboté notre vie de famille, elle pouvait bien apporter sa contribution à la débâcle. Après notre réconciliation, quand je suis rentré à la maison, nous avons pensé qu'elle reviendrait dans le droit chemin, mais ce ne fut pas le cas. Pour une raison mystérieuse, elle a commencé à dégringoler.

Un soir, elle est allée à une soirée avec ses nouveaux copains dans une maison d'étudiants de Brixton, et quelqu'un, dans une chambre obscure, lui a proposé de fumer de l'héroïne. J'imagine qu'elle était déjà bien alcoolisée, mais au moins – nous l'avons su grâce à un examen pratiqué à l'hôpital – elle n'avait pas eu de relation sexuelle. Bref, personne ne l'avait troussée pendant qu'elle planait dans le monde de Oui-Oui, ce qui était déjà un soulagement. Une copine l'a retrouvée sur un matelas, livide, et a appelé le Samu. Cette fille ne savait pas grand-chose d'elle, et aux urgences ils ont dû enquêter pour connaître son identité. Ils ont retrouvé Miriam, qui m'a appelé. Un assistant social de l'hôpital King Edward nous a convoqués pour nous expliquer la situation en détail et nous soumettre au passage à un petit questionnaire. Tout va bien, à la maison ? Des problèmes en ce moment ? "On se calme, mon vieux, d'accord ? Je suis Albert Amandale, l'écrivain. Et cette beauté est ma femme. Nous habitons à Kensington et nous possédons un réfrigérateur à deux portes, deux voitures et quatre cartes de crédit. À qui croyez-vous avoir affaire ?" Il nous a expliqué que Britney refusait de nous voir, l'un comme l'autre. Elle ne voulait pas entendre parler de nous.

En tombant dans l'escalier, je m'étais fait mal à la cheville, mais j'ai préféré me taire. La voiture de gendarmerie a quitté Saint-Rémy et pris la D81 en direction de Sainte-Claire. Nous avons dépassé Le Sapin Rouge, où un groupe de motards s'amusait à faire rugir leurs Chopper en buvant des canettes de bière. Les gendarmes ne les ont pas remarqués ou ont détourné les yeux. On a gravi la côte, passé le virage de "l'accident" et continué jusqu'à Sainte-Claire. Je pensais qu'on se rendait à la gendarmerie, mais la voiture a bifurqué dans une ruelle et franchi le petit pont à la sortie ouest du village pour prendre le chemin en terre qui conduisait…

— Dites…

… chez Chucks.

— Où nous emmenez-vous ?

Deux autres voitures de gendarmerie étaient garées devant la maison de mon ami. Le gyrophare de l'ambulance tout juste arrivée clignotait dans la nuit. Des voisins, certains en robe de chambre, s'amassaient en ordre à quelques mètres de la porte d'entrée. Il y avait aussi deux ou trois photographes. Le scooter de Britney était garé contre le mur. Miriam et moi nous sommes regardés, perplexes.

— Qu'est-ce qui se passe ?

Notre véhicule s'est arrêté devant la grille, un homme à l'extérieur a ouvert la portière droite. C'était Jean-Luc Riffle, le gendarme de Sainte-Claire au visage carré qui nous avait reçus, Chucks et moi, quelques jours plus tôt. Sans un mot, il nous a fait signe de le suivre de l'autre côté de la grille. Une fois éloignés de la foule, il a mis les mains sur sa taille et fixé les yeux au sol.

— Monsieur et madame Amandale, votre fille Britney va bien. Elle est à l'intérieur en train de répondre à quelques questions.

— Mais pourquoi ici ? ai-je demandé.

Le gendarme a poussé un soupir et avalé sa salive avant de dire ce que je commençais à craindre :

— J'ai une mauvaise nouvelle à vous annoncer, monsieur. Ça concerne votre ami Chucks Basil. Il est décédé cette nuit.

VI

1

La nouvelle m'a assommé. J'ai ressenti une douleur blanche, une sorte d'explosion silencieuse à l'arrière du crâne qui a brouillé ma compréhension. Un précipice insondable s'est ouvert à mes pieds au-dessus duquel je redoutais de me pencher. Miriam s'est agrippée à mon bras et a éclaté en sanglots. Moi, j'étais incapable de verser une larme. Je me suis contenté de quémander une cigarette à un gendarme, qui n'en avait pas. Quelqu'un m'en a déniché une et je l'ai allumée, avant que Riffle nous accompagne jusqu'à l'entrée de la maison.

Britney était assise sur le canapé du salon du "voir", flanquée de deux gendarmes. À moitié dévêtue, un plaid sur les épaules, elle se tenait le visage entre les mains. La première chose que j'ai remarquée, ça a été ses jambes nues. Miriam a crié en la voyant et s'est précipitée sur elle dans un geste irrationnel, primal. "Qu'est-ce qui s'est passé ? Qu'est-ce qu'on t'a fait ?" a-t-elle crié. Britney a secoué la tête. Ensuite, elles sont tombées dans les bras l'une de l'autre et ont pleuré ensemble.

Je continuais à fumer en regardant ma fille à demi nue sous ce plaid. Je ne sais pas à quoi je pensais. Que fichait Britney dans cette maison ? Avait-elle tué Chucks ? Sur une étagère, j'ai pris un cendrier encore rempli des mégots de Chucks. J'avais l'impression qu'il allait surgir d'un moment à l'autre.

— Que s'est-il passé ? ai-je demandé au gendarme. Pourquoi ma fille est-elle déshabillée ?

— C'est elle qui a découvert le corps il y a une heure et demie. Elle a plongé dans la piscine.

— Dans la piscine ? Elle ? Ça n'a aucun sens, voyons.

Riffle m'a posé la main sur l'épaule.

— C'est elle qui nous l'a raconté, monsieur : elle déclare être arrivée en scooter, être entrée – elle devait posséder un double de la clé – et avoir cherché partout. Elle a entendu le chien gémir dans le jardin, elle est sortie et a trouvé M. Basil dans la piscine.

— Ma fille ? Un double de la clé ? Je veux voir Chucks. Je veux le voir de mes propres yeux.

— Monsieur, je ne pense pas que ce soit une bonne idée.

— Elles, elles restent ici. C'était mon ami, il est normal que je veuille le voir. Maintenant.

Le gendarme s'est raclé la gorge comme si cela l'embarrassait vraiment. Puis il m'a fait signe de le suivre. Miriam et Britney étaient toujours enlacées. J'ai tout simplement quitté la pièce, sans dire un mot.

Nous sommes montés sur la terrasse à l'arrière de la maison, éclairée par de puissants projecteurs. Un groupe de policiers en combinaison blanche, mains gantées et têtes cagoulées, procédaient à leurs investigations. Au bord de la piscine gisait un sac en plastique de forme allongée. Les ambulanciers, dont les gilets fluorescents luisaient sous les spots, venaient de poser un brancard à côté.

Nous avons descendu les marches en pierre et le gendarme s'est adressé en français aux ambulanciers, qui se sont écartés. Tout le monde a observé un silence respectueux en me voyant entrer en scène. Le brigadier s'est agenouillé près du sac et m'a demandé de l'imiter. Un infirmier s'est placé derrière moi, sans doute au cas où je m'évanouirais. Jean-Luc a ouvert lentement le zip, laissant apparaître le visage blême de Chucks, endormi. Ses cheveux trempés lui collaient au front. Il s'était assoupi. Juste assoupi. Son corps reposait en paix.

— C'est bien lui, ai-je confirmé comme si c'était nécessaire. Chucks Basil.

— Apparemment, ç'a été rapide, m'a expliqué le gendarme. Il a dû avoir une crise cardiaque dans l'eau ou quelque chose de cet ordre. Avait-il des problèmes de cœur ?

— Pas à ma connaissance. Mais il était asthmatique. C'est peut-être ça. Bon Dieu…

Des gémissements déchirants, en contrebas, nous ont interrompus. Lola était attachée à une des colonnes en pierre de la terrasse, à quelques mètres de nous.

— Nous avons dû l'attacher, elle ne se laissait pas approcher et elle a failli mordre un de nos hommes.

Je me suis levé pour aller jusqu'à elle et me suis baissé. La chienne a fourré son museau sous mon aisselle, sans doute une manière canine de pleurer de chagrin dans les bras d'un ami.

— Lola, ai-je dit. Qu'est-il arrivé, Lola ?

Je l'ai regardée fixement comme si j'attendais qu'elle m'éclaire.

Je me suis assis à même la pierre près de la chienne, et nous avons vu les ambulanciers poser le corps de Chucks sur le brancard. J'ai alors pris conscience que mon vieil ami Chucks était parti pour toujours. Le garçon bizarre de mon quartier de Dublin, fils d'un poivrot qui devait tout le temps de l'argent à tout le monde, et dont j'étais devenu l'ami. Celui avec qui j'avais commencé à jouer dans un groupe à l'âge de douze ans. À qui j'avais confié mes premières amours, avec qui j'avais ri et pleuré mes premiers cœurs brisés. Le mec avec qui, sac au dos, j'étais parti vivre à Londres à l'âge de seize ans. Avec qui j'avais partagé un trou à rats et travaillé dans un Huit à Huit jusqu'à ce que la vie se mette à nous sourire un peu. Le frère que je n'avais pas eu et qui s'était hissé jusqu'au ciel des stars du rock. Je ne le reverrais plus, si étrange et douloureux que ce soit. Je me suis rappelé la dernière phrase qu'il m'avait adressée, "Va retrouver ta famille, Bert. Moi, je retourne à mes fantômes", et je me suis senti terriblement coupable de ne pas avoir insisté pour qu'il dorme chez nous cette nuit-là. Je me suis senti horriblement salaud d'avoir placé la tranquillité de mon foyer avant sa solitude, dont il m'avait fait part ce même soir au Sapin Rouge.

Alors, seulement alors, dans l'obscurité de ce recoin, serrant Lola dans mes bras, j'ai fondu en larmes, inconsolable.

2

Au bout d'une heure est arrivée une procureure du nom d'Annette Bovair. Elle ne semblait pas avoir dépassé la trentaine. En sa présence, on a procédé à la levée du corps et à la signature de la déclaration de Britney, assistée par un avocat commis d'office qui venait d'arriver d'Avignon.

Miriam et moi avons écouté en silence notre fille reprendre son histoire : elle était arrivée vers 22 h 30 après sa répétition dans le garage des Todd (qui le confirmeraient plus tard), près de Sainte-Claire. Avant de rentrer, elle avait décidé de passer voir Chucks, qui habitait sur la route de Saint-Rémy. Elle avait garé son scooter dehors et avait pénétré dans la maison dont elle détenait la clé.

— C'est lui qui me l'a donnée il y a quelques mois, a-t-elle expliqué à la procureure.

Miriam et moi avons écouté sans broncher. Nous réservions nos questions pour plus tard, quand nous serions chez nous.

Elle avait sonné à la porte, mais comme Chucks ne venait pas, elle avait ouvert et était entrée. C'est alors qu'elle avait entendu Lola gémir quelque part dans le jardin. Elle était sortie, pensant que Chucks buvait un verre de vin à la fraîche, et Lola s'était mise à aboyer en direction de la piscine. Quand elle s'était approchée, elle avait vu une ombre flotter entre deux eaux.

— J'ai d'abord cru qu'il nageait, qu'il allait finir par ressortir, puis j'ai compris qu'il était mort.

Elle s'était jetée dans la piscine pour le secourir, mais elle avait tout juste réussi à lui sortir la tête et les épaules hors de l'eau et à l'appuyer contre les marches. Ensuite, paniquée, désespérée, elle avait voulu nous appeler, mais son portable avait pris l'eau. Elle était allée en chercher un dans la maison, mais n'en avait pas trouvé. Chucks ne possédait qu'un portable qu'on avait découvert plus tard dans la cave. Elle était donc partie appeler à l'aide. Elle avait toqué chez les voisins les plus proches (les Dodeur, que l'on a remerciés plus tard), qui avaient alors appelé les secours.

Après une brève délibération dans la bibliothèque, Bovair nous a informés qu'on n'avait trouvé aucun indice "visible" d'infraction ni de crime. Les premières investigations semblaient indiquer une "mort par accident", mais on procéderait à des expertises plus poussées. Nous pouvions rentrer chez nous, mais nous ne devions pas quitter le pays tant que le dossier ne serait pas classé sans suite et que les médecins légistes n'auraient pas remis leur rapport définitif. En attendant, elle a mis la maison sous scellés et nous a ordonné d'évacuer les lieux.

Tandis que nous franchissions la porte, nous avons vu les ambulanciers pousser le brancard avec le sac contenant le corps de Chucks. Ils l'avaient monté par un des chemins latéraux, peut-être afin de nous éviter ce spectacle glaçant. Miriam, Britney et moi sommes restés muets. J'ai dû me tenir à Miriam pour ne pas m'écrouler.

Les gendarmes s'apprêtaient à emmener Lola à la fourrière, mais j'ai insisté pour qu'on me la confie. C'était le moins que nous puissions faire. Je l'ai montée dans une des deux voitures des gendarmes. Britney et Miriam ont grimpé dans l'autre. L'ambulance a pris la tête du cortège et nous sommes partis sous le regard des voisins, des badauds insomniaques et d'un ou deux journalistes locaux.

Nous sommes arrivés à la maison vers 2 heures du matin, dévastés, mais aucun de nous n'avait sommeil. Miriam a préparé du thé, j'ai sorti une bouteille de Tullamore Dew du placard et Britney s'est bornée à obéir à sa mère en avalant un cachet de valériane avec un verre d'eau. Nous nous sommes installés sur la table du jardin car j'avais envie de fumer. Lola s'est lovée à nos pieds sous la table et c'est seulement alors que nous avons demandé à notre fille de seize ans les éléments qui nous manquaient.

— Explique-nous ce que tu fabriquais cette nuit chez Chucks.

3

Britney nous a raconté que Chucks et elle se voyaient "en secret" depuis des mois. Ça, on l'avait deviné. Ils s'étaient croisés par hasard au mois de mars, à un concert au Sapin Rouge où elle était allée avec les frères Todd. Chucks buvait un verre, il les avait tout de suite reconnus. À la maison, c'était un pestiféré dont sa mère disait pis que pendre. Depuis qu'on vivait en France, Britney ne l'avait pas vu une seule fois, même si elle était au courant de sa présence. Miriam prétendait qu'un ancien junkie ne pouvait pas avoir une bonne influence sur notre adolescente alors qu'on essayait justement de lui donner une image saine de la vie. Je suppose que tout cela avait exercé sur Britney une sorte de magnétisme obscur.

Après le départ des Todd à la fin du concert, Chucks l'avait invitée à dîner et ils avaient passé quelques heures à bavarder. C'était à l'époque où Britney pestait en permanence contre la France, et elle avait trouvé en Chucks une oreille où déverser ses frustrations, Miriam et moi nous contentant de lui dire : "Prends ton mal en patience." Ils s'étaient bien entendus, avaient échangé leurs numéros de téléphone et étaient convenus de se revoir. Et puis, il y avait la musique. Quelle meilleure aubaine pour un groupe d'adolescents que de recevoir les conseils d'une star ? Chucks avait proposé d'aller les entendre jouer dans le garage des Todd.

— Il trouvait pas ça bien d'agir dans votre dos, mais je lui ai fait promettre de ne rien vous dire. Je vous le jure. C'est moi qui lui ai demandé de garder le secret.

Après avoir épaté les Todd en débarquant un jour en compagnie de Chucks, qui leur avait dédicacé ses quatre albums, Chucks et Britney avaient maintenu leur amitié dans l'ombre. Elle prétendait qu'elle allait répéter ou faire un tour en scooter, alors qu'elle allait en douce à Sainte-Claire, où Chucks avait commencé à lui enregistrer quelques maquettes.

— On ne faisait rien de mal. Il ne me laissait même pas boire une goutte de vin ni fumer. Il me traitait comme sa fille. Comme s'il avait toujours voulu avoir une fille. Un jour, il a même cuisiné pour moi. Et puis il a voulu enregistrer mes morceaux. Il trouvait que j'avais une belle voix, mais que je devais la travailler. Il m'a appris un tas de trucs.

Je savais que Britney ne mentait pas. En un sens, rien de tout ça ne m'étonnait. N'empêche que j'ai été soulagé d'entendre qu'il n'y avait rien entre eux hormis cette relation d'oncle à nièce. Quand je l'avais vue à moitié nue sur le canapé, l'idée m'avait traversé l'esprit, et je me suis dit que je la massacrerais si c'était le cas. Mais bon sang, on parlait de Chucks, le gentil Chucks Basil. Il n'était certes pas un exemple en matière de conduite, mais sous sa cuirasse, il avait un cœur en or.

Il faisait nuit noire quand Britney a achevé son récit. On n'entendait que le chant des grillons. Miriam, qui avait arrêté de fumer en 2003, a pris une cigarette et l'a allumée. Je me suis servi un verre de Tullamore.

— T'étais pas au courant de tout ça, Bert ? Jure-le-moi.

J'ai fait non de la tête.

— Je te le jure. Je ne savais rien. Et j'aimerais que Chucks soit là pour lui tordre le cou, crois-moi. J'aimerais tant pouvoir le faire.

Miriam a décoché une flèche de fumée par le nez.

— Monte te coucher, Britney. Assez parlé pour ce soir.

— Je n'ai pas envie de dormir, a dit Britney. Je n'y arriverai pas.

— Au lit, a ordonné Miriam.

— Laisse-la, purée ! ai-je braillé. Moi non plus, je n'arriverai pas à fermer l'œil.

Miriam s'est levée en silence et a disparu à l'intérieur. Je lui ai demandé pardon, mais elle a continué à monter l'escalier. On avait les nerfs en capilotade.

Britney a pleuré encore. Je me suis versé un dernier whisky et j'ai pleuré avec elle. Pas tout à fait pour les mêmes raisons, mais j'ai pleuré. Lola a poussé un long soupir à mes pieds.

VII

1

Les deux semaines qui ont suivi la mort de Chucks ont été mouvementées. On avait l'impression d'être dans un manège lancé à cent kilomètres-heure, il fallait vraiment s'accrocher pour ne pas perdre la tête. Ma "boîte à magie" a repris une place centrale dans ma vie. Je ne pouvais plus dormir sans tranquillisants ni alcool.

J'ai commencé à perdre pied.

L'autopsie de Chucks a conclu à une "mort accidentelle". Il avait ingéré du whisky et quelques cachets de Valium avant de s'immerger dans la piscine. On avait relevé des traces de molécules chimiques sur ses doigts, ainsi que ses empreintes digitales sur le flacon de médicament trouvé dans sa chambre et acheté quelques semaines plus tôt dans une pharmacie de Sainte-Claire. Le décès s'était produit vers 21 h 30. On n'avait constaté aucune marque de coup ; vu ses antécédents psychiatriques et son petit moment d'égarement quelques semaines auparavant à la gendarmerie, on n'écartait pas l'hypothèse d'un suicide.

J'ai été interrogé à ce sujet par un brigadier de Sainte-Claire le lendemain du décès. Au vu de l'épisode des aveux de Chucks deux semaines plus tôt (un événement assez rare), il voulait mon opinion là-dessus. Jusqu'à son dernier jour de vie, lui ai-je dit, Chucks était persuadé que cet accident avait bel et bien eu lieu. J'ai également admis (puisque ça finirait par se savoir) que ce n'était pas la première fois qu'il se sentait poursuivi et que quelques jours avant sa mort, ce genre de pensées l'avait assailli.

— Vous a-t-il dit qu'il envisageait de mettre fin à ses jours ?

— Non, absolument pas.

— A-t-il déjà fait une tentative de suicide par le passé ?

— Jamais. Même dans les pires épisodes de sa vie, quand sa première femme est décédée dans un accident de voiture alors qu'il conduisait. Croyez-moi : s'il y a bien un moment où il aurait eu de quoi, c'était celui-là.

Chucks n'avait aucune raison de se suicider. Il terminait un super disque qui allait lui permettre de revenir sur la scène musicale. D'après les gendarmes, il s'agissait d'un "regrettable accident".

— Ce n'est malheureusement pas la première fois que ça arrive, monsieur Amandale.

Jack Ontam, que j'avais prévenu cette nuit même par SMS, a débarqué au milieu de la matinée en compagnie d'une cohorte de journalistes venus de Londres. J'aurais dû me douter que ce psychopathe exploiterait le filon et je l'en ai profondément haï. J'ai appris par la suite que la nouvelle de la mort de Chucks avait filtré une heure après mon SMS à Ontam à travers *TMZ*, un magazine people en ligne qui avait publié un charmant reportage sur la santé mentale de Chucks.

> Le musicien, dont la carrière avait été interrompue par la mort de sa première épouse dans un tragique accident de la route, préparait un nouvel album. [...] Au cours de ces dernières années, il avait traversé quelques épisodes de bouffées délirantes. À Londres, il se croyait espionné par un groupe d'adolescents dans un cybercafé de Kensington (où il fut arrêté pour coups et blessures et dégradations). Plus tard, en France, son pays de résidence, il s'était livré aux forces de l'ordre, déclarant qu'il avait renversé et tué un homme dont on n'a jamais retrouvé le corps.
>
> [...] sa mort "accidentelle", selon des sources policières, rappelle étrangement celle d'une autre icône du rock : Brian Jones, le fondateur des Rolling Stones. Des proches de Chucks n'excluent pas qu'il s'agisse d'un suicide.

Chucks n'était pas aussi célèbre que Michael Jackson, loin de là, mais en ce début d'été 2015, le monde des célébrités n'ayant pas encore sacrifié d'agneau aux masses, la nouvelle a fait la une des journaux. Universal se mit à préparer une grande compilation et le web fut envahi de notices biographiques, photos et autres légendes disponibles sur la vie dissolue de Mr Chucks Basil. "C'est ce qui arrive lorsqu'on touche le ciel, clamait le grand haut-parleur des médias. Comme Icare qui, pour avoir frôlé le soleil de trop près, est tombé. La chute ! Voilà ce à quoi tous les médiocres du monde veulent assister."

Pendant deux jours, les paparazzis ont tourné dans Sainte-Claire comme des mouches. Quelques casse-pieds nous ont aussi collés au train, surtout depuis qu'un média très malintentionné avait supputé une relation entre Britney et Chucks.

"Britney Amandale, la fille de l'écrivain Bert Amandale, ami de Mr Basil, résidant aussi dans la région, est celle qui a trouvé le corps dans la piscine. La jeune fille âgée de seize ans a déclaré entretenir une amitié « spéciale » avec le musicien."

J'ai déposé quelques plaintes et réussi à faire retirer une photographie sur le *Daily Sun*, mais je n'ai pas pu éviter qu'un grand nombre de blogs se délectent de l'histoire. Un prétendu journaliste du *Telegraph* m'a abordé devant la porte de chez moi pour que je confirme la relation entre Britney et Chucks et que je dise ce que j'en pensais. C'était un gars à lunettes, un peu gros, tête de branleur professionnel. Je suis descendu de voiture, je l'ai bousculé et menacé de lui enfoncer son stylo dans le cul. Ça m'a valu une amende de mille euros et une injonction d'éloignement, autant dire *peanuts* comparé à ce qui aurait pu arriver dans l'état où j'avais les nerfs, à deux doigts de craquer.

Pendant ce temps, Ontam a fait pression pour que les gendarmes continuent à enquêter, sans doute une manière de mettre de l'huile sur le feu et d'entretenir le buzz. Mais il lui a été répondu que "l'expertise scientifique était formelle". Les médias ont vite zappé. Chucks méritait la une pendant un jour, mais pas tellement plus. Il n'avait pas sorti d'album ni fait de tournée, on ne l'avait pas vu sur scène depuis des lustres. Quelques jours après sa mort, le monde s'était accommodé de sa perte et le cirque médiatique nous a fichu la paix.

Le corps de Chucks était toujours au funérarium de Marseille, on m'a demandé ce qu'il fallait en faire. Je savais que Chucks voulait être incinéré et que ses cendres devaient reposer près de celles de Linda, en Espagne, mais j'ai pensé qu'il serait approprié d'organiser de petites obsèques avec ses amis et sa famille (réduite à Carla Longham, sa deuxième femme, et une petite-cousine de Dublin).

J'ai donc prévu une cérémonie à Londres. J'ai averti Jack Ontam que si je voyais un seul photographe, je lui écraserais mon poing dans la figure. Je l'ai prié de prévenir les "vrais" amis et d'éviter de transformer ça en fête *networking* autour de la mort de mon ami. Le ramdam qu'il avait fait en France nous avait suffi.

Chucks fut incinéré à Marseille un mardi après-midi. Il pleuvait à torrents sur ce petit coin du monde. Miriam, Britney, Jack et moi étions là. L'employé des pompes funèbres nous a demandé si nous désirions nous rapprocher du cercueil ouvert. J'ai dit oui, et je l'ai regretté. Ce qui est apparu sous nos yeux, vêtu d'un costume choisi par Miriam, n'était qu'un mannequin difforme, une vague copie de Chucks. Son visage grimé, tel un masque sans vie qui s'affaissait. Avant que le croque-mort presse le bouton rouge qui expédierait ce corps dans le four crématoire, j'ai sorti un petit papier de ma poche et lu une strophe tirée d'une vieille chanson de Chucks.

Miriam, Britney et même ce dur à cuire de Jack Ontam ont éclaté en sanglots. Telle fut la fin d'Ebeth James Basil en ce bas monde.

2

À Londres, j'avais eu beau demander à Jack Ontam de s'en tenir au cercle intime, nous n'avons pu limiter l'assistance à moins de cent personnes. Des journalistes se sont invités, mais ils se sont tenus à carreau. Il y avait Jimmy Page (avec qui Chucks s'était lié d'amitié au centre de désintoxication de Dublin), Lana del Rey et Norah Jones ainsi que la plupart des membres de ses groupes successifs. Il paraît que Keith Richards est passé déposer la rose rouge qu'on a découverte en sortant, près de la grande photo de Chucks (prise lors de sa tournée 2002) affichée dans l'entrée. Ron Castellito, son ingénieur du son préféré, était présent aussi et j'en ai profité pour lui toucher un mot des dernières volontés de Chucks concernant son disque. Je ne savais pas à quel stade en étaient les pistes de *Beach Ride*, mais Ron m'a assuré que je pouvais compter sur lui. "Je peux aller en France y jeter un œil d'ici deux mois. Appelle-moi quand tu seras prêt."

J'ai parlé avec Carla, le beau mannequin portugais avec qui il avait été marié pendant trois ans. Elle s'était pointée avec son nouveau mari et ses deux filles. Il y avait aussi Laura Fitzwilliams, la mère de Linda, première épouse de Chucks et grand amour de sa vie. Elle m'a demandé si je comptais emporter les cendres en Espagne et je lui ai répondu oui. Ils avaient dispersé la moitié de celles de leur fille dans leur jardin du Beckinshire et l'autre, à Cadix. Il tombait sous le sens que Linda et Chucks devaient être ensemble.

L'attitude de Miriam a été irréprochable d'un bout à l'autre. Elle est restée à mes côtés à chaque instant, m'a aidé à organiser les funérailles, a reçu les condoléances des invités, a même servi le thé et le café. Je savais qu'elle bouillonnait intérieurement, mais elle a respecté ce moment solennel, affichant une gravité de circonstance.

Les amis qui louaient notre appartement à Kensington ont proposé de nous héberger, mais nous avons préféré dormir dans un hôtel du centre-ville. Au bout de quatre jours de rendez-vous avec des avocats, des notaires, la maison de disques et Jack Ontam, j'avais envie de m'enfuir de Londres et de faire ce que j'avais à faire. Miriam m'a annoncé qu'elle retournait à Saint-Rémy avec Britney.

— Vas-y tout seul. Elle comme moi, on a besoin de rentrer à la maison pour retrouver une certaine normalité.

— Je comprends, ai-je dit. Ça ne sera pas long.

3

Le lendemain, nous avons quitté l'hôtel, Miriam et Britney destination la France, et moi, le Sud de l'Espagne, à Jerez de la Frontera. Mes bagages se limitaient à un sac avec des vêtements de rechange pour un jour et l'urne funéraire de Chucks. J'avais récupéré la clé de sa propriété chez l'agent immobilier qui l'administrait. "Pensez-vous la vendre ? s'est-il enquis. On reçoit des propositions depuis des années." Je lui ai dit que non. C'était la seule chose dont j'étais sûr concernant les biens de Chucks : on ne lâcherait pas sa maison de Cadix.

Elle était enclavée sur une colline au-dessus de la longue plage des Allemands. La légende raconte que Franco avait autorisé un certain nombre de nazis à s'établir à cet endroit. Même si Chucks n'y allait presque jamais, il n'avait jamais voulu la vendre. Il payait pour son entretien et pour qu'un jardinier s'y rende une fois par mois. Il ne l'avait jamais louée. Offrir à Linda ce beau mausolée solitaire face à la mer était sa manière d'honorer sa mémoire.

J'ai eu des ennuis avec la voiture de location et, après m'être trompé deux trois fois de route, j'ai fait une halte à Zahara vers 20 heures pour acheter du vin, des cigarettes, quelques victuailles et des bougies. À mon arrivée, le soleil commençait à plonger dans l'Atlantique. Le ciel était dégagé, on devinait les montagnes du Maroc sur l'autre rive.

Je suis sorti sur la terrasse et j'ai disposé les chaises autour de la table, comme nous le faisions des années en arrière, avant les repas. J'ai nettoyé le sable que le vent avait déposé un peu partout et me suis assis. J'ai placé l'urne de Chucks sur la table et débouché le vin.

— À toi, Chucks ! ai-je dit en levant mon verre en direction des premières étoiles. Et à toi, Linda !

Je me suis souvenu de nos soirées d'été dans cette maison, Miriam, Chucks, Linda et moi. Nous dînions presque toujours sur cette table, sous l'immense Voie lactée, le murmure de la mer s'intercalant dans notre conversation badine. Ce même été, nous avons su que Miriam était enceinte, pile un an après la sortie de Chucks du centre de désintoxication et sa rencontre avec Linda.

Après ce réveillon en Écosse, Chucks et Linda étaient follement amoureux. Auparavant, je n'avais jamais vu Chucks flipper pour une femme. Il m'a confié qu'il était “tellement heureux qu’il craignait de la perdre”, de sorte que je n’ai pas été surpris lorsque, à peine six mois plus tard, il s’est agenouillé à ses pieds pour lui demander sa main.

Ce soir-là, Miriam et moi étions partis à Tarifa. À notre retour, nous les avons trouvés main dans la main sur la balancelle, aux anges, à boire du champagne et à se fendre la poire au point qu’ils avaient du mal à nous annoncer la nouvelle. Ce soir reste gravé dans ma mémoire comme l’un des plus heureux de notre vie. Nous attendions un enfant, Chucks et Linda affirmaient qu’ils passeraient bientôt commande à la cigogne – on avait le sentiment qu’enfin, après tant d’années d’errance, la vie de Chucks prenait le bon chemin. Nous avons porté un toast à un futur qui cette nuit-là s’annonçait prometteur et qui, huit mois plus tard, se fracasserait comme un bibelot de porcelaine sur le carrelage.

L’accident n’a jamais été totalement tiré au clair, l’automobiliste adverse ayant disparu sans laisser de traces. Tout ce qu’on savait, c’est qu’une nuit, sur les collines de Cadix, Linda et Chucks rentraient d’une fête à bord d’un cabriolet en roulant trop vite. Une voiture avait déboulé en face dans un virage, Chucks avait donné un coup de volant. Ils avaient quitté la chaussée, le véhicule avait percuté un arbre du côté passager. Linda était morte sur le coup et Chucks en avait réchappé d’un cheveu. Son contrôle d’alcoolémie était positif, il fut poursuivi pour homicide involontaire.

Chucks était alors au sommet de sa carrière. Ontam avait engagé les meilleurs avocats, soudoyé la terre entière pour que l’affaire soit classée sans suite. Heureusement, un automobiliste qui roulait derrière eux a déclaré avoir vu une voiture prendre la fuite à toute blinde en sens inverse. Elle avait aussi laissé des traces de pneus en dehors de sa voie, mais son conducteur n'a jamais eu la décence de se rendre. L'affaire s'est conclue par une amende, un retrait de permis et une claudication à vie. Chucks aurait préféré mourir, et le fait est qu'une partie de lui s'est éteinte cette nuit-là.

Miriam n'a jamais digéré. Linda était sa meilleure amie et elle accusait Chucks de son décès. Elle n'a jamais cru l'histoire de la voiture en sens inverse. Selon elle, Ontam avait tout orchestré (y compris le témoin) pour innocenter Chucks, sûrement coupable de l'accident vu ce qu'il avait dans le nez. Elle ne lui a plus adressé la parole, et à moi non plus, pour avoir essayé de le défendre. Nous avons failli nous séparer, seule l'arrivée imminente de Britney nous a retenus. Nous avons réussi à surmonter tout ça vaille que vaille.

J'avais descendu la moitié de la bouteille, fumé comme un pompier. Le soleil s'était couché à ma droite. La plage était quasi déserte, hormis quelques pêcheurs au bord de l'eau et un couple se câlinant au loin.

Je me suis levé en m'emparant de l'urne et j'ai avancé dans les allées de gravier et de terre sableuse, parmi les cactus et les camélias. Je me suis arrêté près d'un pin qui marquait le centre du jardin, j'ai ôté le couvercle de la jarre et renversé le contenu au pied de l'arbre, comme Chucks l'avait fait des années auparavant pour les cendres de Linda.

— Linda, Chucks, ai-je dit sans pouvoir retenir mes larmes. Vous voilà enfin réunis.

J'avais prévu d'aller dormir dans un hôtel à Zahara, mais la nuit était tombée, j'étais ivre et fatigué. Je me suis donc déchaussé et allongé sur le canapé du salon, avec le fond de la bouteille. J'ai rallumé mon téléphone et consulté la liste de mes mails non lus. Miriam, Ontam, mes avocats, ceux de Chucks, la petite-cousine de Chucks, mon agent Mark Bernabe... près de quatre-vingts courriers électroniques que je n'avais même pas eu le temps de survoler après la semaine que je venais de passer.

J'ai ouvert le dernier, celui de Miriam, remettant les lectures des autres au lendemain ou à jamais.

Nous sommes bien arrivées, c'est bon d'être à la maison. Elron a eu la gentillesse de nous apporter un bouquet de fleurs de la part de sa famille. Ils te transmettent leur amitié. J'espère que tout s'est bien passé à Cadix. Ils furent très heureux là-bas... Puissent-ils se retrouver quelque part.

Reviens vite. Tu me manques,

Miriam

Le vent d'ouest s'étant levé, la température a chuté de quelques degrés. J'ai trouvé une couverture près du canapé et me suis emmitouflé dedans, mais je n'arrivais pas à trouver le sommeil. Je me suis redressé, j'ai pris la bouteille et sifflé quelques gorgées. Je l'ai reposée par terre et j'ai contemplé le jardin. Voilà quatre nuits que je dormais deux ou trois heures tout au plus en résistant à la tentation des cachets. Je savais pertinemment où ça menait. Mais cette nuit, j'ai quand même regretté de ne pas avoir acheté au moins une boîte de secours.

J'ai allumé une cigarette et bu encore un coup.

— T'es parti, espèce d'enfoiré ! T'as d'la chance d'être mort ! ai-je dit aux murs obscurs. Tu m'as laissé seul, seul avec ce trou dans l'estomac qui ne se refermera plus. Tu te rappelles toutes les fois où on a pleuré ensemble la disparition de Linda ? Tu te rappelles ? On avait toujours été l'un pour l'autre une épaule consolatrice. Depuis Dublin, depuis l'époque où on répétait dans les entrepôts du port. Tu te rappelles comme on se caillait ? Et la fois où tu t'es brûlé les fesses sur ce radiateur au butane ? Et nos folles nuits à travers Londres, quand on travaillait dans cette cuisine avec un chef cocaïnomane qui passait son temps à nous montrer son énorme braquemart ?

J'ai éclaté de rire et senti le fantôme de Chucks assis sur le canapé, qui rigolait à côté de moi.

— Et quand on allait danser au Pepe's jusqu'à l'aube ? Quand on s'asseyait sur la berge pour fumer une dernière cigarette et regarder le soleil se lever ? Combien de fois on s'est fâchés ? Et combien de fois on s'est réconciliés ? La blonde de Krakov, tu t'en souviens ? On en est même venus aux mains, pour cette nana. Je t'ai traité de nain, y avait pas pire insulte à tes yeux, tu t'es rué sur moi comme un bulldozer, tu m'as plaqué au sol, dans la cuisine, les assiettes ont volé, et on s'est fait jeter dehors. Après, sous la pluie, les mains dans les poches, le nez en sang, je t'ai demandé une clope et on a piqué un fou rire…

J'avais sifflé la bouteille, et j'ai fini par me sentir ivre. Je me suis écroulé sur l'oreiller.

Quand j'ai rouvert les yeux un peu plus tard, quelqu'un était assis sur ma poitrine. Je ne pouvais plus bouger, je respirais à peine. J'ai cru que j'étais en train de faire un infarctus.

Je me trompais.

Quelqu'un était assis sur mes côtes.

— Chucks ! ai-je voulu crier en le reconnaissant, mais il n'est sorti qu'un filet de voix.

C'était lui, impeccable, fringant. Il n'était pas mort. Tout n'avait été qu'une gigantesque méprise ! Le corps qu'on avait retrouvé dans la piscine n'était pas le sien. Ni celui qu'on avait incinéré à Marseille. Chucks était en vie.

— Chucks !

Il ne semblait pas m'entendre. Il regardait droit devant lui, en direction de la table, et se frottait les tempes du bout des doigts en se balançant doucement sur ma poitrine. Quelque chose le tarabustait.

— Regarde en arrière, Bert. N'oublie pas. Une promesse est une promesse.

— Qu'est-ce que tu veux dire, vieux ?

Je n'arrivais presque plus à articuler ni à respirer à cause de son poids.

Il a tourné son visage vers moi. J'ai vu qu'il avait la moitié du crâne rasé comme un Mohican, putain ! Et sa tonsure était couverte de cicatrices, de grosses sutures pratiquées sur sa chair à vif, comme si on s'était maladroitement amusé à retirer et ajouter des choses dans son cerveau.

— Regarde en arrière, Bert. Une promesse est…

… une promesse.

DEUXIÈME PARTIE

I

1

Mon avion a touché terre à l'aéroport de Marseille-Provence vers 17 heures.

Miriam et Britney m'attendaient dans le hall d'arrivée. On s'est embrassés en silence avant d'aller au parking. Miriam a préféré prendre le volant. Il ne lui avait pas échappé que je puais l'alcool à plein nez. Une bière sur le vol Jerez-Barcelone, deux autres à l'aéroport du Prat pendant mon attente à l'embarquement et, pour couronner la journée, deux Jameson on the rocks dans l'avion qui me ramenait à Marseille, histoire de finir la fête en beauté, m'étais-je dit, même si j'avais conscience d'amorcer la dégringolade. Miriam a eu raison de m'alerter le soir.

— Ça fait une semaine que tu bois comme un trou. Et puis j'ai trouvé ceci.

Elle a fait glisser ma "boîte à magie" sur la table jusqu'à mon coude. J'avais dû baisser la garde au moment de la remettre dans sa cachette. Miriam était tombée dessus.

— Je ne vais pas t'engueuler, Bert, je veux juste qu'on en parle. Je sais que tu en baves en ce moment, mais ce n'est pas la solution.

— Ben non, je sais bien, ai-je reconnu.

— Comment tu vas faire pour y remédier ? Ta fille aussi est très affectée et elle a besoin de toi. Elle fait cauchemar sur cauchemar. Heureusement, Elron lui a tenu compagnie ces jours-ci. Il a été d'un grand secours. Mais toi, tu ne dois pas flancher, Bert.

— Pas flancher ? On dirait que tu ne réalises pas que j'ai perdu un frère. Comment peux-tu me demander de ne pas flancher ?

— Évite au moins les cachets. Ne retombe pas là-dedans. Rappelle-toi comme tu as ramé pour en sortir.

Oui, je me le rappelais. Deux années à fréquenter les Narcotiques anonymes et quelques milliers de livres dépensées en psychiatres et autres coachs de vie. Le prix à payer pour une célébrité envahissante qui m'empêchait de travailler, de dormir et de me concentrer.

— Je vais essayer, Miriam. Je ne peux pas te promettre davantage. C'est très lourd à porter.

— Très lourd ?

— La culpabilité. La dernière fois que j'ai vu Chucks, il rentrait chez lui dans cette maison si solitaire… Je crois que j'aurais dû faire davantage pour lui, ce soir-là.

— Pourquoi tu dis ça ? Tu crois que Chucks s'est suicidé ?

— Je n'en sais rien…

Je me suis levé pour prendre mes cigarettes dans la poche de ma veste, mais je ne les ai pas trouvées. J'aurais bien bu un doigt de Tullamore à la place, mais compte tenu des circonstances, j'ai opté pour un Coca light que je suis allé chercher dans le réfrigérateur.

— J'ai soutenu aux gendarmes que Chucks n'avait aucune raison de se donner la mort, mais je commence à douter. La dernière fois qu'on s'est parlé, il était dans tous ses états. Il s'était mis à voir des trucs, des gens qui le suivaient, qui parlaient dans son ampli.

— C'est en rapport avec cette histoire d'accident, pas vrai ?

Miriam a dû noter mon air étonné et elle a ajouté :

— T'inquiète. Jack Ontam m'en avait déjà parlé à Londres, ça lui a échappé, il a pensé que j'étais déjà au courant.

— Quel con, ce mec. Une vraie concierge.

— En tout cas, je suis contente de savoir pourquoi tu avais précipitamment quitté la table ce soir-là. Je comprends que tu ne me l'aies pas raconté. Je comprends tes raisons et, quelque part, je t'en remercie. Tu crois qu'il y a un fond de vérité là-dedans ?

Le sang-froid et l'intelligence de Miriam dans certaines situations m'épataient encore après quinze ans de mariage. J'ai souri, soulagé malgré tout de pouvoir m'ouvrir à ma femme.

— Personne n'a trouvé la moindre preuve, mais Chucks en était convaincu. Il s'est inventé un complot dans sa tête.

Miriam a acquiescé.

— J'ai lu l'histoire du cybercafé à Kensington dans le *TMZ*. Jack pense que Chucks retombait dans un épisode délirant comme à Amsterdam... Apparemment, vous en avez parlé. De ça et de l'idée de l'envoyer consulter le Dr Calgari. T'avais pu en discuter avec lui ?

— Oui, la dernière fois qu'on s'est vus. Il avait eu une sorte de révélation au sujet du type qu'il avait renversé.

Mais, comme tout le reste, ça ne tenait pas vraiment debout. Il parlait d'un journaliste français, un certain Someres. En réalité, il le connaissait. On l'avait rencontré ensemble à Paris, il y a une éternité.

— On ne pouvait peut-être rien faire pour lui, Bert. Il a peut-être compris qu'il était en train de perdre définitivement la tête et… il a préféré s'épargner ça.

Cette idée a résonné dans mon esprit avec un terrible écho de vérité.

— Tais-toi, Miriam, je t'en prie, n'en dis pas plus.

"Mais ça pourrait être vrai."

— Rassure-toi, moi non plus, je ne pense pas que Chucks ait voulu débarrasser le plancher. Après tout, à quarante-cinq ans il était déjà bien délabré, il avait de l'asthme et il avait pris du Valium. Tout porte à croire qu'il s'agit d'un accident.

— Ça se peut…

— Ça se peut ? Quelle autre explication tu vois ?

Je l'ai regardée, à deux doigts de lui avouer ce qui me trottait dans la tête, cette petite graine noire qui menaçait de germer. L'ombre d'un soupçon. Je me suis tu.

Lola s'est mise à japper dehors. Je me suis approché de la fenêtre de la cuisine et j'ai vu qu'elle aboyait en direction des arbres, près du cabanon.

— Au fait… a repris Miriam. Il faut que je te parle de Britney.

— Je t'écoute.

— Je me disais qu'on devrait peut-être l'emmener voir un psy, enfin, lui trouver une aide. Elle est assez traumatisée, elle continue à faire des cauchemars. Eric Van Ern m'a envoyé ses condoléances l'autre jour et il en a profité pour m'en toucher deux mots.

— Deux mots sur quoi ?

— Sur le fait qu'on devrait surveiller Britney. Elle a quand même vu un homme mort. C'est pas rien.

— Bien sûr, ai-je admis, un brin contrit de ne pas y avoir pensé moi-même, troublé d'apprendre que c'était Van Ern qui le suggérait. Tu crois qu'un psy, c'est ce qu'il lui faut ? Tu connais sa réticence.

À Londres, après sa petite expérience avec la drogue, on l'avait emmenée chez un pédopsychiatre spécialisé en problèmes saugrenus de gosses de riches, à deux cents livres la consultation. Britney avait passé l'heure à répéter qu'elle avait une double personnalité et qu'elle entendait des voix qui l'incitaient à tuer tout le monde.

— Et si on attendait un peu ? ai-je poursuivi. L'école est presque finie, on pourrait peut-être changer d'air. Prendre la voiture et partir en Toscane, par exemple.

Lola continuait d'aboyer après les arbres.

— Qu'est-ce qu'elle a ? a demandé Miriam.

— Je suppose qu'elle a repéré un chat. Elle s'est remise à manger ?

— Un tout petit peu. Mais c'est mieux que rien.

J'ai fini par trouver bizarre la vigueur avec laquelle grondait la chienne. "C'est peut-être le signe qu'elle sort de sa phase dépressive. Ça en ferait au moins un dans la famille."

2

On dit que le processus de deuil d'un être cher se fait par étapes. D'abord le déni, puis la colère et la dépression.

J'ai beaucoup pleuré Chucks cette semaine-là. Dan Mattieu et Charlie Grubitz ont tenté de m'entraîner au Raquet Club à plusieurs reprises. J'ai fini par accepter un soir et suis resté assis face aux courts de tennis, à recevoir la chaleur et l'appui inespérés d'une foule de "nouveaux amis". Même les Van Ern, qui sont descendus au village ces jours-là, nous ont envoyé une jolie lettre de condoléances truffée de réflexions émouvantes sur la vie et la mort.

Le mercredi, j'ai reçu un coup de fil de Mary Jane Douglas Basil, la petite-cousine de Chucks qui habitait à Dublin. Elle me racontait qu'elle avait assisté aux obsèques avec son mari Keith, mais qu'elle ne m'y avait pas vu. Elle a sangloté un bon moment au téléphone, déplorant la vie peu chrétienne qu'avait menée son petit-cousin, mais se réjouissant qu'à la fin il ait vécu près d'un ami. On a aussi abordé des sujets plus pragmatiques, elle m'a demandé si je savais quelque chose au sujet du testament. Je n'en croyais pas mes oreilles.

— Nous ne sommes pas sûrs d'avoir bien compris… mais l'avocat de Chucks prétend que tu es en quelque sorte son légataire testamentaire.

Perplexe, j'ai appelé Jack Ontam et remonté la piste de l'avocat de Chucks à Londres, maître Leslie Lavender, qui m'a confirmé l'existence d'un testament, déposé par Chucks cinq ans auparavant, immédiatement après son divorce d'avec Carla, sa dernière épouse. La famille irlandaise de Chucks et elle en avaient demandé la lecture cette semaine, découvrant la petite surprise : au moyen d'une procédure légale, Chucks avait nommé deux mandataires pour disposer de tous ses biens : Miriam et moi.

— En gros, Chucks vous donne procuration pour distribuer son héritage. Vous pouvez même tout garder si vous le souhaitez.

J'avais toujours cru que Chucks était moins riche qu'on ne l'imaginait – surtout après ses années de traversée du désert, ses excès et ses déboires financiers –, mais qu'il avait de quoi vivre confortablement jusqu'à la fin de ses jours. Quelques mois plus tard, j'apprendrai que sa succession se composait de trois propriétés (sa villa provençale, un appartement à Londres et la maison de Cadix), quatre voitures, un portefeuille boursier et des comptes bancaires dont le montant s'élevait à plusieurs millions de livres, sans compter les droits d'exploitation de toutes ses chansons. À cela, il fallait ajouter une assurance-vie d'un million de livres et sa magnifique collection d'instruments de musique dont la valeur dépassait sûrement le demi-million. J'étais donc loin du compte.

J'ai reçu deux autres appels de Mary Jane et de son mari. Je les ai poliment informés de la situation et leur ai expliqué que je n'étais pas encore en état de régler la répartition de l'héritage, mais que je les appellerais dès que j'aurais pris une décision. Personnellement, je ne voulais rien garder hormis la maison de Cadix, pour conserver intacte cette Villa de la Solitude. J'aurais bien donné le reste à Carla, à cette boulotte de Mary Jane et aux œuvres de bienfaisance, mais Miriam m'a conseillé cette nuit-là d'attendre au moins six mois, jusqu'à ce que ma tête soit apte à réfléchir. “Ne te précipite pas, ils peuvent tous patienter six mois ou deux ans." J'en suis convenu. En attendant, j'étais légalement administrateur de la petite fortune de Chucks. Lavender m'a envoyé une copie certifiée conforme du testament afin que je puisse gérer ses affaires en France, notamment récupérer les clés de chez lui conservées à la gendarmerie de Sainte-Claire.

J'avais prévu d'y aller le vendredi matin suivant, jour de la levée des scellés. Dans la foulée, je me rendrais chez Chucks pour commencer à mettre un peu d'ordre dans ses affaires. La priorité, c'était de sauvegarder les enregistrements de *Beach Ride* et de les envoyer à Ron Castellito, selon les dernières volontés de mon ami ("Si jamais il m'arrivait quelque chose", cette ritournelle tournait en boucle dans ma tête). Je me suis dit qu'il fallait aussi retrouver Mabel pour qu'elle vienne faire le ménage et m'aider à trier les habits et les effets personnels de Chucks. On pourrait en remplir quelques valises et les brûler la nuit de la Saint-Jean.

À Sainte-Claire, des voisins qui passaient leur journée assis sur des chaises en rotin à vendre des confitures maison m'ont confirmé que Mabel travaillait désormais chez d'autres gens, mais que sa nièce Manon serait peut-être intéressée. Je leur ai laissé mon numéro en les remerciant. Tout le monde savait qui j'étais, à présent. À la gendarmerie, on m'a remis les clés et j'ai filé chez Chucks.

La journée était grise, le ciel promettait un soir pluvieux, voire orageux. La maison de Chucks, transie, m'a réservé un accueil sombre et silencieux. Le grincement des gonds de la porte a traversé le vaste hall d'entrée, grimpé l'escalier et filé vers les salons encore remplis des cendres d'une vie tout juste éteinte.

Pourquoi personne ne prévient le facteur ? Les lettres d'un mort sont douloureuses pour ceux qui doivent les récupérer, les ouvrir... Celles de Chucks avaient continué d'arriver au 17, rue de la Lune, à Sainte-Claire. Elles jonchaient le sol en damier sous l'entrée de courrier ménagée sur la porte. Je les ai ramassées et empilées sur la table. L'une d'entre elles était du Dr Sauss, le dentiste de Saint-Rémy chez qui nous allions aussi. "C'est le moment de faire votre contrôle dentaire, monsieur Basil."

"Il n'aura plus besoin de contrôles", ai-je pensé en la froissant dans ma main.

La maison sentait le renfermé et le moisi. J'ai suivi le couloir en direction de la cuisine. J'ai trouvé un morceau de viande qui commençait à empester dans le réfrigérateur. Des oranges couvertes de moisi entassées dans une corbeille à fruits. Sur la table, mouches et fourmis festoyaient sur un paquet de donuts à moitié vide. Je me suis dit que la mort était ainsi, qu'elle débarquait sans crier gare, se fichant qu'il reste encore des donuts à manger ou un disque à sortir.

J'ai déniché un sac en plastique où j'ai fourré le tout.

Ensuite, j'ai ouvert en grand les fenêtres donnant sur la terrasse pour chasser les odeurs et assainir l'air. Je suis sorti me griller une cigarette en contemplant le jardin et la forêt au fond. La pluie arrivait, le vent du sud s'est mis à hurler tel un porteur de mauvaises nouvelles. Un peu en contrebas, la piscine où Chucks avait tiré sa révérence était recouverte d'une bâche bleue, j'ai supposé qu'elle avait été posée par la police scientifique.

J'ai essayé d'imaginer ses derniers instants de solitude sous l'eau. À quoi pense un homme juste avant de passer le pas ? “Qu’est-ce que tu as fait à ce moment-là, Chucks ? As-tu regardé les étoiles ? As-tu pensé à Linda ?”

J’ai fini ma cigarette et fermé les portes-fenêtres donnant sur la terrasse par crainte que le vent les claque et brise un carreau. Après quoi je suis descendu à la cave remplir la mission que Chucks m’avait confiée.

Le studio d’enregistrement était divisé en trois espaces. Une antichambre aux murs en pierre équipée d’un canapé, d’un petit poêle à bois et d’un tapis. Chucks avait passé plus de temps dans cet endroit que dans le reste de la maison. Quelques provisions gisaient dans un coin : canettes de bière, cigarettes et une dizaine de paquets de saucisses polonaises de la marque Druwel (Chucks en raffolait, il pouvait s’en nourrir plusieurs jours d’affilée). Des tee-shirts en boule et des chaussettes traînaient par terre, ainsi qu’une basket abandonnée par sa jumelle. Cette pièce donnait sur la cabine d’enregistrement, un réduit aux murs recouverts de bois clair où trônait une grande table de mixage à côté des compresseurs, des égaliseurs montés en rack et du Mac devant lequel Chucks et moi avions passé tant d’heures cette année à écouter les étapes successives de *Beach Ride*, installés dans deux confortables fauteuils en cuir. Derrière une grande vitre, on apercevait le studio plongé dans la pénombre, une grande salle de près de trente mètres carrés qui avait autrefois abrité une bonne réserve de vin. Jean Petite, l’ingénieur qui avait aménagé le sous-sol, avait laissé intact tout un pan de mur de l’ancienne cave pour l’enregistrement des percussions. Cette partie, avec ses quatre mètres de hauteur sous plafond, était cloisonnée par des panneaux amovibles entre lesquels reposaient les amplificateurs, les guitares et les basses de Chucks.

Je me suis assis dans le fauteuil en cuir juste en face de l'ordinateur. J'ai rapproché un cendrier et allumé une Marlboro. Le ventilateur de la bécane était en marche, signe qu'elle était restée allumée pendant tout ce temps. J'ai appuyé sur la barre d'espace et la fenêtre d'identification s'est affichée à l'écran. J'en connaissais le code confidentiel, "LolaKinks1978", puisque j'aidais souvent Chucks à enregistrer et qu'il me laissait aux manettes pendant qu'il jouait. Je l'ai tapé et l'ordinateur m'a montré le bureau en désordre de Chucks, avec plusieurs fenêtres ouvertes, dont le navigateur internet. Un frisson m'a parcouru le dos en reconnaissant quelqu'un sur une photo affichée à moitié.

"Le polémiste Daniel Someres", indiquait le titre de l'article.

Je me suis souvenu du message de Chucks que j'avais lu dans ma chambre d'hôtel à Amsterdam, "J'ai commencé mes recherches...", et j'ai pris conscience que ça avait été ses derniers mots.

J'ai observé en silence le portrait de ce garçon au visage blême, sourire forcé, cheveux blonds et cou frêle émergeant d'une chemise, sous sa veste. Il était escorté de deux policiers qui le conduisaient, menotté, vers une voiture.

> Le journaliste d'investigation marseillais a été appréhendé par la police alors qu'il tentait de s'infiltrer dans une réunion privée du G8 à Nice.
>
> Connu pour ses méthodes, critiqué par certains, encensé par d'autres, Daniel Someres est un personnage qui ne laisse personne indifférent. Ses livres, dont les ventes se maintiennent grâce à un certain nombre

de fervents et fidèles admirateurs, décrivent un monde de Mains noires, de conspirations, d'assassinats en toute impunité et de projets de manipulation mentale.

Son ouvrage *Territoire croix gammée* l'a propulsé vers la gloire. Il y narrait son infiltration d'un groupe néonazi de Leipzig durant près de quatorze mois, au cours desquels il a assisté au meurtre d'un SDF polonais, affaire pour laquelle il fut appelé à témoigner auprès de la police allemande en 2011. Plus tard, suivant une piste qu'il aurait débusquée durant ses mois de taupe dans le groupe extrémiste Juggernauts, obsédé par "les attentats sous fausse bannière", il a écrit et codirigé le court-métrage *Opération Gladio*, où il évoquait la participation de certains gouvernements européens au "sabotage systématique d'éléments subversifs", à travers des actions violentes lors des manifestations permettant l'intervention massive des forces de l'ordre.

L'article datait de 2012 et j'ai compté pas moins de douze autres onglets ouverts contenant des articles que Chucks avait dû lire au cours de ses derniers jours. Il s'agissait exclusivement d'intox conspirationniste frôlant la science-fiction, de forums remettant en cause l'attentat du 11 Septembre, la mort de Ben Laden et autres inepties de ce genre. L'un d'entre eux rangeait le décès de Someres sous la rubrique "Épuration des comptes" et le comparait à celui de Diana. Il évoquait l'existence de mini-explosifs qui provoquaient des accidents de la route sans laisser de traces.

"Humpfff."

Un autre site parlait d'un projet de contrôle mental de la CIA baptisé MK-Ultra impliquant un homme connu sous le nom de père Dave. Ce nom me disait quelque chose, j'avais dû le lire dans les journaux deux ou trois ans auparavant à propos d'une série d'assassinats en Guyane française. Mais je ne voyais pas le rapport avec Someres.

Chucks semblait avoir trouvé un bon filon pour alimenter sa personnalité obsessionnelle compulsive. J'ai pensé aux mots de Miriam quelques jours plus tôt : "Il a peut-être compris qu'il était en train de perdre définitivement la tête."

À mesure que je fermais chaque fenêtre, je sentais disparaître la tension qui me bloquait la mâchoire. J'arrivais au bout de mon petit ménage quand une image a surgi sous mes yeux, la photographie d'un homme noir, et plus précisément de sa tête. Il avait le crâne rasé, sans doute pour que l'on voie distinctement une série d'horribles cicatrices laissées par de grossières interventions chirurgicales. Sous la photo, une légende : "Cet Haïtien a survécu à d'effroyables tortures pratiquées par le père Dave au cours des années 1980 et 1990. Les cicatrices laissent deviner les méthodes barbares employées lors du « nettoyage mental », dans le dénommé Hôpital de la Jungle du père Dave."

"Les cicatrices…", ai-je pensé en me souvenant de mes rêves.

Chucks m'en avait-il parlé ? Incapable de répondre à cette question, j'étais toutefois certain de les avoir vues en rêve. Du moins dans le dernier cauchemar que j'avais fait à Cadix, où Chucks avait la moitié du crâne couvert de ces étranges marques… Mais ce n'étaient que des cauchemars, des pensées toxiques qui se transmettaient de cerveau en cerveau.

J'ai cliqué une dernière fois pour en finir avec ces horreurs qui avaient réussi à me faire dresser les cheveux sur la tête.

L'orage grondait dehors.

Je me suis rappelé une petite cachette où Chucks rangeait de l'herbe. Il l'achetait à prix d'or à un des motards qui fréquentaient Le Sapin Rouge, elle n'était pas très bonne, mais ça égayait les longues soirées d'ennui en Provence. Persuadé qu'un peu de paix me ferait du bien avant de me mettre au boulot, je suis entré dans la cabine d'enregistrement, j'ai avancé dans la pénombre et me suis faufilé derrière un amplificateur Blues Fender Junior édition spéciale Cannabis Rex (ce n'était pas une blague, le haut-parleur était fabriqué avec du chanvre). J'ai glissé la main derrière et buté sur un petit sachet en plastique. Il contenait au moins quatre ou cinq magnifiques têtes. J'y ai aussi trouvé un grinder et quelques feuilles, le kit Bouddha le Bienheureux de Chucks Basil. À présent il ferait le bonheur de monsieur Bert.

Après avoir préparé mon remède, l'avoir allumé et m'être enfumé les poumons de sa douce substance, je me suis mis au boulot. J'ai passé deux heures à écouter les démos et les mixages finaux de *Beach Ride*, versant une petite larme de-ci de-là. Sa version de *Time Waits for No One* des Stones m'a donné la chair de poule, mais je n'avais encore rien entendu.

Chucks faisait systématiquement des copies de sécurité. Dans un dossier nommé "Versions finales", il rangeait les mixages qui lui plaisaient et que j'enverrais donc à Castellito dans le courant de la semaine. Il en avait un autre intitulé "Expérimentations, longues nuits et sorcellerie" où il stockait des idées, des ébauches, des enregistrements de guitare ou de clavier réalisés pendant ses longues nuits de recherche. J'y ai trouvé une rubrique "Visiteur incognito", et j'ai tout de suite deviné de qui il s'agissait. Il y avait trois chansons interprétées par Britney, dont *Black Bird* des Beatles. Chucks avait consigné quelques instruments (la guitare originale de McCartney et une mandoline) ainsi que la voix de Britney a capella. Le morceau était grandiose. D'accord, j'étais le père de la chanteuse et j'avais fumé un pétard, mais quelle merveille ! Je l'ai écouté une dizaine de fois, bouleversé. Nous avions une histoire autour de cette chanson, dont Chucks s'était souvenu et pas moi. J'ignore s'il la lui avait racontée, mais Britney faisait honneur au vieux morceau des Beatles. Pour la première fois, j'ai admis que ma fille avait peut-être raison de vouloir se consacrer à la musique.

Après avoir fini mon joint, j'ai trouvé autre chose. Dans le dossier "Expérimentations", il y en avait un autre appelé "Nuit du 28/05/2015" : l'enregistrement où Chucks affirmait avoir "capturé" les voix des intrus imaginaires. Je l'ai réécouté en essayant de me rappeler à quelles minute et seconde Chucks m'avait dit que ça commençait. Tout écouter m'aurait demandé plusieurs heures : pour chacune de ses chansons, il essayait des guitares, des amplis et différents effets jusqu'à satiété. J'ai observé sur l'écran les graphiques de la capture sonore. À un moment, on voyait un grand silence : j'y ai déplacé la souris avant d'appuyer sur PLAY. J'ai entendu un peu de musique, puis une sorte d'interférence, un grésillement. Chucks l'avait perçue aussi et avait cessé de jouer. Des voix lointaines, inintelligibles, dont on devinait cependant qu'elles parlaient en français.

J'ai monté le volume presque à 10, le bruit a résonné avec une force monstrueuse à travers les haut-parleurs Equator de la cabine d'enregistrement. Le larsen et la friture m'ont presque assourdi, ces hommes échangeaient des phrases que je ne comprenais pas. J'ai baissé le volume. Ce soir-là, Chucks ne m'avait pas montré ce qui venait après : il lâchait un "Oh, mon Dieu !" dans un murmure avant de poser la guitare sur son support.

Quelle que soit la teneur de la conversation que Chucks avait interceptée, il en était vraiment terrifié.

J'ai décidé d'inclure cet enregistrement dans le colis que j'enverrais à Castellito. Je lui ai mis un mot en lui indiquant le minutage des interférences. "On entend des voix captées par l'ampli. Peux-tu essayer de les nettoyer ?"

Quand tout a été prêt, j'ai commencé à copier les gigantesques archives de l'ordinateur de Chucks sur un disque dur externe que j'avais apporté. Je pensais emporter l'ordinateur dans ma voiture et voulais réaliser une copie de sécurité avant de le déplacer.

Pendant que j'attendais, j'ai consulté ma montre : 18 h 30. Là-haut, la pluie et le vent se déchaînaient. J'ai été tenté de me rouler un autre joint, mais j'avais assez fumé. Je suis allé chercher un paquet de tabac dans le stock de Chucks ("Je ne pense pas que tu t'en formaliseras, hein, vieille canaille"). J'ai glissé le filtre entre mes lèvres et quand je me suis affalé sur le canapé, quelque chose m'a piqué le derrière : une boîte de CD qui avait glissé entre les deux coussins. J'y ai jeté un coup d'œil et j'ai reconnu Chucks sur une photo de studio qui datait au moins de 1995. Il avait le look typique de ces années-là : yeux soulignés au crayon, cheveux blonds et chemise blanche déboutonnée, sa vieille guitare Guild en bandoulière. C'était *Love Harvest*, son premier disque en solo qui contenait la chanson *Une promesse est une promesse*, une balade un peu gnangnan l'ayant propulsé en tête du Top 50 et transformé en idole des étudiantes, des grands-mères et des femmes au foyer.

"Une promesse est une promesse", semblait me dire Chucks à travers les années, avec son joli sourire de star du rock. "Et tu ne peux pas l'oublier."

Le rêve que j'avais fait à Cadix m'est soudain revenu, celui où Chucks m'apparaissait assis sur ma poitrine et me disait "Une promesse est une promesse", mais il n'y avait pas que ça…

"Regarde en arrière, Bert."

Un instant précis m'est alors revenu. Le soleil avait fait le tour du globe et pointait de nouveau son nez à l'est, au-dessus de la mer. La bouteille gisait près du canapé, vide, et ma gorge était sèche comme du carton. Le cauchemar m'avait réveillé. J'avais cru un instant que Chucks était là, quelque part dans la maison. J'avais dit tout haut : "Qu'est-ce que tu cherchais à me dire, Chucks ?" avant de me rendormir.

"Regarde en arrière."

J'ai tiré sur ma gauloise et ai recraché la fumée lentement en observant la pochette du disque. "Tu faisais référence au disque ? Il est sauf, Chucks. C'était ça ? Mais que voulais-tu me dire par « Regarde en arrière » ?"

"Une promesse…"

Chucks assis sur moi, les yeux rivés sur la table. "Regarde en arrière", disait-il en se frottant les tempes comme s'il essayait de se concentrer. Il regardait la table devant lui. Que regardait-il ? La table était vide.

"Attends..."

Rien hormis mon téléphone.

L'idée m'a traversé comme un éclair brisant le silence, agglomérant un tas de petites pensées en une idée solide comme un roc. J'avoue que la marijuana avait contribué à cette percée créatrice. Et s'il disait vrai ?

Je me suis levé et suis retourné dans la cabine d'enregistrement. La sauvegarde des archives suivait son cours. Mon téléphone était posé près de la table de mixage. Je l'ai pris et me suis laissé tomber dans le fauteuil.

"Regarde en arrière. Une promesse est une promesse." C'était la dernière chose que je lui avais promise. Non pas que je sauverais le disque, mais que j'enquêterais sur Daniel Someres.

J'ai regardé en arrière, ainsi que Chucks me l'avait demandé. En arrière sur mon téléphone, sur la liste des mails non lus. Depuis la mort de Chucks, ma boîte se remplissait. J'ai remonté jusqu'à cette matinée où je m'étais réveillé à midi (grâce à mes chers Donormyl), et j'ai vu une chose que j'aurais pu rater, oublier, sans l'avertissement de Chucks : un courrier de Mark Bernabe envoyé le lendemain de notre conversation téléphonique à Aix, avec pour objet "Au sujet de Daniel Someres" :

J'ai failli rire de peur et de surprise. ("Tu faisais référence à ça, Chucks ?") Le cœur battant la chamade, j'ai ouvert le mail :

Cher Bert,

Je viens d'avoir Anne-Fleur, l'agent de Daniel Someres, au téléphone. Il semblerait qu'il ait été victime d'une petite tragédie. Il a dû s'endormir au volant ou perdre le contrôle de son véhicule, il a quitté la route dans un virage très serré des Corniches. Sa voiture était pliée en deux. Apparemment il allait rendre visite à sa sœur qui habite près de Nice, c'est en tout cas ce qu'elle a supposé parce qu'il avait disparu depuis plusieurs mois. (???)

Anne-Fleur dit que sa boîte mail envoyait la réponse automatique suivante. Je te fais un copier-coller :

"Bonjour,

Je vous remercie de votre courrier.

Occupé sur une nouvelle enquête, je ne pourrai lire votre mail avant quelques semaines. Pour toutes les questions concernant mes livres, veuillez contacter mon agent, Anne-Fleur…"

Bref, une mort assez énigmatique pour un auteur spécialiste en énigmes. Cela dit, selon Anne-Fleur, Daniel était coutumier des disparitions épisodiques. Il souffrait sans doute de problèmes psychologiques et ses ventes n'étaient pas terribles, ces derniers temps. Elle n'écarte aucune hypothèse. (À bon entendeur…)

Tu peux m'expliquer ce qu'il y a derrière tout ça ? Tu as un nouveau roman en tête ? Si tu as besoin de précisions, rapproche-toi de sa sœur. Elle s'appelle Andrea Someres et habite à Cap-d'Ail, à quelques kilomètres de Monaco. Elle travaille chez Look, une boutique de vêtements. C'est Anne-Fleur qui m'a soufflé l'info entre collègues, mais il ne faut pas que tu mentionnes son nom.

Moi non plus je ne t'ai rien dit, bien sûr.

Je suis très curieux de savoir pourquoi tu t'intéresses tant à ce Someres.

Je t'embrasse,

Mark

“Je retourne à mes fantômes” ont été les derniers mots prononcés par Chucks. Et moi je croyais aux fantômes, et comment ! Je croyais que Chucks était venu m'avertir que toute cette histoire n'était pas terminée.

Qu'il ne reposait pas en paix.

II

1

La nuit tombait quand je suis rentré à la maison. La pluie avait cessé mais le ciel était encore brouillé, tout comme ma tête, prise dans une mini-tempête. Rembrunie par un doute, infime pour le moment, insignifiant, à peine réel, mais en train de germer dans un coin.

Une Coccinelle était garée devant chez moi, me bloquant le passage. J'ai marmonné un juron et lancé des appels de phares. Deux silhouettes se sont prestement séparées à l'intérieur du véhicule qui a avancé de quelques mètres pour me laisser entrer. La portière côté passager s'est ouverte et Britney en a surgi en riant.

— Papa !

Les phares de la Coccinelle se sont éteints et Elron Van Ern est sorti du côté conducteur, vêtu d'une veste en lin très rendez-vous galant. Il m'a fait bonjour de la main, j'ai répondu d'un geste gauche et accéléré pour rentrer ma Spider. J'éprouvais des sentiments mêlés : je ne voulais pas les gêner et je n'avais pas envie que ma fille me le présente. Je n'avais envie que d'une chose : tout oublier.

Ils sont entrés dans le jardin et se sont dirigés vers le garage. Britney avait probablement dit à Elron qu'il était temps de faire la connaissance de son "papa". Ils sont arrivés à la porte pendant que je sortais l'ordinateur de Chucks et le posais délicatement par terre.

— Papa, j'aimerais te présenter Elron.

Le garçon s'est approché de moi, tout sourire. Je ne l'avais aperçu que de loin, le matin du marché à Saint-Rémy. De près, j'ai constaté qu'il était assez beau gosse et de grande taille. Un jeune loup aux manières de mâle dominant. Rien d'étonnant à ce que Britney se soit entichée de lui.

— Elron, s'est-il présenté en me serrant la main avec la même furie que son père. Enchanté, monsieur. Vraiment navré pour votre ami Chucks. Je vous transmets également les salutations de mes parents, qui sont aussi sincèrement désolés.

— Merci, Elron. Tout le plaisir est pour moi.

Il y a eu un bref silence. J'avais l'intention d'en profiter pour partir, mais Elron semblait d'humeur bavarde.

— Ma mère est une de vos grandes admiratrices, mais moi, je n'ai encore rien lu de vous. Les romans d'horreur, c'est pas trop mon truc, mais je ferai une exception pour les vôtres. Britney m'assure qu'ils sont géniaux.

J'ai senti le rouge me colorer les joues.

— Elle t'a dit ça ? ai-je demandé en souriant pendant que le feu de Smaug le Doré me montait à la gorge. Ça ne m'étonne pas. Ma fille est ma plus grande fan.

Britney a eu un petit rire gêné. Visiblement, elle se débattait intérieurement, hésitant entre une attitude de fifille à son papa et de petite amie d'Elron.

— J'espère que ça te plaira, tu me raconteras, ai-je dit en tâchant de dissimuler mon accès de jalousie paternelle.

— Oui, j'en finirai un avant la fête, comme ça on pourra en parler, a répondu Elron.

— Quelle fête ?

— Samedi. Vous n'êtes pas au courant ? J'organise un barbecue chez moi pour mon anniversaire. Comme cadeau, Britney va jouer avec son groupe.

Et ce disant, il a regardé ma fille qui lui a rendu un doux sourire.

— Je comptais vous en parler ce soir, papa.

J'ai remarqué que leurs épaules se touchaient et qu'ils étaient à un cheveu d'entrelacer leurs doigts. Je me suis demandé s'ils s'étaient déjà embrassés et même si ce glandu qui-n'aimait-pas-les-romans-d'horreur l'avait déjà vue nue ou…

— Je compte sur votre présence et celle de Miriam, a ajouté le garçon.

— Ah bon ? me suis-je exclamé en regardant Britney. Le problème, c'est que j'avais prévu d'aller quelque part.

Ça sentait l'excuse à deux balles, mais c'était la pure vérité. Je projetais de faire un aller-retour à Cap-d'Ail en voiture ce samedi. Je voulais retrouver la sœur de Daniel Someres pour lui demander si elle savait où était son frère dans la nuit du 21 mai et j'espérais qu'elle me réponde : “Ici, on jouait au Monopoly.”

— Oh non, papa ! s'est écriée ma fille. Tu ne peux pas rater ça !

— Bon, laisse-moi le temps de réfléchir, d'accord ?

J'ai pris congé d'eux et ils sont retournés dans la Coccinelle. J'ai évité de me retourner pour ne pas les voir s'embrasser. J'avais des brûlures d'estomac, tout à coup.

Le Renault Espace de Miriam était rangé dans le garage, mais elle n'était ni dans la cuisine ni dans le salon. J'ai supposé qu'elle surfait sur Internet ou travaillait sur un de ses projets dans son bureau sous les combles. J'ai dit "Salut" assez fort, sans obtenir de réponse. J'ai posé l'ordinateur de Chucks près du canapé et suis parti directement au cabanon. Bon sang, j'ai tout de suite su ce que j'allais y faire.

"Tu sais que tu peux toujours revenir nous voir, au bar de Rosie et ses putes joyeuses. Tu seras toujours le bienvenu."

Britney était avec Elron, Miriam sous les toits, mais j'ai quand même déplacé une tondeuse pour bloquer la porte. Sur une étagère, j'ai pris un pot de vernis à bois posé au milieu de quatre autres, parfaitement dissimulé. Je l'ai ouvert et j'en ai sorti un petit sachet en plastique hermétiquement fermé. Il y avait plusieurs plaquettes de médicaments. Principalement des anxiolytiques, mais aussi du Valium et une boîte de Donormyl périmée.

"Ici, les fêtes se prolongent jusqu'à l'aube, baby."

Laissez-moi vous raconter une histoire. Il y a deux millions d'années, quand les dinosaures régnaient sur Terre, j'étais un écrivain puissant. Un écrivain libre, frais comme un gardon. À l'époque, je vivais à Londres, j'écrivais dans une vieille cave d'Archer Street, une pièce encombrée de valises poussiéreuses, de caisses et d'une table de ping-pong reléguée depuis des années. En hiver, il faisait un froid de canard, mais j'avais un radiateur à gaz que je rapprochais à vingt centimètres de mes jambes.

Avec ça et un peu de musique, je pondais jusqu'à trois mille mots par jour sans jamais tomber malade. Mes cinq premiers romans étaient sortis de cet antre.

En ce temps-là, je travaillais la nuit. C'est ce qui me convenait le mieux. Une petite lampe s'allumait dans ma tête et pan, je turbinais jusqu'à 2 ou 3 heures du matin, grillant un paquet de cigarettes par session et sifflant quatre ou cinq bières, surtout au début. Ni joints, ni cocaïne, ni rien de ce genre. Mes mousses et mon tabac suffisaient à maintenir mon cerveau en place. Car tel était mon secret : canaliser mon esprit.

Mes livres marchaient assez bien, à raison de quelques milliers d'exemplaires vendus au Royaume-Uni et aux États-Unis et un certain nombre dans le reste du monde. Je ne touchais pas un salaire de ministre mais plutôt de cadre moyen, pas de quoi faire des folies. La bascule s'est produite avec *Premières lueurs du jour à Testamento* et la création du personnage de Bill Nooran, tueur en série. J'ai fait un carton sans comprendre pourquoi. Au fond, c'est une histoire de héros plutôt gnangnan avec un assassin exagérément sanguinaire, mais j'ai dû toucher une corde sensible chez le public car j'ai vendu près de vingt millions d'exemplaires à travers le globe. Ayant bien négocié mon contrat, je touchais quinze pour cent par exemplaire vendu. Je suis donc devenu multimillionnaire en l'espace d'un an et demi.

C'était chouette. J'adore rendre les gens heureux, et je ne boudais pas mon plaisir. Mon public était aux anges, ma maison d'édition était aux anges, mon agent était aux anges, Miriam et Britney… Nous sommes partis en tournée aux États-Unis et au Canada. Puis en Australie et en Nouvelle-Zélande, où nous passions nos vacances quand on m'a annoncé la vente des droits d'adaptation cinéma. J'ai reçu un coup de fil très sérieux d'un producteur d'Hollywood m'expliquant qu'ils travaillaient déjà sur l'écriture du scénario et le choix du réalisateur. J'étais sur un nuage. Après avoir dépensé de l'argent sans compter pendant près de trois mois, je me levais chaque jour plus riche que la veille. Nous sommes rentrés à Londres un jour de février 2011. Ce soir-là, je m'en souviens, nous avions mangé du poulet frit arrosé d'une bouteille de vin. Mark Bernabe m'a appelé pour me demander comment ça allait. “J'ai une suite parfaite, lui ai-je annoncé. Une idée parfaite pour le deuxième volume.”

Le lendemain, j'ai retrouvé ma cave, mon vieil ordinateur portable qui amassait la poussière. Muni d'un pack de bière acheté en promo au Tesco du quartier et d'un paquet de Dunhill, je me suis mis au boulot. Un changement s'était néanmoins opéré : j'écrivais, j'avais les idées claires, mais quelque chose me pesait. Comme si chaque phrase que je tapais était immédiatement retransmise à travers des haut-parleurs et entendue par des millions de personnes. J'avais la pression du succès. La plus grande chance et la pire des saloperies. J'écrivais, effaçais, réécrivais, effaçais à l'infini et mon cerveau accélérait, patinait, surchauffait.

Cette première nuit, j'ai réussi à pondre mes deux mille mots de rigueur, mais je les effacerais au cours des mois suivants. Et, symptôme encore plus inquiétant : j'étais infichu d'interrompre ma pensée.

Même après une journée de travail acharné, je n'arrivais plus à me sentir satisfait. J'avais un petit vélo dans la tête, je gambergeais sans discontinuer, incapable de fermer les yeux. Aussi ai-je commencé à perdre le sommeil.

Au cas où cela vous intéresserait de le savoir, l'insomnie est une expérience solitaire. Votre femme dort, votre fille aussi. Vos voisins, la ville tout entière. Et vous, tel un hibou aux yeux écarquillés, vous restez à l'affût des bruits de la nuit, des ronflements de quelqu'un, d'une moto rugissant sur la route, d'une sirène d'ambulance. Vous vous levez pour boire de l'eau et voyez à travers la fenêtre une lumière allumée dans la maison d'en face. Vous vous demandez si c'est un malade comme vous ou bien une famille avec un bébé, un étudiant en train de bûcher un examen. Le pire, c'est que vous savez que c'est mauvais, très déconseillé, que le lendemain vous aurez de la bouillie à la place du cerveau et ne pourrez rien sortir de correct. Vous n'aurez envie ni de vous habiller ni de sourire, votre vision du monde manquera cruellement d'optimisme car la privation de sommeil est une des tortures les plus éprouvantes pour un cerveau humain.

J'ai donc commencé à prendre des cachets. Oui, je sais, il y aura toujours un donneur de leçons pour m'expliquer que je n'aurais jamais dû, que j'aurais mieux fait de traiter le mal à la racine, de le regarder en face. Mais puisque je le connaissais déjà ! Le succès me pesait. Il était trop lourd pour mes épaules, il me brisait le dos. J'ai avalé des cachets pour résister. Ils me permettaient de dormir. Je déconnectais mon esprit, calmais mes nerfs en pelote. Le lendemain, je me levais avec la gueule de bois, comme un zombi, mais c'était bien mieux que de passer une nuit blanche à regarder le plafond.

Au fil des mois, Rosie et ses putes joyeuses sont devenues mes meilleures amies, mes fidèles alliées. Grâce à elles, j'arrivais à finir mes livres à la date souhaitée, et non pas quand mon cerveau débridé le décrétait. Sans compter que nous avions un agenda très rempli, à cette époque. Vous connaissez cette chanson de Bessie Smith qui dit "Plus personne ne te connaît quand t'es au fond du trou" ? Eh bien, quand t'es "au sommet de la colline", c'est l'inverse. Tout le monde veut te rencontrer. Je résume, mais le fait est que j'ai commencé à boire au-delà du raisonnable. Qui dit vie sociale dit alcool (et coke dans bien des cas), et nous étions invités tous les jours, du lundi au dimanche. J'ai commencé à mener une vie à la Elvis Presley, incapable de fermer les yeux sans médocs et alcool, et de les rouvrir le matin sans un bon remontant. En attendant, j'ai réussi je ne sais trop comment à vaincre le syndrome de la page blanche et j'ai achevé d'écrire la deuxième partie des aventures du sanguinaire Bill. Moyennant quoi, je suis devenu totalement accro à tout.

J'ai pris deux magnifiques perles roses, des anxiolytiques, et j'ai remis le sachet dans le pot de vernis, puis je me suis assis devant mon ordinateur et j'ai posé les cachets sur le clavier, entre les touches Z et E, puis entre le O et le P, formant une sorte de visage aux yeux roses où la barre d'espace était une bouche sévère qui me jugeait. Ne se moquait-elle pas de moi, plutôt ?

"Et voilà, c'est plus fort que toi, tu ne le contrôles pas. Tu avais promis à Miriam que c'était fini. Tu lui as menti et tu t'es menti à toi-même en assurant que c'était passager, à cause de Chucks, mais en vérité, ta tête ne s'arrête plus de tourner et tu ne sais pas comment la stopper. Enfin, pas tout à fait : en réalité tu le sais parfaitement."

J'ai pris le cachet entre le Z et le E, je l'ai approché de ma bouche, l'ai touché du bout de la langue. Son goût douceâtre s'est répandu jusqu'au fond de mon estomac. "Avale-moi."

"Tu n'as aucune volonté. Te raconte pas d'histoires. T'es encore tombé dans le cercle vicieux. La mort de Chucks t'a désaxé, mon pote. Tu dévales la pente et t'as plus de freins, mieux vaut ralentir ton cerveau, donne-toi un coup de pouce."

Je me suis vu en train de foirer dans les grandes largeurs, esclave de ma peur et de ma faiblesse. J'ai tiré la langue et léché le bord de cette maudite pastille, comme s'il s'agissait du poison qui me permettrait de débrancher ma ligne, à la fois terriblement effrayé et humilié.

Quelqu'un a frappé à la porte et tenté de l'ouvrir, butant sur la tondeuse à gazon.

— Papa ?

C'était Britney.

J'ai vite caché les deux médicaments dans la poche de ma chemise et essuyé les larmes qui coulaient à flots sur mes joues, puis je me suis levé.

— Ça va, papa ?

— Une minute, chérie.

J'ai poussé la tondeuse. Britney, ma jolie petite demoiselle, se tenait devant la porte, l'air surpris et inquiet.

— Ça va ?

J'ai respiré un grand coup, j'ai essuyé une larme qui pendait à mon menton.

— Oui, mon trésor.

— Je peux ?

— Bien sûr.

Elle est entrée et a pris place sur un coffre en osier qu'on avait ramené de Londres. Elle portait un pantalon noir et des bottines vernies à talons, un pull fin à rayures noires et jaunes, comme une petite abeille. Elle m'a transpercé de ses yeux verts et m'a inspecté des pieds à la tête.

— Tu viens de chez Chucks ? J'ai vu son ordi dans le salon.

— Oui.

Elle a avalé sa salive. Ma fille était plus dure que moi.

— Je rêve de lui presque toutes les nuits, tu sais. C'est bizarre. Je ne le connaissais pas bien, mais je le sentais proche. Comme un tonton.

— Il aurait adoré t'entendre dire ça.

On a observé un instant de silence.

— J'ai copié la musique que contenait l'ordinateur de Chucks et j'y ai trouvé tes maquettes. C'est lui qui t'a proposé d'enregistrer *Black Bird* ?

— Oui.

J'ai ri. Britney a haussé les sourcils, intriguée.

— Pourquoi tu rigoles ?

— Un soir, il y a une éternité, on a décidé qu'il te fallait une chanson. On était sur une plage de Cadix, avec Linda et maman. Chucks a joué *Black Bird* et nous, on a chanté. Après, pendant des mois, y compris avant ta naissance, je t'ai chanté cette chanson tous les soirs. Moi, je l'avais oublié, mais pas Chucks.

Cette fois, aucun de nous n'a pu retenir ses larmes.

— Linda a été l'amour de sa vie, non ? a demandé Britney. Il m'en a parlé. Pas beaucoup. Il disait que maman n'aimerait pas que je le sache.

— Que tu saches quoi ?

— Qu'elle l'a toujours tenu pour responsable de sa mort. Il m'a raconté qu'il était un peu bourré et qu'il roulait trop vite, mais que c'est à cause de la voiture d'en face qu'il a perdu le contrôle. Tu penses que c'est ce qui est arrivé ?

Un jour, ta fille a douze ans et tu lui montres les constellations dans le ciel. Puis elle en a seize et tu lui parles d'un des épisodes les plus durs de ta vie.

— On ne le saura jamais, ai-je répondu. Mais de toute manière maman n'a jamais aimé l'idée que Linda soit en couple avec Chucks. Elle trouvait que c'était un type à problèmes, et Linda était sa meilleure amie. Chucks m'a d'ailleurs confié que Miriam avait tenté de persuader Linda de le laisser tomber, mais ils étaient trop amoureux, ai-je ri. Ça, c'est ta mère tout craché, un peu manipulatrice sur les bords.

Britney a ri aussi.

— Et comment tu trouves Elron ? a-t-elle demandé.

— Elron ? ai-je fait en me raclant la gorge et en rougissant un peu. Je me fie à ton bon goût, Britney.

— Ça t'a agacé qu'il te dise qu'il n'aimait pas les romans d'horreur ?

— Pas du tout ! me suis-je écrié un peu trop fort. Ça prouve qu'il est sincère, je préfère ça à un lèche-bottes.

— C'est un garçon très spécial, papa. Il est différent des autres. Très attaché à sa famille, tout en ayant ses rêves et ses idées bien à lui. Il veut changer le monde par ses recherches.

— Qu'est-ce qu'il veut faire ? ai-je dit en essayant de ne pas trahir mon trouble.

— Il veut devenir psychiatre, comme son père. C'est le métier de la famille depuis des générations. Mais je n'avais jamais entendu personne en parler avec autant de passion.

— Ah, tant mieux. C'est important d'avoir des passions, dans la vie.

— Il me fait penser à toi, a-t-elle continué. À ce que tu me racontes de quand t'étais jeune et que t'as quitté l'Irlande pour aller à Londres. T'as poursuivi tes rêves. Lui aussi, il veut partir étudier à New York. Et je voudrais l'accompagner.

— New York ? C'est une bonne idée.

“Et c'est loin.”

— Vraiment, papa ?

— Il faut d'abord que tu finisses le lycée. Ensuite… Enfin, vous venez à peine de faire connaissance, Brit. Donnez-vous un peu de temps et…

Elle ne m'a pas laissé finir, s'est levée, a passé ses mains autour de mon cou puis s'est assise sur ma jambe et a déposé un baiser sur ma joue.

— Merci ! Mais tu crois que maman sera d'accord ?

— Eh bien, je… Je pense qu'on arrivera à la convaincre, ma grande.

— Merci, merci, merci ! Et pour la fête, te sens pas obligé. C'est peut-être pas une bonne idée. Je sais que c'est pas trop ton truc.

— Depuis quand c'est pas mon truc, les fêtes ? Je n'aime pas les “événements mondains”, nuance. Et puis je meurs d'envie de te voir jouer.

— Sûr, papa ?

— Sûr, ma beauté.

Elle m'a encore embrassé et j'ai aussitôt senti que Rosie et ses putes allaient rentrer dans leur pot de vernis.

2

Il faisait un temps splendide, pour le barbecue d'Elron Van Ern. Il avait pleuvioté la veille, mais le jour J, à midi, le soleil resplendissait haut dans le ciel et l'herbe était complètement sèche. Miriam a passé la matinée à préparer une grande salade de fruits pendant que j'allais en ville acheter de la bonne bière belge et du vin. Britney piquait une crise devant le miroir. À mon retour, en passant devant sa chambre pour aller me changer dans la mienne, je l'ai entendue pester. Je me suis arrêté devant sa porte et j'ai toqué deux fois.

— INTERDIT D'ENTRER ! m'a lancé Britney.

— Tout va bien ?

— Non !

La porte s'est entrouverte et j'ai découvert la bataille qu'elle menait contre sa garde-robe. En culotte, elle essayait son dixième ou onzième haut au milieu d'un amoncellement de pantalons, chemises, jupes disséminés par terre telles des victimes collatérales de son indécision adolescente.

— Je suis toute nue, papa ! a-t-elle crié en claquant violemment la porte.

— Pardon ! ai-je dit en m'écartant avant que mon nez soit réduit en bouillie. Maman dit qu'il se fait tard.

Britney a ronchonné et hurlé de plus belle. Je suis descendu dans la cuisine où Miriam posait du papier d'alu sur le saladier.

— Qu'est-ce qui lui prend ? Je croyais qu'elle adorait ses fringues.

— Il lui prend Elron, a dit Miriam. Je vais monter l'aider à choisir.

Dix minutes plus tard, j'avais fait la vaisselle et je m'étais installé dans le salon pour jouer de ma Gretsch quand j'ai vu Britney descendre l'escalier en jean, avec un magnifique haut noir. Miriam lui avait fait une queue de cheval et l'avait subtilement maquillée. Elle lui avait aussi prêté des boucles d'oreilles en argent que je lui avais offertes pour son dernier anniversaire.

Miriam souriait derrière elle, satisfaite, les bras sur les hanches.

— C'est une bonne tenue de scène, hein, papa ? m'a dit ma fille en virevoltant devant le miroir de l'entrée.

J'en avais le souffle coupé.

Vers 11 heures, les Todd sont arrivés dans la fourgonnette de leur père, une GMC rouge cerise chargée à bloc de tout l'équipement son, batterie, amplis qu'ils stockaient dans leur garage.

J'ai demandé au père Todd (Herman de son prénom) si ça ne le dérangeait pas qu'on les rejoigne un peu plus tard. J'ai culpabilisé car c'était la deuxième fois qu'il faisait le chauffeur pour Mongrel State (c'était le nom du groupe), mais l'homme semblait ravi de s'encanailler avec ses marmots. Ce jour-là, il portait un tee-shirt E Street Band.

— Pas de problème, on commencera à installer. Venez quand vous pouvez, l'important c'est que vous veniez.

Assis à l'arrière dans leur tenue grunge et hipster sophistiquée, les frères Todd m'ont souri et fait le geste international pour dire "surfe sur la vague". Britney est montée à bord avec sa basse, ils ont démarré et Herman a monté le volume de la musique, un disque de Weezer, à fond les ballons.

Miriam et moi avons eu une petite dispute. Je refusais de transporter ce dangereux saladier dans ma Spider et elle ne voulait pas arriver en Scenic. "J'ai envie d'y aller en décapotable." J'ai fini par céder, on a rabattu la capote et Miriam a coincé le saladier entre ses jambes.

Pour se rendre chez les Van Ern, il fallait prendre la D81 (celle qui conduisait au Sapin Rouge), puis bifurquer à droite quatre kilomètres après le Raquet Club. On empruntait ensuite une étroite route communale qui traversait des champs de lavande et un bois pour enfin gravir une douce colline sur laquelle se dressait leur maison.

Je n'ai pu m'empêcher de reconstituer mentalement la carte pendant que je conduisais, essayant de situer la clinique et le champ de colza en fleur. Si mes calculs étaient exacts, leur demeure se trouvait à environ trois ou quatre kilomètres de la clinique, derrière le grand bâtiment blanc et les annexes qui constituaient le centre de désintoxication (ou au sud, pour être plus précis). En somme, à cinq ou six kilomètres du virage où Chucks avait percuté…

"Suffit !"

En haut de la colline, une dizaine de voitures étaient garées sur les côtés, envahissant la pelouse. Supposant que c'était le parking des invités, j'ai garé ma Spider dans le dernier emplacement libre entre deux arbres.

Miriam a appelé Edilia Van Ern par WhatsApp pendant que je déchargeais le dessert. J'ignorais qu'elles avaient échangé leurs numéros, mais je me suis souvenu que Miriam m'avait parlé d'un cours de Pilates et de yoga auquel assistaient aussi Edilia et la Grubitz.

J'avais réussi à prendre le saladier sans renverser une goutte de jus quand Edilia et sa fille cadette sont sorties de la maison en souriant. Les femmes se sont rejointes à mi-chemin et se sont embrassées. Encombré de ce maudit dessert, je les ai saluées à mon tour. La petite Elvira me regardait en silence, d'un air qui m'a fait craindre d'avoir la braguette ouverte ou des chaussures dépareillées.

— Bert, a dit Edilia en venant vers moi et en déposant une simple mais longue bise sur ma joue. Je suis désolée pour ton ami. Comment te sens-tu ?

— Mieux, merci.

— On va essayer de te changer les idées, aujourd'hui.

Elles nous ont guidés vers la maison le long d'un mur recouvert de lierre. L'allée se prolongeait plus loin, montant à travers des arbres et une belle rangée de statues Renaissance que Miriam n'a pas manqué de remarquer.

— Cette maison a été construite par un Rothschild au début du XXe siècle, a expliqué Edilia, mais elle a surtout été habitée par Jim Walton.

— Jim Walton, le compositeur ? ai-je demandé.

— Oui. Il a vécu ici jusqu'en 1960, soit près de la moitié de sa vie. C'est lui qui a conçu le jardin. Et, sincèrement, nous n'avons pas osé y toucher.

La villa a surgi devant nous, entourée d'un gazon impeccable. Une grande bâtisse de trois étages avec une immense terrasse où l'on apercevait des parasols et des chaises longues ainsi que de grandes portes vitrées ouvertes sur ce qui devait être le salon. Ça sentait la viande grillée, et la rumeur des conversations nous parvenait de l'autre côté de la bâtisse.

Une trentaine de personnes étaient disséminées dans un magnifique jardin présidé par une grande piscine, équipée d'un plongeoir et entourée de chaises longues. La plupart des convives se regroupaient sous une grande tente rayée vert et blanc, assortie aux parasols et aux coussins des chaises longues. Deux cuisiniers s'affairaient devant le barbecue, grillant des hamburgers, des saucisses, des brochettes de légumes. Il y avait une table couverte de bouteilles de champagne dans des seaux remplis de glaçons. J'ai repéré un serveur en train de proposer des martinis. De l'autre côté de la piscine, Herman Todd terminait d'installer la batterie de son fils et le micro de Britney, un groupe d'adolescents discutaient près d'un ampli. Vêtu d'une veste, Elron fumait une cigarette.

Miriam est allée droit vers lui pour lui remettre notre cadeau : une édition de *Sur la route*, de Jack Kerouac, comprenant un petit journal de voyage. Le jeune homme a fait trois bises à Miriam avant de s'approcher de moi, bras ouverts. J'ai essayé d'éviter l'accolade en lui tendant la main, mais le garçon est venu me coller en me donnant quelques tapes vigoureuses sur les omoplates. "Putain ce qu'il est expansif", ai-je pensé.

Edilia a pris Miriam par le bras en lui proposant de la présenter à tout le monde.

— Tu viens, Bert ?

— Je vais rester ici pour aider, ai-je dit en désignant les amplis et les câbles qui gisaient en vrac par terre. Je vous rejoins.

J'avoue qu'il y a une forme de vie sociale qui me gave et m'a toujours gavé, je la supporte juste assez pour ne pas être considéré comme un sociopathe. C'est une des choses que Miriam ne peut pas souffrir chez moi : dans toutes ces soirées chic où elle évolue comme un poisson dans l'eau, je finis toujours par endosser le rôle de l'"invité absent", celui qui sort fumer au balcon ou qui se retrouve à discuter courses de lévriers avec le serveur.

Je ne sais plus à quel moment j'ai décidé ce jour-là de devenir l'invité absent. Au bout des deux premières heures de rigueur, j'imagine. Après avoir aidé Herman et les jeunes à régler leurs amplis, je suis allé chercher mon premier martini et me suis vu pris dans un tourbillon de présentations, de sourires et de questions. "Voici Bert Amandale, l'auteur de thrillers." Deux martinis et quelques cigarettes plus tard, le soleil était haut dans le ciel et j'aurais bien piqué une tête dans la piscine. Je discutais avec Mme Mattieu de la projection de *Premières lueurs du jour à Testamento* qu'elle prévoyait pour fin mai. "Vous pensez que vous pourriez faire venir quelqu'un de la production ?" m'a-t-elle demandé, les joues roses (je crois qu'elle était portée sur la bouteille). Je lui ai dit que j'essaierais, plutôt que de lui expliquer qu'à Hollywood, les relations d'un écrivain ne pèsent pas lourd. Je suis retourné au bar, où le type en livrée blanche connaissait déjà mes goûts. Il a lancé deux glaçons et un peu d'écorce d'orange dans un verre qu'il a rempli de martini, cette fois sans lésiner. Un bon serveur sait reconnaître au premier coup d'œil un homme assoiffé. Je me suis retrouvé presque par hasard à discuter avec un autre groupe, tous des amis des Van Ern, des gens de la haute qui parlaient de leurs propriétés à Nice, de leurs croisières en voilier sur l'océan Pacifique, de leurs amis en Crète ou à Knossos, où ils se rendraient bientôt. Un homme avec des lunettes à monture noire me rappelant le commanditaire du braquage dans *Ocean's Eleven* m'a raconté qu'il passait la moitié de l'année à Ischia, une île dans le golfe de Naples, où des amis à lui vivaient dans l'ancienne propriété de Truman Capote. "Vous, les écrivains, vous pouvez tout choisir : votre emploi du temps, votre lieu de vie, vos livres. Je vous envie. J'aimerais avoir un métier comme le vôtre." Quand je lui ai demandé quel était le sien, il m'a répondu "investisseur" avant de changer de sujet.

Après cette conversation, j'avais épuisé le crédit de "Bert Amandale en société" correspondant à quatre fêtes. Sans compter que j'avais bu comme un trou en oubliant de manger. Le soleil cognait, j'étais un peu éméché et l'envie m'a pris d'explorer d'autres endroits de la propriété. Car qui avait besoin de moi ? Britney, Elron et un autre groupe de filles et de garçons exquis étaient assis sur les grandes chaises matelassées autour de la piscine. Le concert, avais-je entendu dire, commencerait en milieu d'après-midi. Miriam vaquait à ses affaires, épatant son auditoire avec ses histoires d'artistes, de Londres, de cours de céramique et de cuisine gastronomique. Pendant ce temps, j'étais tombé dans les griffes d'un nabot qui travaillait pour l'OMS à Lyon et m'expliquait à quel point il était important de se faire vacciner contre la grippe. J'ai eu recours à la vieille excuse, injustement déconsidérée, du petit coin. Je me suis rapproché du barbecue pour demander à l'un des cuisiniers où il se trouvait. "Suivez les panneaux", m'a-t-il dit en français en me montrant une petite pancarte collée près de l'escalier de la terrasse qui disait "TOILETTES".

L'intérieur de la maison baignait dans la pénombre et la fraîcheur. Les portes vitrées du salon grandes ouvertes laissaient filtrer la lumière radieuse de midi. Un piano présidait dans l'angle nord-est de la pièce. J'ai imaginé Jim Walton composant durant ses longues soirées d'été, regardant ce paysage de forêts et de collines qui s'étendait comme en rêve devant la maison.

C'est précisément en contemplant la vue que j'ai remarqué un toit qui dépassait des arbres à quelques kilomètres de là.

Ça se situe au nord-ouest, ai-je calculé, et je me suis rappelé la carte que j'avais tracée mentalement en arrivant. La clinique, bien sûr. Le champ de colza. Le virage du mort. Les gardes et leur chien monstrueux.

Je me suis approché du piano en faisant mine de le contempler et me suis posté près du clavier pour regarder à travers les fenêtres. Le ciel était d'un bleu intense, rehaussé de quelques nuages comme des brins de coton. À quelque huit cents mètres de là, au-delà d'un gazon parfaitement tondu, commençait le bois. On y voyait une série de bâtiments qui ressemblaient à des étables, ainsi qu'une longue clôture qui délimitait la propriété.

Le bois devait s'étendre sur huit cent ou mille mètres, une pinède touffue qui à cette distance ressemblait étrangement à un mur. Au-delà, cette bâtisse dont je ne voyais qu'un bout de toiture.

“Et si je montais un ou deux étages”, me suis-je dit.

Quelqu’un a fait irruption dans le salon, un homme en chemise à carreaux aux couleurs vives qui m’avait été présenté un peu plus tôt. Je lui ai demandé s’il savait où se trouvaient les toilettes, il m’a montré les panneaux et me les a traduits en souriant.

Je l’ai remercié et j’ai suivi les flèches jusqu’à un escalier. Les WC se trouvaient sur un palier au milieu des marches. Une foisonnante galerie de tableaux se déployait sur le mur qui montait, dans tous les styles et formats. Portraits, natures mortes, sans oublier un paysage provençal.

Je me suis posté près de la porte pour observer un des tableaux sur le palier de l’entresol (à une dizaine de marches des toilettes). Il représentait une scène dans la jungle, des indigènes à la peau sombre alignés le long d’une rivière saluant une sorte de missionnaire entièrement vêtu de blanc à bord d’une barque qui accostait.

Cela m’a fait penser à ce que j’avais découvert dans l’ordinateur quelques jours plus tôt.

— Vous y allez ?

J’ai tourné la tête et reconnu un ami d’Elron.

— Oui, oui… pardon.

Je n’avais pas très envie de pisser, mais j’ai fait un effort et les martinis ont résonné comme une musique céleste. Après m’être lavé les mains, je suis sorti, cédant la place au garçon. Au lieu de retourner au salon, j’ai continué à monter. Pour quelle raison ? Dire parce que j’étais ivre, ce serait mentir. Plutôt une sombre intuition. Un spasme au creux de l’estomac.

J’ai marché à pas feutrés jusqu’à l’entresol, l’air de rien. Je pouvais toujours prétendre admirer les œuvres. Ben quoi ? Quand on est invité quelque part, on a le droit de fouiner un peu, non ? Arrivé sur le palier, j'ai examiné le tableau plus attentivement. À côté de cette peinture africanisante, étaient accrochés des masques à l'expression effrayée, rigolarde ou menaçante. J'ai jeté un œil en haut, vers un petit hall d'où partait un couloir. De la lumière naturelle entrait par la gauche, j'en ai déduit qu'il y avait une ouverture d'où je pourrais mieux voir la clinique.

"Allons-y !" me suis-je encouragé.

Le couloir desservait un ample salon situé à l'angle nord-est de la bâtisse. Les murs étaient couverts de bibliothèques et de tableaux auxquels je n'ai pas tout de suite prêté attention. La lumière du soleil et mon degré d'alcoolémie m'avaient aveuglé. Je suis allé droit à la fenêtre. La fête se tenait du côté opposé, je n'avais donc pas à craindre d'être repéré.

"Pourquoi fais-tu ça, Bert ?"

J'avais enfin une vue quasi intégrale du dernier étage de la clinique. "La voilà", ai-je pensé. Les lucarnes laissaient deviner des cellules presque monacales. De cette hauteur, je distinguais aussi un fragment du champ de fleurs jaunes.

J'ai aperçu une autre construction plus petite, un peu à l'écart du bâtiment principal, en plein bois, non visible de la route. La façade était intégralement blanche. J'entends par là que les fenêtres étaient murées et peintes. Mais ce qui m'a réellement glacé les sangs, c'est sa forme avec sa toiture pointue et ses fenêtres allongées, comme s'il s'agissait d'une petite chapelle. Ou d'un…

"Putain… Un ermitage !"

Un brouhaha en provenance du rez-de-chaussée m'a tiré de ma stupeur. J'avais assez joué les espions, j'ai décidé de descendre rejoindre les autres avant d'être pris en flagrant délit.

Alors que je faisais volte-face pour m'en aller, une grande toile sur le mur sud-est m'a stupéfié.

J'ai dû ravaler un cri.

Difficile de décrire à quoi elle ressemblait, mais disons qu'elle m'a tout de suite rappelé Francis Bacon et ses terrifiantes études sur le cri, l'une en particulier : sa version du portrait d'Innocent X de Vélasquez qu'on avait vue quelques années plus tôt au Des Moines Art Center. Ça tenait à la posture du personnage : assis dans une sorte de chaise électrique, bras et jambes ligotés, il affichait une expression terrifiée. La scène évoquait une sorte de rituel d'exorcisme.

Ce regard vide, cette bouche grotesquement béante, comme si le cri allait lui éclater la mâchoire, m'ont retourné l'estomac. J'étais pétrifié : ne fallait-il pas être taré pour accrocher une horreur pareille dans son salon ?

Il y avait d'autres peintures, une en particulier où l'on voyait des hommes déguisés en tigres ou en panthères et des femmes aux yeux révulsés, tournés vers la lune, qui dansaient autour d'un bûcher. L'ensemble était vraiment saisissant.

Une autre toile a capté mon attention sur le mur opposé, cette fois pour des raisons bien différentes : le portrait d'un homme qui ressemblait à Eric Van Ern, peut-être un de ses ancêtres. Ses longues rouflaquettes, sa barbe taillée, son habit blanc et son chapeau à larges bords nous transportaient ailleurs, dans une autre époque, sans doute pas plus de quarante ans en arrière. Il se tenait raide comme un piquet, les deux mains sur le pommeau d'une canne. Son regard pénétrant vous suivait à travers la pièce. L'arrière-plan, peint de manière plus estompée, représentait un paysage de palmiers. De petits animaux quasi symboliques gisaient à ses pieds. Un autre élément happait le regard du spectateur, occupant pour ainsi dire le rôle central du tableau. Cela m'a fait frissonner et instantanément dégrisé.

Une petite église.

Elle coiffait une colline, à mi-chemin entre l'homme et le fond de la vallée tropicale, à demi cachée parmi les palmiers. Une petite construction en bois blanc surmontée d'une croix. Des gens à la peau sombre d'une peuplade indéfinie s'amassaient tout autour. Ils arboraient tous un sourire forcé et terrifiant.

— Le grand-père, a dit une voix dans mon dos, et j'ai failli tomber à la renverse.

Je me suis retourné et j'ai vu Edilia Van Ern appuyée contre l'encadrement de la porte, un verre de prosecco à la main. Elle me regardait d'un air amusé, comme un chat venant de coincer sa souris préférée.

— Je vous ai fait peur ?

— Un peu, ai-je avoué en essayant de me ressaisir.

— Désolée. Vous avez de la chance que je n'aie pas appelé Eric, je vous avais pris pour un cambrioleur.

J'ai légèrement rougi.

— Je me suis égaré sur le chemin des toilettes.

Elle a souri, bu une gorgée en silence avant de se décoller de la porte. Elle s'est avancée, drapée dans sa robe ivoire, exubérante et féline, et s'est arrêtée tout contre moi.

— Allons, Bert, vous fouiniez, avouez-le. Ce n'est pas du tout grave, je n'en attendais pas moins d'un écrivain.

— Euh, ai-je bafouillé en m'éclaircissant la voix, disons que quitte à être perdu, j'en ai profité pour faire un tour. Votre maison est fascinante.

— C'est vrai, a-t-elle admis en me tournant le dos, qu'elle avait nu. Comment trouvez-vous notre collection de peintures ?

— Je peux vous parler franchement ?

— Je vous en prie.

— Pour employer un euphémisme, je la qualifierais d'"inquiétante", ai-je déclaré en me tournant vers le tableau de l'homme hurlant. Mais si vous me permettez un qualificatif plus approprié…

— C'est inutile, je suis de votre avis. Ce tableau est sinistre, mais il paraît que c'est une authentique œuvre d'art. Cela ne vous rappelle-t-il pas Bacon ? Il était irlandais comme vous et il a lui aussi vécu à Londres.

— Absolument. Un génie de l'effroi.

— Quoi qu'il en soit, cette collection appartenait au grand-père d'Eric et il la conserve pour des raisons sentimentales. Il a grandi au Suriname, lui aussi.

— Au Suriname ?

— C'est une ancienne colonie hollandaise en Guyane. La famille d'Eric est originaire de là-bas.

— Ah, ça explique bien des choses.

— Oui, les tableaux, les masques… La plupart ne sont pas exactement à mon goût, mais Eric est inflexible là-dessus. Je crois qu'au fond il est fasciné par la douleur et la peur. Peut-être une déformation professionnelle. Il passe ses journées à scruter l'âme des gens, voyez-vous.

— Je pensais qu'il s'occupait de désintoxication de luxe.

— Oui, bien sûr, mais à sa manière. Il applique une méthode très pragmatique. Et efficace.

— J'espère que ce n'est pas comme sur le tableau.

Edilia a ri. Nos épaules se frôlaient et elle ne semblait pas décidée à interrompre notre rapprochement.

— Vous avez beaucoup de clients ? ai-je ajouté pour meubler.

— Dans la clinique ? En fait, il n'accepte pas beaucoup de monde. Dix patients au maximum, mais on atteint rarement ce quota.

— Dix ? Le traitement doit coûter une fortune, alors.

— Eh bien, ce sont des gens qui ont les moyens. Nos patients sont de ceux qui, quand ils appuient sur un bouton, déclenchent une crise économique, a-t-elle ri, frivole. Mais il y a aussi la fondation. Eric accorde une bourse à certains malades. Des citoyens lambda avec des problèmes d'alcool ou de drogue. On en admet un petit contingent par an, à titre totalement gracieux.

— Dites donc, c'est admirable !

— En effet. C'est une ancienne clause héritée du grand-père Van Ern, a-t-elle dit en désignant le tableau. Il était pasteur protestant dans les colonies. Un homme de foi.

— Ben oui. C'est pour ça que sur le tableau on voit ce… cet ermitage.

— Ermitage ? a répété Edilia en me regardant pour la première fois d'un air sérieux. Quel drôle de mot. D'où le tenez-vous ?

— Ça n'en est pas un ?

— C'est possible, a-t-elle dit en sifflant son verre. Je l'ai toujours appelé la chapelle.

— Question de définition, je suppose. Le bâtiment blanc au milieu du bois est aussi une chapelle ?

Une lueur de surprise a brillé dans ses yeux félins. Puis, presque par réflexe, elle a souri.

— Ce bâtiment a une histoire terrible, vous savez. C'était une petite synagogue construite par les Rothschild pour leur famille. Pendant la guerre, quand les nazis ont envahi cette partie de la France pour protéger Marseille, ils l'ont découverte et l'ont saccagée. Ils ont détruit les peintures et mis le feu, brûlant aussi tous les juifs de Sainte-Claire qui s'y cachaient. Vingt personnes exactement, dont des enfants. À présent elle nous sert d'entrepôt.

— Oh là là ! Votre maison est un véritable parc à thème de la terreur, ai-je dit en rigolant, mais Edilia ne m'a pas suivi sur ce terrain.

Nous sommes restés en silence, sous l'œil inclément du pasteur Van Ern.

— Partons. Le grand-père me rend nerveuse. Et puis, a-t-elle ajouté en me prenant le bras et me palpant le biceps, Eric et Miriam vont penser qu'on est en train de faire des bêtises.

— Vous croyez ?

Edilia Van Ern m'a regardé dans les yeux, ses lèvres tout près des miennes.

— Eric est très jaloux. Vous ne pensez pas que Miriam pourrait l'être aussi ?

— Elle me fait confiance.

Edilia m'a lâché le bras en souriant et reculé d'un pas.

— Raison de plus pour vite redescendre. En tant qu'écrivain, vous êtes bien placé pour connaître la puissance de l'imagination.

Peu après, les Mongrel State ont commencé à jouer. Quel soulagement de pouvoir échapper aux conversations et de me concentrer sur la musique du trio formé par Britney et les Todd. Herman, qui avait disparu un moment avec sa femme, est revenu au premier rang avec des canettes de bière qu'il avait trouvées dans un bidon par là. Nous nous sommes adossés à un arbre pour écouter le concert en silence, en buvant notre mousse et en discutant entre les chansons.

Devant nous se tenaient Elron, ses amis et quelques quadragénaires boute-en-train. Plus loin, seule devant son micro, ma fille en star absolue de la fête. Rick Todd sur sa guitare Firebird et Britney sur sa Fender Jazz Bass exécutaient de magnifiques effets de distorsion, épaulés par la batterie de Chris. La voix de ma petite glissait telle une patineuse artistique sur ces suites d'accords impassibles. Ils formaient un trio du feu de Dieu.

J'étais pourtant incapable d'en profiter pleinement. Le doute grandissait en moi comme une tumeur maligne qui se propageait en désordre. Un incessant tourbillon d'images.

Ce soir-là, en rentrant, Miriam m'a raconté qu'Eric Van Ern nous avait proposé un petit voyage à Ibiza incluant une croisière en voilier.

— En voilier ? Voyons, Miriam, on les connaît à peine.

Il était 20 heures. Britney, Elron et ses amis étaient partis à une autre fête, nous laissant Miriam et moi seuls à bord, la capote abaissée pour profiter de la fraîcheur et des arômes estivaux.

— Juste pour un week-end, Bert. Tu tiendras le coup. Leur villa à Ibiza doit être hallucinante… Mme Grubitz me l'a confirmé, même s'ils n'ont jamais été invités.

— Je ne sais pas… S'enfermer avec des gens dans un bateau, c'est risqué. Au début, tout semble idyllique, mais tu ne tardes pas à les prendre en grippe.

J'ai attaqué un virage un peu trop vite, les roues de ma Spider ont grincé.

— Tu peux rouler plus doucement ?

— Pardon ! ai-je dit en levant le pied.

— Ça ne t'enchante pas, je vois. Je déclinerai.

— C'est pas ça, Miriam, mais peut-être qu'on s'emballe, avec les Van Ern.

— On s'emballe ?

— Ben oui ! On vient tout juste de les rencontrer et ils nous invitent déjà chez eux, sur leur voilier…

— M'enfin, Bert, c'est pour Britney.

— Je m'en doute, mais je sais pas… Imagine qu'en fin de compte ils ne s'entendent pas. Et puis, on ne sait pas vraiment à qui on a affaire.

— Qu'est-ce que tu veux dire ?

— J'ai visité leur premier étage et j'ai vu des tableaux absolument terrifiants. Un mec attaché à une chaise en train de hurler d'effroi devant une croix. Ça m'a fait dresser les cheveux sur la tête. Et ce truc d'habiter tout près de leur clinique… Je le sens pas… Il règne une ambiance étrange, dans cette maison. Tu savais qu'ils venaient du Suriname ?

— J'ai ouï dire qu'Eric avait grandi dans les colonies, mais j'ignorais lesquelles.

— J'avais jamais entendu parler de ce pays. Pour en revenir au tableau, c'était une sorte de Francis Bacon en plus effrayant. Et il y en avait d'autres tout aussi bizarres… Comment dire… Il y a quelque chose qui me chiffonne, chez eux.

— Ben pour des gens qui te chiffonnent, tu t'entends drôlement bien avec Edilia. Il m'a semblé vous voir sortir ensemble de la maison, tout à l'heure.

J'ai ri.

— Elle m'a surpris en train de fouiner. T'es pas jalouse, au moins ?

Je l'ai regardée, magnifique sous la lumière rasante du soir. Elle portait des lunettes de soleil, un foulard autour de la tête, les épaules nues.

— Fais gaffe !

On a bel et bien failli quitter la route, cette fois.

— Désolé !

— Je ne suis pas jalouse, a repris Miriam, mais je remarque que quand tu parles avec elle, tu prends des airs d'homme fatal, mon cher Bert Bogart.

— Pas du tout, voyons. C'est juste un petit jeu de séduction à la con. Tu connais la théorie là-dessus.

Je faisais allusion à la thèse selon laquelle les hommes aussi bien que les femmes étaient polygames par nature, mais que la société les censurait pour éviter des conflits et ne pas ralentir la productivité. En échange, elle nous avait donné le jeu de séduction, la danse… afin de rassasier notre soif de conquête, mais pour beaucoup, c'était un peu court.

— Arrête avec tes théories. Elles sont très intéressantes pour un anthropologue, mais moi, je suis ta femme.

Un lapin s'est immobilisé au milieu de la chaussée, j'ai dû piler, ce qui a lassé la patience de Miriam.

— Roule moins vite ! Tu vas nous envoyer dans le fossé !

Cette nuit-là, j'ai fait du rentre-dedans à Miriam. Je l'ai caressée par-dessus sa chemise de nuit et embrassée dans le cou, mais elle s'est contentée de grogner. J'aurais pu arranger ça en acceptant le week-end en voilier, en lui annonçant que j'adorerais aller à Ibiza avec les Van Ern et que nous pouvions parfaitement redevenir un de ces couples qui font l'amour de loin en loin, mais je me suis tu. J'ai pris un livre, pensant que je ne tarderais pas à m'endormir, mais c'est Miriam qui est tombée comme une masse. Au bout d'une heure, je tournais toujours les pages sans vraiment lire.

Je me suis levé sur la pointe des pieds, j'ai enfilé des chaussons et suis descendu dans le jardin. Un petit bout de lune flottait dans la nuit étoilée. Lola est arrivée, noctambule, et je l'ai caressée pendant un moment.

J'ai disparu dans mon cabanon et commencé à faire ce que j'avais prévu après avoir découvert ces étranges peintures chez les Van Ern.

J'ai trouvé très peu de résultats sur Internet cette nuit-là. Je savais par Chucks que les centres de désintoxication n'apparaissent pas sur Google et ne font pas beaucoup de publicité. Leurs numéros de téléphone circulent dans les cercles très restreints des managers, stars, milliardaires… Quoi qu'il en soit, la clinique Van Ern existait à peine sur le Web : une page avec une photo (le plan de la maison et le champ de colza), un numéro de téléphone et une adresse mail de contact.

Mes recherches par le nom Van Ern n'ont pas abouti à grand-chose. Elron avait un compte Facebook parfaitement invisible aux surfeurs anonymes, mais j'ai reconnu son visage juché en haut d'un mât, probablement celui du bateau de la discorde entre Miriam et moi. Aucune référence par Eric ou Edilia, pas même accolé à Suriname ou Guyane.

Je me suis souvenu des pages web ouvertes sur l'ordinateur de Chucks, plus particulièrement celle de l'homme au crâne entouré de cicatrices et celle d'un endroit dénommé Hôpital de la Jungle.

Après quelques tentatives infructueuses, j'ai mis dans le mille. Le nom était associé à un tas d'articles datés de 2001, principalement sur des médias français, mais aussi internationaux comme CNN.com ou BBC.com. Il y était question de l'arrestation d'un ressortissant français du nom de David Renanve, surnommé père Dave, père la Terreur ou le Mengele guyanais. La comparaison à Joseph Mengele, médecin d'Auschwitz célèbre pour ses expériences scientifiques mortelles sur des détenus, m'a serré l'estomac.

Le père Dave était entré par la grande porte dans la galerie des criminels célèbres. Né David Sannoran Jackson dans un quartier ouvrier de Portland, Oregon, il avait été élevé dans le culte baptiste, devenant prêcheur de quartier à l'âge record de dix-sept ans, tout en montrant un grand intérêt pour la psychiatrie, qu'il étudiait en autodidacte. Dans les années 1970, il fut écroué deux fois pour pratique illégale de la médecine et on l'accusa d'avoir poussé au suicide une femme instable au moyen de thérapies pseudoscientifiques. Il écopa de trois ans de prison ferme, période où on le perd de vue. Certaines sources affirment qu'il y aurait été victime de nombreux abus sexuels. Selon d'autres, ses instincts sadiques se seraient révélés à ce moment-là et il aurait créé son premier réseau criminel, soupçonné du meurtre de plusieurs codétenus. À sa sortie, il changea de nom et se fit appeler Dave Renanve. Il accepta un poste de bénévole à la Soul Battalion for Mental Health de Dublin, Nevada, un groupe qui selon le site KnowTheTruth.com (de la daube conspirationniste, je sais) était secrètement subventionné par le florissant projet de manipulation mentale de la CIA, MK-Ultra. Avec un groupe grandissant de collaborateurs et d'acolytes attirés par sa mystique mi-religieuse, mi-psychiatrique, "le père" acquit une réputation de guérisseur de maladies mentales et d'addictions (ainsi que le démontrait un flyer distribué à Las Vegas recrutant des volontaires pour un nouveau "traitement" scientifique de l'alcoolisme). Il aurait même été formé par le célèbre Ernest Reno, inventeur de méthodes qui alliaient la chirurgie crânienne, la sismothérapie et les psychotropes pour éradiquer (ou induire) des hallucinations et des comportements schizophrènes.

Ce ne sont là que conjectures, sauf la plainte déposée contre le père Dave en 1985 pour le viol d'une de ses patientes, ce qui exhuma ses pratiques illégales de la médecine. Contraint de fuir avec un groupe d'adeptes, il s'installa en Guyane française. Avec des financements d'origine inconnue (certaines sources incriminaient encore la CIA, d'autres parlaient de trafic de stupéfiants et de médicaments illicites), il acheta une vaste étendue de terres et fonda l'Hôpital de la Jungle du père Dave, un centre de repos et de thérapie totalement coupé du monde, qui fonctionna durant près de quinze années sans qu'aucune autorité médicale ne puisse surveiller ses activités. En 1998, un homme se rendit au commissariat central de Kourou, affirmant que cet Hôpital de la Jungle heureuse abritait en réalité un véritable enfer. Parmi les patients les plus pauvres, attirés par la quasi-gratuité des soins (on leur demandait seulement en échange de travailler dans les rizières et les champs de maïs qui entouraient le centre), certains servaient de cobayes humains, soumis à d'étranges expériences. Ce survivant racontait qu'on l'avait enfermé dans un réduit avec des aiguilles clouées sur la tête qui lui envoyaient une impulsion électrique toutes les cinq minutes. "Ils m'ont assis sur le « trône du plaisir », c'est ainsi qu'ils l'appelaient, dans une sorte de petite chapelle éloignée du centre. Là, on m'injectait des drogues pour me maintenir en état de prostration pendant qu'on projetait des images dans ma tête. Ils faisaient sortir des gens des murs. Un chat me dévorait les jambes, je voyais des têtes empilées sur une étagère. Mais ce n'étaient que des rêves. C'est en tout cas ce qu'on me disait pendant que je hurlais sans fin."

Sans doute secouées par un ordre venu de Paris, les autorités régionales envoyèrent une équipe d'enquêteurs qui furent assassinés dès leur arrivée. Un bataillon de police se présenta cinq heures plus tard, alors que la moitié des installations étaient en flammes et que le père Dave et son équipe s'étaient volatilisés.

On le repéra une semaine plus tard en Martinique, le père Dave fut même appréhendé pendant quelques heures. Ses adeptes, ou collaborateurs, attaquèrent l'hôtel Bellefontaine où il se trouvait en détention, tuant trois policiers et en blessant deux autres. Selon les témoins, le père Dave quitta la Martinique cette nuit-là pour une destination inconnue, à bord d'un bateau de pêche. Diverses personnes assuraient l'avoir aperçu au cours des années suivantes, qui à Buenos Aires, qui à Rio de Janeiro ou même à Madrid, mais à part ça, on n'avait toujours pas retrouvé sa trace. Selon KnowTheTruth.com, le père Dave s'était installé en Europe entre 2001 et 2005. Ces révélations s'appuyaient sur le témoignage d'un trafiquant de médicaments illicites arrêté en 2008 à Amsterdam qui assurait lui avoir procuré des drogues expérimentales. Mais le trafiquant fut tué en prison avant que l'enquête puisse démarrer. On lui avait transpercé le cou avec un câble affûté.

D'autres sites tout aussi fiables évoquaient sa mort et sa crémation sur l'île antillaise en 2002. Un groupe de douze personnes s'étant suicidées par les flammes dans un bungalow à Santa Clara, on avait supposé qu'il s'agissait de la secte du père Dave. Des agents de la police française avaient admis avoir trouvé des indices pouvant connecter les suicidaires avec certains collaborateurs du père la Terreur, mais on n'avait pu réaliser des analyses ADN confirmant l'identité du criminel.

En entrant dans l'Hôpital de la Jungle ce matin de 2001, les policiers trouvèrent vingt-six personnes enfermées dans des "salles de plaisir", ligotées à l'aide de câbles, partiellement trépanées et sous l'effet de puissants psychotropes. Parmi les vingt-six survivants, neuf se suicidèrent dans les trois ans, huit se ratèrent, les autres sont toujours internés dans des services psychiatriques, souffrant de troubles psychotiques, cauchemars, hallucinations sensorielles violentes. Tous affirment que le père est encore tapi dans leur tête, qu'il peut y entrer et en sortir à sa guise à travers une porte qu'il leur a installée.

Une fille de dix-huit ans qui n'a plus prononcé un mot depuis qu'elle a été libérée a dessiné ses visions : un homme avec de grandes orbites vides, souriant de ses dents immenses sur le point de croquer la tête d'un enfant.

J'ai fini ces lectures à 4 heures du matin. Ce site informait aussi qu'après avoir passé des années à faire le bûcheron et à fabriquer des vases chinois, Elvis venait de claquer dans une cabane de Heaton, Dakota du Nord, à l'âge de quatre-vingts ans.

C'était mon unique consolation : me dire que tout cela n'était que le fruit de l'esprit fantasque d'un journaliste de troisième zone. Il n'en demeurait pas moins que l'histoire du père Dave était véridique, du moins en ce qui concernait cette "clinique" de la jungle et sa fuite.

La jungle, la jungle, la jungle. N'était-ce pas trop de coïncidences ? Ces peintures chez les Van Ern, les informations sur le père Dave… J'ai essayé de rationaliser, de remonter en arrière ; comment en étais-je venu à me renseigner sur le père Dave ? Parce que Chucks l'avait fait avant moi. Il avait passé des heures à enquêter sur Daniel Someres parce que lui seul était certain qu'il s'agissait de l'homme qu'il avait renversé. Et parmi tous ces articles paranoïaques, j'étais tombé sur le père Dave. Mais quel lien y avait-il entre Someres et cette histoire ?

J'ai éteint l'ordinateur et allumé la dernière cigarette qui me restait. J'étais sous le choc, comme si la température avait chuté de dix degrés.

Je suis allé chez Rosie et ses putes demander l'asile mental.

Cette nuit-là, je n'aurais pas pu fermer l'œil autrement.

III

1

J'avais préparé quelques excuses pour couvrir ma virée à Monaco ce lundi, mais elles se sont révélées inutiles. Miriam est partie très tôt ce matin à son cours de Pilates et m'a laissé un mot laconique : "Je déjeune dehors, je rentre tard."

Elle me faisait la tête depuis que je m'étais opposé à ce voyage à Ibiza avec les Van Ern. C'était sa vieille tactique : ni sexe ni bonjour. Mais j'avais deux ou trois choses à tirer au clair avant de me lier davantage avec ces gens.

Juste deux ou trois.

J'ai pris mon petit-déjeuner avec Britney, ou plutôt avec Britney et son iPad. J'ai essayé de l'interroger sur son week-end, elle a baragouiné je ne sais quoi tout en réagissant à un tweet et en likant quelques posts. Elle est partie en scooter à 8 h 30, et je suis allé finir mon café dans le jardin, en compagnie de la chienne. "Tu sais quoi, Lola ? Tu es la seule femme de cette maison qui s'intéresse encore à moi."

Puis j'ai enfilé un blouson et suis monté dans ma Spider. J'ai activé le GPS de mon téléphone portable et lui ai demandé de me guider jusqu'à Cap-d'Ail où habitait la sœur de Daniel Someres, d'après Mark.

Je n'avais aucune idée de la façon dont j'allais m'y prendre, mais tant pis, j'improviserais. Au fond, j'étais persuadé que c'était la bonne démarche, celle que Chucks m'avait indiquée. Une promesse est une promesse : "On va vérifier ce que foutait Someres aux Corniches et comment il est mort. Je te parie que si on gratte un peu, on découvrira des trucs super louches autour de sa mort."

Ça faisait un sacré bail que je n'avais plus conduit sur une longue distance. À Londres, je m'échappais souvent le week-end à Brighton ou en Écosse au volant de ma MG. J'allais rendre visite à un ami, ou je prenais des photos pour mes romans, et je revenais tard le soir, à l'heure où ça roulait mieux dans la capitale.

Le temps était de plus en plus doux et j'avais relevé la capote. J'adore sentir l'air autour moi. J'avais aussi retiré mes chaussures pour conduire pieds nus – un autre de mes petits plaisirs. J'ai mis un CD des Beach Boys, *Pet Sounds*, et j'ai entonné les *falsettos* de Brian Wilson dans le merveilleux *Sloop John B*.

J'ai fait une halte juste après Brignoles. J'ai pissé, bu un café et discuté avec des Allemandes qui se rendaient aussi à Monaco. Deux de mes livres étaient disponibles dans le magasin, sous un énorme présentoir d'Amanda Northörpe où on voyait sa photo en couleurs, souriante, dans la pose typique de l'écrivain : "Plus d'un million de lecteurs en France !"

"Il faut que je dise à Mark que je peux m'afficher en quatre par quatre, moi aussi."

Puis j'ai fait le plein et repris la route.

À la hauteur de Nice, j'ai mis le cap sur les Alpes maritimes et enfilé la Grande Corniche pleine de virages. Les pinèdes dégageaient un parfum dense qui se mélangeait à la douce caresse de quelques oliviers plantés en bordure de route. J'ai longé des carrières en surplomb, menaçantes, comme sur le point de s'effondrer et de m'écraser. De l'autre côté, la Méditerranée scintillait, d'un bleu parfait, constellée de voiliers.

J'avais déjà emprunté cette route célèbre – immortalisée dans de nombreux films, en particulier *La Main au collet* d'Alfred Hitchcock –, mais accompagné de Miriam et Britney, sûrement dans une atmosphère tendue. Cette fois, j'ai pu savourer les impressionnants points de vue. J'ai fait une halte à La Turbie pour admirer Monaco et le port d'Èze, qui se profilaient sous mes yeux comme des villages miniatures. Puis j'ai entamé la descente de la Basse Corniche, passant en seconde dans les virages vertigineux où un jour, bien des années plus tôt, Grace Kelly avait perdu le contrôle de son véhicule. Je suis finalement arrivé à Cap-d'Ail vers 15 heures.

J'ai décidé qu'il valait mieux garer la voiture et chercher un endroit où déjeuner. Le seul restaurant ouvert à cette heure-là était un vulgaire snack de nourriture indonésienne, qui disposait néanmoins d'un annuaire des services de la commune grâce auquel j'ai trouvé l'adresse du magasin où travaillait la sœur de Someres. Je m'y suis rendu après avoir englouti un délicieux riz épicé. Située sur le port, c'était la typique échoppe pour touristes fauchés, proposant paréos et petites robes d'été. J'y ai trouvé une fille qui tuait le temps derrière le comptoir en feuilletant un magazine, tandis que la radio diffusait un chanteur de pop française ringard à souhait. Je me suis approché, me suis présenté d'une voix chevrotante et lui ai demandé si elle était Andrea Someres.

— Non, a-t-elle répondu en levant rapidement les yeux et en fronçant les sourcils.

Elle était mignonne, avec ses cheveux noirs coupés à la garçonne, son piercing et son cou délicat.

— Andrea est en vacances, a-t-elle ajouté.

J'ai noté qu'elle rougissait.

— Est-il possible de la contacter ? ai-je insisté, en essayant de ne pas montrer que j'avais flairé un mensonge.

La fille a balayé le magasin du regard.

— Qui êtes-vous ?

— Je m'appelle Bert Amandale, vous avez peut-être déjà entendu parler de moi ? Bref, peu importe. Voilà, je vais être sincère. J'étais... un ami de Daniel, le frère d'Andrea.

Elle a eu l'air surpris, puis a ouvert de grands yeux et souri.

— Ah... désolée. Vous avez dit que vous vous appeliez comment ?

J'ai répété mon nom.

— J'ai su pour l'accident... Je n'ai jamais rencontré Andrea, mais je vis assez près d'ici et Anne-Fleur, l'agent de Daniel, m'a appris qu'il avait une sœur dans la région. Je venais lui présenter mes condoléances et lui demander si je pouvais faire quelque chose pour elle.

— Bien sûr, bien sûr, a soufflé la fille soudain déconcertée. En fait, elle habite à Cap-d'Ail. Je peux vous donner son adresse, si vous voulez. Elle est chez elle aujourd'hui.

Andrea habitait hors les murs, sur une des nombreuses collines qui cernaient le vieux port. J'ai pris la voiture et suivi le littoral escarpé, jusqu'à une petite maison en bord de route. Devant une vieille grange, des poules picoraient la terre d'un jardin mal entretenu, décoré d'attrape-rêves bien kitsch et de nains de jardin sur la tête de qui on avait écrasé plus d'une cigarette.

J'ai frappé du heurtoir et entendu grincer un vieil escalier. Devant moi est apparue une fille de petite taille au joli minois et aux grands yeux sombres, la trentaine maximum. À son allure (crâne à demi rasé et piercing), j'aurais parié une bière qu'elle et la fille de la boutique étaient en couple.

— Bonjour… monsieur Amandale ?

— Lui-même.

— Berta vient de m'appeler pour m'annoncer votre visite. Je vous en suis vraiment très reconnaissante ! Vous voulez entrer ? Je vous offre un café, c'est le minimum.

Nous avons traversé un couloir sombre pour déboucher sur un petit salon où Andrea m'a invité à m'asseoir, près d'un charmant balcon. Un immense portrait des deux filles trônait sur la table.

— Berta est ma copine, a précisé Andrea qui m'avait vu observer le cliché. On habite ensemble. Thé ou café ?

— Café, merci.

Andrea s'est excusée puis est revenue quelques secondes plus tard avec le café, un pot de crème et une boîte de gâteaux. Dehors, les poules vaquaient à leur guise dans le jardin.

— Je ne vous ai pas vu à l'enterrement, a-t-elle dit en sortant deux tasses d'un vieux vaisselier. Mais je crois qu'on s'est précipités. Il manquait beaucoup de monde.

— En fait j'ai appris la nouvelle par hasard dans le journal.

— Je… je ne sais pas ce que Daniel aurait préféré, a-t-elle expliqué en posant une tasse et une soucoupe devant moi. Il a été incinéré. J'espère que j'ai bien fait.

— Bien sûr, c'est très bien, ne vous inquiétez pas.

J'ai attendu en silence qu'Andrea serve le café, en pensant à Chucks juste avant de flamber. Son visage terreux. Éteint.

— Vous le connaissiez bien ?

— Pardon ? ai-je bredouillé, tiré de mes visions macabres.

— Daniel.

— Heu, oui, on s'était rencontrés à Paris. On a le même agent, vous savez ? Anne-Fleur Kann. On a eu l'occasion de parler livres plusieurs fois.

— Ça, je n'en doute pas. Ce Daniel… un vrai moulin à paroles ! a-t-elle ri.

— C'est vrai. Je me souviens de quelqu'un de plutôt bavard.

— C'était un garçon très intelligent, un esprit très noble. Mais il avait une tendance monomaniaque. Il ne vivait que pour ses livres et ses enquêtes. Mais bon, vous êtes écrivain, je ne vous apprends rien.

— J'écris de la fiction, c'est différent. J'invente des personnages, des histoires, je joue avec, comme dans un théâtre de Guignol. Daniel explorait une voie plus "sérieuse", à travers l'investigation.

— Oui, c'était ça, son truc.

Andrea s'est levée pour prendre une photo rangée dans le vaisselier. Elle me l'a apportée. On les voyait tous les deux, bras dessus, bras dessous. Daniel, un peu plus grand que sa sœur. La même forme de visage, le même menton franc. Blonds tous les deux. On distinguait un fleuve ou une rivière en arrière-plan.

— Marseille ?

— Toulouse. C'est là qu'on a grandi. On y a vécu jusqu'à la mort de nos parents. Après je suis partie à Berlin, et Daniel s'est mis à écrire. On a toujours l'appartement familial.

— Vos parents ont eu un accident ou… ?

— Ils ont disparu. Ils voyageaient à bord de cet avion qui s'est crashé dans le Pacifique, le Paris-Sydney. Vous vous rappelez ?

— Je crois, oui. Celui qu'on n'a jamais retrouvé ?

— Voilà. Daniel avait seize ans. Moi, à peine onze. Ce qui explique peut-être que ça ne m'ait pas autant marquée. Lui, il a suivi toutes les théories à la télévision, à la radio. Je crois que ça ne l'a pas aidé. Après il y a eu ses livres… et vous connaissez la suite. Il était un peu suicidaire.

Les yeux d'Andrea se sont emplis de larmes.

— Il n'y avait pas foule à son enterrement, parce qu'en réalité il n'a jamais eu beaucoup d'amis. C'est pour ça que je suis tellement contente de faire votre connaissance, monsieur Amandale. J'avais peur que personne ne le regrette ! On l'appelait "la mouise ambulante". Il essayait toujours de s'incruster partout, d'aller pointer son nez dans tout un tas de conférences, vous savez… Mais il croyait à ce qu'il faisait, on ne peut pas lui enlever ça. Il croyait fermement à l'existence de pouvoirs occultes, et au fait que sa mission était de les révéler. On l'a traité de fou plus d'une fois. Pauvre Daniel…

La fille a fondu en larmes, et j'ai senti l'émotion me gagner moi aussi. Je lui ai tendu un mouchoir, respectueux de son chagrin.

— Ça vous dérange si je fume ?

— Non… pas de problème. Je vais m'en griller une, moi aussi.

Nous nous sommes resservi du café. Andrea s'est un peu ressaisie, elle a accepté la cigarette que je lui proposais et s'est excusée d'avoir pleuré. Je lui ai dit qu'il n'y avait pas de quoi, que ça aidait à surmonter la peine.

— Vous savez sur quoi il travaillait dernièrement ? D'après Anne-Fleur, il avait disparu depuis quelques mois.

— C'est vrai. Il y a environ trois mois, il m'a téléphoné de Toulouse. On a eu une conversation… très spéciale. J'en ai parlé à Berta l'autre jour, quand j'ai appris qu'il avait eu un accident. La première chose qui te vient à l'esprit quand quelqu'un meurt, c'est le dernier contact que tu as eu avec lui.

J'ai acquiescé. Je me rappelais très bien les derniers mots de Chucks : "Je retourne à mes fantômes."

— J'avais l'impression qu'il me faisait ses adieux. Je lui ai même demandé, en rigolant, s'il pensait recommencer ses conneries. Il était encore en attente de jugement pour s'être infiltré dans une réunion à Genève, et il avait reçu plusieurs menaces de mort d'un groupe néonazi. Mais il m'a assuré que ça n'avait rien à voir, qu'il avait débusqué une affaire "énorme" qui nécessitait quelques vérifications. C'est tout. Après, plus de son et plus d'image, ce qui était plutôt monnaie courante avec lui. Il était tout le temps en déplacement et à chaque fois il essayait de passer inaperçu. Comme je vous l'ai dit, il avait pas mal d'ennemis.

— Les journaux ont précisé que ce soir-là, il venait vous voir. C'était prévu ?

— Non.

— Il ne vous avait pas prévenue de sa visite ?

— Non. Ça lui ressemblait assez, mais ça m'a quand même étonnée qu'il prévoie de débarquer à la maison à 2 heures du matin. Pour des raisons idiotes, Berta et lui n'étaient pas vraiment en bons termes… du coup, j'ai trouvé ça bizarre, après trois mois sans la moindre nouvelle. Peut-être qu'il allait ailleurs, je sais pas… et je crois qu'on ne le saura jamais.

— Vous l'avez dit à la police ?

— Oui, mais ils m'ont pas vraiment écoutée. Quelqu'un a dû flipper en haut lieu. Daniel était du genre polémique, ils ont eu peur que la presse vienne mettre son nez. De toute façon, les circonstances de l'accident étaient très simples. Enfin, c'est ce qu'ils ont dit. Il roulait trop vite, il a dérapé sur une flaque d'huile et a perdu le contrôle du véhicule. Vraiment limpide, selon la police.

"Aussi limpide que la piscine de Chucks", ai-je pensé avec un frisson.

— Vous y croyez ?

— Je veux y croire, monsieur Amandale. Ai-je le choix ? Berta m'a prévenue que j'allais devenir folle si je commençais à élaborer des théories. Que l'explication la plus simple est généralement la bonne.

J'ai hoché la tête et laissé le silence nous envelopper un moment avant d'enchaîner.

— Et vous savez où il… rangeait son travail ? Je vous demande ça parce qu'il aurait peut-être aimé que quelqu'un prenne le relais.

Andrea a ri.

— Anne-Fleur m'a posé la même question l'autre jour, et je vais vous donner la même réponse : Daniel était vraiment très fort dans son genre. S'il avait un dossier à planquer, vous pouvez être sûr qu'il est sous une dalle de cent kilos ou protégé par le mot de passe le plus complexe qu'on puisse imaginer. Il était persuadé qu'on le poursuivait, obsédé par l'idée d'une "main invisible" et omniprésente contre laquelle il devait lutter.

— Est-ce que "l'ermitage" est un nom qui vous dit quelque chose ?

Sourcils froncés, Andrea a fait un effort de mémoire.

— Non, rien du tout, pourquoi ?

— Comme ça, c'est un nom que Daniel a mentionné… la dernière fois que je l'ai vu. Apparemment, c'était en lien avec son enquête.

— Vous l'avez vu quand pour la dernière fois, déjà ?

— Heu… il y a un an.

J'ai dégluti et attendu de voir si elle détectait mon mensonge.

— Non, je ne vois pas, mais si ça peut vous être utile, je sais qu'il a interrogé un homme à Paris à plusieurs reprises. Dans un hôpital.

— Un hôpital ?

— Il me l'a raconté la dernière fois qu'il est venu. Il allait à Paris discuter avec une personne malade. C'était en rapport avec son dernier livre, au tout début de ses recherches. Apparemment, ils étaient devenus très amis.

— Vous connaissez son nom ? Vous savez comment je peux le contacter ? Il pourrait peut-être nous donner une piste…

— Aucune idée. Mais je vous tiens au courant si j'ai du nouveau.

Berta est arrivée vers 18 heures. Elles m'ont proposé de rester dîner, mais je leur ai répondu que je devais rentrer. Le soleil tombait sur les Alpes maritimes quand je suis parti.

J'ai conduit une demi-heure, sans musique, jusqu'à l'endroit qu'Andrea Someres m'avait décrit : "C'est un tronçon sans mur de protection, avec quelques souches d'arbres en contrebas. J'y ai déposé un bouquet de fleurs la semaine dernière."

J'ai vite repéré le virage où Daniel Someres aurait eu son accident. Deux cônes de signalisation et une longue bande rouge et blanc avertissaient encore du danger. Les fleurs d'Andrea étaient toujours là, prêtes à glacer les sangs de ceux qui empruntaient cette route.

En direction de Nice, les belvédères se trouvent de l'autre côté de la route et j'ai dû laisser passer une longue file de voitures avant de pouvoir me garer. Puis j'ai longé l'étroit bas-côté à pied, en fumant, les mains dans les poches, tandis que d'autres véhicules me dépassaient et que leurs occupants me lançaient des regards intrigués.

Je me suis penché au-dessus du précipice qui s'ouvrait en bord de route. La mer bleu azur venait fouetter un mur de calcaire trente mètres plus bas.

J'ai observé le virage et son tracé en direction de Nice, celui qu'aurait pris Someres. Il n'était ni particulièrement serré ni rendu plus dangereux par un dévers prononcé, il partait juste en légère pente et s'achevait de manière peut-être un peu abrupte. Une personne roulant trop vite qui se laisserait distraire un instant pouvait facilement quitter la route. C'était l'hypothèse la plus logique.

Mais la scène avait aussi pu se dérouler autrement.

"Deux voitures. Une avec le cadavre dans le coffre. Ils arrivent de nuit et se garent sur le belvédère. Ils font peut-être semblant de s'intéresser au paysage nocturne, mais pas sûr que ce soit nécessaire. L'un surveille le virage précédent, qui offre une visibilité de cinq cents mètres, suffisante pour voir venir le danger. Au moment propice, ils mettent Daniel à la place du conducteur, lui attachent sa ceinture et bloquent le volant. Celui qui guette donne le feu vert. Ils démarrent le moteur, passent la troisième et envoient le véhicule dans le virage..."

Une voiture m'a frôlé et a donné un coup de klaxon, probablement dans l'intention de m'avertir que ce n'était pas l'endroit idéal pour une balade à pied, d'autant que le soleil s'était caché derrière les montagnes et qu'il commençait à faire nuit.

2

Je suis rentré à Saint-Rémy en retournant tout ça dans ma tête. J'étais tellement concentré que j'ai à peine prêté attention à la route.

"Chucks renverse Someres et s'enfuit. Puis les autres, ceux de l'organisation, le traquent. Mais comment savent-ils qui est Chucks ? Ils l'ont peut-être vu heurter Someres ? Ou ils ont juste aperçu sa plaque d'immatriculation ?"

— Non... ai-je continué à voix haute. C'est beaucoup plus simple. Chucks s'est rendu de lui-même à la gendarmerie de Sainte-Claire. L'accident aurait pu passer inaperçu, mais sur mes conseils il est allé l'avouer, putain. L'info a fuité. Un petit village. Les rumeurs, aussi rapides que la poussière dans le vent. Et c'est là qu'ils sont partis à ses trousses. Ils l'ont espionné, peut-être même mis sur écoute. Ces voix que Chucks entendait à travers son ampli étaient réelles : c'étaient celles des conspirateurs, évidemment !

"Mais pourquoi l'avoir tué ? Ils ont peut-être jugé plus prudent de le faire disparaître de la circulation. Personne ne pourrait relier sa mort et celle de Someres. Après tout, c'était une star du rock, une personnalité extravagante, instable, paranoïaque. Il suffisait de l'observer deux minutes pour s'en rendre compte. Ils ont déguisé ça en accident, comme pour Someres. Un truc « limpide » qui n'éveille aucun soupçon.

Si cette version est la bonne, alors l'œil de la conspiration a dû se poser sur nous à un moment. Sur moi d'abord, vu que j'étais le meilleur ami de Chucks, puis sur Britney et Miriam. C'est quand même étrange que les Van Ern aient fait leur apparition pile une semaine après l'accident de Chucks ! Edilia qui nous invite gentiment à l'expo de Richard Stark. Elron qui flirte avec Britney. Elle a dit elle-même qu'il l'avait ignorée pendant toute l'année scolaire ! Et là, soudain… Tout coïncide avec le moment exact où Chucks s'est dénoncé.

Et maintenant, ils sont comme des rapaces survolant notre foyer. Qu'attendent-ils donc pour nous tomber dessus ?"

Il fallait agir, et vite.

IV

1

— Le père Dave ? Vous voulez dire le type de la Guyane ?

— Vous en avez entendu parler ?

V. J. m'a regardé, un demi-sourire aux lèvres.

— Eh oui, c'est un des criminels les plus recherchés du pays. C'est quand même pas votre nouvelle idée de roman, rassurez-moi !

— Non, non, pas du tout.

Il était trop tôt pour aborder le sujet.

Le manuscrit de V. J. attendait sur un set en cuir, entre deux bières Orval, sur la table basse de l'arrière-salle de La Boutique, à Saint-Rémy, où nous nous étions donné rendez-vous ce lundi après-midi. Le prétexte idéal pour lui demander qu'on se voie en dehors de la gendarmerie : parler de son roman, alors qu'en réalité j'avais une autre idée en tête.

Préférant ne pas évoquer "mes théories" avant qu'on ait bu au moins deux autres bières chacun, je me suis rabattu sur les notes que j'avais griffonnées dans les marges de son manuscrit. Je l'avais lu ce matin jusqu'à la page cent vingt, quasi d'une traite, et l'histoire s'avérait prometteuse, même si le texte souffrait d'un évident problème de rythme. C'était comme un morceau où la batterie accélère et ralentit de manière aléatoire. J'ai essayé de le lui faire sentir à partir d'exemples inventés, et il a eu l'air de comprendre. Puis le serveur est arrivé avec deux autres Orval accompagnées d'une assiette de charcuterie et de fromages.

V. J. se réjouissait de mes commentaires positifs sur ses personnages.

— Mais changeons un peu de sujet. On ne va pas passer la journée sur mon livre ! De quoi vouliez-vous me parler ? De cette histoire terrifiante du père Dave ? C'était une sorte de Dr Mengele, non ? On raconte qu'il est mort sur une île du Pacifique, qu'il s'est suicidé avec certains de ses acolytes.

— C'est une théorie parmi d'autres. On prétend aussi qu'il est toujours en vie et en Europe.

— Maintenant que vous le dites, c'est vrai, j'ai vu ça à la télé l'année dernière. Un type qui affirmait être resté en contact avec lui, et qui était mort dans une bagarre en prison. Une histoire scabreuse. Mais pourquoi un tel intérêt, monsieur Amandale ?

J'ai bu une longue gorgée avant de reposer la bouteille sur la table en bois. J'ai fixé V. J. et songé une seconde que j'étais sur le point de commettre une énorme bourde. Mais j'avais besoin de partager mes réflexions avec quelqu'un, de les prononcer à voix haute pour entendre ce que ça donnait.

— Je vais vous confier quelque chose, Vincent, mais je voudrais que ça reste entre nous.

Ce bon vieux V. J. a froncé les sourcils, l'air surpris.

— Bien sûr ! Vous pouvez compter sur moi, Bert, je serai muet comme une tombe.

— C'est juste une hypothèse, d'accord ? Une idée qui m'est passée par la tête et que je retourne dans tous les sens depuis que Chucks… Vous vous rappelez qu'une semaine avant de mourir, il avait affirmé avoir percuté un homme sur la D81 ?

— Oui, je m'en souviens très bien. Vous êtes venus au bureau me raconter ça.

— L'histoire complète, c'est qu'on avait bu quelques verres au Sapin Rouge. Après on s'est quittés et on est partis chacun de son côté. Quand il est arrivé en haut de la côte, dans un virage, une silhouette a surgi à l'improviste. Un homme qui ne pouvait venir que de la forêt. Vous comprenez ce que je veux dire ? À la hauteur du domaine des Van Ern.

J'ai noté un léger changement d'expression chez mon interlocuteur. Il s'imaginait peut-être que j'allais lui révéler ma prochaine idée de roman, lui annoncer qu'on m'avait découvert une maladie incurable, que finalement j'aimais les hommes. Il semblait s'être attendu à tout, sauf à ce que je venais de lui raconter.

— Mais de toute évidence c'était une hallucination, a-t-il dit. Vous avez admis vous-même que Chucks en avait déjà eu par le passé. Vous n'allez quand même pas vous mettre à croire que ça a vraiment eu lieu ?

— Disons que je commence à me poser des questions. Et du coup à m'en poser aussi sur la mort soi-disant accidentelle de Chucks.

V. J. a marmonné un "Mon Dieu" et s'est enfilé une gorgée d'Orval. Au même instant, un couple s'est installé à l'autre bout de la salle. J'ai demandé à V. J. s'il voulait bien m'accompagner dehors le temps d'en griller une. La Boutique proposait une petite cour aménagée, vide à cette heure. Nous sommes sortis, nos bières à la main, et j'ai choisi le banc le plus isolé, cerné de lierre, à côté d'une table en pierre décorée d'anges. J'ai allumé une cigarette et dévoilé ma "théorie" à V. J.

Il avait l'air de tomber des nues à mesure qu'il m'écoutait parler de Daniel Someres, l'homme que Chucks assurait avoir renversé et qu'on avait retrouvé mort deux jours plus tard dans des circonstances pour le moins "étranges", à presque cent kilomètres de Saint-Rémy. Je lui ai expliqué qu'en réalité Chucks et moi avions eu l'occasion de rencontrer Daniel Someres une fois, des années auparavant, ce qui expliquait que je n'avais absolument pas cru l'histoire de mon ami. J'ai évoqué les recherches de Someres, et la connexion que Chucks avait établie entre cet homme et le père Dave en fouillant sur Internet.

Parfois, il suffit d'entendre une histoire à voix haute pour se rendre compte à quel point elle ne tient pas debout. C'est l'impression que j'ai eue pendant mon laïus. Et, arrivé au chapitre des peintures découvertes chez les Van Ern, j'ai senti que mon récit se fissurait de toutes parts.

— Attendez une seconde, m'a interrompu V. J. Vous dites que les Van Ern ont un portrait du père Dave dans leur salon ?

J'ai cru percevoir un rire au fond de sa voix.

— Non… Ce n'est pas lui, évidemment. Mais ce sont des tableaux de la Guyane. Vous saviez qu'ils avaient vécu au Suriname ?

— Voyons, monsieur Amandale, le Suriname, ce n'est pas la Guyane française, c'est la Hollande.

— Je sais ! Cela dit, la coïncidence ne vous paraît pas incroyable ?

V. J. s'est raclé la gorge. J'avais déjà allumé ma troisième cigarette et vidé mon Orval. J'avais la gorge sèche et V. J. ne semblait pas déterminé à finir sa bouteille.

— Ça vous ennuie si je bois votre bière ? Il faut que je m'hydrate.

— Pas de problème, allez-y, a-t-il acquiescé d'une voix plutôt éteinte.

J'ai liquidé sa bière d'un seul trait, puis me suis essuyé sur la manche de ma chemise. J'ai tiré une longue bouffée de tabac et repris la parole :

— Écoutez, l'important, c'est que si Chucks disait la vérité et que ce type qu'il a renversé était bien Daniel Someres… alors il pourrait y avoir un lien. Peut-être qu'il s'est fait piquer en train de fouiner à l'intérieur de la clinique Van Ern. Il s'est enfui en courant, pris en chasse par quelqu'un, ce qui expliquerait qu'il ait surgi sur cette route au milieu de la nuit comme un forcené. Ça ne vous semble pas plausible ?

— Vous insinuez donc que ce sont les Van Ern qui auraient évacué le cadavre après que M. Basil s'est enfui, c'est ça ?

— Exactement.

— Et qu'ils l'auraient fait disparaître dans un accident quelques jours plus tard.

— Voilà.

— Tout ça parce que le père Dave se cache dans cette clinique ?

— Correct.

Ma voix s'était mise à chevroter et je me suis rendu compte qu'en réalité, tout mon corps tremblait. V. J. s'est levé et un rayon de lune a éclairé son visage. Il avait la mine grave. Très grave.

— C'est une histoire fantastique, monsieur Amandale. Une super idée de roman… mais vous ne vous figurez quand même pas que ça peut se rapprocher de la réalité ?

— Eh bien, je me disais que peut-être… heu… On s'en commande une autre ? Je crois que j'ai besoin de boire encore un coup.

— Moi je crois que vous devriez vous en tenir là, monsieur Amandale. Avec tout le respect que je vous dois, je vous trouve très nerveux. On devrait marcher un peu. Je vous raccompagne chez vous, on discutera. Ça va nous faire du bien à tous les deux, un bol d'air frais.

Nous avons réglé l'addition et sommes sortis sous le ciel étoilé de Saint-Rémy. On était lundi, mais une certaine animation régnait sur la place Favier, où des gens buvaient en terrasse en observant les allées et venues des touristes. Nous avons pris la rue La Fayette jusqu'à la sortie du village, tandis que V. J. me livrait son point de vue.

— Réfléchissez, Bert, vous n'avez pas la moindre preuve de quoi que ce soit.

— Vous croyez ?

— Reprenons du début. Votre théorie ne tient pas la route une seconde, à commencer par cette collision improbable. Aucune trace de sang sur la chaussée ni sur la voiture de Chucks. Puis votre ami se persuade "soudain" qu'il s'agit de ce type qu'il connaissait d'avant, Someres. Allons, Bert, soyons réalistes : cette coïncidence supplémentaire est encore le fruit de son imagination. Vous avez admis vous-même qu'il avait vécu une sorte de *déjà-vu* délirant.

J'ai failli intervenir, mais V. J. était sur sa lancée.

— Poursuivons. Cette histoire de père Dave, n'importe quel enquêteur, écrivain ou fan d'histoires étranges l'a suivie dans les médias. Il est donc fort possible que Someres la connaissait. Mais alors quoi ? Comment aurait-il pu établir un lien avec les Van Ern ?

— C'est sur ce point qu'il faudrait enquêter, V. J.

Je me suis rappelé à cet instant que Chucks avait mentionné des sortes de cicatrices sur la tête de Someres. Pour je ne sais quelle raison (la crainte de sombrer définitivement dans le ridicule, sans doute), je n'en ai pourtant pas fait mention.

— D'accord, a repris V. J., on pourrait creuser ça, mais de toute manière, le lien que vous avez établi est totalement fortuit. Ces tableaux, ces souvenirs de leur vie dans les colonies les transformeraient en suspects ? Purs hasards, Bert. Cherchez pas plus loin.

— Bien sûr, ce sont des coïncidences, mais est-ce que ça n'en fait pas beaucoup à la fois ? La mort de Daniel Someres. La mort de Chucks… quasiment à une semaine d'intervalle.

Un chien a aboyé dans la nuit et une voiture est apparue au bout de la rue, pleins phares allumés. Nous avons tous les deux baissé les yeux le temps qu'elle s'éloigne.

— J'ignore ce qui s'est passé avec cet écrivain, mais ce que je peux vous dire, c'est que la mort de Chucks est purement accidentelle. J'ai lu les rapports, Bert. Et la police scientifique de Marseille est une des meilleures du pays. En ce qui me concerne, je n'ai pas le moindre doute : Ebeth Basil a été victime d'un accident. Mais livrons-nous à un petit exercice d'imagination. À supposer que votre théorie soit juste, pourquoi ces gens auraient-ils tué Chucks ? Qu'avaient-ils à y gagner ?

— Je ne sais pas. Peut-être qu'ils pensaient que Daniel s'était confié à lui, qu'il lui avait fait des révélations compromettantes.

— Chucks a évoqué quelque chose de ce genre ?

— Non… enfin, si. Daniel Someres lui aurait murmuré un mot quelques secondes avant de mourir. Juste un mot : "ermitage". Ça fait des semaines que je me creuse la tête. Qu'est-ce que ça peut signifier ? Et là, je découvre par hasard que les Van Ern possèdent une petite chapelle à une centaine de mètres de leur maison. Il s'avère en fait que c'est une synagogue.

V. J. a éclaté de rire.

— Vous êtes impayable ! Aucun rapport entre un "ermitage" et une synagogue. Tout ça finit par me faire réellement froid dans le dos.

Nous étions arrivés au bout de la route, devant chez moi.

— C'est très difficile d'accepter la mort d'un proche, Bert. Mais méfiez-vous de ce genre d'accusations. Les Van Ern pourraient mal le prendre et porter plainte contre vous pour diffamation. Sans parler des retombées "sociales" de ce genre d'idées, si elles finissent par s'ébruiter. Vous savez comment ça se passe, dans les petites villes.

— Je sais, Vincent, je sais…

V. J. a regardé le ciel étoilé et lâché un soupir. Puis il a posé ses yeux sur moi et j'y ai vu un voile de tristesse.

— OK. Laissez-moi jeter un coup d'œil sur la base de données. Je vais faire ma petite enquête et essayer d'y voir clair dans ce brouillard où vous pataugez, surtout à propos de l'écrivain. Mais je suis convaincu qu'on ne va rien trouver, parce qu'il n'y a rien… Le père Dave, ah ah ! Maintenant, je vais avoir les jetons en rentrant chez moi par cette route plongée dans le noir !

V. J. m'a tapoté l'épaule entre deux rires, pour me réconforter, et je me suis forcé à sourire.

2

En remontant le petit sentier du jardin, je me suis fait l'effet d'un authentique crétin. Je ne ressentais aucun soulagement, je n'avais retiré aucun plaisir à me confesser à l'oreille de V. J., bien au contraire, c'était comme si j'avais levé le voile sur ma folie. Je l'avais vu dans ses yeux, dans sa façon de me parler pendant cette petite marche depuis Saint-Rémy, dans cette tentative de m'arracher un dernier sourire. Manifestement, Vincent pensait que j'avais perdu la boule.

Et si c'était le cas ?

En m'approchant de la porte, j'ai entendu Lola aboyer du côté des arbres fruitiers. J'ai eu envie de m'asseoir à côté d'elle un moment et la caresser en fumant une cigarette. J'étais le seul à m'occuper d'elle, j'en étais certain ; Miriam prétendait qu'elle lui laissait une mauvaise odeur sur les mains. Cela faisait un point commun entre la chienne et moi, vu que Miriam ne me touchait plus depuis un bout de temps.

Lola jappait au même endroit du jardin que la dernière fois, près d'un groupe d'arbustes touffus, derrière le cabanon. Elle grognait comme s'il y avait quelque chose qui lui faisait peur. Dès que j'ai sifflé, elle a rappliqué en courant. J'ai plongé mes doigts dans son pelage doré et lui ai donné sa dose de caresses derrière les oreilles, sur le dos et sur le ventre.

— Qu'est-ce qui t'arrive, Lola ? Encore ce chat qui te fait des misères ?

Je suis allé à l'endroit où elle avait aboyé et suis resté à observer les arbres en silence. Je m'occupais rarement de ce coin du jardin, et ce groupe de conifères très denses n'avait jamais goûté à la débroussailleuse.

J'ai remarqué que Lola se collait derrière moi en émettant un léger couinement.

— T'as vu quoi, Lola ? Un rat ? Un truc pire ?

Je suis entré dans la maison. Le salon et la cuisine étaient plongés dans le noir, j'ai pensé que Miriam et Britney s'étaient couchées tôt, mais quand je suis allé dans ma chambre, j'ai trouvé un mot de Miriam : "Je dîne avec Luva à Avignon." J'étais ravi qu'elle m'ait laissé un message pour me prévenir, mais ça m'a un peu froissé qu'elle ne m'ait pas inclus dans ses projets. Non que je sois particulièrement fan de Luva Grantis, avec ses cheveux platinés et ses ponchos de diva, mais c'était une amie que nous avions connue ensemble et je me suis senti exclu.

Britney n'était pas là non plus. J'ai frappé à sa porte, avant de découvrir sa chambre abandonnée, les vêtements éparpillés sur le lit, ses affaires de maquillage empilées devant son petit miroir. Elle avait pris son scooter mais pas sa Fender Jazz Bass. J'en ai déduit qu'elle n'était pas allée répéter. Elle devait être avec Elron Van Ern, le conspirateur, ai-je pensé en rigolant.

J'étais encore un peu sous l'effet euphorisant des trois Orval et demie, et j'avais la bouche sèche. Je suis descendu à la cuisine et me suis servi un verre d'eau. Debout dans cette pièce, Rosie s'est glissée dans mes pensées. La discussion avec V. J. avait aggravé mon état, je me sentais encore plus nerveux, et le vide qui régnait dans la maison m'avait achevé. Miriam à Avignon avec Luva, Britney sortie avec son cher Elron. Quelles vies merveilleuses, félicitations ! Avant j'avais Chucks, maintenant il était mort et je me retrouvais seul au monde, plus seul qu'un orphelin le jour de la fête des Pères.

"Bon, me suis-je dit, tentons d'abord un Tullamore et voyons comment les choses évoluent." J'ai retiré mes chaussures, me suis installé sur le canapé, et l'idée d'une petite branlette m'a traversé l'esprit. Genre pilotage manuel. Ça faisait belle lurette que Miriam ne m'avait plus accueilli dans son lit, ni même offert une de ses petites gâteries, si fréquentes jadis ("Ramène-toi par ici, Johnny la grosse bite, je vais te raconter une histoire qui commence par O"), et je devais me contenter de dormir sur la béquille.

Finalement, j'ai eu la flemme, j'ai branché ma Gretsch et me suis mis à jouer. Poser des accords et gratter ma guitare reste une des activités les plus relaxantes que je connaisse. Il y avait bien longtemps que je n'avais plus tenté *Black Bird*, cet enchaînement du *sol* au *do* en passant par le *do* bémol majeur, où le picking fait toute la différence si on veut se prendre pour Paul McCartney.

Black bird singing in a dead old treeee...

Ma voix a sonné un peu faux. La tonalité était trop haute, ou trop basse. Mais si je m'entraînais, on pourrait peut-être l'interpréter ensemble, Britney et moi. Depuis combien de temps ne s'était-on pas retrouvés autour de la guitare pour fredonner ? Que nous était-il arrivé ? Quand elle avait dix ans, elle ne me lâchait pas d'une semelle, toujours pendue à mon cou. Parfois, elle s'installait dans un coin de mon bureau et restait là pendant des heures, à habiller tranquillement sa poupée en me regardant taper sur le clavier. Et presque tous les soirs, elle me demandait de lui jouer un air.

J'ai passé un moment à bosser cette suite d'accords. Il y avait une série de positions un peu complexes et très rapides, en même temps la main droite devait s'activer pour obtenir l'effet du picking et sonner comme une harpe plutôt que comme deux cordes tendues sur une boîte de conserve – ce qui était plus ou moins le résultat que j'obtenais.

J'ai dû finir par m'assoupir, la guitare sur le ventre. Quand je me suis réveillé, il faisait toujours nuit. Miriam et Britney ne semblaient pas encore rentrées. "J'ai peut-être pioncé juste une demi-heure", ai-je pensé.

À cet instant, j'ai entendu un bruit dans l'ampli resté allumé. Une sorte de brise électrique, comme une distension des ondes.

J'ai écouté ce sifflement ondulant se frayer un chemin à travers mon Blues Fender Junior. Et au fond, tout au fond, j'ai cru distinguer une voix. Quelqu'un qui parlait.

— … tu… ta… ma…

J'ai calé la Gretsch contre le canapé et me suis rapproché de l'ampli, caché derrière une table basse. J'y ai collé l'oreille et, le cœur battant, j'ai réussi à capter de nouveaux sons derrière cette vibration.

— Tu… er… man… dal…

Dehors, Lola s'était remise à protester. Ses aboiements résonnaient plus fort, comme s'ils passaient eux aussi à travers l'ampli, déformés par les tubes, avec cette légère réverbération cristalline et mythique, marque de fabrique des Fender.

— Bordel de merde ! Je rêve ou quoi ?

Je me suis rué dans la cuisine. À travers la fenêtre, j'ai distingué la chienne plantée devant les pins sombres où je n'avais pas eu envie de m'aventurer un peu plus tôt.

Je me suis rappelé Chucks et son histoire de voix dans l'ampli. Des gens avec des talkies-walkies parlant depuis leur cachette de "tu… er". Lola les avait repérés. Bravo, Lola !

Sur le plan de travail, à côté d'une magnifique coupe à fruits en bois, trônait un de ces porte-couteaux japonais qu'on voit en promotion dans les téléachats matinaux (Miriam l'avait payé dix fois plus cher à la boutique La Table, pas question de mettre un pied chez Ikea et de risquer d'y croiser une de ses amies fortunées).

J'ai saisi les manches un à un avant de trouver le modèle du parfait *psycho killer*, ni trop gros ni trop fin, juste la bonne taille pour s'enfoncer dans les tripes d'un homme, lui ravager les organes vitaux.

J'ai ouvert la porte du jardin et Lola s'est précipitée à mes pieds, mais cette fois elle n'aurait pas sa séance de câlins. “Après qui tu aboies, Lola ?” lui ai-je demandé, et elle m’a répondu en laissant pendre sa langue. “Après des comploteurs assassins, Bert. Ils sont venus de Guyane pour te poser une couronne d’épines sur le crâne.”

La nuit était claire et paisible. Les grillons se taisaient à mesure que j’avançais. Le cœur battant à tout rompre, je me suis arrêté suffisamment près des conifères pour qu’on puisse m’entendre crier.

— Écoute, salopard, j’ai une arme et je te jure que je vais m’en servir. Je te conseille de foutre le camp.

Ma voix trahissait mon état de nervosité, mais personne n’a bougé ni répondu dans cette zone obscure. Je me suis accroupi et j’ai vu, à travers les troncs, un bout du grillage qui délimitait notre propriété. Apparemment il n’y avait pas un chat, mais j’ai décidé qu’il était de mon devoir de m’en assurer.

J’ai rampé à quatre pattes dans les ronces, le couteau à la main, me fichant de la terre et des épines plein le pantalon. Je crois que je n’avais jamais mis les pieds là depuis que nous vivions dans cette maison, pas même pour arracher les racines et les branches mortes qui s’accumulaient. Je me suis finalement retrouvé à quelques centimètres de la clôture. Composée de fil métallique tressé, une bonne portion en avait été entaillée, comme si un chien l’avait attaquée à coups de crocs.

De l’autre côté, s’étendait un petit pré. Un quartier de lune répandait sa lumière sur les hautes herbes qu’un agriculteur faucherait bientôt (ou donnerait en pâture à un cheval). Un peu plus loin, sur une route qui longeait un bois, une voiture était garée.

J'y ai jeté un rapide coup d'œil, puis, l'observant d'un peu plus près, je me suis rendu compte que le modèle ne m'était pas inconnu.

C'était la Beetle d'Elron Van Ern.

Le trou dans le grillage était assez grand pour laisser passer un chien, il m'a donc suffi d'insister un peu pour m'y faufiler. Je me suis redressé au milieu des herbes et me suis dirigé droit sur la voiture, en essayant de distinguer ses occupants, ce qui s'est révélé impossible, les vitres étant embuées. Le souffle de deux adolescents cachés à l'intérieur… en train de faire quoi ? "Bon sang, mets-y un peu du tien, chère imagination adorée."

"Mais qu'est-ce qu'ils fabriquent, garés ici ?"

Le véhicule n'avait pas l'air soumis à la moindre secousse. Ils avaient peut-être fini leurs petites affaires et restaient enlacés, nus, à fumer une cigarette. À cet instant, quelque chose a attiré mon attention côté passager. À la faveur d'un rayon de lune, j'ai cru deviner une trace de main sur la vitre. Une trace sombre comme du sang.

J'ai accéléré le pas dans ces hautes herbes où on m'avait dit qu'on pouvait avoir la malchance de croiser une vipère. Je m'en fichais. J'ai franchi le pré à toute allure jusqu'à la voiture.

— Britney, c'est papa ! Ça va ?

Comme personne n'a répondu, j'ai ouvert la portière. La voiture était vide, mais sur l'intérieur des vitres, il y avait des empreintes sanglantes de mains. Sur le siège arrière, j'ai trouvé une petite culotte à fleurs qui ne pouvait appartenir qu'à Britney. Des bas filés, une jupe.

— Mon Dieu, mon Dieu !

— Où est ta fille, Bert ? Tu le sais ?

La voix avait résonné juste derrière moi.

Je me suis retourné et suis tombé à la renverse. J'étais tellement effrayé que j'aurais été incapable de me relever.

Chucks se tenait là, trois mètres devant moi, à l'orée du bois, la tête atrocement lacérée et vêtu d'une sorte de chemise de nuit d'hôpital.

— Tu ne devrais pas la perdre de vue, Bert, a-t-il murmuré, un doigt sur les lèvres, comme pour m'inviter à ne pas faire de bruit. Pas ici. Ce n'est pas un bon endroit, vous n'avez vraiment pas eu de chance d'y atterrir. Vous devriez partir, vite.

— Où est-elle ?

— Là-bas, a-t-il dit en montrant du doigt le petit bois de conifères.

Un étroit sentier serpentait au milieu des pins, au fond duquel on devinait une sorte de lueur.

Je me suis approché de Chucks, les yeux embués de larmes. Sa tête exhibait les séquelles d'une chirurgie monstrueuse. Des points de suture grossiers sillonnaient son crâne, des dizaines de trous d'aiguille infectés, presque purulents. Mais c'était lui, Ebeth James Basil, en personne.

— Qui t'a fait ça, Chucks ?

Il n'a pas répondu, se contentant de montrer le sous-bois.

— Allez, va chercher Britney, dépêche-toi.

J'ai suivi ses ordres et me suis enfoncé dans l'énigmatique frondaison, en direction de la lumière. Elle venait d'une maison. Non, pas une maison, plutôt une sorte d'église, celle que j'avais vue depuis la maison des Van Ern. La chapelle cachée dans la forêt. Mais au lieu d'avoir toutes les fenêtres murées, on aurait dit une maison de poupées remplie de bougies.

J'ai avancé au milieu des arbres en direction d'un portail entrebâillé. Il n'y avait personne dehors, j'ai supposé que tout le monde se trouvait à l'intérieur. "Tout le monde" ? D'où je sortais ça ? Peut-être s'agissait-il d'un rêve, mais je n'en savais rien.

J'ai poussé un des battants en bois pour entrer. C'était bien une chapelle avec des gens dedans. J'ai reconnu les invités du barbecue, à ce détail près qu'ils étaient nus. Des hommes d'un certain âge maintenus en forme grâce à une fréquentation assidue des salles de sport. Des femmes aux seins fermes moyennant d'onéreuses opérations de chirurgie esthétique. Ils avaient tous un point commun : leurs têtes étaient couvertes de petites entailles.

Ils ont souri en me voyant entrer, comme si d'une certaine manière ils m'attendaient. Il y avait les Mattieu, les Grubitz. Elena s'est approchée, à poil. Ses seins ressemblaient aux bonnets de père Noël qu'on suspend à la cheminée.

— Bienvenue chez nous, cher voisin. Regardez Edilia !

Edilia Van Ern nous a rejoints et m'a embrassé sur les lèvres. D'un coup, moi aussi je me suis retrouvé en costume d'Adam.

— Bienvenue, Bert. Le père de la mariée ne pouvait pas être absent.

— La mariée ? ai-je demandé. De quoi vous parlez ? Où est ma fille ?

Elle s'est écartée, me laissant voir l'abside de l'église. Devant l'autel, ou ce qui avait dû en être un, des hommes de couleur jouaient de la musique africaine et dansaient. Britney était là. Ma chère fille, dévêtue, assise sur un trône en bois. On lui avait posé un objet sur la tête, une sorte de couronne d'où sortaient une dizaine de câbles finis par des aiguilles qui venaient se planter sur son crâne.

Trois hommes la cernaient. L'un, occupé à fermer un des serre-poignets en cuir qui la retenaient sur sa chaise, était Elron. L'autre, dont le corps nu semblait plus grand et plus imposant que dans mon souvenir, Eric Van Ern.

Je n'avais jamais vu le troisième mais j'avais le sentiment de le connaître. Un homme âgé, à la peau fripée, impeccablement coiffé. Il portait des lunettes de soleil et souriait en caressant la chevelure de ma fille.

— Laissez-la ! ai-je crié en me précipitant sur eux et en distribuant des coups de coude dans cette assemblée de dingues.

Mais quelqu'un m'a retenu avant que j'atteigne Britney. On m'empêchait de bouger en me bloquant les bras. Alors le père Dave a fait un pas vers moi, une autre de ces couronnes à la main. Il avait un sourire atroce, dévoilant d'énormes dents jaunes.

— Vous n'imaginiez pas qu'on allait la laisser seule, a-t-il déclaré en me posant cette couronne sur la tête. C'est un événement qui se fête en famille.

J'ai senti les épines s'enfoncer dans mon crâne. Incapable de faire le moindre geste, j'ai regardé Britney qui pleurait, et Elron qui riait.

— Bienvenue dans notre grande famille ! a clamé le prêtre.

Puis j'ai reçu la première décharge et ai hurlé de douleur.

V

1

— Bert ?

Vêtue d'une gabardine marron, plantée au milieu du salon, Miriam m'observait.

— Miriam ! Britney !

— Bert, ça va ?

Je l'ai fixée en silence, incapable d'articuler un mot. Mon cœur galopait à deux cents à l'heure, j'étais encore dans cette église, la couronne hérissée de piques plantée sur la tête.

— Bert, je te demande si ça va. Tu m'entends ?

— Quoi ?

J'ai bougé et senti un objet très lourd glisser sur mon ventre. C'était la Gretsch. Je m'étais endormi, ma guitare en travers du torse. Elle est tombée par terre dans un grand fracas, l'ampli étant toujours allumé.

— Bon sang !

Miriam s'est précipitée sur l'instrument, ou du moins l'ai-je cru. En réalité, elle s'était jetée sur la bouteille de Tullamore qui venait de se renverser et se vidait sur le tapis persan acheté dans une boutique orientale de Milan.

— Le tapis ! Mais enfin, qu'est-ce qui t'arrive ?

— Je ne sais pas… je crois que j'ai fait un cauchemar. Mon Dieu…

— Un tapis à trois mille euros, Bert. Il va falloir déplacer tous les meubles pour l'emmener chez le teinturier.

— Où est Britney ?

— Pourquoi tu me poses cette question ?

— Tu ne sais pas où elle est ?

— Elle devait aller à la fête d'anniversaire d'une amie.

J'ai posé la guitare sur le canapé. Dans ma poitrine, résonnait la *Marche de Radetzky*. Les images de cet horrible songe me vrillaient encore le cerveau. J'étais confus, comme sous l'effet d'une colossale gueule de bois, alors que je n'avais bu que deux petites gorgées au goulot. Qu'est-ce qui m'arrivait ?

Miriam avait retiré sa gabardine pour aller chercher un torchon dans la cuisine. Je me suis levé, encore étourdi, et j'ai récupéré mon téléphone portable dans la poche intérieure de ma veste. Il était minuit et demi… et on était lundi !

J'ai revu cette voiture, la Beetle aux vitres maculées de sang. J'ai cherché Britney dans mes contacts et appuyé sur la touche APPEL. Quelques secondes après, j'ai entendu sa voix :

"Bonjour, c'est Britney. Essayez d'être original après le bip."

Je n'ai pas laissé de message. Miriam était revenue dans le salon et s'acharnait sur la tache de whisky.

— Tu sais qui est cette amie ? Elle t'a laissé un numéro de téléphone ?

— On peut savoir ce qui te prend ?

— J'ai un mauvais pressentiment, Miriam. Un horrible pressentiment. Je crois qu'il lui est arrivé quelque chose, ou que ce n'est pas loin de se produire.

Une expression de panique a déformé ses traits. Elle a cessé d'astiquer et s'est redressée.

— De quoi tu parles ?

J'avais de telles palpitations que j'ai commencé à m'affoler, persuadé que j'allais être foudroyé par une crise cardiaque. J'ai respiré, une, deux, trois fois.

— J'ai fait… un horrible cauchemar. Comme une prémonition. Chucks me disait de faire attention à Brit… et je l'ai vue… on lui faisait du mal.

— Merde, Bert, a dit Miriam en élevant la voix, de quoi tu parles, putain ?!

J'avais réussi à l'inquiéter.

— C'était juste un rêve, Miriam, mais il était tellement saisissant ! Ils la violaient ou une horreur dans ce genre.

Miriam était la part rationnelle de notre couple, le versant cérébral, analytique, qui ne se laissait pas emporter par ses émotions et ses pulsions. Mais quand il s'agissait de sa fille, c'était comme tourner une clé ancestrale, pincer une corde de son âme qui la ramenait à l'état animal. Elle a lancé le même regard que le jour de la naissance de Britney, et ça m'a effrayé. Quand la douleur des contractions lui avait retourné le cerveau et l'avait transformée en mammifère sauvage, elle m'avait saisi le bras avec une telle force que j'en avais gardé des marques pendant un mois.

— Donne-moi ça, m'a-t-elle sommé en m'arrachant le téléphone des mains.

Elle a rappelé Britney et obtenu le même résultat.

— Tu as celui d'Herman ? Je crois qu'il m'a dit que les Todd y allaient aussi.

— Oui, à T comme Todd.

Miriam a cherché et a appuyé sur appel.

— Merde, il est minuit et demi, ils vont nous envoyer balader.

J'ai deviné le moment précis où Herman Todd décrochait car Miriam a changé d'expression, passant de la gravité à un grand sourire.

— Herman ? Désolée de te déranger à une heure pareille… Oui… oui, tout va bien, mais on s'inquiète un peu pour Bri. Elle nous avait dit qu'elle rentrerait avant minuit et elle n'est toujours pas… Ah oui ? À la fête, oui… Ah… bien.

Miriam a prononcé ce dernier "Ah… bien" d'un ton différent. Sinistre.

— D'accord. Si tu peux me rendre cet immense service… qu'elle nous appelle. Oui, sur n'importe quelle ligne. Merci, Herman.

Elle a raccroché puis est restée muette deux ou trois secondes, avant de me transmettre les nouvelles.

— Les Todd sont rentrés depuis une heure. Il va les réveiller et leur demander si la fête continuait ou si elle était terminée. Ils doivent aussi avoir le numéro d'Elron.

— C'est vrai qu'elle devait être de retour avant minuit ?

— Non… mais bon, on est lundi et…

Miriam s'est mordu un ongle, signe que ça bouillonnait à l'intérieur.

— Qu'est-ce qu'il se passait dans ton sommeil exactement ? C'était juste un rêve, non ?

— Mais oui, je m'en veux de t'avoir inquiétée. C'est simplement que jamais de ma vie je n'avais fait un cauchemar pareil. On aurait dit un film.

Les images de la scène dans l'église me poursuivaient. Si je fermais les yeux, je pouvais encore sentir l'odeur du sous-bois.

Je suis allé dans la cuisine.

— Où tu vas ? m'a demandé Miriam. Bordel, Bert, où tu vas ?

— Attends, j'ai un truc à vérifier.

J'ai d'abord jeté un coup d'œil dans le garage pour confirmer l'absence du scooter de Britney, puis je suis sorti dans le jardin et j'ai suivi le sentier en pierre jusqu'à la partie de la haie où Lola avait jappé. Je me suis penché et m'y suis glissé comme j'ai pu.

Miriam m'avait suivi, réellement apeurée. Elle m'a crié dessus mais je ne l'ai pas écoutée. Je suis arrivé devant le grillage. Il y avait un trou.

À cet instant, le téléphone a sonné et Miriam a immédiatement répondu. J'ai de nouveau rampé dans les herbes pour faire demi-tour.

Miriam parlait : "Oui, Herman, oui… OK. Bien. Oui… allez. C'est sûrement rien. Non. Bien sûr." Après une bonne trentaine de secondes, elle a noté quelque chose sur un papier puis raccroché.

— Les Todd disent qu'il y avait encore du monde. C'est dans la maison de Malu, à l'extérieur de Saint-Rémy. Herman m'a donné l'adresse. Ils ont essayé d'appeler Malu et Elron, mais le téléphone de l'un était éteint et celui de l'autre hors réseau. Essaie de rappeler Brit.

Je me suis exécuté, en vain. Miriam est allée chercher son sac, posé sur la commode du vestibule, et a sorti son portable.

— Tu téléphones à qui ?

— Edilia Van Ern.

Je me suis abstenu de la moindre remarque, malgré les sinistres présages qui me tourmentaient. "Elle ne va pas te répondre. Elle est à poil dans sa chapelle de douleur, en train de célébrer un sabbat de pseudo-psychiatrie et de planter des aiguilles sur ses amis."

— Edilia ? Je suis désolée de t'appeler à cette…

Elle s'est tue un instant, puis a lâché la phrase suivante : "C'est Miriam Amandale. On se fait du souci pour Britney, appelle-moi quand tu peux."

— Je suis tombée sur sa messagerie. Qu'est-ce qu'on fait maintenant ? On attend ?

J'ai jeté un œil à la haie. Le trou dans le grillage… Le rêve me hantait, et je commençais à souffrir d'une furieuse crise d'asthme.

— Je ne peux pas rester les bras croisés. Allons faire un tour chez Malu. Si on voit son scoot garé, on saura à quoi s'en tenir.

— Si Britney est encore à la fête, elle va nous détester comme jamais. Tu vois pourquoi je dis ça.

Je n'ai pas pris la peine de répondre, je me dirigeais déjà vers ma voiture, tel un zombi.

La maison de Malu se trouvait près de la départementale qui quittait Saint-Rémy en direction du sud, au numéro 12 de la rue Picouline. Une route bordée d'arbres, avec, d'un côté, une enfilade de maisons mitoyennes plutôt vilaines.

Quand nous sommes arrivés tels deux espions au milieu de la nuit (unis par le sommeil, la mauvaise humeur et un pesant mutisme), il y avait de la lumière au rez-de-chaussée. Des voitures et des motos étaient garées alentour, mais aucune trace du Vespa de Britney.

— Rappelle-la, avec un peu de chance elle va répondre.

— Je viens d'essayer. De toute façon, il n'y a quasiment pas de réseau ici.

— Et qu'est-ce qu'on fait, maintenant ?

— Je vais voir si je trouve son scooter.

— T'es sûr, Bert ?

Je ne me contrôlais plus. Je suis sorti de la voiture et me suis approché de la rangée de deux-roues stationnés devant la maison pour les vérifier un par un. De la musique et quelques rires s'échappaient de l'intérieur. J'imaginais la crise que me ferait Britney si elle me surprenait, envahissant sa sacro-sainte liberté adolescente. Mais il fallait que je sache.

Il y avait de la lumière derrière deux fenêtres aux rideaux tirés. J'ai jeté un œil vers la voiture et Miriam m'a demandé d'un signe de tête si j'avais trouvé la Vespa. Je lui ai signifié que non d'un mouvement de l'index, tout en avançant sur la pelouse.

J'ai traversé le jardin avec des airs d'agent secret et j'ai collé mon visage à une fenêtre. À travers les voilages, j'ai entraperçu un salon aux murs jaunes, deux canapés et un poster au-dessus d'une fausse cheminée. Mais personne en vue.

On avait accroché un torchon à la poignée de la fenêtre pour l'empêcher de se refermer. Je l'ai poussée et me suis faufilé dans cette étrange baraque. J'ai voulu échafauder une excuse pour quand je croiserais quelqu'un. Puis non, je dirais la vérité et point barre. "Je suis le père de Britney. Elle est là ? Elle est partie ? Vous savez où elle est ? Avec qui ?"

Je me suis laissé guider par la musique qui provenait du fond de la maison. Un vase est tombé en haut de l'escalier et un garçon a dit "Merde", ce à quoi une fille a réagi en rigolant. Il ne m'a pas semblé reconnaître la voix de Britney, mais j'ai enregistré l'information dans un coin de ma tête.

Ma tête qui, à cet instant, carburait à l'adrénaline.

À en juger par les affiches aux murs et par l'état de la cuisine, il s'agissait sûrement d'une colocation d'étudiants. Dehors, dans la partie arrière du terrain, on entendait *Buffalo Soldier* de Bob Marley. Cinq garçons étaient assis au bord d'une piscine. Ça sentait le cannabis, et un arsenal de bouteilles d'alcool divers traînait un peu partout. Les jeunes discutaient et par moments s'esclaffaient. Je les ai observés. Il y avait trois filles, mais aucune qui puisse être Britney. Et les deux garçons ne ressemblaient absolument pas à Elron.

À cet instant, quelqu'un m'a tapé sur l'épaule. Je me suis retourné et un jeune gars baraqué s'est adressé à moi en français. Je n'ai pas compris un traître mot, mais j'ai deviné à son ton qu'il avait exagéré sur la boisson et qu'il n'était pas précisément en train de me souhaiter la bienvenue. Il avait la boule presque à zéro, le cou tatoué et une chemise noire cintrée.

— Je cherche Britney Amandale, ai-je expliqué du mieux que j'ai pu. Je suis son père.

Je ne sais pas s'il n'a rien capté ou s'il n'était pas en état de traiter l'information, mais il m'a saisi pas le bras, un sourire figé aux lèvres, et a tiré dessus comme s'il voulait m'emmener dans le couloir.

— Mais qu'est-ce que tu fous ? ai-je crié dans ma langue natale. Je cherche ma fille !

Le type m'a tracté de toutes ses forces, mais j'ai réussi à me dégager en faisant glisser mon coude. J'ai vu les yeux de ce joueur de rugby s'agrandir comme ceux d'un taureau de combat. Il a beuglé un mot que j'ai parfaitement compris :

— Dehors !

— Je te dis que je cherche ma fille, ai-je tenté une nouvelle fois quand j'ai senti un coup dans les omoplates, suivi d'un :

— Dégage !

C'était un des petits morveux de la piscine qui avait accouru, alerté par les cris. Ce coup en traître a réussi à me faire sortir de mes gonds. J'ai tendu le bras et fait volte-face avec toute la rage que j'avais en moi pour lui fouetter le visage. Il s'est pris ma montre Jaeger en pleine poire. Affolé, il a porté les mains à sa joue et s'est mis à couiner comme une poupée Barbie hystérique. Dans les deux secondes qu'il m'a fallu pour me retourner, le rugbyman s'était déjà jeté sur moi. Il m'a passé le bras autour du cou et m'a fait un croche-patte pour m'envoyer à terre, mais j'ai résisté. Je n'ai pas hésité à lui enfoncer le coude dans les côtes à plusieurs reprises, d'autant que ce mastodonte s'appliquait à m'asphyxier.

— Papa ! a hurlé une voix. Lâche-le !

Quand Britney a surgi dans le couloir, j'étais à deux doigts de mordre la poussière. L'autre gamin en avait profité pour me filer un coup de pied dans l'entrejambe, mais il avait heureusement raté sa cible, n'atteignant que ma cuisse. Britney l'a bousculé puis a cramponné le bras du joueur de rugby.

— Je t'ai dit de le lâcher, putain !

Une autre voix a hurlé en français quelque part et le type m'a enfin libéré, me laissant partir à la renverse. Quand j'ai levé les yeux, ceux de Britney me foudroyaient. J'ai voulu dire quelque chose mais je n'étais pas encore en état d'articuler le moindre mot.

— C'est ton père ? a demandé le type qui avait les bras de Musclor.

— Oui.

— Qu'est-ce qu'il fout ici ?

— J'en sais rien.

2

Il était 2 h 30 quand on a entendu arriver le scooter de Britney. J'étais en bas, affalé sur le canapé du salon, à contempler le plafond. Miriam en haut, dans sa chambre, en proie aux mêmes insomnies que moi, je suppose. Tous les deux morts de honte et de culpabilité depuis que nous avions quitté la fête de Malu sous une avalanche d'excuses de la part des amis de Britney. "Désolé, monsieur, j'ai cru que vous étiez un voleur… ou un voyeur." "Bon, tu n'étais pas loin du compte, mon p'tit." Nous étions remontés en voiture, penauds, et j'avais conduit en silence, quasi persuadé que Britney ne reviendrait pas à la maison cette nuit. Vu sa tête quand elle avait compris que sa mère était là aussi, je m'étais même attendu à ce qu'elle fourre ses affaires dans un sac à dos et s'enfuie en Thaïlande dès le lendemain. Alors quand j'ai entendu le moteur, j'ai poussé un soupir de soulagement, même si je savais que la bataille ne faisait que commencer.

Il y a eu un bruit de clé dans la serrure, puis elle est entrée sans allumer la lumière. Je l'attendais de pied ferme, debout au milieu du salon.

— Britney, s'il te plaît, laisse-moi t'expliquer.

Elle a monté l'escalier et s'est arrêtée à la moitié.

— Comment t'as pu me faire ça ? Toi, papa ! Je croyais que t'avais confiance en moi.

— Ma chérie, s'il te plaît, je…

Elle avait les yeux cernés de noir, comme une tête de mort.

— Vous avez alerté la moitié de la ville. Les Todd, Edilia. Demain, tout le lycée sera au courant. Je vais être la godiche officielle de Saint-Rémy.

— Mais ça n'a rien à voir…

— Je te déteste ! a-t-elle hurlé avant de fondre en larmes. Je vous déteste tous les deux !

Elle a couru à l'étage, mais Miriam s'est campée en haut des marches et l'a interceptée.

— Attends, Britney, il faut qu'on parle.

— Parler ? De quoi ?

— Ton père et moi, on se faisait du souci.

— Du souci ? Genre quoi ? Vous aviez peur que je prenne de l'héroïne, comme l'autre fois ?

— Non, ça n'a rien à voir avec ça. Écoute…

Britney n'avait pas envie d'écouter mais de parler. J'imagine qu'elle était dans son droit.

— Vous savez à quoi je pensais quand j'ai fumé cette merde, ce soir-là, à Londres ? À mourir. Voilà à quoi je pensais. Vous avez cru que je ne me rendrais pas compte de ce qui se passait ? Qu'on n'entend pas à travers les murs ?

— Britney ! a crié Miriam.

— Vous vous êtes fait cocus tous les deux et vous avez le culot de m'engueuler, moi ! De ne pas me faire confiance ! Vous me dégoûtez !

Et bam ! La gifle a résonné comme une plaque de métal de deux tonnes tombant par terre. Mais Britney savait garder son sang-froid quand il le fallait.

— Tu peux me frapper autant que tu veux. Dès que j'aurai dix-huit ans, je me casserai d'ici et tu ne me reverras plus. Je te le jure sur ma vie.

Et sur ces mots, elle a couru se réfugier dans sa chambre, en larmes.

— Laisse-la, ai-je dit à Miriam avant qu'elle n'essaie d'aller la rejoindre. C'est vrai. Tout ce qu'elle dit est vrai.

VI

1

Le lendemain, j'ai été réveillé par le soleil. Je me trouvais dans la chambre d'amis, à l'étage, et une belle journée de début d'été s'infiltrait par la fenêtre. J'ai observé les branches d'un orme frôlant la vitre, et un oisillon posé dessus, qui sifflait sa mélodie matinale.

Puis j'ai senti les coutures de mon jean, j'ai soulevé la couette et vu que je m'étais couché tout habillé. Une légère douleur au cou s'est réveillée à son tour, quelques secondes après moi. Je sentais encore le bras de Musclor sur ma pomme d'Adam.

Les souvenirs de la veille me sont tombés dessus comme une horde de loups affamés. “Merde, ce n'était pas un rêve. Si je pouvais disparaître sous terre…”

Je me suis levé et suis allé devant la chambre de Britney, qui restait fermée à double tour. J'ai gratté à la porte, mais n'ai pas osé appeler. Miriam était en bas, dans la cuisine, en pleine conversation téléphonique. J'ai tendu l'oreille et cru comprendre qu'elle discutait avec Edilia. Mon nom a été mentionné à une ou deux reprises. Je suppose qu'il n'y avait rien d'injuste à ce qu'on me jette la pierre.

En fin de compte, c'était moi qui avais déclenché l'hystérie générale en déclarant que Britney était en danger.

"Pffff."

Je suis entré dans la salle de bains et j'ai croisé mon regard dans le miroir.

"T'as foiré dans les grandes largeurs, monsieur l'écrivain. Seize ans. Tu te souviens de tes seize ans ? Mais qu'est-ce qui t'a pris, cette nuit ? Comment t'as pu perdre les pédales à ce point ?"

La douche m'a un peu revigoré, mais quand j'en suis sorti, il régnait toujours la même atmosphère silencieuse et funèbre dans la maison.

En cuisine, Miriam était concentrée sur une recette. Je savais qu'elle me voyait avancer dans le reflet de la fenêtre, mais elle ne s'est pas retournée.

OK, elle n'avait même pas envie de me voir. Génial.

— Salut, ai-je dit en passant près d'elle.

— Salut.

J'ai préparé le café, sans un mot, m'attendant à ce que Miriam explose d'une manière ou d'une autre, mais elle n'a pas bronché. Elle aplatissait une boule de pâte avec un rouleau à pâtisserie. Alors que le café était presque prêt, elle a lancé :

— Bert, je crois que je vais ouvrir une petite boutique avec Luva.

— Hein ?

— Avec Luva Grantis. Elle a un local à Arles, ça fait un moment qu'elle envisage d'ouvrir une galerie, mais il lui manquait une associée. Elle me l'a proposé hier, pendant le dîner, et je lui ai dit oui.

— Tu lui as dit quoi ?

— Oui.

— Mais putain Miriam, sans même m'en parler ?

— Pour quoi faire ? Je connaissais déjà la réponse.

— Et c'était quoi, la réponse ?

— Voyons, Bert… a-t-elle souri en se remettant à écraser sa pâte sur la grande table en bois.

— Ça signifie que tu as décidé de rester en France indéfiniment ?

Miriam s'est tue.

— Et que tu te fous royalement de mon opinion ?

— Pas du tout, mais je crois que nos opinions respectives nous rendent malheureux l'un l'autre. Je crois qu'on a des points de vue trop divergents.

Le liquide noir débordait à présent sur la vitrocéramique, mais j'étais littéralement pétrifié. Miriam a retiré la cafetière et éteint le feu.

— Qu'est-ce que tu racontes, Miriam ? Qu'est-ce que tu essaies de me dire exactement ?

— Qu'il faut qu'on réfléchisse, Bert, qu'on se demande si tout ça a encore un sens.

— Tout ça, quoi ? Notre mariage ? Tu peux lâcher cette foutue pâte deux minutes ?

Miriam m'a obéi. Elle s'est essuyé les mains sur son tablier, puis les a posées délicatement l'une sur l'autre.

— Je ne veux pas repartir à Londres, Bert.

— Eh ben… En voilà, un scoop. Merci pour l'info.

— Je suis désolée. J'y pense depuis un moment. C'est une décision difficile.

— Allez, vas-y, accouche. Raconte ce que t'as décidé.

— De rester ici. J'aime cet endroit et ces gens, le soleil, la vie facile, sans complications. Je me suis rendu compte que Londres est une ville dure et malsaine, je ne veux pas y retourner. Mais toi, tu ne trouves pas ta place dans ce tableau, Bert. Je ne t'en fais pas le reproche, les choses sont comme elles sont. Ça ne te plaît pas, ici. Tu détestes ces gens conventionnels et leurs vies conventionnelles mais heureuses.

— Oh, arrête ton baratin ! ai-je tonné dans un rire sec.

— Te moque pas de moi.

— Comment as-tu pu changer autant ? T'étais pas comme ça, Miriam.

— C'est-à-dire ? Heureuse ? Peut-être que je ne savais pas encore ce que je désirais vraiment.

— Des amis avec des polos Lacoste et des villas avec jardin ?

— Très bien, Bert, continue à les tourner en dérision. C'est tout ce que tu sais faire.

Je la pointais déjà d'un doigt menaçant quand, subitement, j'ai compris que je ne pouvais plus atermoyer.

— Miriam, ces gens qui te plaisent tellement… ils cachent quelque chose. Ils ne sont pas ce que tu imagines. Edilia, Eric… J'ai des soupçons à leur encontre, tu comprends ?

— Des soupçons ?

— Je voulais éviter de t'en parler, mais là, ça change tout. Je crois qu'ils ne sont pas nets.

La voix tremblante, je ne contrôlais plus le flot de paroles.

— L'homme que Chucks a renversé, tu te rappelles ? Il sortait de leur domaine, de la clinique. Et il a disparu, Miriam. Qu'est-ce qui a pu se passer là-bas, à ton avis, dans cette clinique tellement secrète ? Je suis allé voir la sœur de Someres à Monaco. Elle aussi, elle a des doutes sur la mort de David.

Miriam était littéralement bouche bée. Elle a croisé puis décroisé les bras, posé la main sur ses lèvres.

— Bert… tu es en train de me dire que… ? Non mais tu te rends compte ? T'es vraiment allé à Monaco ? Quand ça ?

— Il y a quelques jours. Je ne suis pas étonné que ça t'ait échappé, vu qu'on ne s'adresse plus la parole.

— Bon sang, Bert, tu te comportes comme Chucks.

— Peut-être parce qu'il avait raison et qu'il serait encore en vie si on l'avait écouté.

— Mais qu'est-ce que tu racontes ?

— J'ai de sérieuses raisons de me méfier de ces gens, Miriam, de me demander si Chucks n'était pas dans le vrai. Et j'ai besoin que tu aies confiance en moi.

La conversation a été interrompue par le bruit du scooter de Britney qui démarrait. J'ai tourné les talons pour aller jeter un œil à la fenêtre du salon. Notre chère enfant avait profité de notre dispute pour filer discrètement. J'ai juste eu le temps de la voir de dos sur son scooter qui passait à toute vitesse entre les piliers de la grille d'entrée. Elle portait un sac de plage, un mardi, jour de lycée.

“Elle est partie sans prendre son petit-déjeuner”, ai-je pensé.

Je suis retourné dans la cuisine. Miriam regardait par la fenêtre, l'air songeur.

— Viens, lui ai-je dit en désignant la porte du jardin, il faut que je te montre un truc sur l'ordinateur.

— Non, je ne veux rien voir, c'est inutile, je sais exactement ce qui est en train de se passer.

— Qu'est-ce que tu sais ?

Elle a ouvert un placard. La bouteille de Tullamore Dew que j'avais renversée la veille était là, telle l'arme du crime.

— Voilà ce qui se passe. Ça et les médicaments. Tout recommence, tu ne le vois pas ? Tu as des hallucinations, comme Chucks.

— Ce ne sont pas…

— Il te manque, m'a-t-elle interrompu, je le comprends, mais nous, dans l'histoire ? T'es en train de partir en vrille et tu nous entraînes dans ta dégringolade.

— Je suis très sérieux, Miriam. Ça n'a aucun rapport avec le whisky ou les médocs. Il y a des indices flagrants qui…

— Comme ceux d'hier soir ? T'étais hors de toi, t'avais du mal à respirer, tu t'es battu avec les amis de ta fille. Tu t'es bagarré avec un gamin de dix-sept ans, Bert !

Miriam avait hurlé avant de fondre en larmes.

Je n'ai rien ajouté, je n'ai pas essayé de lutter. J'avais envie de me tirer de là, moi aussi, et j'ai disparu dans un claquement de porte.

2

Je me suis éloigné de la maison à pied, triste et même désespéré. Britney me détestait à juste titre. Miriam semblait avoir suggéré qu'elle voulait le divorce… putain, mais bien sûr qu'elle me l'avait suggéré ! Elle voulait rester en France et avait fait son choix sans me consulter. Qu'est-ce que ça pouvait signifier d'autre ? J'ai considéré l'idée qu'elle ait un amant. Pourquoi pas ? Un de ces nouveaux amis qui gravitaient autour d'elle ces derniers temps. Un de ces quadras raffinés, souriants et sportifs, qui traînaient au Raquet Club, pull jaune jeté sur les épaules. Nous n'avions plus fait l'amour depuis combien de temps ? Peut-être avait-elle trouvé quelqu'un d'autre pour la satisfaire.

J'ai pensé qu'une balade me changerait les idées, mais arrivé dans le centre de Saint-Rémy, la blessure restait béante. Je me suis installé à la terrasse quasi déserte de La Boutique. J'ai commandé en anglais un café, un croissant et le journal, caché derrière mes Ray-Ban et pas rasé. Le garçon a fait la grimace mais m'a quand même servi.

J'ai avalé ma viennoiserie sans beurre ni confiture. J'ai bu mon café et j'en ai commandé un autre. Saint-Rémy se réveillait mollement sous le soleil, les magasins ouvraient, une vendeuse à la peau bronzée a dévoilé son joli nombril en levant sa persienne, puis elle a fumé une cigarette en parlant à son chat. J'ai songé à cette vie un peu rustique qui ne manquait pas de beauté. Cette pensée, accompagnée de caféine, a suffi à me redonner un peu d'allant.

Je me suis plongé dans la lecture de la presse pendant une demi-heure, espérant chasser ainsi toute velléité de réflexion, jusqu'à ce que je sente mon téléphone vibrer dans ma poche. C'était Jack Ontam. Bon Dieu, ça m'a presque fait plaisir de pouvoir discuter avec quelqu'un dans ma propre langue.

— Comment ça va, Bert ?

— J'ai connu des jours meilleurs, Jack. Et, toi, comment ça va ?

— Bien, bien… Je suis à Londres. J'ai assisté à une réunion chez Universal hier, ils prévoient de grands événements en hommage à Chucks, et puis il y a le dossier

Beach Ride. Ron Castellito dit qu'il est pratiquement prêt pour le mastering.

— Génial.

— Écoute, mec, j'irai pas par quatre chemins. Je sais que Chucks a fait de toi l'héritier de ses droits d'auteur. Et que, du coup, il faut que tu signes mon contrat de représentation de son œuvre… Je te l'ai posté ce matin. Je veux juste savoir si tout te paraît OK.

— Je comprends. Ça t'ennuierait qu'on en reparle à un autre moment, Jack ? J'ai eu une matinée atroce.

— T'as un problème ? Je peux t'aider ?

Jack avait soudain pris un ton très aimable ; on aurait dit mon agent.

— Non, aucun problème. Je n'ai pas eu le temps de m'occuper de tout ça… mais… je serai peut-être de retour à Londres plus tôt que prévu.

"Plus vite que tu ne le penses. Et seul."

— Tout va bien ? Je te sens fatigué. Triste.

— Oui, je suis triste, Jack. Pour te la faire brève, Miriam vient de m'annoncer qu'elle veut me quitter.

— Merde alors. Je suis vraiment désolé pour toi, Bert. Miriam est une chouette fille, mais elle a toujours été un peu casse-bonbons.

— Vas-y mollo, mon vieux, on est encore ensemble.

— Bon, OK. En tout cas, si vous finissez par vous séparer, tu peux compter sur mon yacht et mes copines.

Décidément, Jack Ontam et moi, on ne jouait pas dans la même catégorie émotionnelle. Mais, de toute évidence, il commençait à avoir besoin de moi.

— Ah, autre chose ! Ron m'a prévenu que tu lui avais filé une piste d'enregistrement avec des voix pour qu'il la nettoie, pas vrai ? Apparemment, on y entend des trucs bizarres. Il te l'envoie par mail.

À ces mots, je me suis redressé sur ma chaise et j'ai abandonné *La Provence* sur la table.

— Il t'a dit autre chose ?

— Non… juste qu'on capte des phrases en français. Mais il ne comprend pas un traître mot de cette langue et moi non plus. Il a dû te l'envoyer hier… ou ce matin.

J'ai raccroché, les yeux perdus dans le vague. J'ai pensé qu'il valait mieux que je rentre chez moi pour relever mes mails. Je tenais peut-être la preuve dont j'avais besoin pour convaincre Miriam. Ça valait toujours mieux que de lui parler du père Dave, comme je l'avais envisagé au départ. Je lui expliquerais tout. On avait besoin de prendre un peu de champ, de distance. On pourrait essayer de recoller les morceaux une dernière fois. S'offrir une virée en Italie. Elle adorait Positano, où on connaissait un bon petit hôtel. On n'y avait encore jamais emmené Britney. Juste nous trois, sans les Van Ern, les Grubitz et les Mattieu, cette bande toxique autour de nous.

J'ai déposé vingt euros sur la table et ai repris le chemin de la maison. J'avais à peine parcouru cent mètres depuis la placette qu'une voiture est venue se placer à ma hauteur, dans une rue étroite qui quittait le bourg. J'ai imaginé qu'elle cherchait une place pour se garer quand j'ai entendu un discret coup de klaxon.

C'était une splendide Mercedes blanche décapotable, un modèle des années 1970 probablement. Ses sièges en cuir rouge accueillaient un seul occupant que j'ai tardé à reconnaître. Eric Van Ern.

3

— Salut, Bert, m'a-t-il lancé derrière ses lunettes de soleil. Je vous dépose quelque part ?

— Euh…

Je n'ai rien pu ajouter, comme si mon sang s'était glacé.

Eric s'est penché sur le siège du copilote et a ouvert la portière.

— Montez !

J'aurais voulu répliquer "Non, merci", mais au fond, j'avais probablement envie d'affronter ce type une bonne fois pour toutes.

— Vous alliez où ? m'a demandé Van Ern dès que je suis monté à bord. Chez vous ?

— En réalité, je faisais un petit tour, ai-je répondu en caressant le cuir du tableau de bord. C'est une Mercedes Pagode ? 1975 ?

— 1981. Je l'ai achetée dans un salon de la voiture d'occasion à Genève. J'ai eu le coup de foudre. Vous connaissez cette sensation ?

— Très bien. J'avais une MG "CC" de 77 en Angleterre. Maintenant je conduis une Spider de 88.

— Ça alors ! Apparemment on partage un goût pour le classique, monsieur Amandale. Vous voulez la conduire ?

— Pourquoi pas, ai-je acquiescé au bout de quelques secondes.

Eric a freiné au bout de la rue. Nous avons ouvert les portières et échangé nos places. J'ai saisi le volant, testé les pédales – un peu plus dures que celles de ma Spider, mais le moteur rugissait comme un authentique lion de Babylone.

— Dites, vous êtes disponible, là ? m'a demandé Eric de but en blanc. Je vous dois une visite de la clinique depuis un moment, laissez-moi vous inviter à boire un café.

— Dans votre clinique ?

— Oui ! On a une route privée où vous pourrez vous offrir une petite accélération.

Quelque chose dans cette rencontre me faisait l'effet d'une mise en scène, mais l'idée de visiter la clinique Van Ern était trop tordue pour que je la refuse. J'ai passé la première, accéléré, et le compteur est monté dans les tours.

— Vous me guidez ?

Nous avons quitté la ville par la D81 en direction du mont Rouge. "La vie est pleine de surprises, ai-je pensé en écrasant la pédale de la SL Pagode dans les premiers virages de la colline : un jour on élabore les théories les plus maléfiques sur son voisin, le lendemain on se retrouve au volant de son bolide, le visage fouetté par la brise provençale."

— Ça s'est bien terminé, hier soir ? a-t-il fini par me demander. Elron m'a raconté votre petite mésaventure. Je suis désolé pour vous.

— On dirait que ça a déjà fait le tour de la ville, ai-je répondu en toussotant.

— Ne vous inquiétez pas. Je vous comprends, vous savez. À cause d'Elvira. Elle est encore petite, mais j'imagine ce que c'est d'avoir une adolescente de nos jours. Avec tout ce qu'on entend…

— Oui, ce n'est pas vraiment un monde clément pour une jeune fille.

Nous sommes arrivés à une intersection, Eric m'a dit de prendre à droite.

— Mais ne vous faites pas de souci, au moins en ce qui concerne Elron. C'est un esprit noble et loyal, je vous le garantis. Chez les Van Ern, nous plaçons la fidélité au-dessus de tout, et nous la lui avons bien enseignée. Il veillera sur Britney aussi longtemps qu'il sortira avec elle.

— Écoutez, Eric, l'ai-je interrompu, l'incident d'hier soir est un malentendu. Britney avait dit qu'elle serait de retour avant minuit, je me suis inquiété et j'ai bêtement inquiété ma femme par la même occasion. Mais j'ai confiance en Britney, je n'ai pas besoin d'être derrière elle comme un chien de garde.

Eric n'a pas répondu. Nous arrivions près du mont Rouge et il m'a dit de prendre la première route à droite, une voie étroite longeant un pré, sans panneau de signalisation, sans rien qui indique dans quelle direction nous nous dirigions.

— Par là ?

— Oui, a-t-il confirmé en riant. N'ayez crainte, je ne vais pas vous kidnapper. Simplement, nous privilégions la discrétion.

Nous nous sommes enfoncés entre des champs de colza et de lavande, derrière lesquels s'étendait une forêt dense cernée de collines. Sur l'une d'elles, j'ai distingué la maison des Van Ern, prétentieuse, aux aguets.

La voie étroite s'est transformée en chemin de terre, une ligne parfaitement droite d'environ huit cents mètres.

— Ça fait presque un kilomètre, a confirmé Eric.

J'ai appuyé sur l'accélérateur et passé la troisième pour pousser le moteur pas loin des cinq mille tours. Puis j'ai mis les gaz et la voiture s'est projetée en avant avec une telle puissance que mes doigts ont un peu tremblé et qu'Eric s'est accroché à la poignée de la portière. Je ne sais pas trop ce que je voulais prouver. L'idée était peut-être de montrer à ce brillant médecin que je n'étais pas qu'un pauvre Dublinois qu'on pouvait manipuler comme une marionnette. Encore un peu de gaz, le moteur rugissait. J'avais atteint les cent kilomètres-heure quand j'ai aperçu la grande villa blanche au loin.

— On y est presque ! a crié Van Ern. Vous pouvez freiner.

— On a le temps, je veux voir jusqu'où elle monte.

J'ai encore joué avec l'accélérateur et Eric Van Ern s'est écrasé dans son siège. Le moteur grondait de bonheur après des années d'esclavage, à jouer les voitures de parade. Dans le rétroviseur, je voyais le nuage de poussière qu'on soulevait derrière nous, comme une fusée.

— Mais freinez, bon sang ! s'est écrié Eric, perdant un peu de son sang-froid.

Je roulais à cent quarante lorsque le champ de colza est apparu sur notre gauche et que j'ai appuyé sur la pédale de frein. La voiture a dérapé sur la dernière partie du sentier qui débouchait devant la clinique. La villa derrière le champ de fleurs jaunes que j'avais vue deux mois plus tôt, quand Chucks vivait encore, quand tout semblait n'être qu'un jeu de théories et de spéculations, un jeu pour deux enfants avides de s'amuser.

Nous approchions de la clinique lorsque j'ai repéré ce bâtiment entre les arbres. L'ermitage, la chapelle, la synagogue. Il y avait un camion garé à côté, sur le gazon, sans la moindre inscription. Des hommes en sortaient des caisses et je me suis rappelé les mots d'Edilia : "On l'utilise comme entrepôt." Puis la chapelle a disparu derrière la façade de la villa.

J'ai stoppé devant le perron en pierre blanche orné de lilas et de véroniques. En haut, sur le linteau, on pouvait lire en lettres dorées : CLINIQUE VAN ERN.

4

Nous sommes entrés et une infirmière souriante nous a accueillis à la réception. Elle a échangé quelques mots avec Eric pendant que j'observais discrètement les lieux. Un large escalier en marbre, des salons, des bureaux. Un grand panneau sculpté dans le bois annonçait : BIENVENUE DANS VOTRE NOUVELLE VIE. ICI S'ACHÈVE VOTRE ADDICTION.

Eric a récupéré du courrier et m'a invité à le suivre le long d'une allée vitrée. Il a sorti de sa veste une petite carte en plastique et l'a glissée dans un lecteur fixé à côté d'une porte. La serrure électronique a cliqueté. Nous avons pénétré dans une autre aile de la villa et rejoint une immense porte, protégée elle aussi par un lecteur de cartes magnétiques.

— Que de précautions ! ai-je commenté.

— On est obligés, a dit Eric en passant sa carte. Même si tous les dossiers sont anonymes, la loi nous oblige à les protéger. Ainsi que nos hôtes, bien sûr…

Nous nous sommes retrouvés dans un bureau orienté sur la partie est du domaine. Une grande fenêtre donnait sur la "face cachée" de la villa : une vaste cour entourée de logements en pierre grise, avec un joli jardin au centre. Une fontaine, des chaises et des hamacs. Il y avait des gens, des jardiniers peut-être, ou alors des patients s'amusant à couper l'herbe au ciseau à ongles.

Eric a appuyé sur un bouton incrusté dans son bureau et une voix féminine a résonné.

— Thé ou café, Bert ?

— Je prendrai un café, merci.

Il a demandé deux expressos et s'est assis sur un fauteuil en face du mien. Je regardais par la fenêtre. Il m'avait semblé distinguer quelque chose à travers les arbres.

— C'est un centre d'escalade et d'activités acrobatiques, m'a-t-il expliqué. L'adrénaline est plus efficace que n'importe quel médicament pour la cure de désintoxication. On utilise aussi l'acupuncture et la méditation pour surmonter les moments les plus difficiles du traitement.

— On dirait une colonie de vacances, ai-je raillé.

Eric a souri.

— C'est un peu ça. Un endroit où on repart de zéro. Parfois, la vie nous aiguille dans la mauvaise direction, vous savez. Nous recevons ici des hommes et des femmes très divers, des gens bien qui ont essayé de faire les choses correctement mais qui se sont égarés en chemin.

On a frappé à la porte et il a lancé un "Entrez". La serrure a bourdonné, puis une femme est apparue, grande et élégante, tenant un plateau avec deux cafés. Elle l'a posé sur le bureau.

— Merci, Emma.

La femme a souri avant de repartir. Eric m'a tendu une tasse, puis il s'est de nouveau calé dans son fauteuil. Nous sommes restés silencieux un moment.

— Dites-moi une chose, pourquoi ai-je le sentiment que nous ne nous sommes pas rencontrés par hasard, ce matin ?

Van Ern a ri.

— Je ne vais pas vous mentir, vous êtes trop malin. C'est vrai, je vous guettais. Je voulais vous montrer la clinique, et ce pour plusieurs raisons.

— Je vous écoute, ai-je dit en dégustant mon café.

— Je vous en prie, ne le prenez pas mal, Bert. Miriam et Edilia sont de bonnes amies et après ce qui s'est passé hier soir, votre femme est très inquiète. Elle s'est ouverte à Edilia de vos problèmes passés. La dépendance chimique est aussi dangereuse qu'une autre. Elle peut conduire à des comportements schizophrènes, à de la paranoïa.

Il ne manquait plus que ça. J'ai posé la tasse sur un guéridon et me suis levé, furieux.

— J'aimerais vous dire que ce fut un plaisir, mais ce n'est pas le cas.

— Bert, je vous en prie, asseyez-vous. On peut parler d'homme à homme ?

— C'est votre souhait ? Alors commencez par ne pas m'insulter.

— Je crois que vous êtes quelqu'un de bien, Bert, mais les gens qui vous aiment se font réellement du souci pour vous. Nous savons que la mort de votre ami représente un choc considérable. Et que vous peinez sur votre roman…

— Mais qu'est-ce que vous en savez ? Qui vous êtes pour me dire ça ?

— Détendez-vous, Bert.

Trop tard. Je fulminais, je crachais déjà du feu.

— Moi aussi je me fais beaucoup de souci, voyez-vous. Je m'inquiète de ce que vous fichez dans cette clinique, dans cet ermitage dans les bois. Je m'inquiète de ce que Daniel Someres fabriquait ici…

— Daniel qui ?

— Vous savez parfaitement de qui je parle. L'homme qui s'est échappé de chez vous il y a un mois. Celui que mon ami Chucks a percuté sur la route.

— D'accord, Bert, d'accord, a temporisé Van Ern en levant les mains. Parlons-en tranquillement. Vous dites qu'un homme s'est enfui d'ici ? Quand ?

— Il y a un mois, le lundi 21 mai, pour être précis.

Eric a froncé les sourcils.

— Ça ne me dit rien. Et qu'est-ce qui lui est arrivé ? Il s'est fait écraser ?

— Mon ami Chucks Basil a renversé un type qui a surgi sur la route du mont Rouge sans crier gare, tout près de votre domaine. Chucks a paniqué et l'a abandonné là, et quand il est revenu, le cadavre avait disparu. C'était très exactement de l'autre côté de ce champ de colza. Je suis allé vérifier moi aussi quelques jours plus tard, la fois où votre chien a failli me mordre.

Eric a eu l'air franchement surpris.

— Attendez un moment.

Il s'est levé et a appuyé sur un autre bouton de sa table de bureau. Il a parlé en français dans l'interphone, mais j'ai parfaitement compris qu'il s'adressait à une personne prénommée François. Il lui a ordonné de venir.

— Veuillez patienter une seconde, monsieur Amandale.

Nous avons attendu au moins une minute sans échanger un mot. J'ignorais ce qu'Eric tentait de démontrer, mais son visage exprimait une certaine préoccupation. J'ai commencé à me demander si ce n'était pas sincère. Était-il possible qu'il ne soit pas au courant ? J'ai été pris de doutes…

La serrure électronique a tinté et j'ai vu entrer le grand baraqué qui m'était tombé dessus dans le bois, un mois auparavant. Il tenait une carte magnétique dans une main et portait, comme la fois précédente, une espèce de tenue de chasse.

— Je crois que vous vous connaissez déjà. François, voici monsieur Bert Amandale. François est notre responsable de la sécurité.

Le chasseur s'est approché et m'a serré la main.

— Veuillez m'excuser pour cette histoire de chien, a-t-il dit. Vous aviez raison, j'étais dans mon tort. Ça ne se reproduira plus.

J'ai acquiescé d'un mouvement de tête, comme pour tirer un trait sur le sujet. Eric a repris la parole :

— Monsieur Amandale prétend qu'un homme se serait échappé de notre domaine fin mai… ou du moins l'aurait traversé. Le 21. Ça vous dit quelque chose ?

François a haussé les sourcils, surpris. Il a fouillé dans ses souvenirs avant de répondre :

— Non. Il aurait été vu où ?

— Au niveau de la boutique d'artisanat de M. Merme, ai-je précisé. Il a déboulé dans un virage. Il venait du champ de colza, de la clinique.

François a secoué la tête.

— Il aurait pu venir de n'importe où. Ces terres s'étendent sur plusieurs hectares, monsieur. Peut-être qu'il marchait dans le bois et qu'il a décidé d'en sortir par là.

— Tout à fait, a confirmé Eric. Comment savez-vous qu'il quittait la clinique ? Il l'a raconté à votre ami, peut-être ?

— Non, ai-je avoué, penaud. Il n'a eu le temps de rien dire. Ou plutôt si, un mot : "ermitage."

Les deux hommes ont échangé un regard.

— Ce qui correspond à cette chapelle cachée au milieu des arbres, non ?

— Vous faites référence à la vieille synagogue ? Un ermitage ? C'est ça qui vous préoccupe ? Notre vieil entrepôt ?

Eric a ri et François s'est joint à lui. Puis Eric lui a glissé un mot et le chasseur s'est poliment retiré.

— Désolé de vous poser la question, Bert, mais votre ami Chucks... est-il vrai qu'il avait des problèmes ? Il me semble avoir lu qu'il avait connu des épisodes psychotiques par le passé.

— Oui, mais c'était terminé. Je...

— La police a-t-elle trouvé des preuves, aussi minimes soient-elles, de la mort de cet homme ? Des traces de sang, des cheveux, quelque chose ?

— Non, ai-je reconnu en avalant ma salive. Rien, mais...

Je me suis senti très embarrassé, d'un coup. Avoir pu pénétrer dans la clinique bouleversait toutes mes théories. Je n'étais pas dans le temple du père Dave, mais dans un centre de désintoxication de luxe, aussi sophistiqué et ennuyeux qu'un autre. Et, en effet, l'homme que Chucks avait percuté aurait pu venir de n'importe où.

J'ai commencé à me sentir ridicule.

— Mettez-vous à ma place, Bert, a poursuivi Van Ern. Vous m'accusez d'un fait très grave sans la moindre preuve, vous mettez ma réputation en péril, pas seulement d'un point de vue commercial, mais aussi auprès des habitants de cette ville.

Le regard ferme et sévère, il semblait réellement contrarié.

— Je suis désolé, Eric, mais tout ça est tellement étrange. Vos tableaux…

— Mes tableaux ! a-t-il répété, presque amusé. Edilia m'a raconté cette histoire. Mais mon pauvre ami… Vous vous entendez parler ?

Je me suis laissé tomber au fond de mon siège, les coudes appuyés sur les genoux, et me suis frotté le visage.

— Vraiment, c'est dément… Hier, j'ai fait un rêve terrible, comme je n'en avais jamais connu. Tellement fort… tellement réel.

Eric s'est levé et s'est approché de moi. Sa main s'est posée sur mon épaule.

— Détendez-vous, Bert. Considérez-moi comme un ami.

J'étais si assommé, si anéanti par les événements de la matinée, par ma bourde de la veille, que j'ai capitulé face à cette voix, à cette sobriété, à cette planche de salut.

— Je veux que vous sachiez que vous pouvez compter sur moi si besoin, d'accord ? Pour moi, vous n'êtes pas un client, mais un ami.

— Merci, Eric.

VII

1

Sans doute pour s'éviter un autre moment gênant, Eric Van Ern a fait appeler une voiture qui m'a ramené à Saint-Rémy. Il a prétendu avoir une affaire urgente à régler, mais j'ai compris que la tension qui régnait lui avait ôté toute envie de partager une seule minute de plus avec moi.

Le chauffeur m'a déposé sur la place principale et je suis retourné chez moi à pied. Arrivé à la maison, j'ai constaté que le scooter de Britney manquait dans le garage et que Miriam n'était pas là non plus. Je suis allé droit dans mon cabanon et j'ai allumé mon Mac. Le mail de Ron Castellito, intitulé "Voix" était bien là, comme Ontam me l'avait annoncé.

C'est tout ce que j'ai pu faire avec la piste fantôme que tu m'as envoyée. Les voix commencent à 1' 13". Il vaut mieux utiliser des écouteurs.

Bises,

Ron

PS : Tu viens quand à Londres pour écouter le mixage ?

Je suis retourné dans la maison récupérer les écouteurs de téléphone, le temps que le fichier se télécharge. Je les ai branchés sur l'ordinateur, j'ai lancé le MP3 et suis allé directement à 1' 10". Le son était beaucoup plus plat et sec, Ron avait intensifié les fréquences des voix par rapport au reste. Il était connu pour être un des plus grands magiciens des studios londoniens et j'en avais la confirmation. J'ai écouté avec attention ce qui ressemblait à une simple conversation entre deux personnes dans un français incompréhensible. De nouveau, je me suis trouvé dans l'incapacité de comprendre leurs propos, mais j'ai quand même eu une petite intuition : l'une des voix aurait tout à fait pu appartenir à François, le chef de la sécurité de la clinique Van Ern.

Mais c'était tout ce que je tenais, en réalité, me suis-je dit en m'enfonçant dans le fauteuil. "Une intuition, un mauvais pressentiment."

"Est-il possible que Miriam ait raison ? Est-il possible que tu suives la voie de Chucks ? Combien de cachets as-tu pris ces derniers jours ?"

Je me suis levé pour attraper la boîte en fer-blanc de Rosie. Il manquait au moins dix cachets sur la plaquette. Je pensais en avoir pris quatre maximum.

"Qu'est-ce qui m'arrive ? Je suis en train de devenir fou, Chucks ? Tu m'as transmis ta parano ? C'est ces putains de médocs ?"

"Ou alors je ne suis pas en train d'écrire le roman que je devrais ? Pourquoi m'embêter avec Bill Nooran quand je tiens une trame aussi fantastique que celle-ci ?"

2

J'ai attendu tout l'après-midi assis dans le jardin, à observer les nuages et à fumer, Lola couchée à mes pieds. Britney est arrivée la première, à la tombée de la nuit. J'ai entendu son scooter et ne lui ai pas laissé le temps de grimper l'escalier :

— Je sais que tu me détestes mais il faut qu'on parle, c'est très important.

Miriam est revenue à son tour un peu plus tard. Le ciel rougeoyait et les grillons commençaient à gratter sur leurs guitares. À son cabas en osier et à l'odeur de crème bronzante émanant de son corps, j'en ai déduit qu'elle était allée à la plage. Je n'ai pas pu m'empêcher d'imaginer qu'elle s'y était rendue avec un autre homme, mais j'ai vite chassé cette idée de mon esprit. Elle nous a trouvés, Britney et moi, assis dans le salon. Je l'ai invitée à se joindre à nous, mais elle a rétorqué qu'elle préférait se doucher d'abord.

— J'en ai pour une minute, ai-je insisté en donnant un coup de pied dans une valise posée derrière le canapé. Après, je m'en irai.

— Quoi ? Tu t'en iras où ?

— Je veux avoir une conversation sincère avec vous deux.

Miriam s'est assise, mais pas sur le même canapé que Britney. Elles m'observaient, muettes.

— D'abord, Britney, je suis vraiment désolé de mon comportement hier soir. C'était l'apothéose d'un truc qui me tarabustait depuis des jours, depuis la mort de Chucks exactement. Je l'ai expliqué à ta mère aujourd'hui, et il me paraît juste que tu le saches aussi.

— Tu vas vraiment… ? m'a demandé Miriam.

Je l'ai interrompue.

— Ce n'est pas ce que tu penses. Je crois que je suis de nouveau malade, c'est tout. Je ne contrôle plus mon imagination, elle a pris le pas sur moi. Ça m'était déjà arrivé il y a quelque temps, et voilà que ça recommence.

— De quoi tu parles, papa ?

À vrai dire, je n'avais pas tellement envie d'expliquer mon problème à Britney, j'avais honte.

— Britney, j'ai élaboré une théorie autour d'Eric, Edilia et Elron. Je me suis persuadé qu'ils voulaient nous faire du mal, à tous les trois. Et qu'ils avaient tué Chucks parce qu'il en savait trop à leur sujet.

Britney a articulé le mot "quoi" sans émettre le moindre son.

— Hier soir, j'ai eu une sorte d'hallucination. Jamais de ma vie je n'avais vécu une chose pareille, ça m'a rendu fou et c'est pourquoi je suis parti à ta recherche. C'est la seule raison, ma puce. Je suis désolé de t'avoir humiliée devant tes amis.

— Mais papa…

— Bert, a repris Miriam, où tu vas ?

— Pas très loin, dans la maison de Chucks, à Sainte-Claire. C'est le premier endroit qui m'est venu à l'esprit. Je crois que j'ai besoin de faire une petite retraite, de prendre du recul.

— Tout seul ? a demandé Miriam. Tu crois vraiment que c'est ce qu'il te faut ?

— Je n'en sais rien. Aujourd'hui, j'ai eu une discussion avec Eric.

J'ai lu la surprise sur le visage de Miriam.

— Oui, ma chérie. Tu lui as parlé de mes petits problèmes et, bon, je m'étais déjà fait moi-même une bonne publicité… En tout cas, Eric m'a proposé de passer quelques jours dans sa clinique. J'y réfléchis sérieusement.

— Je suis vraiment désolée, Bert.

— Non, ça ira. Au fond, tu avais raison, j'ai recommencé à… Tu sais bien.

Britney s'est levée pour venir me serrer dans ses bras.

— Papa, ne t'en va pas. Je ne suis pas fâchée.

Miriam et moi nous sommes regardés intensément derrière son dos. Elle n'avait pas changé d'avis, je l'ai su à l'instant. Elle souhaitait le divorce.

J'ai embrassé Britney puis l'ai repoussée.

— Ce sera pour quelques jours seulement. On reparlera de tout ça après, d'accord ?

Mon adorable fille a laissé couler une larme sans protester.

TROISIÈME PARTIE

I

Ça ne me disait rien de me retrouver totalement seul dans la maison de Chucks et de devenir le nouveau fantôme de la Provence, alors j'ai emmené Lola avec moi. Quand elle a bondi de la Spider et reconnu les lieux, elle s'est d'abord recroquevillée entre mes jambes en gémissant, mais très vite, elle a repris possession de son territoire. Après avoir jappé deux ou trois fois, elle est allée gambader dans le jardin.

Finalement, j'ai eu de la compagnie les trois premiers jours. Manon, la nièce de Mabel, est venue faire le ménage tous les matins, pendant que j'essayais de reprendre une saine discipline créative. C'était une drôle de jeune femme. Sachant qu'une personne était morte ici, elle se signait dans chaque recoin de la maison, et même si elle ne parlait pratiquement pas un mot d'anglais, nous nous comprenions assez bien. Au début, elle s'est concentrée sur le nettoyage, le repassage et le rangement des vêtements de Chucks, rapidement empaquetés dans divers coffres et valises. Puis elle a passé l'aspirateur, récuré les sols et astiqué les meubles, après quoi elle a dû craindre de se retrouver sans emploi et s'est mise à cuisiner pour moi. J'ai failli l'en dissuader, mais dès que j'ai goûté ses tagliatelle à la truffe blanche, j'ai fermé mon clapet. En fin de compte, ce séjour s'avérait réellement productif pour moi, retranché dans le salon Staline avec mon MacBook, mon café, mon tabac et une Gibson Les Paul Goldtop de 1957 que je grattais dans les moments d'ennui. Sans cachets, sans alcool, me désintoxiquant de la meilleure manière qui soit : l'écriture. Ce repaire me profitait autant qu'il avait profité à Chucks. Je pensais donc y rester un bout de temps pour finir mon roman. Cela me débarrasserait au moins d'un problème.

Bill Nooran semblait s'être réveillé. Son amie, l'aimable vieille Castevet, s'était mise à l'inviter à prendre le thé dans sa petite maison de Testamento au prétexte de parler littérature. Un jour, ayant fini sa deuxième tasse, Bill lui dit que le sucre le surexcite. Là-dessus, il se lève et la frappe en pleine mâchoire avec un exemplaire du *Quichotte*, brisant ses fragiles cervicales sexagénaires et la tuant d'un coup aussi sec que littéraire. À partir de cet épisode, l'histoire retrouvait du rythme, prenait la bonne direction et j'en entrevoyais la fin.

Le vendredi suivant, j'ai eu l'ultime révélation pour mon livre. Il devait être 17 ou 18 heures quand je me suis réveillé d'une longue sieste. Les fenêtres de la chambre s'entrechoquaient, poussées par un vent du sud étrange, presque prémonitoire, et le ciel s'était couvert. L'air était humide, annonçant une grosse averse, peut-être un orage d'été. On avait l'impression que la terre dégageait une énergie inhabituelle, et les grillons en colère stridulaient sans discontinuer, comme si c'était leur dernier soir.

Le bon côté des siestes, c'est qu'elles aiguisent parfois l'imagination. En me réveillant ce jour-là, encore étendu dans le lit défait, j'ai conçu la fin parfaite : Bill Nooran se rendait dans une station-service de Rattle Avenue, où il prenait deux frères en otage. L'un d'eux est le tout jeune pyromane Toby Bruster, il provoque une explosion brutale avec son miniprojecteur de feux de Bengale (une invention que j'aurais habilement évoquée quelques pages plus haut) et des bidons de gasoil. Le corps de Bill disparaît et à Testamento tout le monde pense qu'il a été réduit en cendres. Mais une dernière scène révèle qu'il n'en est rien. Et en route pour le quatrième tome !

J'ai enfilé un jean, un vieux tee-shirt de Bruce Springsteen et des Crocs qui avaient appartenu à Chucks. C'était un des avantages absolument géniaux de vivre seul : personne pour me reprocher d'être fagoté comme un sac. Je suis descendu au salon Staline dans l'idée de me mettre à écrire. Mon MacBook dix pouces était ouvert sur la table basse devant le canapé. Ce même canapé où j'avais trouvé Britney emmitouflée dans des couvertures, en larmes, alors qu'elle venait de découvrir le cadavre de Chucks flottant dans la piscine. Le cendrier était rempli de mégots, et cinq tasses à café vides traînaient à côté.

J'ai tenté un brin de ménage en me disant qu'un café serré me ferait le plus grand bien. Mon idée de dénouement prenait de plus en plus corps à mesure que j'avançais. La nuit serait longue, j'allais écrire une bonne dizaine ou quinzaine de pages et, à l'aube, j'aurais un manuscrit complet à envoyer à Mark.

Je suis allé dans la cuisine. Manon l'avait laissée parfaitement propre et m'avait préparé une marmite de poulet accompagné de riz. La cafetière italienne attendait, en pièces détachées. J'ai versé l'eau et m'apprêtais à ajouter le café quand je me suis rappelé que je l'avais fini le matin.

"Et merde."

J'avais fait des courses cinq jours auparavant et n'avais pas pensé à y retourner depuis. Il y avait une petite épicerie sur la route de Sainte-Claire, mais je n'avais aucune envie de prendre la voiture pour m'y rendre. J'ai préféré aller fouiller dans une réserve que j'avais découverte quelques jours plus tôt dans l'arrière-cuisine.

J'ai ouvert la porte et allumé la lumière. C'était un étroit couloir flanqué d'étagères de chaque côté, où Chucks stockait une quantité hallucinante de conserves, bouteilles de vin, paquets de chips et, bien sûr, assez de saucisses Druwel pour survivre à deux ou trois hivers nucléaires.

J'ai farfouillé, soulevé des paquets, à la recherche du café. Je me suis rappelé que Chucks n'en buvait plus tellement depuis que sa petite copine feng shui lui avait assuré que c'était du poison. J'ai trouvé des boîtes, mais vides. Je me suis dit que j'aurais peut-être plus de chance sur les rayons du haut. Il y avait un escabeau pliable calé contre le mur du fond, devant des tabliers accrochés à un clou. Je l'ai pris et découvert qu'en fait il reposait contre une porte. Elle était cachée derrière tout ce bazar et je ne l'aurais pas vue si je n'avais pas été en manque de café (quand on est accro, on est prêt à tout pour se procurer une bonne tasse). Bref, j'ai écarté l'escabeau, retiré les tabliers et tourné la poignée. Un courant d'air froid et une obscurité rampante se sont échappés dès que la porte s'est ouverte.

"Une autre cave ?" me suis-je demandé en apercevant les premières marches en bois éclairées par la lumière de la réserve.

J'ai tendu la main et tâtonné sur le mur à la recherche d'un interrupteur. Parfois, en faisant ça, on tombe sur une araignée ou un scorpion, mais ce jour-là, j'ai eu de la chance. Des néons fluorescents ont grésillé quelques secondes avant de s'allumer pour de bon. J'ai alors compris où je me trouvais.

Pas dans une deuxième cave, mais dans le garage de Chucks.

Ses deux voitures étaient garées côte à côte. L'élégante Tesla d'abord, tout près des quatre marches en bois qui reliaient le garage et la maison par l'issue que je venais de découvrir (Chucks l'avait-il découverte lui aussi ?). Au fond, presque caché, le Rover, cette espèce de casque de Dark Vador géant.

"Bon sang, le Rover", ai-je pensé alors qu'un frisson me parcourait l'échine.

C'était la première fois que je le voyais depuis que Chucks m'avait raconté son accident. Je n'avais pas voulu vérifier la présence des "petites éraflures" sur le capot parce qu'au bout du compte, ça revenait à prêter foi à une histoire qui me semblait clairement fictive.

"Arrivé à Sainte-Claire, j'ai rangé le Rover dans le garage et ai passé une heure à le nettoyer à fond. Bizarrement, le choc n'avait pas laissé beaucoup de traces. La plaque d'immatriculation était un peu enfoncée et l'avant un peu cabossé, c'est tout."

J'ai descendu les marches et contourné la Tesla pour aller jusqu'au capot du 4×4. J'ai tâté le châssis noir et brillant, et détecté de légères rayures sur la tôle, si larges et indéfinies qu'on aurait pu croire à une décoration. Un coin de la plaque d'immatriculation présentait une légère déformation, il manquait des petits bouts du radiateur, mais rien de grave, rien qui ne puisse être le résultat d'un petit choc contre un mur ou un obstacle dans le jardin.

"On ne saura jamais ce qui s'est passé, me suis-je dit. Tire-toi de là, retourne à ton roman et oublie."

À travers les lucarnes, au-dessus de la porte de garage, je voyais les arbres agités par le vent. J'ai soudain eu le sentiment qu'il allait se produire quelque chose ici même, que les fantômes m'avaient guidé là pour une raison précise. La réserve, la porte, le garage.

"Va-t'en, Bert. Va bosser."

Je me suis glissé entre les deux véhicules et j'ai ouvert la porte du 4×4. Une forte odeur de tabac m'a caressé le nez. Plusieurs mégots dépassaient du cendrier ouvert. Je me suis rappelé ce que Chucks m'avait raconté : "La braise de ma clope est tombée entre mes jambes. J'ai commencé à me trémousser pour l'éteindre."

Les sièges étaient en cuir couleur cuivre. Je me suis penché pour examiner de près celui du conducteur. On y devinait des traces de brûlure, plusieurs cratères provoqués par la braise d'une cigarette. "Bon, ça cadre, mais ces trous auraient pu être faits n'importe quand."

Je me suis installé sur le siège. Qu'est-ce que je fichais là ? J'ai saisi le volant en essayant d'imaginer ce soir de pluie, la cigarette entre les jambes, le moment où Chucks avait renversé Daniel Someres. Je le revoyais ce matin de mai, quand il me l'avait raconté, en état de choc.

"Et là, d'un coup, je lève les yeux et je vois un mec au milieu de la chaussée, éclairé par mes pleins phares comme au théâtre, qui me fait signe de freiner. Et en un clin d'œil, boum !"

Cette voiture était haute. Si Daniel Someres était un peu plus grand que sa sœur, le capot l'aurait percuté en plein torse, lui explosant la cage thoracique, exactement comme dans les souvenirs de Chucks.

J'ai allumé le contact et entendu les micromoteurs lever les phares et déployer les rétroviseurs. Au même instant, l'iPod s'est mis en marche et a diffusé *Beach Ride*.

"Le moteur du Rover s'était éteint, *Beach Ride* s'est interrompue quelques secondes, puis le circuit électrique s'est rallumé et la putain de chanson est revenue."

Il était tout à fait possible que Chucks n'ait pas réutilisé le Range Rover après la nuit de l'accident et qu'il n'ait pas débranché son iPod. L'entendre chanter ce super refrain qui évoquait une plage, une balade avec une fille main dans la main, m'a glacé les sangs. Il serait à présent avec Linda à Cadix, si leurs vies ne s'étaient pas éteintes trop tôt. N'est-ce pas James Dean qui disait : "Vivre vite, mourir jeune et faire un beau cadavre" ? Mais le cadavre de Chucks n'avait rien de beau. Le visage blême et flasque, les bras serrés dans le cercueil. Pas beau, non, c'est certain.

Le siège arrière était un vrai foutoir. Des paquets de cigarettes, des bouteilles d'Orangina à moitié vides. "Merde, Chucks, t'as un Rover et tu le transformes en poubelle." Combien de fois m'étais-je ainsi moqué de lui ? "On a quitté la banlieue, mais la banlieue ne nous a pas quittés, mec." Ça sentait carrément la vinasse. Manquait plus que je trouve un préservatif.

J'ai voulu vider le cendrier et toute cette merde quelque part. En fin de compte, c'était moi le nouveau "propriétaire" de tous ces biens. Et avec ses huit mois de circulation et ses quarante mille kilomètres au compteur, le Rover était encore neuf. Je pourrais le vendre, en tirer quarante mille euros dont je ferais don à un organisme de protection des coqs de bruyère ou un truc dans le genre. Une voiture française avec le volant à gauche n'intéresserait ni Carla ni la grosse cousine radine de Chucks. Et, personnellement, je n'aime pas les tanks.

Je suis allé chercher un sac et j'ai commencé à rassembler les cochonneries qui s'entassaient sur la banquette arrière. Puis j'ai ramassé des emballages de tablettes de chocolat qui traînaient sur le tapis, vidé le cendrier et pensé qu'il devait aussi y avoir du bazar dans le coffre. J'ai appuyé sur le bouton d'ouverture automatique, sur le tableau de bord ; le coffre s'est levé automatiquement et a révélé le bordel que Chucks y conservait : une caisse de vin qu'il avait oublié de sortir après l'avoir achetée, des rollers, un tuba et des palmes… Mais ce qui a particulièrement attiré mon attention, c'est un amas de vêtements jetés en boule par-dessus tout ça.

Le désordre calamiteux de Chucks n'avait pas de limites. Un instant, j'ai imaginé qu'il avait peut-être retiré ses habits un jour et oublié de les récupérer. Aurait-il conduit nu un soir ? Qui sait… Ou alors il avait été obligé de se changer pour une raison quelconque. Quoi qu'il en soit, j'ai déroulé cette boule et me suis rendu compte que je reconnaissais ces fringues. Un pantalon, une chemise en jean avec la classique surpiqûre de cowboy…

"Merde, mais c'est ce que portait Chucks le soir de l'accident."

J'ai étalé l'épaisse chemise et découvert une large tache sur tout le côté, le vin que cet idiot lui avait involontairement (ou volontairement, d'après Chucks) renversé dessus au bar du Sapin Rouge. Mais qu'est-ce qu'elle foutait dans son coffre ? Et là, comme un flash, m'est revenue la phrase de mon ami le jour où il m'avait tout raconté : qu'il avait caché ses habits tel un criminel, "pensant qu'ils contenaient peut-être des traces d'ADN et que la police allait les débusquer comme dans les films".

Sur le coup, ça m'avait fait rire et j'ai ri de nouveau, seul dans le garage. Sacré Chucks, avec ses idées insensées. Je l'ai imaginé dissimulant les preuves de son crime, en chaussettes. En tout cas, c'était vrai qu'il l'avait fait – tout ce qu'il m'avait raconté était vrai.

L'impression que les fantômes rôdaient autour de moi s'est renforcée. Le vent hurlait au-dehors. Un chien, des cloches, la pluie. J'étais de plus en plus convaincu de m'être retrouvé là et d'être tombé sur ces vêtements pour une raison précise, mais laquelle ?

Manon avait déjà fait le tri et rangé la garde-robe de Chucks, et cette chemise me rappelait de mauvais souvenirs, alors j'ai décidé de la jeter avec tout le reste. Au moment où je l'attrapais par un coin avec la ferme intention de la fourrer dans le sac plastique, quelque chose a glissé d'une poche, est tombé par terre et a rebondi sur le carrelage rouge du garage.

L'objet, aussi petit qu'un caramel et de couleur noire, a atterri à mes pieds. Je me suis penché pour le récupérer. J'ai d'abord cru reconnaître un briquet ou un pilulier, mais je me suis vite rendu compte que je faisais erreur. J'ai posé le sac plastique dans le coffre et découvert qu'il s'agissait d'une de ces clés USB de format si réduit qu'elles tiennent dans la petite poche d'un jean.

Le vent avait redoublé et il s'était mis à pleuvoir. J'ai refermé le poing sur la clé et suis sorti du garage par la porte de la réserve, en oubliant ma quête de café. J'ai filé directement dans le salon et me suis installé devant mon ordinateur. Avec le plus grand soin, comme si je manipulais le détonateur d'une bombe, j'ai introduit l'instrument de sauvegarde dans le port USB de mon Mac. Une nouvelle icône en forme de disque est apparue sur le bureau. Et un titre en dessous :

"DSOMERES2"

II

1

“Bravo, Bert, bravo ! Tu l’as trouvé. Pile ce qu’il fallait.”

Chucks et Daniel étaient là, autour de moi, parmi d’autres fantômes, se félicitant de la nouvelle. Mais moi, je me sentais ébranlé, effrayé, tout petit. Je me suis mis à tressaillir et mon esprit s’est retrouvé propulsé dans un lieu et un temps où il n’était pourtant jamais allé, mais dont ma mémoire avait en quelque sorte conservé la trace :

“Et là, sa main s’agrippe à la poche de ma chemise de cow-boy et il me regarde en tressautant. Sa respiration est rapide et saccadée comme celle d’un vieillard asthmatique, il essaie de happer l’air pour me parler.”

La clé était suffisamment petite et légère pour que Chucks ne l’ait pas sentie tomber au fond de sa poche. Et Daniel Someres comptait sur cet homme qui venait de le percuter sur la route pour la récupérer. Évidemment, il ne s’était pas douté que celui-ci allait prendre la fuite, ni qu’il changerait tout de suite de vêtements et oublierait ceux qu’il portait cette nuit-là dans le coffre de sa voiture. Ni qu’il mourrait sans avoir découvert la clé.

De rage, j'ai frappé la table. J'ai aussi failli me taper la tête contre le mur tant j'étais en colère contre moi. Chucks avait raison depuis le début : cet homme était bien Daniel Someres. Il me l'avait répété jusqu'à satiété, "Je te dis la vérité", et je ne l'avais pas cru. J'imagine sa détresse en constatant que même son meilleur ami ne lui faisait pas confiance.

— Je suis désolé, Chucks ! ai-je crié dans le salon vide. Tu avais raison, tu as toujours dit la vérité !

J'ai allumé une clope et tenté de me calmer. Ce minuscule machin noir surgissait dans ma vie comme une terrible nouvelle, comme une tumeur au poumon, un présage de mort. Si c'était ce que je pensais, tout était vrai et Daniel Someres avait trouvé la mort dans la nuit du 21 mai sous les roues du Range Rover de Chucks Basil, sur la route de Sainte-Claire à Saint-Rémy. On avait dérobé et fait disparaître son cadavre à des centaines de kilomètres de là. Sûrement quelqu'un qui le poursuivait et ne voulait pas qu'on le retrouve trop près d'un certain domaine…

J'ai double-cliqué sur l'icône et une petite fenêtre s'est ouverte, avec un message en français que je n'ai pas eu de mal à comprendre : "Ce dispositif est protégé. Veuillez introduire le mot de passe."

Un curseur attendait au départ d'une zone de texte. Quel pouvait être le mot de passe ? Je ne sais pas pourquoi, j'ai essayé le nom de la sœur de Daniel, "ANDREA". Probablement parce que c'était le seul détail "intime" que je connaissais le concernant. J'ai appuyé sur ENTRÉE, la petite fenêtre a clignoté quelques secondes et m'a informé que le mot de passe était incorrect. Sur la ligne inférieure, on pouvait lire : "Il vous reste deux essais."

Cette menace m'a dissuadé d'insister. Je ne voulais pas que cette clé se bloque ou s'autodétruise. Qui sait quel système de protection avait élaboré Daniel Someres… Sa sœur avait dit qu'il se comportait en authentique parano quand il s'agissait de protéger son travail (et ce mot de passe en était la preuve).

Mais quelle importance, de toute façon ? La police comptait nombre de spécialistes capables de cracker ce verrouillage et de débloquer les infos contenues sur ce support. Le principal, c'était qu'une clé USB ayant appartenu à Daniel Someres avait atterri dans la chemise de Chucks, car cela pouvait signifier que toute son histoire était vraie, que tout coïncidait, qu'un plus un faisaient deux.

Dehors l'orage grondait, la pluie abreuvait le gazon assoiffé qu'on avait laissé pousser à sa guise. Je me suis levé et j'ai fait les cent pas dans le salon. J'ignore combien de temps j'ai tourné en rond, assez pour fumer deux ou trois cigarettes d'affilée en tâchant de cogiter, de canaliser ma pensée. Quels étaient les prochains pas à suivre ?

“Ne te laisse pas gagner par la panique, Bert. Réfléchis, réfléchis, réfléchis. Sers-toi du cerveau de concours qui trône sur tes fichues épaules.”

Je me suis arrêté à côté de la fenêtre. Il y avait un meuble bar que je m'interdisais d'ouvrir depuis que j'étais arrivé, mais j'ai fait une exception et me suis servi un gin sec. J'ai regardé derrière la vitre. Lola était couchée au bord de la terrasse, abritée par l'avancée du toit, endormie. Plus bas, je distinguais un bout de la piscine de Chucks, couverte par une bâche bleue. La piscine… Si seulement Lola pouvait parler !

"Réfléchis, bordel, réfléchis… Ah, Rosie, j'aurais bien besoin de toi maintenant !"

Les "pourchasseurs" de Daniel Someres savaient peut-être qu'il était en possession de ce dispositif USB. Ils avaient dû fouiller son cadavre avant de le lancer du haut des Corniches. J'ai repensé à François, le gardien de la clinique Van Ern, à son molosse patrouillant les bois qui jouxtaient la route. Désormais, je savais parfaitement ce qu'ils cherchaient. Ne trouvant rien, ils en avaient déduit que Daniel s'était débrouillé pour passer la clé USB à Chucks, l'homme qui l'avait écrasé puis s'était enfui.

J'ai sorti mon téléphone et cherché le numéro de Miriam. C'était une réaction instinctive : la prévenir, la mettre en sécurité. Mais qu'est-ce que j'allais lui dire ? "Salut, Miriam, finalement je peux le prouver, les Van Ern sont membres d'une secte de malfaiteurs. Fais les valises." Non, ai-je conclu en rangeant mon portable, ce serait encore plus dangereux, car Miriam n'avait plus foi dans ma lucidité. Je courrais le risque que mes paroles finissent dans les oreilles d'Edilia ou d'Eric. Sans parler de Britney et de son amour adolescent à qui elle confiait sûrement tous ses secrets intimes. Non… je ne devais livrer aucune information à Miriam et Britney, elles étaient trop proches des Van Ern. Bien trop proches.

"Concentre-toi, bon sang !"

Il fallait que je change d'angle d'attaque, que je m'en remette à la justice. Je devais donner la clé USB aux représentants de l'ordre, mais pas à n'importe lesquels. Je nourrissais des soupçons envers la gendarmerie de Sainte-Claire. C'était là que Chucks avait fait ses aveux et d'où les informations avaient probablement filtré. J'avais besoin de quelqu'un en qui j'aurais une confiance absolue et qui puisse m'aider à remettre ce matériel à la bonne personne. Un ami, parmi les rares qui me restaient…

V. J. a mis un peu de temps à répondre. Sa voix m'a paru somnolente, comme s'il se réveillait de sa sieste.

— Bert ! Allez-y, crachez le morceau, a-t-il dit en décrochant. Je suis prêt à tout entendre, quelle que soit votre opinion.

— Désolé, Vincent, je ne vous appelle pas pour votre manuscrit, je ne l'ai pas encore terminé. Vous travaillez, là ?

— Eh bien, j'étais en train de mettre un bateau en bouteille, a-t-il répondu en rigolant. Pas vraiment débordé, quoi. Mais que puis-je pour vous, monsieur Amandale ?

— Écoutez, Vincent…

Ma voix a commencé à chevroter.

— Je crois que j'ai levé un gros lièvre. Vous vous rappelez ce que je vous ai raconté la semaine dernière ? Ces théories saugrenues ? Je pense détenir une preuve qui démontre que j'avais raison.

Il y a eu un bref silence sur la ligne. Il m'a semblé entendre V. J. poser la bouteille et son esquif sur sa table de travail.

— Voyons, Bert… a-t-il lâché d'un ton apitoyé. Bon, je vous écoute.

— Croyez-moi, aussi invraisemblable que ça puisse paraître. Accordez-moi un vote de confiance.

V. J. est resté muet quelques secondes.

— OK, cher ami, accordé.

— Je suis chez Chucks à Sainte-Claire. Vous pouvez venir ce soir ?

— Chucks ? Votre ami ? a hésité Vincent.

— Oui… c'est une longue histoire, mais j'y suis, en effet. J'ai besoin de vous montrer un truc, rien de plus. N'en parlez à personne, absolument personne, d'accord ?

Le ton de V. J. à l'autre bout de la ligne en disait long. Il a bredouillé quelque chose avant d'annoncer qu'il viendrait.

— Donnez-moi l'adresse.

Je ne la connaissais pas par cœur, mais je l'ai trouvée sur une des lettres empilées dans l'entrée.

— J'y serai dans cinq minutes.

— Merci, Vincent. Et rappelez-vous : motus et bouche cousue.

— Vous avez ma parole, Bert.

Il a raccroché.

J'ai attendu assis devant la baie vitrée du salon "du voir" en fumant cigarette sur cigarette, les nerfs en pelote. J'essayais de me représenter la meilleure façon de m'y prendre. Je n'avais qu'une certitude : à partir du moment où l'affaire serait révélée, nous serions en grand danger, Miriam, Britney et moi, et aurions besoin de protection. Alors, dix minutes après avoir appelé Vincent, je me suis dit que je pourrais d'ores et déjà prendre quelques mesures dans ce sens. Il n'était pas utile d'informer Miriam des derniers rebondissements, mais je devais m'assurer qu'on quitterait la France ce jour même. La police serait peut-être prompte à réagir ou au contraire très lente. Quoi qu'il en soit, il était évident que nous devions nous éloigner au plus vite de cette ville et de ces gens.

La difficulté consistait à convaincre Miriam de me rejoindre quelque part en dehors du village, avec Britney.

— Bert ?

À sa voix, j'ai deviné que Miriam était surprise, si ce n'est un peu fâchée.

— Miriam, c'est moi. Comment tu vas ?

— Bien, a-t-elle répondu d'un ton plus raide qu'un poteau électrique.

— Écoute, je t'appelle parce que j'ai décidé de passer le mois de juin à Londres. Cette baraque me déprime au-delà du possible et, bon, je comprends que tu aies envie de rester dans celles aux pommiers…

— Londres ? Bon, OK, a dit Miriam, et j'ai senti que la nouvelle l'attristait. Je vais prévenir Tristan et Monica.

— Pas la peine, je m'installerai dans le loft de Chucks pour commencer. Dis-moi, Britney est avec toi ?

— Non, elle est en ville avec Elron. Pourquoi ?

— Je pensais partir en voiture dès ce soir. Si j'arrive tôt à Calais, je pourrai être à Londres dès demain. Alors j'aurais aimé vous dire au revoir.

— Déjà ? Eh ben…

Elle a marqué une pause.

— Bon, comme tu veux. Je crois que Brit a prévu de passer à la maison avant de ressortir ce soir. Il y a une fête quelque part…

— Je vois. Ça prendra une minute. Vers 20 heures, ça te va ?

— Je l'appelle et je te confirme. J'imagine qu'il n'y aura pas de problème. Mais, Bert, fais gaffe pendant cette "minute", d'accord ? J'ai parlé à Britney hier, je lui ai dit pour nous…

À cet instant, j'ai entendu sonner à la porte de notre maison.

— Tu attends quelqu'un ?

— Oui… Mme Grubitz, elle vient de me téléphoner pour savoir si je pouvais lui prêter mon livre de recettes, *Mange tout*. Elle doit avoir des invités de dernière minute. Je suppose qu'elle va en profiter pour se faire offrir un café et papoter un peu.

Au même moment, j'ai entendu un bruit dans le jardin de Chucks : le moteur d'une voiture et des pneus crissant sur le gravier. J'ai écarté les rideaux de la fenêtre et aperçu un Renault Scenic assez récent qui se garait à côté de ma Spider. C'était sûrement V. J.

— Bon, je te laisse, Bert, je vais accueillir Mme Grubitz. *A priori*, on se retrouve à 20 heures à la maison, OK ?

Je n'ai pas eu le temps de confirmer que déjà Miriam avait raccroché. Je suis resté songeur une seconde avant de voir Vincent descendre de sa voiture, en tenue civile, veste marron et pantalon en velours. J'ai posé le téléphone sur le rebord de la fenêtre pour aller lui ouvrir la porte.

— Merci d'être venu, Vincent.

— Bert, comment allez-vous ? m'a-t-il demandé d'un air sincèrement inquiet.

Il m'examinait de la tête aux pieds et apparemment le spectacle ne faisait qu'aggraver ses craintes. Et pour cause. Je portais toujours mon jean déchiré, des Crocs et un tee-shirt du Boss tout troué. Je n'avais pas pris de douche et n'étais pas coiffé. Je devais avoir l'air d'un fou.

— Entrez, on discutera à l'intérieur, ai-je dit en lui soufflant en pleine figure mon haleine parfumée au gin.

Je l'ai guidé jusqu'au salon et j'ai refermé la porte derrière moi. J'ai remarqué qu'il scrutait le désordre sur la table, les tasses vides, les cigarettes.

— J'ai passé quelques jours ici, ai-je lancé pour excuser le foutoir général. J'ai des petits soucis avec Miriam en ce moment.

V. J. a écarquillé les yeux en entendant cette nouvelle.

— Mince alors ! Je suis vraiment désolé, Bert ! Je n'étais pas au courant. Hier encore, je l'ai saluée sur la place et…

— On a préféré garder le secret. Enfin, pour autant qu'on puisse garder un secret dans ce bled. Mais on envisage de se séparer. Disons que c'était un peu notre dernière chance, ici, et que ça n'a pas fonctionné. Bref, ce que je voulais vous montrer…

— Bert, avant que vous alliez plus loin, j'ai appris votre petit incident à Saint-Rémy l'autre jour, et aussi ce que vous avez raconté à M. Van Ern. Cette histoire dont vous m'aviez déjà fait part. Il faut que vous arrêtiez avec ces idées-là… vous comprenez ?

— Je comprends, mais je crains de devoir revenir à la charge, ai-je annoncé avec un sourire. Et vous serez obligé de me suivre après avoir vu ça.

Je me suis installé sur le canapé et j'ai ouvert mon Mac.

— Encore une page web ? a demandé V. J.

— Non, non, vous allez voir. Asseyez-vous.

Mais il est resté debout et m'a demandé :

— Vous voulez boire quelque chose ? Avec votre permission, je vais me servir un martini.

Il est allé tout droit vers le bar près de la fenêtre. Tandis que j'attendais que l'ordinateur ouvre la page d'accueil, il est revenu avec deux martinis.

— Je trinque à votre trouvaille, Bert, quelle qu'elle soit ! s'est-il exclamé en me plaçant un verre dans la main.

Je n'en avais pas tellement envie, mais je l'ai bu. Puis je me suis allumé une cigarette et l'ai posée sur le seul petit espace encore disponible au bord du cendrier.

V. J. a pris place à côté de moi sur le canapé. Dès que l'ordinateur a démarré, j'ai glissé la main dans la petite poche de mon jean – sans aucun doute l'endroit le plus sûr pour ranger un objet si minuscule. V. J. a eu l'air surpris quand il a vu apparaître la petite clé USB noire entre mes doigts.

— C'est quoi, ça ?

— Je l'ai trouvée aujourd'hui par hasard dans la chemise que Chucks portait la nuit où il a renversé Daniel Someres. Il l'a percuté, Vincent, et ceci en est la preuve ! Cet homme était bien là, exactement comme l'a affirmé Chucks. Et il venait de s'échapper de la clinique Van Ern.

J'ai introduit la clé dans l'ordinateur et l'icône est montée sur le bureau avec, en dessous, le titre qui ne laissait aucune place au doute : "DSOMERES2".

— Vous voyez ?

V. J. a lâché une espèce de rire indécis.

— Vous dites que vous avez trouvé ça où ?

— Dans la voiture de Chucks, je vous montrerai, elle est dans le garage.

— Pas la peine, Bert, je vous crois. On peut l'ouvrir ?

— Non… c'est le problème, justement, le dossier est protégé par un mot de passe. Regardez.

J'ai fait un double-clic sur l'icône et la fenêtre du message de sécurité s'est affichée, me rappelant qu'il ne me restait que deux essais.

— J'imagine que c'est de la gnognote pour la police, non ?

V. J. a acquiescé sans cesser de fixer l'écran.

— Si vous ne pouvez pas l'ouvrir, comment savez-vous que ce truc confirme votre hypothèse ?

— Comment ça ? me suis-je étonné d'un ton peut-être un brin offusqué. Regardez le nom : "DSOMERES2". Qu'est-ce que ça peut signifier d'autre ? C'est forcément le nom de la personne qui a créé le fichier, Daniel Someres. La clé USB se trouvait dans la chemise que Chucks portait le soir de l'accident. Qu'est-ce qu'il vous faut de plus ?

— Comment pouvez-vous en être aussi sûr ? Chucks a très bien pu l'intituler ainsi et y avoir sauvegardé le résultat de ses recherches. Vous m'avez dit qu'il était obsédé par Daniel Someres.

Je lui ai parlé de la tache de vin sur la chemise de cowboy, du moment où Daniel Someres la lui avait agrippée, une seconde avant de mourir en soufflant ce mot étrange, "ermitage", et en glissant certainement la petite clé USB dans la poche au passage.

— Ermitage ! ai-je répété en élevant la voix.

— Quoi ? a dit V. J., surpris.

J'ai fini mon martini d'un trait et écrasé ma cigarette sur la pile de mégots accumulés dans le cendrier. J'étais tellement nerveux que j'en ai renversé la moitié sur la table.

— Et si c'était ça, le mode de passe ? Mais bien sûr ! C'est évident ! Someres voulait protéger son travail en le confiant à cet étranger qui l'avait heurté en pleine nuit, d'ailleurs il a utilisé le dernier souffle de vie qui lui restait pour dire "ermitage". Pourquoi, sinon ? Je suis sûr que c'est le mot de passe.

V. J. a regardé vers la fenêtre. Dehors, Lola s'était mise à japper. Sans doute à cause de l'orage d'été qui nous arrivait droit dessus. Elle aboyait inlassablement, mais j'étais tellement survolté que je ne lui ai même pas accordé un coup d'œil.

J'ai commencé à taper le mot dans la zone de texte prévue à cet effet.

— Attendez ! s'est exclamé V. J. Il est signalé qu'il ne vous reste que deux tentatives. Et si ça rate, il se passe quoi ?

— Je ne sais pas, j'ignore comment fonctionnent ces bidules.

— Alors vous ne devriez pas prendre le risque, ça pourrait effacer le contenu. Vous avez raison, il vaudrait mieux remettre ça entre les mains d'un expert. Je vais immédiatement appeler un collègue de l'unité informatique à Marseille. Ne touchez à rien.

Lola s'égosillait toujours. Le mot "ermitage" était écrit dans la zone de texte (caché derrière des astérisques) et le curseur de ma souris posé sur "valider". Mon corps était boosté par l'adrénaline, j'étais quasi certain que ce mot ouvrirait le dossier…

Lola jappait encore et encore. J'ai enfin tourné la tête vers la fenêtre et je l'ai vue, les pattes avant étirées. Elle ne hurlait pas après le bois ou la pluie, elle fixait le salon. Elle nous fixait, nous.

V. J. s'était levé du canapé et avait sorti son téléphone.

— Il a l'air nerveux, ce chien, il a un problème ?

— Je ne sais pas.

— Ça ne capte pas bien ici, je vais passer mon coup de fil à côté. J'en ai pour une minute, Bert.

V. J. a quitté le salon et refermé la porte derrière lui. Lola est partie d'un bond de l'autre côté, à croire qu'elle le pistait à travers la maison. J'ai entendu ses pattes gratter le sol de la terrasse, puis elle est revenue à la fenêtre et a émis une sorte de gémissement.

— Qu'est-ce qui t'arrive, Lola ? ai-je marmonné en me levant à mon tour et en m'approchant de la vitre.

Le chien ne me lâchait pas des yeux. Tout à coup, en apercevant la piscine de Chucks protégée par la bâche au-delà de la terrasse, j'ai eu un déclic : j'ai compris ce que Lola essayait de me dire.

Et ça ne m'a pas plu.

J'ai avancé tout doucement, presque sur la pointe des pieds, jusqu'à la porte du salon. V. J. n'était pas dans le vestibule, mais je distinguais sa voix quelque part dans la maison. J'ai mis quelques secondes à comprendre qu'il était dans le "salon d'écoute", je suis allé coller mon oreille à la porte et j'ai capté ces mots prononcés à voix basse :

— Il faut se magner. Tout de suite, oui. OK. Je suis avec lui, là.

2

Quand V. J. est revenu, il m'a trouvé installé sur le canapé devant l'ordinateur, une cigarette au bec.

— C'est bon. Mon ami dit qu'ils pourront y jeter un œil dès ce soir. Mais il faut que j'emporte la clé USB à Marseille. Ça vous va ? Vous êtes rassuré ?

Dès que V. J. avait mis un pied dans le salon, Lola avait recommencé à grogner.

— Eh ben, il est de mauvais poil, ce clébard ! a-t-il ajouté en souriant.

Mais son sourire s'est effacé dès qu'il m'a vu braquer le fusil à deux coups de Chucks sur lui.

— Mains en l'air, V. J. ! l'ai-je sommé d'une voix tremblante.

— Qu'est-ce que vous faites ? D'où vous sortez cette arme ?

— Cadeau de mon ami Chucks. Et je vous jure que je m'en servirai si vous ne faites pas ce que je vous dis, Vincent, cher ami, cher traître.

— Vous êtes fou ! De quoi vous parlez ?

Il a fait un pas dans ma direction.

— Restez où vous êtes et levez les mains ! ai-je répété, de plus en plus nerveux.

— Bert, s'il vous plaît, détendez-vous. Vous êtes en pleine confusion. Vous êtes en train de commettre une grave erreur.

— Ce n'est pas une erreur, non.

— Agression d'un agent de l'autorité publique. Je vais être obligé de vous arrêter.

— On verra bien qui arrête qui. Pour le moment, ayez la gentillesse de retirer votre veste.

— Vous allez vous fourrer dans un sacré pétrin, Bert. En tant qu'ami, je vous conseille de…

— Retirez cette putain de veste, Vincent !

Il s'est tu et son visage a pris une expression de colère absolue. Il a exécuté mes ordres, laissant tomber sa veste sur le sol.

— Maintenant, retournez-vous. Vous êtes armé ?

— Armé ? On est en France, cher ami, pas dans un western. Ici, personne ne porte d'arme sur soi, à part vous.

— Très bien. Asseyez-vous sur ce fauteuil, ai-je dit en pointant mon fusil vers un coin du salon. On va se mettre à l'aise et discuter, V. J.

Il m'a obéi en gardant les mains en l'air, mais je l'ai autorisé à les poser sur les accoudoirs.

— Maintenant expliquez-moi pourquoi Lola réagit comme ça en vous voyant. Elle jappe parce qu'elle vous a reconnu, alors que vous n'avez jamais mis les pieds dans cette maison, pas vrai ?

— De quoi vous parlez, Bert ? Je ne sais pas pourquoi votre chien est aussi excité. C'est votre seul argument pour braquer votre arme sur moi ? Vous avez complètement perdu la boule.

— Vous vous êtes sauvé dans la pièce d'à côté. Pourquoi ? Pour passer votre coup de fil discrètement, bien sûr. Mais je vous ai entendu parler à la sauvette : "Il faut se magner." C'était qui au bout du fil ? Van Ern, peut-être ? Ce sont eux qui vous paient vos voyages en Thaïlande, votre retraite dorée ?

V. J. a éclaté de rire.

— Votre imagination vous joue des tours, Bert, c'est vraiment regrettable. Les gens avaient donc raison de dire que la mort de votre ami vous a tourneboulé.

— Mon imagination ? Et qu'est-ce qu'il y a sur cette clé USB ? Cette clé ayant appartenu à Daniel Someres, qui l'a remise à Chucks. S'il est mort ensuite dans sa piscine, c'est sûrement parce que vous l'avez noyé. Et moi qui vous ai tout raconté ! Depuis le premier jour, vous étiez au courant de tout. Mais je vais vous le faire payer. À qui vous parliez ?

— Je vous l'ai déjà dit, à mon ami Jean Frateau, à la cybercriminalité de la préfecture de Police de Marseille.

— C'est très facile à vérifier. Passez-moi votre téléphone.

— Quoi ?

— Votre portable, où il est ? On va vérifier l'historique des appels.

J'ai tenté de détecter un semblant de surprise sur son visage, mais il est resté de marbre.

— Dans la poche intérieure droite de ma veste. Allez-y, appelez-le, et saluez-le de ma part.

Je me suis levé sans cesser de le viser et j'ai marché jusqu'au vêtement, abandonné à mi-chemin entre mon fauteuil et le sien. Je l'ai ramassé et l'ai palpé pour trouver le téléphone. Pendant ce temps, V. J. m'observait sans perdre son sang-froid. J'ai commencé à craindre de tomber sur le gars de Marseille après avoir appuyé sur la touche RAPPEL.

"Dans ce cas, je m'excuserai et puis voilà."

Quand j'ai enfin mis la main dessus, je me suis rendu compte que ce ne serait pas si facile : l'accès était bloqué par un code pin.

— Votre code, s'il vous plaît.

— 3131.

Quand j'ai eu terminé de taper ces chiffres, un écran rouge m'a informé que le code était incorrect.

— C'est pas le…

À l'instant où je prononçais ces mots et relevais les yeux, V. J. s'est redressé à toute vitesse en criant. Il avait profité de la seconde où j'avais cessé de le viser avec mon arme pour se jeter sur moi.

Il m'a embouti comme un train de marchandises, me laissant tout juste le temps de mettre le canon du fusil entre mon corps et le sien. On est tombés au sol en tenant tous les deux le canon des deux mains. V. J. a été plus rapide et a tenté de me l'écraser sur le cou, mais j'ai résisté.

— Ne faites pas l'idiot, Amandale, ne résistez pas, vous êtes en état d'arrestation.

— Putain d'assassin ! J'aurai votre peau !

Lola s'est mise à frapper la vitre avec ses pattes avant en aboyant de manière hystérique. V. J. se débattait, s'efforçant de me soustraire le fusil. Il croyait sans doute qu'il était chargé, mais moi, je savais que ce n'était qu'un bout de bois et de ferraille, alors j'en ai profité pour le prendre par surprise. J'ai lâché le canon pour venir plaquer mes mains sur son visage dans une attaque digne d'un sumotori, pas de coup de poing ni de gifle, mais un écrasement nasal. Et en même temps j'ai mis toutes mes forces dans ma jambe droite pour lui administrer un coup de genou et l'envoyer au sol. Mon plan n'a fonctionné qu'à moitié. V. J. m'a saisi le poignet pour l'écarter de sa tête, en tenant toujours l'arme de l'autre main.

À cet instant, un événement sacrément inattendu s'est produit. Son pouce avait dû rester coincé dans l'une des deux détentes. Dans le mouvement, il en a pressé une et le fusil a fait feu au plafond.

Merde alors, il était chargé ! Chucks avait sûrement trouvé les balles, ou en avait acheté.

Le charmant lustre qui pendait au-dessus de nous s'est pris une pluie de chevrotine. Des morceaux de plâtre nous sont tombés sur la tête et l'odeur de poudre a envahi la pièce.

Sous l'effet de l'explosion et du recul, on a été éjectés chacun de son côté. V. J. s'est emparé de l'arme pendant que je me relevais, alors j'ai couru vers la porte-fenêtre, où Lola, encore plus furieuse, montrait les crocs.

— Bougez pas ! a crié V. J.

Pensant qu'il allait tirer, je me suis jeté tête baissée derrière le divan le plus proche de la vitre. Dans les films, le héros retombe toujours bien, comme les chats, moi, j'ai eu l'impression de me fêler trois côtes.

— Arrêtez de compliquer les choses, Bert. Sortez de là les mains en l'air.

— Compliquer quoi ? Ma mort ?

— Ne dites pas de conneries, personne ne va vous faire de mal.

Je me suis allongé derrière le divan et j'ai regardé Lola la furie, à un mètre et demi de moi à peine.

— Il faut que tout ait l'air d'un accident, pas vrai, V. J. ? Vous êtes des spécialistes dans ce domaine. Comme avec Daniel Someres et Chucks. C'est vous qui vous êtes chargé de le noyer de vos propres mains ?

— Levez-vous, Bert. Tout ira bien, je vous le promets.

Je l'ai entendu avancer sur le côté, cherchant le meilleur angle pour me viser. Le plateau avec la vodka, le gin et le jus de lime dont nous nous servions aux jours heureux pour préparer nos gimlets matinaux, était tout près de moi. Je me suis jeté dessus pour attraper la bouteille de Rose's Lime Juice.

— Posez ça !

Sans réfléchir à deux fois, je l'ai lancée en direction de la voix, comme si c'était une grenade. La bouteille a explosé quelque part. Puis j'ai mis la main sur un Tanqueray n° 10 et, prenant le temps cette fois de légèrement me redresser, je l'ai envoyé droit sur V. J., qui se tenait au milieu du salon. Il a eu le temps de s'écarter et la bouteille de gin est allée percuter le mur, sans pour autant se briser. J'en ai profité pour filer à toutes jambes vers la porte du jardin.

— Si vous vous enfuyez, je tire ! Je serai obligé de tirer !

J'ai ouvert et Lola s'est précipitée à l'intérieur. Elle a cessé de hurler et a foncé sur V. J. Voyant le gendarme retourner le fusil et se préparer à repousser l'attaque du chien avec la crosse, j'ai sauté par-dessus le canapé et couru dans le coin où était posée la Gibson Les Paul Goldtop de 1957 pour la saisir par le manche.

Lola a bondi sur V. J. avec une énergie folle qui ne laissait aucun doute sur la haine qu'elle lui vouait. Je n'avais jamais vu cette douce bête montrer la moindre agressivité envers quiconque. Mais V. J. était prêt et il l'a cueillie avec un méchant coup de crosse sur le côté du crâne. La chienne a laissé échapper une plainte sinistre avant de retomber par terre comme un sac. Me voyant arriver sur sa gauche, Vincent a repris l'arme dans le bon sens pour me viser, mais je ne lui ai pas laissé le temps d'ouvrir le feu. Le corps en acajou massif de la Les Paul a traversé l'espace entre lui et moi comme une hache et est venue percuter son bras gauche avec une telle force qu'il a lâché le canon. L'arme a dansé dans sa main droite, sans qu'il puisse cependant appuyer sur la détente.

J'en ai profité pour lui flanquer un autre coup de guitare sur la main droite, l'obligeant à lâcher le fusil.

— Stop ! Vous m'avez cassé l'épaule ! a-t-il crié en français. Vous me l'avez cassée, crétin !

J'ai récupéré le fusil à deux coups et l'ai pointé sur lui. Il restait une balle à tirer.

— Vous allez parler ou je vous crève !

— Qu'est-ce que vous voulez que je vous dise ?

— La vérité, V. J. Je veux entendre la vérité.

— La vérité, c'est que vous êtes cuit, Bert. Et c'est tout.

— Ils arrivent, c'est ça ? Vous les avez appelés.

— Oui, voilà, exactement, a lâché Vincent en riant. Vous avez l'intention de me tuer ?

— Je le ferai au moindre faux pas de votre part, cher ami. Maintenant, mains en l'air et en avant, ai-je ordonné en le poussant vers le vestibule.

Je l'ai sommé de traverser le couloir, puis d'ouvrir la porte de la cave et d'y entrer.

— Sortez la clé et posez-la par terre, à mes pieds. Ensuite, fermez la porte, descendez l'escalier et criez quand vous serez en bas.

Il a crié. Sa voix a résonné dans le studio de Chucks.

— Vous êtes fou, Amandale, vous m'entendez ? Complètement cinglé !

J'ai ramassé la clé et verrouillé la porte de l'extérieur. Je suis allé dans la cuisine, j'ai pris une chaise et l'ai calée entre le mur et la porte.

De retour au salon, qui sentait la poudre, je suis allé vérifier l'état de Lola. Elle saignait de la tête, mais elle respirait. Je n'allais pas la laisser tomber, mais on ne s'en tirerait ni l'un ni l'autre si on s'attardait dans cette maison. V. J. avait averti “les autres”, ils étaient déjà en route. Mais qui étaient-ils ? Ces hommes avec leurs chiens ? Eric Van Ern en personne ? Je n'allais pas lambiner ici pour m'en assurer.

J'ai ouvert la porte et jeté un coup d'œil à l'extérieur. La pluie avait cessé et les nuages laissaient filtrer quelques rares rayons de soleil. Il n'y avait pas un chat, tout semblait normal en ce typique après-midi provençal. Les oiseaux profitaient de l'éclaircie pour partir à la chasse aux vers de terre ; au loin, à Sainte-Claire, on entendait le raffut d'un festival tandis que la route qui passait devant la Villa Chucks demeurait aussi déserte que d'habitude.

J'ai pris Lola dans mes bras et suis sorti de la maison. La capote de la Spider était baissée, alors je l'ai installée dans le coffre. La pauvre chienne, qui m'avait probablement sauvé la vie avec ses aboiements, gémissait de douleur, peut-être à l'agonie.

— T'en fais pas, Lola, on file tout de suite chez le vétérinaire.

Je suis retourné en toute hâte dans la maison pour récupérer le fusil et le MacBook sur lequel était encore branchée la clé USB. On n'entendait pas un bruit, V. J. devait attendre l'arrivée de sa bande, assis tranquillement dans la cave.

J'ai pensé crever les pneus de son Scenic, mais l'opération m'aurait fait perdre un temps précieux. De retour dans ma voiture, j'ai posé délicatement la pétoire par terre, à l'arrière, et rangé l'ordinateur dans la boîte à gants. Puis, toujours en jean, tee-shirt Bruce Springsteen et Crocs, j'ai mis le moteur en route et me suis barré de là à toute blinde. Les pneus ont patiné sur les graviers humides en crachant des cailloux et l'Alfa Romeo a bondi en avant.

III

1

J'ai pris la route de Sainte-Claire – la seule que je connaissais, à vrai dire. Il ne faisait aucun doute désormais que c'était V. J. qui m'avait trahi, et non pas les gendarmes de Sainte-Claire. Le lieutenant Riffle m'écouterait, ou du moins m'escorterait jusqu'à ce que je trouve quelqu'un qui me vienne en aide. Je lui demanderais d'envoyer une patrouille à la maison et de trouver Britney. Nous quitterions ce nid de vipères dès ce soir et personne n'entendrait plus parler de nous.

J'approchais le petit pont qui enjambait le Vilain quand j'ai vu une voiture arriver en sens contraire. Mon sang n'a fait qu'un tour.

C'était un gros monospace noir qui me fonçait droit dessus, phares allumés. Nous étions sur un chemin vicinal étroit, du genre où on est obligé de se ranger sur le côté et d'avoir l'air aimable. J'avançais au pas en tenant le volant de la main gauche. De la droite, j'ai saisi le fusil à l'arrière et l'ai fait passer entre les sièges, puis l'ai posé sur le siège du copilote et sur mes cuisses, pointé vers la vitre à travers laquelle je m'apprêtais à dire :"Bonjour !"

L'autre conducteur a aussi réduit son allure sans pour autant se rabattre pour me laisser passer, occupant au contraire une bonne partie du chemin jusqu'à ce qu'on se trouve nez à nez. J'ai serré ma droite au maximum – il y avait un petit talus sur le côté – et fait en sorte d'avancer autant que possible, mais l'autre voiture a donné un coup d'accélérateur pour venir se placer à mon niveau.

— Amandale ! a crié une voix joyeuse et familière.

J'ai mis quelques secondes à reconnaître ce visage serein qui me souriait. L'homme avait le coude appuyé à la vitre.

— Dan Mattieu ? ai-je répondu dès que j'ai réussi à connecter les deux neurones nécessaires.

Le gynécologue a pris un air ravi et dit en riant :

— En personne ! On dirait que vous venez de voir un fantôme.

Il y avait quelqu'un que je ne distinguais pas bien côté passager.

— Qu'est-ce que… vous faites ici ?

Mattieu a regardé son compagnon et a échangé un mot avec lui. J'ai tenté de l'apercevoir, mais il restait caché par la silhouette de Dan.

— J'allais vous poser la même question, a lancé Mattieu en se tournant vers moi. On va au Raquet Club, on a réservé un terrain, mais je crois qu'on va surtout boire un coup. Avec ce temps…

Je les observais sans piper mot. Le passager restait lui aussi silencieux, immobile, comme s'il ne voulait pas que je puisse l'identifier. Mattieu a scruté l'intérieur de ma voiture en fronçant les sourcils, l'air préoccupé.

— Vous êtes seul ? Vous ne voulez pas venir avec nous ? On prendra un verre.

Sans y réfléchir à deux fois, j'ai appuyé sur l'accélérateur, tandis que Mattieu me criait quelque chose, interloqué. La Spider a foncé vers le pont et j'ai jeté un œil dans le rétroviseur : Dan, le buste penché à la vitre, me regardait.

Mon cœur battait à tout rompre et mes glandes surrénales balançaient de l'adrénaline à gogo, ce qui ne m'aidait pas à gagner en sang-froid et en intelligence. Qu'est-ce que Mattieu foutait là ? Les deux hommes se rendaient-il vraiment au Raquet Club ou s'agissait-il des malfaiteurs avertis par V. J. ? Mattieu… Pourquoi pas ? C'est ça, ils devaient être de mèche. Après tout, ils étaient amis avec les Van Ern. D'ailleurs, n'avaient-ils pas débarqué avec eux au marché d'artisanat ? Combien la liste comptait-elle d'acolytes ? Est-ce que toute cette satanée ville de Saint-Rémy ne formait qu'une grande secte joyeuse ? Je me suis alors rappelé ma conversation téléphonique avec Miriam, interrompue par la mère Grubitz sonnant à la porte. “Elle doit avoir des invités de dernière minute”, avait supposé Miriam. Et c'était dix minutes après que j'ai appelé V. J. pour lui parler de ma découverte.

Merde, la Grubitz. Miriam.

J'ai vérifié plusieurs fois dans le rétroviseur que le monospace de Dan Mattieu n'avait pas fait demi-tour pour me suivre. Puis, sans cesser de rouler, le flingue sur les cuisses, j'ai cherché mon téléphone. En jean et tee-shirt, il ne m'a pas fallu longtemps pour me rendre compte que je ne l'avais pas sur moi. Dans la précipitation, j'avais pris Lola, le fusil et l'ordinateur, mais laissé mon portable à la maison.

Après avoir franchi le Vilain, j'ai filé sur la droite en direction de Sainte-Claire. La route était jonchée de petites boules de crottes, comme si cinq millions de moutons étaient passés par là. J'ai vite compris pourquoi : Sainte-Claire accueillait un festival de transhumance. Des centaines de moutons défilaient à travers le village. Au moins sept véhicules les suivaient au pas, formant un bouchon, au rythme des instructions de quelques volontaires. "Et merde !" ai-je crié en tapant le volant.

Un panneau indiquait que le centre de Sainte-Claire était fermé à la circulation, m'obligeant à opérer un demi-tour à cent quatre-vingts degrés pour emprunter la déviation. Plus loin, sur la route, j'ai aperçu le petit centre commercial où j'allais souvent faire mes courses. Il y avait une clinique vétérinaire au milieu des quelques commerces, et je pourrais peut-être aussi passer un coup de fil.

L'endroit proposait un vaste parking sur le devant, une boutique de fleurs, pots et nains de jardin (certains disposés en une longue file sur le trottoir, souriants), la clinique vétérinaire, un tabac-presse et une boîte aux lettres de la poste. Je me suis garé en face du cabinet vétérinaire, dont la façade était décorée d'un énorme os blanc fabriqué en liège ou en mousse. Il y avait encore de la lumière et j'ai aperçu quelqu'un à l'intérieur. J'ai caché le fusil sur le siège arrière et suis descendu de voiture comme une flèche.

J'ai eu peur en ouvrant le coffre de découvrir Lola morte, mais la chienne avait résisté ; elle a soulevé un peu la tête en apercevant la lumière du jour.

— On est arrivés, Lola, tiens bon.

Je l'ai prise dans mes bras et l'ai portée avec précaution devant la porte de la clinique, pour me rendre compte, en lisant les horaires sur une grande pancarte (en forme d'os elle aussi), que c'était fermé. Cependant, ayant aperçu quelqu'un, je me suis mis à frapper avec insistance sur la devanture. Une jeune fille blonde, le visage piqué de taches de rousseur, vêtue d'une blouse blanche au logo de la clinique, est venue m'ouvrir. Elle m'a d'abord annoncé qu'ils étaient fermés, mais dès qu'elle a vu la large plaie sur la tête de Lola, elle m'a fait signe d'entrer. Nous sommes allés dans une salle d'auscultation et j'ai déposé Lola sur la table.

— Je suis désolé, je suis pressé, ai-je dit dans mon français approximatif.

J'avais mis Lola en sécurité, c'était le minimum que je pouvais faire pour ma sauveuse, mais maintenant je devais m'occuper de Miriam et Brit.

J'avais déjà un pied dehors quand la vétérinaire a voulu me retenir.

— Monsieur ! Monsieur ! a-t-elle crié derrière moi.

Plus je réfléchissais à cette nouvelle composante de ma théorie, plus j'étais nerveux. Elena Grubitz, les Mattieu : ils faisaient tous partie de la conspiration et désormais V. J. les avait tous avertis des derniers rebondissements. Les alarmes étaient au rouge, Miriam et Britney se trouvaient en danger. Je devais les prévenir mais ne connaissais pas leurs numéros français par cœur. Je me rappelais seulement qu'il y avait trois 5 dans celui de Miriam. C'était un peu court.

J'ai quitté le parking du centre commercial en essayant de calmer mon cerveau en panique, perdu en plein brouillard. Devais-je filer à Saint-Rémy pour les mettre en garde ou aller récupérer mon téléphone chez Chucks ?

J'ai songé alors que je pourrais utiliser mon Mac pour envoyer un message à Brit via mon compte Facebook. Elle consultait sans cesse le sien ainsi que sa messagerie instantanée sur le smartphone. Il suffisait que je puisse me connecter au réseau d'un de ces magasins encore ouverts, le fleuriste ou le bureau de tabac.

J'ai sorti le Mac de la boîte à gants et foncé au bureau de tabac. C'était ce genre d'endroit où on trouve un peu de tout : cartes de vœux, carnets et journaux, cigarettes et magazines. La vendeuse était une quadragénaire pulpeuse habillée comme les astrologues à la télévision.

J'ai déboulé là-dedans comme une flèche, l'ordinateur sous le bras, bousculant la tranquillité de la petite boutique. La femme m'a examiné de la tête aux pieds en se demandant si j'étais un voleur, un type bourré ou un mendiant.

— Wifi ? Internet ?

Elle m'a fait une réponse en français que j'ai comprise à moitié, me signifiant sans doute qu'elle tenait un bureau de tabac, pas un cybercafé.

— J'ai besoin d'envoyer un message, ai-je ajouté. C'est très important.

— Eh ben, vous pouvez toujours envoyer une carte postale. On vend aussi des timbres et des enveloppes, a fait valoir la vendeuse d'un air goguenard.

Je lui ai adressé une grimace proche du sourire, dit "Merci" et j'ai fait demi-tour. J'ai tenté ma chance dans le commerce d'à côté, la jardinerie, mais n'ai même pas réussi à trouver un employé à qui parler. J'ai allumé le Mac et regardé les réseaux disponibles, mais il n'y en avait que deux ou trois, sécurisés.

"Bon, j'ai plus le temps. Faut trouver une autre solution."

Dehors, le soleil réchauffait l'atmosphère après l'orage et donnait à l'asphalte le lustre du plomb. J'ai regagné ma voiture au pas de course et tenté d'évaluer les différentes options possibles. Je pouvais aller à Saint-Rémy, mais il y avait une demi-heure de trajet et, si mes soupçons concernant la Grubitz étaient justifiés, les griffes du complot devaient déjà se resserrer sur Miriam et Britney. Ma "deuxième meilleure idée" était de me rendre à la gendarmerie de Sainte-Claire et de faire appel au lieutenant Riffle… mais ce fichu festival m'obligeait à y aller à pied, et puis, comment lui expliquer que je venais de frapper un agent de l'ordre public et de l'enfermer dans la cave de Chucks ?

J'ai levé les yeux et vu la buraliste en train de fumer une cigarette devant la porte de sa boutique. Elle m'a souri. Je lui ai rendu son sourire et m'en suis allumé une à mon tour. Puis je suis allé remettre l'ordinateur dans la boîte à gants et ai réalisé que la clé USB était toujours branchée dessus. Je l'ai prise, l'ai glissée dans la poche de mon pantalon et, soudain, j'ai eu une idée.

2

Jusqu'à cet instant, tout n'avait été qu'une longue succession d'erreurs. D'abord Chucks, qui n'aurait jamais dû abandonner cet homme sur la route, puis mon entêtement à rejeter ses théories les unes après les autres. Son histoire était vraie du début à la fin, et j'ai réalisé que c'était l'inaction qui nous avait lamentablement conduits à cette terrible situation. Mais au milieu d'une avalanche de seaux de merde, Bert Amandale était capable de réussir un joli coup. Et c'est ce que j'ai fait. Certes, après les applaudissements, les pirouettes des pom-pom girls et les feux d'artifice, le déluge allait reprendre. Il tournerait même à l'orage.

Après avoir contourné Sainte-Claire, j'ai rejoint les flancs de la colline du mont Rouge. Les brochures touristiques des Alpilles vantaient leurs "trois cents jours de soleil par an", mais ce jour-là, il était tombé de véritables trombes d'eau. Je suppose qu'on peut accuser le changement climatique, grâce auquel certains vins anglais sont devenus moins imbuvables que la moyenne, voire meilleurs que quelques piquettes françaises. En tout cas, la route était mouillée et l'ascension en lacets m'a paru vertigineuse.

Un virage après un autre, prudemment… La Spider n'était pas comme d'habitude, elle paraissait nerveuse elle aussi, plus difficile à manœuvrer. Ou bien étais-je particulièrement maladroit ?

Il y avait de la circulation. Le festival de Sainte-Claire attirait les gens des villages voisins. Ce soir, on mangerait des grillades, on boirait du vin et on fêterait l'arrivée de l'été. Une voiture m'a doublé en klaxonnant. Roulais-je trop lentement ? Je me suis rendu compte que j'empiétais sur la voie de gauche. Que m'arrivait-il ? Je me suis concentré sur ma conduite. J'allais retourner à Saint-Rémy faire ce que j'avais à faire. Mais il fallait déjà arriver à bon port.

Une autre voiture a voulu me doubler. Un monospace familial noir. La route filait en ligne droite sur quelque deux cents mètres avant un nouveau virage, mais le dépassement m'a paru extrêmement lent, comme si le conducteur prenait tout son temps. Arrivé au niveau de ma Spider, il a même semblé réduire sa vitesse.

— Appuie sur la pédale, bon sang ! ai-je crié.

J'ai jeté un coup d'œil sur le côté mais n'ai pas pu distinguer la personne au volant. Le véhicule a continué d'avancer sur la voie opposée, alors qu'on approchait du virage. J'ai tourné à nouveau rapidement la tête. Quelqu'un était assis à l'arrière et m'observait.

C'était la fille des Van Ern. Je ne l'avais vue qu'une ou deux fois dans ma vie, mais j'étais certain de la reconnaître. Son teint pâle, ses taches de rousseur et ce regard méchant. Elle avait les mains posées sur la vitre. Des mains rouges, tachées de sang.

Elle m'a souri et ses mains ont glissé, laissant une trace sanguinolente. Puis elle en a levé une et s'est barbouillé le visage en rigolant.

J'ai ralenti instinctivement.

J'avais donné un léger coup de frein, mais un véhicule devait me coller au train. Le choc m'a propulsé en avant et au même instant j'ai entendu un coup de klaxon.

Le monospace avec la fille des Van Ern a fini de me doubler, et j'ai accéléré. J'ai dû appuyer trop fort sur la pédale car la Spider a fait un bond brutal. Le type derrière continuait de klaxonner, peut-être pour me demander de m'arrêter. Nos voitures s'étaient percutées assez fort et j'ai vu dans le rétroviseur qu'il avait perdu un phare, mais je me suis rendu compte au même instant que je ne contrôlais plus mon bolide. Je pouvais à peine bouger les bras. Mes mains étaient correctement positionnées sur le volant, aucun doute, mais j'étais incapable de le tourner. J'étais en train de rêver, et j'allais me réveiller en plein virage. L'accélérateur était hyper-réactif, typique des voitures de sport. Mon pied était figé dessus, paralysé, et le moteur rugissait en troisième, me réclamant de changer de vitesse. L'autre pied, plaqué devant les pédales, était ma seule chance de m'en sortir. Je l'ai traîné comme j'ai pu en espérant atteindre le frein, suis parvenu à toucher le bout de la pédale, mais il est aussitôt retombé. Le compteur affichait soixante-dix kilomètres-heure. Avais-je attaché ma ceinture ? C'est la dernière chose à laquelle j'ai pensé. Et aussi au martini que m'avait préparé V. J. un peu plus tôt, dès qu'il avait mis un pied dans le salon de Chucks. D'ailleurs, une telle soif m'avait surpris de la part de mon vieil ami, le gendarme du village…

Les coups de klaxon furieux du conducteur derrière moi se sont transformés en longs avertissements quand il m'a vu prendre le virage à fond de train. Le véhicule avec la fille aux mains ensanglantées avait déjà filé vers le sommet de la colline. Je me suis juste réjoui qu'aucun cycliste ni automobiliste ne descende la route à cet instant précis, car je lui serais rentré dedans.

J'ai fusé comme un missile dans la courbe. J'ai eu de la chance dans mon malheur, car au lieu d'aller emboutir l'énorme pin qui m'attendait en première ligne, le capot de la Spider a heurté un obstacle (un tronc d'arbre, apprendrais-je plus tard) qui m'a stoppé net. À cause de l'inertie, l'arrière de la Spider s'est soulevé, la voiture a fait un salto parfait avant de retomber sur le côté. Je me suis pris le volant dans les côtes et cogné la tête au plafond. Les vitres ont volé en éclats, sans m'infliger de blessures graves. Dans un ultime tonneau, la voiture a fait un tour complet, et tout s'est arrêté d'un coup, plus de bruit, plus de mouvement. Plus rien.

J'ai vu l'herbe autour de moi, entendu des klaxons et des cris sur la route. Ça empestait l'essence. J'ai prié que la voiture ne prenne pas feu. Je ne voulais pas brûler vif dans cette splendide Alfa Romeo.

J'ai senti quelque chose glisser sur mon visage. Je ne sais pas pourquoi, j'ai imaginé un serpent. En réalité, c'était du sang, et au moment où il a coulé sur mon menton, tout est devenu blanc autour de moi.

3

Je me souviens de la suite par bribes. Comme des bouts de verre ou les pièces d'un puzzle. Je ne parviendrai jamais à démêler le rêve de la réalité. Peut-être était-ce les deux à la fois.

Un homme s'était agenouillé et me parlait à travers la vitre, au ras du sol. "Monsieur, monsieur, vous m'entendez ?" Puis d'autres gens sont arrivés, d'autres jambes. Ils ont essayé de redresser la voiture, mais avant qu'ils n'y parviennent, des sirènes ont retenti. J'ai prié que ce soit le lieutenant Riffle et ses héros en combinaison blanche. Je lui raconterais tout, il était encore temps…

"Il faut aller chercher Miriam. Méfiez-vous des autres. Ces femmes de Saint-Rémy, ses amies… Toutes des sorcières qui complotent, vous comprenez ? Elles appartiennent à la grande secte du père Dave."

— Du calme, monsieur, du calme. Vous m'entendez ?

Je me rappelle que quelqu'un a ouvert ou enfoncé la portière. Il y a eu un bruit de scie électrique et j'ai failli leur demander de faire gaffe à pas rayer ma Spider. Et puis on m'a sorti de là, j'ai aperçu la cime des arbres, le ciel à demi étoilé de la nuit tombante. Ça sentait l'été, la menthe, les pins parasols taquinés par le vent. Et le vent, c'était la chevelure d'une jolie jeune femme. Des chemisiers en soie portés par-dessus le pantalon. Des bouteilles de champagne ornées de leur coiffe dorée. Des bougeoirs en bronze au bord d'une piscine. Les cigales et l'odeur des feuilles mortes qu'on brûle à la campagne. Faire l'amour sous les arbres. Écouter la musique d'un virtuose aux yeux tristes. Une grande horloge murale au bois bruni par les siècles. Son balancier régulier et profond. Boum. Boum. Boum.

On m'a installé sur un brancard et transporté à travers les arbres. J'avais créé un sacré bouchon, une longue enfilade de phares. Des gens me regardaient en fumant sur le bas-côté. Un père a crié à ses filles de ne pas sortir de la voiture. Je devais offrir un spectacle atroce. À cet instant, j'ai pensé qu'on m'avait peut-être amputé un membre pour m'extraire de l'Alfa Romeo. Sinon, pourquoi cette scie ? Mais, incapable de bouger, je ne pouvais pas le vérifier. Il ne restait peut-être de moi qu'une dépouille sanguinolente. Je me suis vu en Saint-Barthélemy dépecé, la chair à vif, mitonné dans une sauce tomate à l'origan. J'avais mal partout, comme si on m'avait donné des coups de marteau sur tout le corps, comme si on m'avait broyé les côtes avec une grosse pince.

Le plafond de l'ambulance (ai-je supposé) et deux jeunes hommes à mes côtés. Deux héros en blanc. Des médecins. Ils allaient pouvoir m'aider. J'ai essayé de leur expliquer la situation. Je leur ai donné le nom du lieutenant Riffle, mais ils ne m'ont même pas accordé un regard. "Détendez-vous, monsieur, m'a dit l'un d'eux en anglais. On vous emmène à l'hôpital, on va vous soigner. Détendez-vous, maintenant." J'ai senti qu'il m'injectait un produit dans le bras, et la douleur s'est instantanément diluée.

J'ai pensé à Britney. Je me suis souvenu d'elle un soir où je partais pour l'aéroport, des siècles en arrière. Elle avait six ans, c'était une princesse aux cheveux blonds, une fée dont j'étais amoureux. Elle m'avait couru après, sauté dans les bras et posé un gros bisou sur la joue. Puis elle était restée plantée au milieu du chemin en agitant sa main pour me dire au revoir.

— Tu reviens vite, papa, promis ?

— Promis.

Cet été-là, nous vivions dans une maison de location dans l'Oxfordshire. Arrivé à la grille du jardin, derrière laquelle m'attendait un taxi, je m'étais retourné sur ma maison, ma fille, et j'avais eu la conviction que c'était ça, la mission des hommes sur terre.

Puis j'étais monté dans le taxi et j'avais fermé les yeux.

J'ai goûté le sang qui glissait entre mes lèvres.

Oh, les doux rêves.

IV

1

— Ça aurait pu être bien pire, vraiment… Il a eu de la chance… Oui, maman… Oui… Non, t'inquiète pas… C'est pas la peine, il y a déjà trop de monde ici.

L'image suivante : une chambre d'hôpital. Des murs blancs et remplis de petits appareils. Des fleurs pour rompre le triste monopole des couleurs pastel. Miriam discutait au téléphone près de la fenêtre. Les cheveux attachés en queue de cheval, elle examinait ses ongles, le visage baigné de soleil. Elle portait un chemisier blanc par-dessus son jean.

— Pour le moment il dort. Il a été quasiment tout le temps dans le cirage. Oui, ça vaut mieux. On va voir ce qu'on peut faire maintenant. Attends, on dirait qu'il ouvre les yeux… Bert ?

— Miriaaaam ?

— Faut que je te quitte, maman. Il vient de se réveiller… Oui, oui, je te rappelle tout à l'heure.

Miriam a raccroché et s'est approchée lentement de moi. Elle m'a pris la main.

— Hello, mon amour.

Elle avait les yeux cernés, les traits tirés, ne portait ni maquillage ni boucles d'oreilles.

— Hello, ai-je dit en souriant. Comment ça va ?

— Mieux que toi, on dirait.

J'ai ri et senti mes côtes grincer de douleur.

— Tu souffres ?

— Un peu. Qu'est-ce que je me suis fait ? Je suis entier ? ai-je dit en désignant mes jambes.

— Plusieurs contusions, une côte brisée et une belle entaille à la tête. C'est tout. Tu aurais pu te tuer, mais tu t'es juste égratigné. Tu es l'Homme de fer.

Sur ces mots, elle a serré ma main entre ses doigts.

La porte s'est ouverte, livrant passage à Britney. Je n'avais jamais été aussi heureux de la voir. Miriam et Britney, toutes les deux saines et sauves. Nous avions gagné. J'ignorais encore comment, mais nous avions gagné.

— Papa !

Elle a traversé la chambre en courant mais s'est arrêtée à un mètre du lit, et s'est mise à pleurer.

— Ma chérie, ai-je dit en tendant la main, ne pleure pas. Viens, c'est fini, tout est arrangé.

— Oui, bien sûr, papa…

— Oui, Bert, a ajouté Miriam, tout va s'arranger. Rassure-toi.

Britney m'a embrassé, et moi je réfléchissais aux paroles de Miriam : "Tout va s'arranger." Ce n'était donc pas encore fait ?

Britney sentait le shampoing aux fleurs des champs. Ses cheveux détachés sont venus me frôler le visage et ses larmes ont coulé sur mon front.

— Comment ça s'est terminé ? ai-je demandé. La police est venue ? Ils ont fait leur job ?

— Non, a répondu Miriam, il n'y aura pas de police, Bert. Calme-toi. Il faut qu'on en parle, mais ça peut attendre. Pas la peine d'aborder le sujet tout de suite. Tu es trop faible.

— Mais c'est important, Miriam. Très important.

Britney a porté les mains à ses lèvres, s'efforçant de contenir un sanglot. Elle s'est écartée, s'est retournée. Que se passait-il ? Miriam aussi avait les larmes aux yeux. Elle a sorti un kleenex de je ne sais où et s'est essuyée.

— Vraiment, il vaut mieux que tu te reposes, mon amour.

Elle m'a caressé les cheveux avec une douceur presque maternelle.

— Tu vas voir, tout ira bien. On a des amis…

On a frappé à la porte et une infirmière a annoncé que Miriam et Britney devaient sortir un instant, le temps qu'on me fasse des soins. Britney m'a encore embrassé, puis Miriam.

— On revient tout de suite.

L'infirmière était une jolie femme d'origine africaine avec des yeux brillants, couleur noisette. Je lui ai demandé son nom et elle m'a répondu "Fatima".

— Comme la Vierge, ai-je plaisanté, et elle a souri en me retirant les bandages sur ma tête.

— On est dans quel hôpital ?

— Salon-de-Provence.

— Ah, et je suis là depuis quand ?

— Moins de vingt-quatre heures. On vous a amené hier soir. Vous avez eu de la chance. Avec la voiture, je veux dire.

— On dirait bien.

— Vous avez de la chance aussi d'avoir votre famille et des amis à l'hôpital.

— À l'hôpital ?

— Oui, le Dr Mattieu, votre voisin. Il travaille ici.

— Dan Mattieu ? Mais… il est là ?

Je voulais dire : "Il est toujours en liberté ?" mais je redoutais d'en avoir la confirmation.

J'ai laissé Fatima nettoyer mes points de suture et lui ai demandé si je pouvais bouger. Elle a voulu savoir où je comptais aller.

— Je veux juste faire un tour, ai-je expliqué.

Elle a répondu de ne même pas y penser.

— De toute façon, vos côtes se chargeront de vous faire comprendre que vous devez garder le lit.

Fatima a quitté la chambre, Miriam est revenue, et j'ai eu le temps d'entrevoir Britney appuyée sur une épaule protectrice : celle d'Elron. Cette vision m'a provoqué une crise d'angoisse.

— Qu'est-ce qu'il fout là ?

— Du calme, Bert. Ils nous aident.

— Qui nous aide ? On n'a pas besoin de leur aide, Miriam. S'il te plaît, ferme la porte une seconde. Tu peux faire ça ? Il y a un verrou ?

— Je ne sais pas.

— Va voir, et sinon bloque-la avec une chaise ou autre chose, je t'en prie. J'ai besoin de te parler en tête à tête.

Elle a posé sur moi un regard d'une profonde tristesse. Elle a poussé un soupir et a fini par s'exécuter. Il est apparu qu'on ne pouvait pas verrouiller la porte de l'intérieur, mais elle a glissé une chaise devant, et s'y est assise.

— Bien, Bert. Je t'écoute.

— J'ai trouvé la preuve qui les incrimine tous, Miriam. Une preuve réelle, concrète.

— Je sais, Bert, je sais.

— Tu sais quoi ?

— Pour la clé USB, c'est ça ?

Je suis resté sans voix une seconde.

— Mais… comment ?

— Vincent nous a tout raconté.

— Vincent ?

— Oui, Vincent, grâce à qui tu n'as pas un flic posté à cet instant devant ta porte.

— Mais qu'est-ce que tu racontes ? me suis-je écrié. Il a essayé de me tuer !

Miriam a levé les mains.

— S'il te plaît, Bert…

Mon corps s'est arqué sous la tension et j'ai eu mal partout. Je me suis rallongé sur le matelas.

— Je ne sais pas ce qu'on t'a raconté, mais c'est ce qui s'est passé. Lola s'est mise à lui grogner dessus, elle l'a reconnu. Il fait partie de l'organisation, il me l'a avoué lui-même.

— Il nous a donné une version différente…

— Évidemment !

— Il dit que tu l'as appelé et que tu lui as demandé de venir chez Chucks parce que tu avais trouvé la "preuve définitive" de tes théories. Quand il est arrivé, tu lui as montré une clé USB protégée par un mot de passe, avec un document qui portait le nom de ce Daniel Someres.

— Oui, c'est vrai. Je l'ai trouvée dans la chemise de Chucks.

— Bon, mais en réalité il n'y avait rien. Juste ce nom que n'importe qui aurait pu écrire, y compris toi ou Chucks. En tout cas il a décidé d'appeler un ami policier à Marseille, parce que, outre le fait que tu étais habillé comme un clochard et que tu avais bu, tu avais l'air très perturbé par ta trouvaille.

— Ça n'a aucun rapport !

— Le rapport, c'est que Vincent se faisait du souci pour toi. Lola jappait pour une raison quelconque, tu as dû t'imaginer qu'elle l'avait reconnu et en déduire illico qu'il avait assassiné Chucks ! Enfin, Bert, tu l'as braqué avec un fusil chargé, tu aurais pu le tuer !

— Je ne savais pas qu'il était chargé, et puis, raconté comme ça, j'ai l'air d'un dingue. Mais ce n'est pas ce qui s'est passé. C'est lui qui m'a agressé. Il vous a raconté cette partie de l'histoire ?

— Oui. Il a dit que tu lui avais demandé son téléphone, que tu te méfiais de lui. Tu t'es mis à trembler, le canon du fusil était pointé sur sa tête et il a eu peur que tu finisses par tirer. Ses craintes n'étaient pas infondées, loin de là, quand on sait comment tu t'es comporté après. Alors il a essayé de te neutraliser de manière amicale.

J'ai ri. Quelle autre attitude adopter face à une telle manipulation ? Tout est une question de perspective, quand on décrit une action, et visiblement, V. J. avait tout à fait assimilé cette technique narrative.

— Amicale, bien sûr. Et quand il m'a dit qu'il avait appelé "les autres" ? Il t'a expliqué de qui il s'agissait ? Il me l'a avoué, Miriam, il appartient à cette secte.

— Non. Il t'a juste dit ce que tu voulais entendre, Bert. Il a pensé qu'il s'en sortirait peut-être s'il jouait ton jeu. C'est tout, mon amour. V. J. a agi en ami, à cet instant et même après. Il a décidé de ne pas porter plainte. Il comprend que tu traverses une très mauvaise passe, et que tu as perdu les pédales.

— Quoi ?

— Je suis désolée, Bert, mais c'est la vérité. La police a demandé une analyse de sang. Tu étais drogué et alcoolisé au volant. Tu aurais pu tuer des gens. Pas seulement V. J., mais après, sur la route. Tu vas passer au tribunal, mais tu t'en sortiras.

J'ai observé Miriam en silence. Un instant, j'ai pensé qu'elle aurait pu utiliser une formule plus solidaire, comme : "On va s'en sortir."

— Charlie Grubitz affirme que tu vas perdre ton permis et payer une amende, mais que tu n'iras pas en prison. Il a proposé de te défendre. Je me rends compte à quel point les gens que nous avons rencontrés ici sont formidables. Tous ces amis, y compris Dan Mattieu, qui s'est chargé de te trouver cette jolie chambre…

— Dan Mattieu… Grubitz… ils sont tous de mèche, Miriam. Ils m'ont fait avaler une drogue qui m'a paralysé. C'est pour ça que j'ai eu cet accident. La Grubitz s'est pointée à la maison par surprise, non ? Ils l'ont sûrement envoyée pour te surveiller pendant qu'ils se chargeaient de moi… Tu ne vois donc pas ce qui se passe !

Miriam a souri.

— Je sais que tu crois à ton histoire, et je respecte ta façon de gérer la situation. Au fond, tu es très courageux. Mais tu as besoin d'aide, tu ne peux pas t'en sortir tout seul.

— De quoi tu parles ?

— Je ne sais pas trop comment te le dire, Bert, mais nous pensons que tu as besoin d'une aide professionnelle.

— Nous croyons ? Qui est l'autre tête pensante ?

— Ta fille, nos amis… Tes amis, Bert.

Elle a bien insisté sur le mot "tes".

— Un psychiatre, c'est à ça que tu fais allusion ? Très bien, pas de problème, je parlerai avec un psy. Ce ne sera ni la première ni la dernière fois de ma vie, Miriam, mais cette fois c'est pas pareil…

— Je ne crois pas que "parler" soit suffisant. Quand ils ont libéré V. J., ils ont trouvé quelque chose dans la cave.

— Quoi ? l'ai-je interrompu. Voyons, raconte-moi ça.

— Quelqu'un a entendu les coups de feu, un voisin, je crois. Et les aboiements de Lola. Ils ont vu ta voiture démarrer en trombe. Dan Mattieu passait par là, vous vous êtes croisés, il a dit que tu avais l'air bizarre, que tu lui as à peine parlé avant de décamper comme un fuyard. Du coup, il s'est inquiété.

— Ah ! Et tu ne lui as pas demandé ce qu'il foutait là ?

— Je n'en ai pas eu besoin, il me l'a dit : ils allaient au Raquet Club.

— Évidemment… Bon, et qu'est-ce que tu disais à propos de V. J. ? Qui l'a trouvé ?

— Dan Mattieu. Après que tu as disparu, il a vu des voisins devant la maison de Chucks. Un homme lui a fait signe de s'arrêter et lui a dit qu'il y avait eu des coups de feu. Dan a reconnu la voiture de V. J., a vu la porte entrouverte et a entendu crier au secours dans la cave.

— Tout se tient ! me suis-je écrié en m'esclaffant. Ils ont bien combiné leur affaire !

— Il y avait de la drogue, des cachets. Tu vois de quoi je parle. Nitrazepam et autres cochonneries.

Miriam s'est mise à sangloter.

— C'est pas à moi, ai-je affirmé froidement. Ils les ont placés là.

— Et dans les pots de peinture de ton cabanon aussi ?

Cette question m'a totalement désarmé. Miriam a séché ses larmes du dos de la main.

— Je les ai trouvés, Bert. C'est de ta faute, tu sais, t'avais oublié le pot sur la table.

— OK, j'en ai pris un ou deux, mais pas chez Chucks. Je me suis réfugié dans sa maison précisément pour arrêter toutes ces saloperies. C'est un coup monté.

— Tu vois ? Tu t'entends parler ? Tu enchaînes les mensonges, tu sautes d'une théorie à une autre. Pourquoi, Bert ? Qu'est-ce que ça cache ? Tu accuses nos amis, et même le petit copain de ta fille, de conspiration ! Moi aussi, j'ai une théorie sur cette histoire, tu sais ?

— Ah, tiens ? Eh bien, je serais enchanté de la connaître.

— Je crois que tu as atrocement peur. Voilà ce que je crois.

— Peur ?

— De te retrouver seul, oui. Je ne suis pas aussi brillante et intelligente que toi, mais j'ai eu le temps de t'observer. Britney était ta princesse, ta petite fille chérie, et tu es en train de la perdre. Ça arrive à tout le monde, mais il y a des hommes pour qui c'est plus difficile à accepter. Quant à nous… Je suis vraiment désolée, Bert, mais tu sais ce que j'en pense. C'est fini. On croyait que c'était pour la vie – elle a encore laissé couler une larme –, mais c'était déjà foutu avant qu'on vienne en France. On dirait que tu refuses d'ouvrir les yeux. Tu as donné libre cours à ton imagination fertile pour tenter de nous convaincre de partir d'ici, alors qu'en réalité, tu cherches à fuir l'inévitable.

— Jolie théorie. Laisse-moi t'en faire un résumé : tu sous-entends que je suis fou.

— Fou est un mot obsolète. Eric m'a expliqué que tu traversais une crise d'identité ajoutée à un épisode de grand stress. Les cachets en sont largement responsables.

— Ah, le voilà enfin, Eric Van Ern !

— Eh oui, c'est lui qui a convaincu V. J. de ne pas porter plainte. Il lui a dit que c'était la dernière chose dont tu avais besoin. En échange, V. J. a exigé que tu acceptes de suivre un traitement, et Eric a proposé de prendre tous les frais à sa charge.

— De quoi tu parles ?

— Ça durerait seulement quelques semaines, Bert, le temps de ta convalescence. Tu avais toi-même admis que ce serait peut-être une bonne idée. Des séances de psychothérapie, de l'exercice et une nourriture saine. J'ai insisté pour payer, bien sûr, mais Eric a refusé. Il affirme que c'est le minimum qu'il puisse faire pour ses amis. Parce qu'il te considère encore comme un ami, malgré tout.

La tête tournée vers la fenêtre, j'étais abasourdi, interloqué.

— Bert, tu m'écoutes ? Tu as entendu ce que je te disais ?

— Oui… Où sont mes vêtements ?

Ma voix a résonné à mes oreilles comme celle d'un type qui a perdu la boule. Ou qui a des araignées au plafond lui susurrant : “Mort, mort, mort.”

— Bert, tu ne peux pas bouger pour le moment.

— Je ne veux pas bouger, mais où sont les vêtements que je portais hier ? Mon jean ?

— Aucune idée… Je pensais que quelqu'un les avait rangés par là.

Miriam s'est levée, a cherché dans la chambre, la salle de bains, sous le lit. Rien. Aucune trace de mes habits.

— Il faut les trouver, Miriam, c'est très important.

— OK, j'interrogerai les infirmières. Je suis sûre qu'il y a un local prévu pour ça. On t'a conduit aux urgences, j'imagine qu'on te les a retirés là-bas.

— Autre chose : mon téléphone. Il a dû rester chez Chucks. Tu pourrais le récupérer ? Les clés sont… dans mon pantalon !

— Du calme, Bert.

Je me suis frotté les tempes, en transe.

— Arrête de me dire "Du calme" !

J'ai respiré et baissé d'un ton :

— S'il te plaît.

Miriam n'a pas répondu, elle s'est contentée d'afficher une moue genre "Faut pas lui en vouloir, il a pété un boulon", puis est sortie de la chambre. Je me suis retrouvé seul. Dehors, il devait faire une belle journée printanière. On entendait un peu de circulation au pied du bâtiment. À quel étage pouvais-je bien me trouver ?

J'ai écarté le plateau que Fatima avait laissé devant moi avec une bouteille d'eau et des barres de céréales, j'ai soulevé le drap. Mes jambes puis mes orteils sont apparus au bout du lit. Chacun a sa place. Celui-ci va à la chasse, celui-ci tue les bécasses, celui-là les plume, celui-là les fricasse…

J'ai glissé mes pieds hors du lit. C'était douloureux. La chemise d'hôpital s'est plissée au bord du matelas, dévoilant un énorme hématome sur la cuisse. Je me suis appuyé sur les bras pour me pencher, le corps en accordéon. Sous l'effet de la douleur, un meuglement rugueux et dissonant de vache sur le point d'être sacrifiée a franchi mes lèvres, suivi d'un "Putain de merde !" en lettres majuscules et brodées d'or. Ça faisait un mal de chien.

Le gros orteil et ses petits frères ont fini par bouffer les bécasses et toucher le sol de la chambre. J'ai tâtonné en quête de n'importe quel support auquel me tenir car mes côtes me mettaient à la torture. J'ai fini par agripper la petite table à roulettes supportant le plateau. Je l'ai tournée, poussée devant moi comme un déambulateur, et j'ai pu progresser ainsi à travers la chambre. Après quelques acrobaties, j'ai réussi à ouvrir la porte et à franchir le seuil.

"Bon, maintenant tu sors d'ici et tu tapes un gros scandale."

Je me suis retrouvé dans un banal couloir d'hôpital. Des portes ouvertes, des téléviseurs allumés, des parents qui s'ennuient et des enfants qui jouent sur leur console portable. Aucune trace de Britney, Elron ou Miriam, pas une infirmière en vue. Un coup d'œil à droite, à gauche. Toujours à droite, comme dit Aristote.

Aidé de mon déambulateur improvisé, je suis passé devant plusieurs portes avant de croiser une surveillante manœuvrant son chariot.

— Vous ne pouvez pas vous balader dans le couloir avec ça, ni le sortir de la chambre ! Et encore moins dans cette tenue ! Mon Dieu !

Je ne m'étais pas rendu compte qu'on avait vue sur mon postérieur. La fille a noué les ficelles de ma chemise puis s'est plantée devant moi.

— Vous êtes dans quelle chambre ?

— Je ne sais pas, là-bas, derrière.

— Vous êtes seul ? Quelqu'un vous tient compagnie ?

— Ma famille est dans les parages. Écoutez, mademoiselle, je veux juste récupérer mes vêtements. Ceux que je portais quand je suis arrivé en ambulance.

Je commençais à attirer les regards. La surveillante tournait la tête dans tous les sens. Au fond, des infirmières ont interrompu leur conversation. J'ai élevé la voix.

— Madame l'infirmière, j'ai besoin de mes vêtements ! C'est très important !

— Calmez-vous, monsieur, s'il vous plaît. On va voir ce qu'on peut faire. Dans quelle chambre êtes-vous ?

— Là-bas. Où sont mes vêtements ?! Vous pouvez m'aider ?

— Papa ! ai-je entendu au bout du couloir.

Britney arrivait en courant. Elle devait être assise avec Elron en salle d'attente. Miriam avait dû leur dire que son papa refusait de le voir. Le garçon a passé la tête par la porte.

Les deux infirmières dans le couloir nous ont rejoints. J'ai rugi de plus belle, affirmant que je voulais mes habits, que c'était important. L'une d'elles, mince et petite, le visage de marbre, m'a ordonné de me taire.

— Vous êtes dans un hôpital, ici, baissez d'un ton.

Britney m'a cramponné le bras et a expliqué qu'elle était ma fille.

— Quelle est la chambre de votre père ?

— La 451.

— Eh bien, qu'il y retourne immédiatement. C'est compris, monsieur ? On va les chercher, vos vêtements. Ne vous inquiétez pas, ils sont sûrement aux urgences, au rez-de-chaussée. Maintenant, il faut regagner votre chambre et arrêter ce barouf, s'il vous plaît.

Nous lui avons obéi, Britney et moi. Je me suis assis sur le lit et elle m'a aidé à m'allonger, avant de me remonter le drap jusqu'au menton.

— Papa, t'es hallucinant. Pourquoi t'es sorti montrer ton cul à tout le monde ?

— Y a pire comme spectacle, crois-moi, ai-je répondu, et Britney a rigolé.

Puis ses yeux sont redevenus de glace.

— Tu vas t'en tirer, hein ?

— Oui, ma chérie, je te le promets.

— Ne t'inquiète pas pour tous ces trucs que tu as dans la tête. Je suis certaine que tout s'explique. Pour le moment, tu y crois dur comme fer, mais parfois on se trompe même quand on est sûr. On va t'aider, maman et moi. On est ta famille, t'es pas tout seul.

À cet instant j'ai eu une sorte de prémonition, comme si c'était la dernière fois que je voyais Britney.

— Et toi, tu penses que j'ai tout inventé ?

Britney a eu cette attitude bien à elle : elle a croisé les bras en pressant ses coudes de ses doigts. Elle faisait ce geste quand elle était nerveuse ou qu'elle réfléchissait à un problème.

— Ce que tu dis est vraiment très grave, papa. Tu accuses Elron et sa famille d'être des criminels, d'avoir tué Chucks. Et tu prétends que les gendarmes et nos voisins sont tous complices. Qu'est-ce que tu veux que j'en pense ?

Ses doigts ont malaxé ses coudes de plus belle.

— N'importe qui peut s'inventer sa propre théorie ! Moi aussi, je...

Elle était nerveuse... Où voulait-elle en venir ?

— Hier, vers 18 heures, quand t'étais chez Chucks et que tu t'embrouillais avec V. J., Elron a reçu un coup de fil. Je n'y ai pas prêté attention jusqu'à ce que maman me raconte toute l'histoire ce matin.

— C'est-à-dire ?

— L'appel venait de chez lui, apparemment il était arrivé un truc très grave. Il s'est mis à l'écart, le visage tendu. Quand je me suis approchée de lui, il m'a fait un geste super agressif de la main, pour que je m'éloigne, que j'entende pas. Après je lui ai demandé ce qui se passait et il m'a répondu que sa sœur était très malade.

Mon cœur s'est mis à battre la chamade.

— Et tu le crois ?

— J'en sais rien. Est-ce que je dois douter de ce que dit mon copain ?

— Tu dois suivre ton instinct, Britney. Tu crois qu'il t'a dit la vérité ?

Ma voix tremblait.

— Eh ben... Ça aurait pu être n'importe quoi d'autre. Un truc qu'il ne voulait pas me raconter pour une raison ou une autre. Je sais pas. En tout cas, après, il s'est excusé et m'a invitée à faire un tour en voiture jusqu'à Nîmes. Jusqu'à Nîmes !

— Vers 18 heures ? T'en es sûre ?

— Oui, parce qu'on était sur la place de Saint-Rémy, et les cloches sonnaient. D'ailleurs, au début, j'ai cru qu'il s'éloignait à cause du bruit.

— Dis donc, Brit, quelle drôle de coïncidence, non ? C'est à peu près l'heure à laquelle j'ai téléphoné à Vincent.

— Je sais, papa, je sais.

Elle a recroisé les bras et pétri ses coudes.

— Écoute, Britney…

— Je ne veux plus en parler, papa. C'est Elron, tu comprends ? Je le connais.

— Tu crois le connaître.

Sans ajouter un mot, elle a tourné les talons, ouvert la porte et disparu dans le couloir.

2

Miriam est arrivée cinq minutes après, accompagnée d'une infirmière et de deux médecins, dont Dan Mattieu, qui a tout de suite pris place au fond de la chambre, en retrait, comme s'il craignait que je me jette sur lui. Je n'avais jamais vu l'autre, un brun qui semblait rentrer d'un séjour au bord de la mer. Il avait une barbe légèrement grisonnante et un visage de quadragénaire sans soucis.

— Bonjour, monsieur Amandale, je suis le docteur Badoux. Comment vous sentez-vous aujourd'hui ?

— J'ai connu des jours meilleurs.

L'infirmière était celle qui m'avait houspillé dans le couloir. Elle semblait toujours en colère contre moi.

— On m'a raconté que vous vous êtes levé de votre lit, a dit Badoux en passant sous silence l'épisode ridicule que lui avait sûrement rapporté l'infirmière. Il ne faut pas recommencer. Vous êtes loin d'être guéri, monsieur Amandale.

— Oui… je cherchais…

— … vos vêtements, je sais. Mais vous êtes en sécurité, ici, monsieur Amandale, n'est-ce pas ?

Derrière lui, Miriam a fait oui de la tête. J'ai remarqué qu'elle avait un sac dans les mains. Dan Mattieu, à côté d'elle, fixait le plafond, les bras croisés, imperturbable.

Badoux m'a ausculté dans tous les sens et a demandé où j'en étais question douleur. J'avais eu une chance inouïe de ne souffrir d'aucune fracture après un tel accident, mais il fallait surveiller de près le choc à la tête. Il m'a demandé si je voyais double, ou si le son m'arrivait déformé à travers les tympans.

— Vous entendez des voix ? Des voix qui vous parlent ?

"Tue-les tous, Bert, n'épargne aucune vie." Pour conclure, il m'a recommandé de continuer le Nolotil à petites doses. Je suppose que mon addiction médicamenteuse était déjà de notoriété publique.

— Et réjouissez-vous : vous serez peut-être autorisé à sortir dès lundi.

Badoux et l'infirmière ont quitté la chambre, nous laissant tous les trois, Miriam, Dan Mattieu et moi.

— Vous avez trouvé mes vêtements ?

— Oui, a répondu Miriam en s'approchant pour me donner un sac en plastique.

Avant de fouiller à l'intérieur, j'ai jeté un coup d'œil à Dan qui regardait par la fenêtre, les bras croisés. Il faisait l'innocent mais crevait d'envie de savoir ce que je cherchais. "N'est-ce pas, Dan, que tu veux savoir où est cette clé, misérable traître ?"

J'ai sorti les vêtements sans moufter. On avait découpé le pantalon aux ciseaux. Il y avait des taches de terre, de sang et d'autres déchirures. J'ai immédiatement plongé la main dans la petite poche.

— Elle n'y est pas !

— Quoi ?

— Qui d'autre a eu ces vêtements en main ? Mattieu !

Le médecin m'a scruté en silence. Miriam l'avait sans doute déjà briefé sur mes soupçons. Il savait parfaitement ce que je pensais de lui.

— Bert, contrôle le ton de ta voix, a dit Miriam. Tu parles à un ami.

— Que cherchez-vous exactement, monsieur Amandale ?

— Une petite clé USB de couleur noire. Je l'avais glissée dans cette poche… ou alors je l'aurais laissée sur l'ordinateur ? Vous avez trouvé l'ordinateur dans la boîte à gants ?

— Personne n'a touché à vos affaires, a affirmé Dan Mattieu. Elles étaient au dépôt du service des urgences. Mais cet objet a pu tomber de la poche pendant l'intervention. Ou avant. Vous n'en avez pas une copie ?

J'ai ri, d'un rire de dément sans doute, car Miriam et Dan Mattieu sont restés figés.

— Une copie ! Vous êtes un sacré blagueur, vous. Enfin bon, elle doit bien être quelque part dans l'hôpital, cette clé ! Miriam, s'il te plaît, il faut qu'on mette la main dessus.

— Bien sûr, Bert, je vais prévenir le personnel.

— Sinon, on en parlera à la police. Où est ma voiture ? Ce machin est peut-être dedans, ou sur les lieux de l'accident. Il faut que quelqu'un aille le récupérer. Va au commissariat.

— Oui, oui, on va s'en occuper. Mais écoute, Dan est là pour te faire part d'une information importante. Tu peux lui accorder une minute d'attention ?

Dan Mattieu s'est approché de moi, des papiers dans une main, un stylo dans l'autre. Il m'a regardé d'un air sévère.

— On peut discuter entre adultes, monsieur Amandale ?

— Oui, j'imagine.

— Je vous parle en tant que médecin, et aussi en tant qu'ami des Van Ern. Ils souhaitent en finir avec cette histoire. Ils en souffrent beaucoup, de même que votre famille, Bert.

— Je suis vraiment désolé pour tout le monde.

— Vous ne devez pas avoir honte, a dit Mattieu alors qu'en réalité je n'avais rien exprimé de tel. A-t-on honte quand on a une grippe ? Non, parce que c'est une maladie. C'est exactement pareil, monsieur Amandale, vous souffrez d'une affection que vous n'êtes pas à même de surmonter seul et pour laquelle vous avez besoin d'aide. Étant donné le caractère particulier de vos théories, Eric souhaite vous inviter quelques jours dans sa clinique. Il est certain que cela suffira à les dissiper.

— Il croit vraiment ça ?

— Ce traitement, d'un coût de vingt-cinq mille euros, Eric vous l'offre. Je serais ravi d'avoir droit à de telles faveurs ! Des vacances, de l'acupuncture, des promenades à cheval, des massages… Il paraît que les petits-déjeuners sont gargantuesques, a ajouté Mattieu en riant. Réfléchissez-y. Du reste, c'est la condition que pose Vincent pour retirer sa plainte. Vous avez suffisamment de problèmes comme ça.

— À quoi vous jouez, Mattieu ? Ou plutôt, dans quelle équipe ?

— Bert ! s'est exclamée Miriam.

— Calmez-vous, a repris Mattieu sans se départir de son sourire – ils sont comme ça, les Beverly Hills, ils ne perdent jamais le sourire. Je joue pour vous, pour nous, pour notre petite communauté, Bert. Ici, on encourage l'entraide. Actuellement vous n'êtes pas en état d'en considérer les avantages, mais je suis sûr que ça viendra.

Le portable de Miriam a sonné et elle est sortie de la chambre. Dan Mattieu s'est retourné pour la suivre des yeux. Dès qu'elle est partie, il est venu s'asseoir sur le lit, tout près de moi, au niveau de ma taille. Il a passé les bras des deux côtés de mon visage et a replacé l'oreiller avec des gestes brusques, me secouant la tête.

— C'est mieux comme ça, espèce d'andouille.

D'un coup, il avait perdu son sourire. Je ne voyais plus que ses grandes dents serrées et ses yeux verts qui brillaient d'un éclat sauvage, presque inhumain.

— Bert, d'homme à homme, croyez-moi, il vaut mieux que vous acceptiez. Dites oui et tout le monde dormira mieux. Y compris votre femme et votre fille.

— Ou voulez-vous en venir, Dan ? C'est une menace ?

Un feu noir brûlait dans son regard. Il aurait pu m'étrangler dans la seconde sans se décoiffer.

— Pourquoi vous voyez des menaces partout, mon cher ? C'est un conseil d'ami, de tous les bons amis que vous avez ici. Imaginez un instant que V. J. porte plainte. Vous finiriez probablement en prison, ou expulsé du territoire. Et alors qui veillerait sur votre famille ?

Miriam est revenue et Dan s'est levé sans me quitter des yeux.

— J'espère que vous prendrez une sage décision, Bert, a-t-il ajouté en déposant sur ma table de chevet des papiers à l'en-tête Van Ern. Bonne soirée.

V

1

J'ai passé une nuit blanche, à essayer de rassembler mes idées. J'avais le cerveau en ébullition, comme lorsque je me couchais en construisant les intrigues de mes livres. Et qu'est-ce qui se passerait si… ? Et si ensuite… ? J'étais engagé dans un jeu terrible où l'on perdait la mise complète à la moindre erreur. Je devais savamment méditer chacun de mes mots, de mes actes, jusqu'au moindre clignement d'œil. Je devais maîtriser le message avec autant de précision que dans mes romans, tout en faisant évoluer l'action. Je ne pouvais pas me permettre de rester planté là. Les heures et les minutes continuaient à tourner sur cette horloge que j'entendais sonner quelque part dans l'hôpital. Le samedi tirait à sa fin, nous serions bientôt dimanche matin, puis lundi… De combien de temps disposais-je ? Miriam ne m'avait pas ramené mon téléphone, mais ça m'était égal, je ne voulais pas m'en servir. Les conversations téléphoniques aussi pouvaient être surveillées par "Big Brother".

À 3 heures du matin, une silhouette s'est introduite dans ma chambre en silence. J'ai d'abord cru que quelqu'un venait m'assassiner, m'étouffer avec mon oreiller, mais ce n'était en réalité qu'une infirmière souriante qui m'amenait mon Nolotil :

— Votre traitement, monsieur.

"Oh non, ils n'en ont pas encore fini avec toi, Bert. Et de toute façon, ils ne vont pas te zigouiller ici, dans un hôpital."

J'ai pris le cachet et continué à ruminer jusqu'à ce que la drogue rende mes pensées aussi molles que les montres de Dalí. Tic-tac, tic-tac… le temps ralentissait mais poursuivait sa course.

2

Je me suis réveillé tard, ce dimanche. Quelqu'un avait posé un café, des croissants et des journaux à côté de moi. Miriam et Britney avaient dû passer, mais j'ignorais où elles se trouvaient à présent.

Aucune mention du célèbre écrivain Bert Amandale dans la presse, mais simplement d'un accident sur la route du mont Rouge. Une petite photographie montrait une dépanneuse en train de tirer ma Spider 88 salement amochée.

Vers midi, Miriam m'a rendu visite. Elle m'a expliqué qu'elle avait contacté la gendarmerie de Sainte-Claire et que la voiture avait été entreposée chez eux. Elle leur avait décrit ce que je cherchais, mais pour le moment personne n'avait mis la main dessus. Et au service des "objets trouvés" de l'hôpital non plus, pas de clé USB noire. Je n'ai posé aucune question, ni fait aucun commentaire.

— Je t'ai amené un téléphone, a-t-elle ajouté en sortant un petit Nokia de son sac. Ce n'est pas le tien, je n'ai pas osé rentrer chez Chucks, désolée. Mais je t'ai mis mon numéro et celui de Britney dans les contacts. Tu en veux d'autres ?

J'ai fait non de la tête et lui ai expliqué que je ne voulais pas de téléphone.

— De toute façon, ça m'étonnerait qu'on m'autorise à en garder un à la clinique Van Ern.

Miriam a haussé les sourcils.

— Tu veux dire que… ?

— Oui, je vais y aller.

J'ai tendu le bras vers la table de nuit pour attraper le formulaire d'inscription à la cure de la clinique Van Ern "pour une vie saine où vous deviendrez une nouvelle personne, indépendante, forte, heureuse".

— J'ai eu toute cette foutue nuit pour réfléchir à ce que tu m'as dit hier. Et je veux guérir.

Miriam a tendu ses jolies petites mains et m'a serré le bras. Je l'ai vue sourire comme elle n'avait plus souri depuis des semaines, les pommettes colorées et les yeux brillants.

— Tu es sérieux ?

— Oui. J'ai été idiot. Pendant tout ce temps, j'ai refusé de prendre part à cette vie, je m'en rends compte maintenant. J'avais peur d'aller danser, peur qu'on me rejette. Toi, tu as fait front, tu as pris des risques, et moi je me suis réfugié dans mon cabanon, et auprès de Chucks… pour ne pas voir tout ce que j'étais en train de perdre. Cette vie, ces nouvelles relations. Avec leurs polos à rayures et leurs chaussures vernies, ils ne sont pas vraiment mon genre, tu le sais… mais au fond, derrière les apparences, je découvre que ce sont des gens bien.

— C'est vrai, Bert. Ils sont meilleurs que tu le crois.

— Mais je ne suis pas d'accord pour y aller gratuitement. Je veux payer mon traitement jusqu'au dernier centime. Dis à Eric que ce sont mes conditions. Il faut que je me débarrasse de ces maudites pilules pour toujours, et ça, ça a un prix. Sinon, ce serait artificiel.

— D'accord. C'est ta décision, je la respecte. Donc, cette histoire de… enfin, tu vois ce que je veux dire, la clé USB et tout le reste. Hier, tu étais tellement…

— Confus. Triste. Acculé.

— Acculé ?

— Par les circonstances. Britney et toi, vous construisez vos vies et j'avais l'impression d'en être exclu, seul dans une impasse. La mort de Chucks, ça a été le coup de massue qui m'a plongé dans un puits sans fond. Et puis il y a les cachets… et mon imagination débordante. Mais je veux me débarrasser de cet orgueil et accepter mes faiblesses. C'est écrit dans le prospectus de la clinique : "L'orgueil est l'armure de vos peurs."

Miriam s'est mordu la lèvre inférieure. Je savais ce que ce tic signifiait. Elle m'a regardé en secouant la tête, puis elle s'est penchée pour déposer un baiser sur ma joue. Un baiser particulier, un millimètre au-delà de la tendresse.

— Merci, Bert.

— De quoi ?

— D'être de retour.

La visite de Badoux cet après-midi-là s'est déroulée sans surprise. Le jeune médecin affable m'a confirmé que je serais autorisé à sortir le lendemain, lundi. "Vous pouvez parfaitement vous rétablir à domicile, vous devrez juste revenir une ou deux fois à l'hôpital pour nettoyer votre plaie au crâne."

La prochaine étape serait la clinique Van Ern et Miriam était repartie à Saint-Rémy préparer mon trousseau réglementaire : "Des vêtements de sport, d'extérieur, et une tenue plus habillée. Apportez votre musique, vos livres, si vous le souhaitez. Pas de matériel technologique, à part votre montre." J'imaginais qu'entre-temps la nouvelle allait se répandre comme une traînée de poudre parmi nos amis, voire au-delà... ce qui serait idéal.

Mais avant ça, je devais jouer ma dernière carte, et j'avais déjà décidé comment et avec qui.

Miriam et Britney étaient revenues avec la valise. Miriam m'a informé qu'une voiture de la clinique passerait me prendre le lendemain. Nous allions donc nous faire nos adieux ce soir pour au moins deux semaines, le protocole étant très strict quant aux contacts avec les proches.

Nous étions dans la chambre, il était environ 20 heures. Une demi-heure plus tard, les visites ne seraient plus autorisées. Nous nous étions presque tout dit, mais j'avais encore besoin de me retrouver seul un moment avec Britney. J'ai donc demandé à Miriam de me rendre un service absurde. Outre les livres de Highsmith, King et Capote que j'avais voulus dans mes bagages, je l'ai priée de m'acheter deux ou trois best-sellers en français au point presse de l'hôpital. "Je me suis dit qu'il fallait que je fasse un effort pour apprendre le français", ai-je expliqué.

Une faveur de dernière minute, certes, mais depuis que j'avais signé les papiers d'admission à la clinique, Miriam était bien plus douce à mon égard. Elle m'avait déjà embrassé trois fois aujourd'hui, sans que j'aie besoin de lui forcer la main. Alors, après s'être enquise sur le genre littéraire qui m'intéresserait (historique ? thriller ? d'aventure ?), elle est allée accomplir sa mission.

Britney et moi sommes restés en tête à tête.

— Brit, je n'ai pas beaucoup de temps pour t'expliquer, mais j'ai besoin de te demander un service qui doit rester entre toi et moi. Personne d'autre ne doit être au courant – ni maman ni Elron. Juste toi et moi.

Elle m'a fixé de ses beaux yeux gris pleins d'attention.

— Oui, papa, ce que tu voudras.

— Écoute-moi, c'est sérieux. Tu te rappelles quand tu étais petite et que tu me disais : "Promets-moi de revenir vite" et que je te répondais : "Promets de faire tes devoirs" ? On échangeait des serments…

Un timide sourire a effleuré ses lèvres.

— Oui, je me rappelle.

— Eh bien, c'est pareil. Il faut que tu me jures que tu feras ce que je te demande sans rien raconter à personne, même si tu crois que je me plante. Même si maman et tous les autres pensent que j'ai perdu la boule. Tu me le jures ?

La gravité de son expression a suffi à me convaincre.

— Je t'ai dit oui, papa.

J'ai serré sa main pour l'attirer vers moi et coller mes lèvres à son oreille.

VI

1

J'ai quitté l'hôpital de Salon-de-Provence le lundi après-midi. Un homme en costume a récupéré ma valise et m'a invité à prendre place à l'intérieur d'une confortable Bentley aux sièges en cuir couleur ivoire. Quarante-cinq minutes plus tard, nous arrivions devant l'escalier principal de la clinique. Le colza valsait au rythme d'une légère brise d'été.

La grande femme élégante qui m'avait servi un café lors de ma précédente visite s'est chargée de m'accueillir. Elle s'est présentée sous le nom d'Emma et m'a expliqué qu'Eric était occupé jusqu'au soir, mais qu'il viendrait me saluer avant le dîner.

Dès le premier instant, j'ai senti quelque chose d'étrange et de différent par rapport à la dernière fois, sans pouvoir définir quoi précisément jusqu'à ce qu'on traverse l'enfilade de salons. Emma utilisait sa carte magnétique pour ouvrir les portes l'une après l'autre, provoquant ces petits bruits électriques, et je découvrais la solitude des lieux. Quand Eric Van Ern m'avait invité ce matin-là, j'avais vu des gens assis à l'intérieur, dehors, en train de lire ou de discuter. Des infirmiers, des jardiniers… or, à présent, il n'y avait pas un chat.

— Beaucoup de collègues sont en vacances, a déclaré la femme quand je l'ai interrogée. On est dans une période de faible activité. Vous avez de la chance, vous aurez la villa pour vous.

Les logements étaient situés à l'arrière du bâtiment, autour d'une cour en gravier où poussait aussi du gazon. Huit petits appartements au total, qui devaient être des chambres de bonne ou des écuries au temps où le domaine appartenait à une riche famille.

Ce coin-là était également désert. Personne en vue. Nous avons longé la cour et Emma m'a ouvert (avec sa carte, encore une fois) une des portes.

— Bienvenue chez vous, a-t-elle dit en m'invitant à entrer.

Le studio était lumineux et spartiate. Une chambre avec un lit individuel, unc tablc dc chcvct ct une lampe. Une petite fenêtre au-dessus d'un bureau, avec vue sur les terrains adjacents, et une autre sur la cour. Pas d'écran de télévision, juste une étagère où l'on avait rangé quelques livres et de quoi écrire. Un radiateur en fonte, ses quatre pieds posés sur le plancher. Il n'y avait pas de serrure sur la porte, mais un de ces lecteurs de cartes.

— Vous n'aurez pas besoin de clé, a expliqué Emma quand je l'ai questionnée à ce sujet. Pour des raisons de sécurité, les appartements sont fermés la nuit. Vous avez un bouton d'appel en cas de nécessité. Je vous laisse vous installer. Le dîner sera bientôt servi. Vous pouvez lire notre guide d'entrée dans les lieux.

Elle m'a indiqué un livret qu'on avait laissé sur le bureau.

— Je peux fumer ?

— Bien sûr, mais nous serions ravis que vous envisagiez de vous en abstenir durant votre séjour. Quoi qu'il en soit, veillez, s'il vous plaît, à le faire à l'extérieur.

Sur ces mots, elle est partie en refermant la porte derrière elle. J'ai entendu ses pas s'éloigner sur le gravier. J'ai posé la main sur la poignée de la porte et constaté qu'en effet, celle-ci était ouverte.

"Bon, on dirait que je suis encore en liberté… pour le moment."

Je me suis assis dehors, au soleil, pour fumer et jeter un œil à cette brochure. J'attendais de croiser un "pensionnaire", un autre junkie riche et paumé en Provence, cherchant une issue digne à son existence baroque. Mais personne n'a pointé son nez. Les oiseaux atterrissaient sur l'herbe pour attraper des vers. La brise allait et venait, chargée d'un parfum de lavande. Tout était parfaitement calme et ennuyeux.

Après ma lecture, je suis allé mener ma petite enquête du côté des autres chambres. J'ai jeté un œil à travers chaque fenêtre, sans apercevoir le moindre signe de vie. Les lits étaient faits, les chambres rangées. Une fine couche de poussière recouvrait les bureaux. Tout avait l'air fermé depuis un bon bout de temps. Les affaires ne marchaient donc pas aussi bien qu'ils s'en vantaient ? Ou y avait-il une autre raison à cette désertion ?

J'ai quitté la cour et suivi le petit chemin qui menait au manège puis contournait la clôture pour s'enfoncer dans les bois. À une centaine de mètres sur ma droite, j'ai remarqué une sorte de terrain de tennis, un rectangle de bitume au milieu du parc, relié au domaine par une route étroite. Au-delà, s'étendait un bois sombre et épais, derrière lequel devait se trouver le domicile de la famille Van Ern. Mais il y avait autre chose avant, entre la clinique et la villa. Les derniers rayons du soleil éclairaient à peine le paysage, mais j'ai cru deviner un toit caché entre les cimes des arbres. L'autre bâtiment, bien sûr.

L'ermitage.

Soudain, il y a eu comme un grondement venu de je ne sais où, de plus en plus fort. On aurait dit un bruit de pales. J'ai regardé de tous les côtés, jusqu'à ce qu'apparaisse dans le ciel une sorte de moustique noir ou de monstrueuse libellule derrière la villa. Un hélicoptère qui se dirigeait droit sur moi.

Je suis resté figé dans l'herbe, ne sachant où aller, avant de revenir sur mes pas. L'hélicoptère est passé au-dessus de ma tête dans un bruit assourdissant. Il a survolé le gazon pour aller s'aligner sur ce que j'avais pris pour un terrain de tennis. Il s'agissait donc d'un héliport, et l'engin est lentement descendu se poser sur l'asphalte.

— Monsieur Amandale ?

La voix a retenti si près de moi que j'ai sursauté et fait volte-face. C'était Emma, que je n'avais pas entendue approcher, le bruit des pales ayant couvert ses pas.

— M. Van Ern va vous recevoir.

— Un nouveau client ? ai-je demandé en montrant l'hélico dont le moteur venait de s'arrêter.

— Non, il revient de Marseille. Nous avons raccompagné le dernier patient cet après-midi. Mais vous aurez bientôt des camarades, ne vous inquiétez pas.

Nous sommes retournés à la villa. Emma m'a guidé à travers les pièces (bip, bip) jusqu'à l'escalier principal, et de là, vers une bibliothèque au premier étage. On y avait installé plusieurs canapés et fauteuils en cercle, et des calicots dont les slogans étaient tout à fait dignes d'un centre de désintoxication. C'était probablement là que les patients se réunissaient pour les discussions de groupe : "Comment ça va ?" "Bonjour, je m'appelle Brian et ça fait quinze jours que je n'ai pas bu une goutte." Moi, je m'étais libéré de cette addiction au fil des années, même si j'étais probablement alcoolique depuis une bonne décennie. Mais disons que c'est une question d'état d'esprit.

Je me suis assis sur un divan et j'ai patienté, jusqu'à ce que j'entende les portes s'ouvrir à nouveau. Eric Van Ern est arrivé le sourire aux lèvres, avec son corps fin et musclé, sa chevelure grisonnante et sa démarche à la Mick Jagger. Il m'a serré la main en me lançant un "Bienvenue au domaine". Puis il s'est laissé tomber sur un canapé en face du mien, a croisé les jambes et entrelacé ses mains sans cesser de me fixer en souriant.

— Comment trouvez-vous votre chambre ? J'espère que tout est en ordre.

— Confortable, bien qu'un peu solitaire. Je pensais qu'il y avait une longue liste d'attente pour bénéficier de vos soins.

— Nous prévoyons quelques travaux en vue de rénover les chambres et de moderniser la clinique. Ce qui nous a contraints à réduire un peu la fréquentation pendant l'été. Mais votre cas est différent, bien sûr. Comme je vous l'ai dit, vous êtes un hôte particulier.

En prononçant le mot "particulier", sa langue a émis un petit bruit qui m'a rappelé le sifflement d'un serpent.

— Enfin bref, comment vous sentez-vous ? Comment évoluent les contusions et cette blessure au crâne ? Vous avez encore mal ?

— Eh bien, je peux marcher sans sentir mes côtes grincer. Et ce matin, on m'a fait passer une IRM. Apparemment, mon cerveau déglingué est toujours à sa place.

— On vous a prescrit des calmants ?

J'ai dit oui. Du Nolotil.

— On va essayer de vous en débarrasser dès que possible. Demain, avant le petit-déjeuner, on commencera par un bilan médical complet et quelques analyses. C'est important pour mettre en place les étapes suivantes. Voilà pour ce qui concerne le traitement. Mais je voulais avoir un premier entretien avec vous, ce soir même si ça vous convient.

— Pourquoi pas ? Je n'ai rien de mieux à faire.

J'ai rigolé, Eric aussi. Néanmoins, je l'ai senti un peu troublé ou préoccupé.

— Vous préférez peut-être dîner avant ?

— Non, aujourd'hui j'ai englouti mes deux repas à l'hôpital et depuis j'ai passé mon temps à lire. En réalité, je pourrais parfaitement sauter le dîner.

— Comme vous voudrez, Bert. Écoutez, je ne vais pas vous cacher ma surprise et ma curiosité par rapport à tout ce qui s'est passé. Vincent Julian est venu me parler samedi. Il était décomposé, perdu… Il m'a demandé conseil et je l'ai prié de ne pas porter plainte.

— Je vous en remercie, Eric.

— C'est le minimum que je pouvais faire pour vous. J'ai vu Miriam et elle s'est déclarée d'accord pour qu'on essaie de vous aider ici, à la clinique. Mais V. J. a évoqué une histoire que vous lui aviez racontée quelques jours plus tôt… dans laquelle je jouais un rôle. Vous voyez de quoi je parle ?

— Oubliez ça, Eric. C'était un moment de folie. Comme je l'ai dit à Miriam, je regrette sincèrement toute cette histoire et je vous demande de bien vouloir excuser mes accusations.

Eric Van Ern a dégluti. Sa fine pomme d'Adam est montée et descendue, il s'est efforcé de sourire.

— En fait, il serait intéressant de crever l'abcès et de dissiper le moindre doute. Après tout, il y a à peine trois jours vous pensiez que nous appartenions à une sorte de secte, n'est-ce pas ? Et maintenant, vous voilà ici… Je me demande si vous allez réussir à dormir sur vos deux oreilles.

— Je vous le répète, je suis désolé. J'étais en pleine confusion mentale. Je suis absolument convaincu que tout ira bien.

Nous avons ri tous les deux, mais il gardait les yeux fixés sur moi. Il flairait quelque chose, sans savoir exactement quoi. De mon côté, j'affichais l'expression la plus neutre possible, celle avec laquelle je misais un mois de salaire au poker quand nous vivions dans notre colocation londonienne.

— Voyons, voyons… attendez que je me souvienne, a poursuivi Eric. Vous avez dit à V. J. que nous étions les descendants d'un certain père Dave, c'est ça ? Cet homme qui vivait en Guyane. Ah, et vous êtes arrivé à cette conclusion parce que j'ai grandi au Suriname ! Et à cause des tableaux.

J'ai gloussé – Eric Van Ern était incapable de maîtriser sa hâte d'aborder le sujet.

— Si vous y tenez vraiment… Oui, en effet, c'est ce que je pensais.

— Et selon vous, Vincent Julian était aussi dans le coup. De même que Dan Mattieu et les Grubitz. Quelqu'un d'autre ?

— Eh bien, j'ai fini par penser que c'était le cas de tout Saint-Rémy, même si ça me paraissait excessif. Plus tard, j'ai songé que la secte ne concernait sans doute que quelques "nouveaux venus". Les Berverly Hills… Après tout, vous vivez ici depuis quelques années seulement. J'ai imaginé que vous étiez un groupe de criminels qui avaient échappé à la justice et s'étaient installés dans cette petite ville où ils se faisaient passer pour des citoyens français ordinaires afin de poursuivre leurs activités maléfiques.

— Et cette clinique était le centre des opérations, c'est ça ?

— Oui.

J'ai encore gloussé.

— Vraiment, je suis confus, Eric. Je suis absolument disposé à attaquer le traitement. Je n'ai jamais eu une telle envie de me soigner. Toutes ces idées… ont échappé à mon contrôle, vous comprenez ? Je me rends compte que c'est aussi très lié à ma relation avec Miriam. Vous n'ignorez sans doute pas que nous sommes en train de nous séparer et…

— Ne vous inquiétez pas, Bert, m'a interrompu Eric. Vous êtes au bon endroit. Mais continuons un instant. Vendredi, vous avez trouvé quelque chose chez Chucks Basil, un petit objet qui vous a permis de relier toute cette histoire. Je me trompe ?

"Voilà, on y est, ai-je pensé. J'aurais cru qu'il laisserait passer au moins un jour avant de mettre l'affaire sur le tapis."

Mais Eric Van Ern semblait pressé, et j'ai commencé à me demander pourquoi.

— Non, vous ne vous trompez pas.

— Parlez-moi de cette clé USB, ça m'intéresse. Vincent nous a raconté que, d'après vous, elle contenait des informations rassemblées par Daniel Someres sur nos activités "criminelles", et que cet homme l'avait transmise à Chucks le jour de l'accident.

— Je ne suis plus sûr de rien, maintenant, vous savez. Je l'ai perdue. Elle a dû tomber quelque part…

— Mais V. J. l'a vue, et il y avait un dossier nommé DSOMERES2. Vous avez réussi à lire son contenu ?

Penché vers moi, le débit d'Eric était de plus en plus rapide. Il s'en est rendu compte et s'est de nouveau calé au fond du canapé.

— Non, il fallait un mot de passe.

— Selon votre thèse, il s'agissait d'informations sur nos activités. Ce que Daniel Someres aurait volé dans nos ordinateurs, n'est-ce pas ? Des données ou quelque chose dans ce genre ?

— Je n'en sais rien, Eric… me suis-je contenté de répondre.

— Jouons un peu, Bert, spéculons ! a-t-il lancé en criant presque. C'est ce que vous aimez faire, pas vrai ?

— OK, alors disons qu'il s'agissait de données vous concernant. Des preuves, donc.

— Mais des preuves de quoi, exactement ? Quelles sont ces activités diaboliques que nous sommes censés mener au sein de cette clinique ?

— Ça se passe dans cette maison au milieu des bois. L'ermitage.

Une flamme étrange a brûlé dans ses yeux, il parlait de plus en plus fort.

— Dans l'ermitage ! Évidemment ! C'est là que se trouve le secret, Bert, hein ? C'est cet endroit qui vous rend fou. Vous l'avez déjà mentionné l'autre jour. Qu'est-ce qu'on peut bien y cacher, d'après vous ? Le père Dave ?

— Je vous supplie de me pardonner, Eric. Je ferai ce que vous me demanderez pour réparer cette offense. J'écrirai une lettre à tous les voisins, à nos amis. Tout ce que vous voudrez.

— Pour le moment, ne vous inquiétez pas pour ça. L'important, c'est de clarifier cette histoire. Continuez. Vous pensiez donc qu'on appartenait à cette secte ?

— Je l'ai insinué, mais ça n'a aucun sens. Vous avez grandi au Suriname, pas en Guyane française. De toute façon, quel âge avez-vous aujourd'hui ? Quarante-cinq ans ? Vous deviez en avoir treize quand c'est arrivé. Ça ne tient pas debout.

— Vous n'avez pas pensé qu'il pouvait y avoir des enfants, dans cette clinique ? Peut-être que ces hommes ont eu des enfants… des enfants qui ont appris de leurs pères…

Eric s'est tu, comme s'il s'était surpris à trop en dire. Je n'ai pas réagi et le silence est devenu abyssal dans la bibliothèque. Un silence noir et profond. Eric Van Ern semblait littéralement sous tension. Était-ce de la sueur qui luisait sur son front ?

— Toutes mes félicitations, a-t-il conclu. Seul un écrivain exceptionnel est capable d'échafauder une théorie pareille.

— Ce sont des conneries, Eric, vraiment.

Ma voix tremblait.

— Des conneries… bien sûr. Mais dites-moi une chose, Bert. Une dernière. Comment s'appelle le chien de votre ami ?

Cette question m'a pris de court.

— Le chien ?

— Le labrador de Chucks, comment s'appelle-t-il ?

— Vous parlez de Lola ?

— Lola. Quel nom étrange. Apparemment, vous l'avez amenée dans un cabinet vétérinaire vendredi, et vous l'avez abandonnée là. Après la dispute avec V. J., sûrement ?

Je me suis senti pâlir d'un coup, mais j'ai tenté de me ressaisir très vite. Je comprenais à présent l'impatience de Van Ern. Tout était clair. Et mon plan pour gagner du temps venait de prendre un coup dans l'aile.

J'ai fait un léger signe d'assentiment. Eric Van Ern a poursuivi sur sa lancée.

— Heureusement, le chien avait une puce d'identification. Ce matin, la vétérinaire a voulu localiser son propriétaire, M. Basil, ce qui l'a conduite à la gendarmerie de Sainte-Claire, où on lui a parlé de vous. Et c'est là qu'ils ont appelé Vincent. Imaginez la surprise ! En bons amis, nous sommes allés la récupérer en votre nom. Ne vous faites pas de souci, elle vivra. Mais la vétérinaire était un peu inquiète pour son "maître". Elle a raconté à Vincent que vous étiez dans tous vos états, limite fou. Alors Vincent s'est demandé si vous n'aviez pas fait d'autre bêtise là-bas. Il a mené sa petite enquête et il semblerait que vous soyez entré dans plusieurs boutiques à la recherche d'une connexion Internet. La femme du bureau de tabac se rappelle que vous êtes revenu au bout d'un moment parce que vous vouliez envoyer une lettre. C'est vrai ?

J'ai dégluti.

— Non.

— Ah. Mais pour quelle raison cette femme mentirait ? Elle s'en souvenait très bien, vous savez ? Vous êtes un étranger et vous aviez l'air cinglé. Vous étiez très stressé. Vous avez acheté une enveloppe à bulles et un timbre pour l'étranger. Elle n'a rien remarqué d'autre. Juste que vous écriviez rapidement un mot, puis que vous avez glissé l'enveloppe dans la boîte aux lettres de la poste. Où elle est restée tout le week-end, jusqu'à ce matin.

L'expression neutre que j'aurais voulu maintenir se craquelait de tous côtés. J'ai serré les dents. "Allez, Bertie, c'est le moment d'avoir une idée géniale."

— Ah oui, le contrat d'Ontam ! ai-je lancé en tapant dans mes mains. J'en ai profité pour l'envoyer, c'était urgent.

Les lèvres de Van Ern ont formé un sourire de serpent. Il ne m'avait pas cru, et je ne pouvais pas lui en vouloir :

c'était le bobard le plus fumeux que j'aie inventé depuis mes treize ans.

— Un contrat ? Enfin, Bert, vous deviez vous sentir persécuté, le piège se refermait sur vous. Personne ne penserait à un contrat dans ces circonstances. Vous savez ce que je pense ? Que vous avez envoyé cette clé USB à quelqu'un.

J'ai pris un air étonné.

— Vous vous trompez, Eric. J'ai perdu la clé, elle est tombée pendant l'accident. Vous ne me croyez pas ?

— Je ne sais pas. Tout à l'heure, quand nous avons pris connaissance de cette histoire, j'ai tout de suite pensé que c'était logique. Que vous veniez à la clinique de votre plein gré, après tout ce que vous aviez fantasmé à notre sujet. Ce serait logique, si votre but était de gagner du temps.

J'ai ri.

— Gagner du temps ? Pourquoi ?

— Je ne sais pas. Vous espérez peut-être que la police va nous tomber dessus d'un moment à l'autre. Que la septième cavalerie va venir à votre rescousse.

— Parce que j'ai besoin qu'on vienne me sauver, Eric ?

À nouveau le silence. La tension dans cette bibliothèque était à couper au couteau.

— Ce que je veux dire, c'est que vous pourriez être en train de nous mentir et de mener un jeu dangereux, dans votre imagination. Et cette démarche serait tout à fait contre-productive, croyez-moi.

— Qu'est-ce que vous voulez dire ?

— Supposez un instant que je sois ce monstre que vous redoutez. Vous m'avez nui, ou vous envisagez de le faire. Comment pensez-vous que je vais réagir ? J'ai votre vie et celle de votre famille entre mes mains.

— Vous n'oseriez pas, ai-je déclaré avec la fermeté d'un flan servi dans un wagon-restaurant. Vous et vos amis, vous ne voulez pas faire trop de grabuge. Vous…

Ses yeux se réduisaient désormais à deux billes noires. Il a cessé de sourire et sa voix a pris un accent atroce, monstrueux.

— Il y a bien des façons de s'y prendre, Bert. Des voleurs qui entrent dans la maison, convaincus qu'elle est vide. Ils trouvent Miriam et Brit, ils paniquent et les assassinent brutalement, attachées à l'escalier, après les avoir violées. Ou alors on les invite à une croisière en Méditerranée. On pousse Britney à l'eau, on attend que Miriam se lance à son secours et on les abandonne en haute mer. Il y a tellement de possibilités…

— Elron…

— Il obéira aux ordres.

Je l'ai observé en silence, terrorisé. Eric Van Ern s'est alors remis à rire, ses yeux ont retrouvé leur éclat.

— Mais tout ça, c'est de la pure fiction, n'est-ce pas, monsieur Amandale ? Une fiction sinistre.

À cet instant, une sonnerie a retenti. Eric Van Ern a saisi un téléphone à l'intérieur de sa veste et a répondu à l'appel. J'ai immédiatement remarqué qu'il avait l'air surpris.

— Tu peux les arrêter ?

Il murmurait entre ses dents. En réalité, il avait subitement l'air de très mauvaise humeur. J'ai songé : "Ça y est ? L'heure a sonné ?"

— OK, je m'en charge. Merci, François, accompagne-les dans la cour.

Il a raccroché en continuant à me scruter.

— Il semble qu'on ne soit pas au bout de nos surprises, a-t-il déclaré en levant les mains en l'air comme s'il s'agissait d'une bonne nouvelle. C'est votre fille, Britney.

J'ai senti mon cœur accélérer.

— Qu'est-ce qu'elle fait là ?

— Ils se sont présentés à la grille de la clinique avec Elron. Apparemment, elle a insisté pour vous dire au revoir. Quelle bonne idée ! Elle ne va plus vous revoir pendant plusieurs semaines. Allez, suivez-moi.

Eric s'est levé et m'a guidé jusqu'à la porte de la pièce. Il a débloqué la serrure à l'aide de sa carte magnétique et nous avons emprunté un couloir longeant le champ de colza.

2

Nous sommes sortis par l'arrière de la maison. François, le responsable de la sécurité, nous attendait dans la cour. Nous avons échangé un regard muet, mais il n'a pu retenir un sourire qui semblait dire : "Ça faisait longtemps, monsieur." Eric lui a glissé quelques mots, très rapides, que je n'ai pas compris.

Nerveux, la tête vide, j'avais réalisé d'un coup l'énorme erreur que j'avais commise en m'éloignant de Britney et Miriam. Ils avaient compris, pour la lettre. Ils savaient ce que je manigançais et ils n'allaient pas perdre de temps. Peut-être allaient-ils régler le problème cette nuit. Mais comment ? En m'ouvrant le crâne ? En me fichant sur la tête une de ces couronnes d'épines ?

Le soleil s'était couché derrière le mont Rouge. Il ne restait plus qu'une lueur métallique et légèrement rosée à l'horizon, et les étoiles au-dessus. J'essayais de réfléchir, d'imaginer, de deviner le raisonnement de Britney, ce qu'elle avait bien pu préméditer. "Fais-lui confiance. Elle est dix fois plus maligne que toi et elle a le sang-froid de Miriam. Elle a dû mijoter quelque chose."

La voiture d'Elron a fait le tour du domaine et s'est approchée par la route menant à la cour. Deux hommes la suivaient, deux autres vigiles. Ajoutés à François, ils étaient donc trois. Plus cet énorme molosse qui rôdait alentour.

La Coccinelle a envoyé deux joyeux coups de klaxon et soulevé de la poussière avant de freiner devant nous. Les portières se sont ouvertes et les deux jeunes gens sont apparus. Eric a levé les bras pour saluer Brit, pendant qu'Elron nous rejoignait par l'autre côté.

— Elron, tu aurais dû expliquer à Britney le règlement pour les visites…

— Je l'ai fait, papa, mais…

— Je suis désolée, monsieur Van Ern, a soufflé Britney d'une voix douce à faire fondre un mur de béton. On était à l'étang et je me suis rappelé deux livres que j'avais oublié de mettre dans sa valise. J'espère que vous ne m'en voudrez pas.

Eric a joué le médecin intraitable qui se voit contraint de faire une concession.

— D'accord, d'accord. Comment dire non à notre "fille adoptive" ? J'espère que ça ne vous dérange pas, Bert.

Sous son regard vigilant, j'ai acquiescé avec gravité. Ses mots résonnaient encore dans ma tête : "Ils les assassinent brutalement, attachées à l'escalier, après les avoir violées".

— Tu veux voir ma chambre ? ai-je proposé à Brit.

Elle a accepté. Nous sommes entrés dans mon studio, suivis d'Elron et son père. Ils n'avaient visiblement pas l'intention de nous accorder une seule seconde de solitude.

— Elle est super ! s'est réjouie Britney. Un peu monacale, mais ça va. T'as pas de voisins ?

— Deux nouveaux hôtes vont arriver cette semaine. En attendant, votre père sera seul. J'espère que vous n'êtes pas du genre trouillard.

— Euh… pas trop.

— J'aurais peut-être pas dû t'amener ces bouquins alors, a dit Britney.

Elle a sorti deux livres de son sac et les a posés sur la table. J'ai cru rêver : c'était les deux romans de cette Amanda Northörpe que j'abominais. Je croyais que Miriam les avait déjà bazardés.

— Ton auteur préféré, papa, m'a-t-elle taquiné avec un doux sourire en coin.

J'ai eu un léger froncement de sourcils.

— Merci Brit, ça me fera passer le temps plus vite.

Van Ern a alors annoncé qu'il était temps de nous séparer.

— Ton papa a besoin de récupérer. De dures semaines l'attendent. On ne vient pas ici pour s'amuser !

Brit m'a posé un bisou sur la joue et m'a serré dans ses bras. Puis elle m'a fixé droit dans les yeux en reculant d'un pas.

— Reviens vite à la maison, papa. Promis ?

Elron et Eric restaient à quelques mètres de nous, ne ratant pas un mot de notre échange.

— Promis, ma biche. Je reviens très vite.

Brit et Elron sont remontés en voiture et s'en sont allés. Je les ai regardés s'éloigner, les lumières rouges des feux arrière disparaissant dans la pénombre.

— Il est temps de se reposer, Bert, a dit Eric en se retirant à son tour. Demain, une dure journée nous attend tous les deux.

3

À partir de là, je n'ai plus pu me déplacer sans qu'un vigile me suive à la trace. Dans la salle à manger principale, pendant mon dîner solitaire, je les ai vus de l'autre côté de la vitre, qui m'observaient. Les cartes avaient été retournées et Eric n'allait pas lâcher prise tant qu'il n'aurait pas obtenu ce qu'il voulait. Peut-être que tout serait réglé cette nuit.

Après le repas, Emma m'a raccompagné dans ma chambre et m'a signalé que les fenêtres resteraient fermées pour la nuit, mais que je pouvais régler la température. Puis elle est sortie et j'ai entendu le bip de la carte dans le lecteur magnétique, immédiatement suivi des verrous électriques qui se sont enclenchés à la porte et aux fenêtres. C'était exactement comme se retrouver dans une cellule de prison.

Je suis resté assis sur le lit, jusqu'à ce que s'évanouisse le bruit de ses pas sur le gravier. Puis je me suis levé pour tester la poignée de porte.

Bloquée, évidemment.

VII

1

“Ils sont au courant pour la lettre, Bert. Qu’est-ce qu’ils attendent pour te torturer ? Ça va peut-être se passer dès cette nuit, ou à l’aube.”

J’ai éteint la lumière, me suis affalé sur le lit, les mains derrière la tête, et j’ai observé méticuleusement la pièce, au cas où ils auraient dissimulé une caméra dans quelque trou ou renfoncement. L’idée n’était pas extravagante, mais après quelques minutes à inspecter les murs et le plafond, j’ai décidé que c’était passablement improbable.

J’ai allumé la lampe de la table de chevet et me suis levé pour prendre les deux livres d’Amanda Northörpe que Britney avait laissés sur mon bureau. *Nuit de jalousie meurtrière* et *Le Soupçon du gardien de phare*, avec leurs invraisemblables couvertures et phrases d’accroche en quatrième : “Avec plus d’un million d’exemplaires vendus à travers le monde, Amanda Northörpe s’affirme d’une façon magistrale comme la nouvelle virtuose du thriller.”

J’ai ouvert *Nuit de jalousie meurtrière*, et lu en diagonale les premières pages. Il devait y avoir un message pour moi quelque part. Au premier coup d'œil, je n'ai rien trouvé. J'ai fait de même avec *Le Soupçon du gardien de phare*. Plus de six cents pages d'intrigues, de dialogues, de scènes d'amour saupoudrées de brefs instants érotiques ont défilé sous mes yeux, sans la moindre lettre ni information glissée à mon intention.

"Britney, tu sais très bien que je déteste ces foutus bouquins. Alors pourquoi ?"

Et là, alors que je tenais l'énorme pavé dans ma main, la jaquette a légèrement glissé entre mes doigts. C'était une de ces prétentieuses éditions cartonnées, avec jaquette et rabats, ce qui m'a donné une idée. J'ai déshabillé le livre, l'ai manipulé, l'ouvrant et le refermant à plusieurs reprises. Rien. J'ai répété la manœuvre avec l'autre roman… et, eurêka !, collée sur la tranche, une carte magnétique plastifiée.

Mon rythme cardiaque s'est accéléré et j'ai réprimé un cri de joie. "Où as-tu déniché ça, Brit ? L'aurais-tu volé à ton cher Elron ?"

Je me sentais tellement fier de ma fille, de son intelligence et de son sang-froid, que j'ai failli appuyer sur le bouton d'appel pour raconter ça à cet incapable d'Eric Van Ern. "Voilà comment ça marche dans ma famille, sale petit bourge mystique."

Un film plastique était collé sur la carte. Je l'ai dégagée avec soin et l'ai examinée. Il n'y avait ni marque ni logo dessus, mais un petit bout de papier plié avait été glissé avec, qui contenait un court message : "Tu avais raison… Bonne chance. Je t'attends à la maison."

Il lui avait fallu moins d'une journée pour accomplir la mission que je lui avais confiée : vérifier s'il existait un homme du nom de Jean Frateau à la préfecture de Police de Marseille. Et, dans ce cas, s'il avait eu Vincent Julian au téléphone vendredi dernier vers 18 heures. C'était le dernier maillon manquant, et V. J. ne se souvenait probablement même pas de me l'avoir fourni en lâchant ce nom. Un mensonge. Un de plus. Et il avait définitivement convaincu Britney de la véracité de ma version des faits. Elle était de mon côté, et elle avait réalisé un putain de pas dans la bonne direction !

Quant à la carte, elle avait dû la chiper à Elron. Ou bien Elron la lui avait-il donnée ? Eric Van Ern se trompait-il en accordant une telle confiance à son gamin ? Quoi qu'il en soit, j'avais désormais deux certitudes. Premièrement, cette carte était mon passe pour la liberté, mon ultime atout, et je devais l'utiliser à bon escient. Deuxièmement : si jamais Elron n'avait pas volontairement coopéré, Britney ne serait plus en sécurité dès qu'il se rendrait compte de la disparition de ce passe magnétique.

J'ai laissé s'écouler deux heures. Je me suis attelé à lire *Nuit de jalousie meurtrière* pour ne pas m'endormir, mais Northörpe ne me facilitait pas la tâche avec ses interminables dialogues amoureux entre Ratty Callahan et son majordome Mr Bundt, un baroudeur tout en muscles. Puis j'ai vu à ma montre qu'il était minuit pile. L'heure du crime. L'heure où les spectres se réveillent et se baladent dans les cimetières.

Alors moi aussi, tel un fantôme, je me suis levé de mon lit.

Le bip a sonné très fort, du moins dans mon cerveau. J'ai pensé qu'on avait dû l'entendre jusqu'à Paris. La porte a émis un léger clic avant de s'entrebâiller.

Je suis resté immobile quelques secondes, attentif au moindre bruit à l'extérieur. Y avait-il un gardien qui surveillait ma chambre ? Une telle précaution de leur part m'aurait paru logique, même si personne ne s'attendait à ce que je possède une carte, n'est-ce pas ? Personne ne pouvait prévoir cet as opportun glissé dans la manche de Mr Amandale. Mais il était bel et bien là. Et ils n'auraient probablement pas imaginé non plus qu'ayant la possibilité de s'échapper, Bert n'en profite pas. Parce que j'étais redevable envers Chucks, envers ce frère qu'ils avaient fait disparaître. Ils étaient responsables de sa mort et ils allaient me le payer. Oui, Chucks, ils paieraient, dussé-je y laisser ma putain de vie !

La lune était de mon côté ce soir-là. Elle ne dévoilait qu'un étroit quartier, laissant la cour plongée dans la pénombre. Emma m'avait expliqué que les logements étaient fermés la nuit pour raison de sécurité. Qu'est-ce qui pouvait bien arriver ici, la nuit ?

J'ai longé l'enfilade de logements du côté le plus sombre, sans perdre de vue la villa, qui semblait totalement endormie. Quelques faibles loupiotes sur la façade diffusaient un peu de lumière. Le champ, lui, disparaissait dans les ténèbres.

J'ai suivi le même itinéraire que l'après-midi. Après les clôtures, j'ai continué sur le sentier et, cette fois, j'ai pu m'approcher de l'hélicoptère. Il était bien plus gros, vu de près. Je me suis retranché derrière pour observer de nouveau la villa : ma petite sortie nocturne n'avait apparemment réveillé personne ni enclenché aucune alarme. Pour le moment. Il ne restait que cinq cents mètres avant le bois, et c'était sans doute la portion la plus dégagée. J'ai décidé de marcher d'un bon pas. Courir aurait été trop douloureux pour mes côtes encore fragiles.

Le bois m'attendait tel un immense monstre noctambule. Une porte noire, une énorme gueule ouverte. Mais je ne quitterais pas les lieux sans connaître la vérité. Aux premiers arbres, j'ai fait une pause pour me reposer et jeter un œil derrière moi. Étais-je réellement arrivé jusqu'ici sans que personne ne me détecte ? On aurait dit une blague… ou un piège. Impossible de faire marche arrière, de toute façon. D'autant que, dès que je me suis de nouveau tourné vers le bois, j'ai aperçu la façade blanche de la chapelle, qui m'a attiré de manière quasi hypnotique.

"Allez, prouve à tout le monde que tu n'es pas complètement timbré."

J'avançais de plus en plus lentement, comme si j'arrivais sur un lieu radioactif, dont la proximité pouvait vous soustraire plusieurs années de vie. Les contours de l'édifice se sont précisés à travers les arbres, sous la lumière délicate d'une lune fuyante. Un toit pointu, des murs blancs et de hautes fenêtres murées. J'ai progressé jusqu'à atteindre les trois marches qui menaient à une porte modeste, munie sur le côté d'un de ces lecteurs de carte magnétique.

Il y a eu un bruit derrière moi, suivi, deux secondes plus tard, d'un son métallique, comme quand on arme un revolver. Avant même que j'aie eu le temps de me retourner, quelqu'un m'a parlé.

— Allez-y, ouvrez.

J'ai tout de suite reconnu la voix de mon interlocuteur.

— On m'a laissé avancer jusqu'ici, pas vrai, Eric ?

— Ouvrez la porte, Bert. Vous ne vouliez pas rencontrer le père Dave ? On va lui parler. On va avoir une longue conversation avec lui.

J'ai voulu me retourner pour le voir, mais j'ai entendu un claquement de langue, comme quand on veut qu'un enfant cesse de pleurer.

— Je suis armé. Faites ce que je vous dis.

Je me suis dirigé vers la chapelle, ou l'ermitage, ou que sais-je. J'ai gravi les trois marches et glissé la carte dans le lecteur. La porte s'est entrouverte, comme celle de ma chambre, sauf que le déclic a résonné à travers des ténèbres sans fond.

— Entrez maintenant, a ordonné Eric derrière moi.

2

Je me suis avancé dans le noir, les yeux fermés et les dents serrées. Quand j'écrivais les histoires de Bill Nooran, je finissais toujours transi de peur. Je pensais donc connaître ce sentiment, mais tandis que je posais un pied devant l'autre dans ce qui ressemblait à une allée entre des bancs d'église, j'ai compris que j'avais toujours été à des milliers de kilomètres du véritable effroi.

Je me suis rappelé l'homme haïtien et ses blessures à la tête. Les témoignages de ces gens qui avaient été internés à l'Hôpital de la Jungle du père Dave. "Ils faisaient sortir des gens des murs. Un chat me dévorait les jambes." Et il me semblait entendre des bruits d'animaux… Étais-je en train d'halluciner ? M'avait-on encore drogué ?

Malgré la peinture qui couvrait les vitres, une faible lueur éclairait l'intérieur. Elle provenait de lumières électriques disposées de chaque côté, et mes yeux se sont peu à peu habitués à cette pénombre. À mesure que mes pas résonnaient dans cet espace vide, des formes se révélaient autour de moi, aux contours plutôt complexes. Des panneaux lumineux, des tubes, des tables de travail. Sur ma droite, j'ai distingué de petites cages d'où s'échappaient des grognements et des murmures d'êtres vivants. Au fond, dans l'abside, des sortes d'immenses rayonnages d'entrepôt.

La porte s'est fermée derrière moi. Je me suis arrêté.

— Père Dave ! Sortez, vous avez des invités, a crié Eric avant de se mettre à rire.

J'ai fait volte-face. Eric Van Ern est apparu devant moi, au milieu de cette allée, tel un spectre.

— Et voilà, Bert. Le mystère est dévoilé. C'est ce que vous vouliez, non ? Le père Dave. Vous le voyez ?

— Il n'est pas ici.

— Bien sûr que non. C'est très difficile de ressusciter les morts.

— Il est mort ?

— Évidemment. Il a été éliminé, comme on élimine tous les fantoches. C'était un vieux fou, un fanatique et un obsédé sexuel, comme vous l'avez dit. Mais il n'était que la face visible d'autre chose, vous comprenez ? D'autres personnes qui travaillaient sur un projet très important. De toutes ces expériences avec les drogues et l'électricité ont émergé des idées singulières, uniques, mais le vieux a commencé à oublier de qui il dépendait, qui le finançait. Il y avait des pouvoirs puissants qui désiraient ardemment s'emparer de ses secrets et qui sont allés le chercher à Kourou, en Guyane. Finalement, il s'est fait attraper à Santa Marta. Grâce à Dieu, une partie de la famille a réussi à s'échapper.

— Vous. Edilia, les Grubitz, les Mattieu…

— Il y a un peu de tout, comme dans toutes les familles. De nouveaux membres aussi, et de temps en temps un traître.

— Comme l'homme qui a informé Someres ?

Van Ern a ri. Il avait un sacré calibre entre les mains. Gros et argenté. Il l'a agité en l'air, le faisant scintiller sous les rayons de lune.

— Quelle fantastique imagination vous avez, Bert !

— Qu'est-ce que vous fabriquez ici ?

— Nous poursuivons l'œuvre de Dave. La partie lucrative de son œuvre, disons.

— Vous composez des drogues ?

— Ne m'insultez pas, je vous prie. Fabriquer ces cochonneries synthétiques chez soi, en consultant Internet, est à la portée de n'importe qui. Ça manque totalement d'ambition, mon cher. C'est de science qu'il s'agit, ici. De véritable science. Des expériences de haut niveau qu'on ne pourrait pas mener légalement. Nous avons de très bons clients qui sont prêts à verser des sommes indécentes pour ce travail.

— Des expériences sur des gens, sur les jeunes de votre fondation. C'est ce que Someres avait découvert et qu'il avait enregistré sur cette clé USB.

Eric n'a pas daigné répondre. Il s'est esclaffé et a pointé le pistolet sur sa tempe.

— Eh bien, vous aussi, vous avez participé. Qu'avez-vous pensé, il y a quelques nuits, de cet horrible rêve ? Un cauchemar presque réel, non ?

J'étais pétrifié.

— Le whisky, ai-je rapidement déduit. Salopard… Qui l'a trafiqué ? Edilia ? Elron ?

Encore des questions qui sont restées sans réponses.

— C'est un vrai plaisir de discuter avec vous tranquillement. Depuis l'enfance, on nous apprend à nous taire et à mentir. C'est fatigant, à la fin, croyez-moi. Même à la maison, on n'aborde jamais le sujet. Je vous remercie de m'en donner enfin l'occasion, même si nous allons devoir y mettre un terme rapidement.

— Vous allez me tuer ?

— Franchement, ça dépend de vous. Quoi qu'il en soit, si vous restez en vie, vous ne serez plus jamais le même, je vous le garantis. Je pensais tenter des choses autour de la mémoire. En fait, c'est Elron qui va s'entraîner sur vous. Vous provoquer une petite méningite, vous transformer en quelqu'un de très sympathique et bavard, mais qui ne raconte que des bêtises que personne ne croit.

— Super projet. Vous auriez pu faire carrière en politique.

Van Ern n'a pas ri, cette fois.

— Le problème, c'est que vous nous avez fichus dans un sacré pétrin, Bert. – Il a secoué le pistolet de haut en bas. – Vous avez réussi le coup parfait avec la clé USB. Et à l'hôpital, en hurlant aux quatre vents qu'on vous rende vos vêtements quand en réalité vous saviez qu'il n'y avait rien dedans. Félicitations !

Je n'ai pas répondu, laissant planer un long silence. Le visage de Van Ern semblait disparaître dans l'obscurité. J'étais foutu… à moins de lui sauter immédiatement à la gorge ou de tenter de m'enfuir en courant. Mais il était à deux mètres au moins. Dans les deux cas, il aurait eu le temps de me tirer trois fois dessus, au bas mot.

— Vous êtes tous foutus, Eric, ai-je lancé pour gagner du temps.

— Vous vous trompez, mon cher. Il y a des gens qui sortent toujours vainqueurs, et nous en faisons partie. Sauf peut-être Vincent et un ou deux sous-fifres qui devront tomber. C'est ce qu'on appelle les dommages collatéraux. Et si vous ne me dites pas ce que je veux savoir, vous en ferez partie. Ne nous imposez pas un tel désagrément. Je vous l'ai déjà dit : nous aimons cet endroit.

— Et vous voulez quoi exactement ?

— Eh bien, la situation est la suivante. Vous avez l'heure ?

J'ai regardé ma montre.

— Pas loin de minuit et demi.

— Deux options s'offrent à vous, Bert. La première : vous parlez, vous nous dites à qui vous avez envoyé la clé USB, et votre femme et votre fille se réveillent demain tranquillement dans notre paisible petite ville de Saint-Rémy. Elles restent en vie et vous, sous traitement.

— La deuxième ?

— Vous continuez de mentir, nous faisons alors en sorte que vous vous échappiez de la clinique, à moitié fou, et que vous retourniez chez vous pour les tuer d'un coup de fusil avant de vous faire exploser le crâne. Miriam vous a quitté et quasiment toute la région est au courant de vos délires. Ça fera une histoire atroce, mais plausible.

— Il est trop tard. Et de toute façon, je crois que vous allez le faire.

— Non. Je vous en donne ma parole : si vous parlez, personne ne touchera à Miriam et Britney. Leurs vies sont sauves si vous nous livrez le nom et l'adresse de cette personne. Le pli est parti ce matin. Vu qu'il va à l'étranger, il est peut-être encore temps de l'intercepter. C'est tout. Un vulgaire vol de courrier, Bert. Sans qu'une seule goutte de sang ne soit versée.

— Comme avec Chucks, hein ? Un truc propre.

— Je suis vraiment désolé pour votre ami. On aurait voulu que ça se passe autrement, mais on a dû se tromper sur la dose.

— Je connais vos martinis paralysants.

Eric Van Ern a porté la main à la poche de sa chemise. Il en a sorti un petit objet, s'est approché à un mètre de moi, et l'a posé au bord d'une table. C'était une fiole en verre, de la taille d'un flacon de parfum.

— Un de nos produits phares. Inodore, incolore, ne laisse aucune trace. Il n'en laissera aucune sur votre cadavre non plus, après que vous aurez massacré votre famille. L'avantage, c'est que l'individu l'ayant absorbé ne perd pas conscience. Vous assisterez à tout en direct.

Je me suis rendu compte qu'Eric était encore plus près de moi. L'arme devait peser dans sa main, son bras était calé sur son flanc, le canon légèrement pointé vers le bas.

J'ai fait un pas en direction de la table.

— Ne bougez pas. Nous allons vous injecter une petite dose maintenant et…

Soudain, on a entendu des pas sur les marches de la chapelle, puis le bip de la carte qu'on passait dans le lecteur et le claquement de la porte. J'étais suffisamment près de Van Ern pour tenter le coup. Il s'est retourné, presque instinctivement, pour voir qui entrait. Je n'ai pas hésité une seconde, j'ai bondi sur lui en chargeant comme un *quarterback*, les mains tendues vers l'arme.

J'ai atterri sur un amas d'os et de métal. Van Ern a vociféré et tenté de corriger l'orientation du canon, mais j'avais déjà poussé ses bras vers le haut. La balle est partie dans un bruit assourdissant. On a entendu du verre brisé et tout un tas d'animaux hurlant autour de nous. Des singes, des oiseaux… je ne saurais dire quoi d'autre encore.

— Personne ne bouge !

L'autre individu est arrivé en braillant et j'ai compris que je n'avais que quelques secondes pour tourner la situation à mon avantage.

Eric a balancé son genou dans mon entrejambe, mais j'ai pivoté et reçu le coup sur la cuisse. Je l'ai violemment bousculé contre une table, alors que nous nous disputions toujours la possession de l'arme. J'ai réussi à le renverser sur la table. Une multitude de fines éprouvettes et autres ustensiles ont été arrachés à leur paisible sommeil et se sont répandus par terre. J'étais sur lui, mais à cet instant le poignet qui tenait l'arme m'a échappé. J'ai aperçu l'autre personne me foncer dessus et senti le canon d'Eric se planter dans mon ventre. Allait-il tirer ? J'ai reculé le bras et écrasé mon poing sur son nez. J'y ai mis une telle force que ça m'a envoyé valdinguer à côté de la table. Eric, groggy et fou de rage, a pressé la détente.

Mon corps n'était plus là pour recevoir la balle, mais elle n'est pas passée loin.

François était resté derrière moi. Il a regardé son torse, l'air surpris. La pâleur de la lune qui filtrait jusqu'à nous éclairait la fumée sortant de sa chemise au niveau du poumon droit. Il a fait un pas en arrière, titubant, et Eric, encore KO, a été incapable de distinguer de qui il s'agissait. Il a cru que cette silhouette vacillante, c'était moi. Il a visé un peu plus haut et tiré à nouveau. La balle a traversé le cou. La pomme d'Adam et les cordes vocales ont dû sortir par la nuque, comme les pièces d'un violoncelle disloqué, puis cette masse d'un mètre quatre-vingt-dix s'est effondrée telle une marionnette qu'on lâche d'un coup.

J'ai attrapé une des cages alignées sur la table et l'ai soulevée au-dessus de Van Ern. Elle devait peser au moins trente kilos.

— Pour Chucks ! ai-je dit.

— Ne faites pas ça.

Eric allait dire autre chose quand j'ai lâché ma prise sur sa tête. Ça a fait le bruit d'un cafard qu'on écrase sous sa chaussure, si ce n'est que celui-là était énorme. Ses jambes ont été prises de secousses, ses mains se sont ouvertes en grand et l'arme est tombée par terre.

J'ai pensé que je l'avais peut-être tué, mais je n'allais pas prendre le temps de vérifier. J'ai saisi le flingue et ai filé.

VIII

J'ai franchi la porte, l'arme pointée en avant, prêt à faire face aux autres gardiens, mais le bois était calme et silencieux. Les champs autour de la clinique étant vastes, ils faisaient peut-être leur ronde quelque part. Mais les trois détonations avaient dû résonner loin, ils n'allaient pas tarder à me tomber dessus, eux ou leurs molosses. Et je n'aurais pas deux fois la chance que j'avais eue avec François, mort sous les balles de son patron.

Dans quel sens courir ? Je savais que la maison des Van Ern se trouvait de l'autre côté du bois, mais j'avais comme l'impression que je ne serais pas vraiment bien reçu à cette heure-là. Parmi les trois autres directions possibles, deux débouchaient sur l'inconnu : les bois côté nord et côté est. Il restait le mont Rouge. Traverser le champ de colza et tomber sur cette forêt qui me mènerait à la route. Exactement comme avait dû faire Daniel Someres la nuit où il avait presque réussi à s'échapper.

J'ai couru entre les arbres jusqu'aux bosquets qui délimitaient la route de la clinique. Ensuite, il me fallait contourner la villa et rejoindre le champ de fleurs jaunes. Il y a eu des aboiements et des faisceaux de lumière nerveux. Plusieurs individus munis de lampes de poche quittaient la cour où se trouvaient les chambres en direction de la chapelle. Quatre personnes au minimum. Des chiens et des hommes hurlants. Ils n'étaient pas encore à "l'ermitage", ce qui me laissait le temps de traverser le champ de colza sans me faire coincer.

J'ai attendu que les lampes torches s'enfoncent dans les bois et me suis élancé de toutes mes forces. J'avais l'impression d'avoir un millier d'aiguilles et de tessons de verre plantés dans les côtes. J'ai franchi la route sans quitter des yeux la villa. Il y avait une fenêtre allumée, mais personne en vue. Ils étaient probablement tous dans la chapelle à cet instant, découvrant François trachéotomisé et Eric Van Ern transformé en personnage de dessin animé 2D.

Les colzas me frôlaient les cuisses et les mains. Le mont Rouge, devant moi, était beaucoup plus éloigné qu'il n'en avait l'air, mais à son sommet, au-delà de la forêt noire environnante, des lueurs furtives m'ont empli d'espoir : "Des voitures, Bert. Cours vers les voitures."

C'est ce que j'ai fait. Pendant deux minutes, j'ai avancé en n'entendant que mon souffle haletant et le bruissement des fleurs. Cette nuit d'été avait l'éclat d'un diamant. La Voie lactée fendait le ciel, m'indiquant le chemin. Mais le doux contact du colza s'est vite transformé en friction agaçante. Le pollen collait à mes jambes, les tiges formaient un obstacle qui me freinait, me faisant trébucher, dans ma course désespérée. Je me suis vautré au milieu de ces hautes plantes et le pistolet m'a échappé des mains. Je savais qu'il me restait encore beaucoup à faire cette nuit-là : sauver Miriam et Britney. J'ai tâtonné dans l'obscurité et réussi à mettre la main sur l'arme au moment où les aboiements m'avaient presque rattrapé. J'ai levé les yeux, timide périscope émergeant au milieu de la végétation, et aperçu quatre ou cinq lampes torches au bord de la route, braquées vers moi. La cavalcade des chiens martelant le sol, leurs cris brisant le silence de la nuit. Leurs truffes sur les traces du fugitif. Ils fonçaient droit sur moi.

Je n'avais aucune envie de tuer un animal, mais j'étais prêt à m'y résoudre s'ils me bondissaient dessus. Je me suis redressé et j'ai repris ma course, fouetté pas les fleurs de colza qui embaumaient l'atmosphère. Mes poumons avaient de plus en plus de mal à pomper l'air et les aboiements approchaient. On aurait dit qu'ils criaient mon nom : "Bert ! Bert ! Bert !" Il fallait au moins que j'atteigne le bois. Je pourrais me cacher derrière un arbre et reprendre mon souffle.

Mais à une dizaine de mètres des premiers arbres, je suis encore tombé.

L'un des molosses était déjà sur mes talons et le suivant, à quelques secondes derrière. Par où un chien commence-t-il à te mordre ? Comment t'attaque-t-il ? J'ai serré le pistolet entre mes mains et visé droit devant. "Je ne veux pas te tuer, mais…"

Une ombre m'a surplombé et je n'ai pas tout de suite compris de quoi il s'agissait. Le chien avait d'abord sauté par-dessus moi, sans se rendre compte que j'étais étendu au sol. Il a immédiatement opéré un demi-tour en dérapage en écrasant les plantes sous son flanc musclé. J'avais eu le temps de me mettre à genoux, pantelant et tremblant comme une putain de gelée anglaise, le canon correctement aligné. Je n'y ai pas réfléchi à deux fois. J'ai détesté ça, mais ce clébard n'avait qu'une mission sur terre : me tailler en morceaux. J'ai fait feu contre cette gueule pleine de crocs. Il y a eu une déflagration et un nuage de fumée qui m'est revenu au visage.

J'ai mis droit dans le mille et l'animal est tombé comme un sac sur ses pattes arrière. *Requiescat in pace*. L'autre étant tout près, je me suis très vite retourné, l'arme bien en main. Les lumières n'étaient plus qu'à une centaine de mètres et quelqu'un a ouvert le feu. J'ai vu des étincelles et entendu le sifflement de la balle, quelques mètres sur ma droite, puis des voix qui m'ordonnaient de m'arrêter. Le molosse bondissait dans le champ comme un lapin monstrueux, un démon noir. Cette fois je n'ai pas attendu, la peur et la précipitation m'ont tracé la voie. J'ai tiré trois fois dans la nuit avant que l'arme ne cesse de fonctionner. L'air s'est rempli de fumée. Les échos des détonations se sont dissipés, laissant place à un gémissement au milieu des fleurs. J'ai su alors que je l'avais touché.

Les faisceaux des lampes ont disparu d'un coup. Les types avaient dû se jeter à terre. Puis une autre balle a fusé près de moi. Je n'étais qu'à dix mètres du bois dont l'obscurité me protégerait. J'ai pris mon élan et suis reparti en courant.

J'ai quitté le champ de colza, les jambes subitement libérées de ce lest. Je connaissais le terrain. Des racines de pin, de la terre sèche. Si je ne me prenais pas les pieds dans un obstacle, j'atteindrais la crête. Je savais que les autres progressaient plus vite, mais je n'ai même pas jeté un regard sur eux. Je me suis faufilé entre les troncs pendant près de trente secondes, j'étais au bord de l'épuisement mais j'ai dû redoubler d'efforts pour grimper le raidillon. Les autres étaient déjà dans le bois, mais ils n'utilisaient pas leurs armes. J'ai entendu leurs pas et vu les lampes éclairer l'écorce des arbres à cinq mètres sur ma droite. Visiblement, ils ne m'avaient pas repéré, alors j'ai continué mon ascension. J'avais les poumons en feu et mes jambes m'obéissaient de moins en moins, mais après avoir craché un chapelet d'insultes, mon cerveau a réussi à arracher quelques grammes d'énergie à mon corps exténué, mes mains ont saisi une dernière touffe d'herbe et sont allées se poser sur la surface rugueuse – et à cet instant merveilleuse – de l'asphalte.

J'étais dans le virage, à l'endroit exact où Chucks avait percuté Daniel Someres. C'était comme s'il était sur le point d'apparaître dans son Rover quelque peu emballé. La cigarette venait d'atterrir entre ses jambes et il avait cessé de regarder la route une seconde.

Je me suis redressé et me suis planté au milieu de la chaussée.

"Nom de Dieu, il faut que quelqu'un se pointe, et vite."

Les lampes sont venues frôler le bord de la route. Ils gravissaient la pente, ils allaient rapidement me tomber dessus. Quel jour était-on ? Lundi. Merde, personne ne passait donc par ici le lundi soir depuis que Chucks et moi, on ne sortait plus boire un verre ?

"Allez, putain de merde, qui que tu sois, magne-toi !"

Et là, je l'ai vue. Dans le virage qui venait de Sainte-Claire. Je ne pouvais presque plus bouger, figé au milieu de la chaussée. Si je n'arrêtais pas cette voiture, ils me choperaient. Je devais l'empêcher de passer son chemin. L'effort m'avait coupé le souffle, je n'avais plus la force de crier, j'ai donc décidé de lever ma main droite avec le pistolet.

Le véhicule arrivait à toute allure, probablement aussi rapide et confiant que Chucks cette fameuse nuit. J'attendais, immobile, que ses phares m'éclairent complètement, mais j'ai compris que lorsque cela se produirait, il serait déjà trop tard. Qu'à une telle vitesse, sur cette route, il n'aurait pas le temps de freiner et que l'histoire se répéterait. Bon, OK, j'étais prêt à mourir ici. La clé USB serait entre les mains de la police demain matin au plus tard. Les Van Ern et compagnie étaient foutus. Mais qu'arriverait-il à ma famille ?

"On pousse Britney à l'eau, on attend que Miriam se lance à son secours et on les abandonne en haute mer."

Les lampes torches atteignaient la route quand je me suis pris les phares en pleine face. Le conducteur n'a pas eu le temps d'appuyer sur le klaxon. J'ai entendu un coup de frein. Je l'ai juste entendu parce que j'avais déjà fermé les yeux tout en tenant le pistolet en l'air. Il y a eu des crissements de pneus. L'air brassé par le véhicule, l'onde de choc m'a claqué le visage comme le souffle d'un dragon.

Deux ou trois tonnes d'acier me tombaient dessus.

C'était la fin.

J'ai serré les dents.

IX

Devant mes genoux, à quelques millimètres.

Le pare-chocs me touchait presque.

J'ai ouvert les yeux. La bouche ouverte mais incapable d'articuler un mot, tremblant de la tête aux pieds, j'ai braqué le pistolet sur la voiture.

— Ouvrez !

C'était une vieille Citroën DS, ce modèle qu'on surnommait le "requin", je crois. Le moteur avait calé après le freinage brutal et son unique occupant se tenait les mains en l'air.

Je me suis approché. Le conducteur, lunettes sur le nez, avait une tête d'employé de bureau. Il m'a dit quelque chose à travers la vitre fermée.

— Sortez de la bagnole ! ai-je crié en pointant l'arme sur lui, comme dans les films d'action.

J'ai jeté un œil vers le bord de la route. Les torches étaient juste en dessous, au milieu des arbres. Les balles pouvaient fuser à n'importe quel moment. Le conducteur était mort de trouille, alors j'ai saisi la poignée et ouvert la portière. Le type pensait que sa dernière heure avait sonné, que sa vie allait s'achever là. Pris de panique, il restait scotché à son siège et agitait les bras en bafouillant : “S’il vous plaît, s’il vous plaît !”

— Sortez ou je vous descends ! ai-je lancé en anglais.

Je n’étais pas en état de trouver les mots en français.

Puis j’ai vu des silhouettes surgir sur la route. Les monstres du bois avec leurs lumières.

— Ne bougez plus, Amandale ! a crié quelqu’un en anglais. Ne compliquez pas la situation.

J’ai attrapé le conducteur par le col de sa chemise. Il avait sa ceinture de sécurité attachée et ne bougeait pas d’un millimètre. Alors, j’ai visé les ombres avec mon pistolet.

— Restez où vous êtes !

Mon otage a mis les mains sur sa tête et s’est penché sur le volant. Si j’avais connu une bonne insulte en français, je la lui aurais hurlée aux oreilles. Dans les films, le héros s’empare toujours de la voiture du premier coup, mais ce type avait le cul rivé à son siège. Comprenant qu’on allait droit à la catastrophe, j’ai fait le tour pardevant et suis entré du côté copilote. Sans échanger un mot avec ce brave homme, j’ai mis le contact. Une vitesse était enclenchée, la voiture a calé. J’ai tiré sur le levier pour passer au point mort, puis tourné à nouveau la clé. Le moteur a démarré.

— Allez-y maintenant ! l’ai-je sommé.

J’ai posé la main sur son genou et appuyé dessus.

Le type a réagi, il a passé la première et enfoncé la pédale. Sa voiture a bondi, moteur à fond, et il n’a même pas pensé à changer de vitesse. Derrière nous, personne n’a tiré. J’étais à l’abri, dans le véhicule d’un témoin innocent, ils n’allaient pas prendre de risque.

Dès que je me suis rappelé comment on disait "seconde" en français, je l'ai crié et l'homme a obéi comme s'il prenait sa première leçon de conduite à l'auto-école. Puis il a enchaîné avec la troisième et pris le virage à quatre-vingts kilomètres-heure. J'ai bien cru qu'il allait nous tuer mais, bon sang, il conduisait sacrément bien et il a négocié la courbe comme un véritable dragon de feu.

— Bien, bien ! Très bien ! Comment vous vous appelez ?

— Gérard.

— OK, Gérard, direction Saint-Rémy, d'accord ? Vous n'avez rien à craindre, je ne vous ferai aucun mal, mais emmenez-moi à Saint-Rémy.

L'homme a acquiescé. Il suait par tous les pores, mais avait transformé sa peur en mission. Il roulait à toute allure tandis que je guettais ce qui se passait derrière nous, craignant à chaque instant de voir surgir une voiture à nos trousses. Rien de tel ne s'est produit. J'ai tenté d'expliquer à Gérard que des hommes m'avaient séquestré et qu'ils allaient massacrer ma femme et ma fille. Il s'est contenté de hocher la tête et de conduire. Je suppose qu'il pensait à sa famille lui aussi. Et puis, mon français, en pleine crise de panique, n'était pas très compréhensible.

Nous sommes arrivés à Saint-Rémy, qui dormait sous les étoiles. J'ai demandé à Gérard de traverser la ville et de prendre la rue des Petits-Puits. Arrivé à cent mètres environ de la maison, je lui ai ordonné de s'arrêter.

— Mon nom est Bert Amandale, ai-je dit en sortant de la voiture. Appelez la gendarmerie de Sainte-Claire, demandez le lieutenant Riffle et dites-lui de se rendre immédiatement chez moi. Faites-le, je vous en supplie.

Gérard a de nouveau hoché la tête en silence. Dès que je me suis dirigé vers le portail, il a passé la marche arrière et déguerpi comme un dératé en renversant des pots de fleurs. Je ne lui en ai pas voulu, mais j'espérais au moins qu'il appellerait la police dès qu'il serait en lieu sûr. Qu'il leur dirait qu'un dingue l'avait attaqué en plein milieu de la route, l'avait séquestré et s'approchait à cet instant d'une maison de Saint-Rémy, une arme à la main. "Parfait, comme ça, ils débarqueront plus vite."

Est-ce qu'ils m'attendaient ? Je n'en savais rien, mais j'ai décidé de prendre quelques précautions. J'ai longé la haie et cherché le trou dans la grille. J'ai lancé le pistolet à travers avant de m'y glisser à mon tour. Cinq toiles d'araignées plus tard, j'avançais à quatre pattes entre les pins et rejoignais le cabanon.

Il y avait de la lumière dans la cuisine. Qui était debout à cette heure de la nuit ? Par la fenêtre, je ne distinguais que les meubles. Bon, de toute façon, je devais d'abord me réarmer. Le pistolet pouvait faire son petit effet, mais il était déchargé… Je suis entré dans le cabanon à la recherche d'un objet pouvant servir à frapper, transpercer ou couper. Il y avait une bonne scie, mais ce n'était pas un outil facile à manier. J'ai finalement opté pour un tournevis cruciforme. Cette pointe-là enfoncée au bon endroit pouvait tout à fait neutraliser temporairement un adversaire. Je l'ai glissé dans la poche arrière de mon pantalon.

J'ai traversé le jardin, pistolet toujours en main, et rejoint la pergola d'où j'apercevais l'intérieur de la maison. Il n'y avait personne, mais il m'a semblé reconnaître une odeur de gâteau. Ce n'était donc que ça ? Une merveilleuse scène ordinaire de pâtisserie nocturne ? Je m'étais brisé les os, j'avais tué deux hommes et séquestré un honnête citoyen français pour arriver quand le gâteau serait cuit ?

J'ai ouvert la porte du jardin dans un grincement de gonds. Il y avait des tasses dans l'évier de la cuisine. Des assiettes à dessert, des cuillères. Ça sentait le café.

Le salon était plongé dans la pénombre, mais j'ai aperçu plusieurs tasses sur la table, qu'on avait pris soin de couvrir d'une nappe, comme si on avait organisé un petit goûter. Qui était venu ici ? Cette table non desservie révélait-elle un départ précipité ? Mais pour aller où, bon Dieu ?

J'ai monté l'escalier en courant pour me précipiter dans la chambre de Britney. J'ai crié son nom en poussant la porte comme un fou. "Brit ! Brit !" Les rideaux étaient ouverts et laissaient passer la clarté de la lune. Il y avait quelqu'un sous les draps. Immobile et silencieux. Je me suis jeté à genoux à côté du lit et je l'ai vue. C'était Britney, aussi inerte qu'un mort.

J'ai balancé le revolver par terre et lui ai secoué les épaules :

— Britney ! Allez, réveille-toi !

Les yeux clos, elle ne bougeait pas. Pris de tremblements, haletant comme un forcené, j'ai posé les doigts sur son cou et cherché son pouls, sans succès. ("Je t'en supplie Britney, je t'en supplie.") J'ai approché l'oreille de sa bouche et n'ai plus bougé, comme quand elle était bébé et que je me levais dans la nuit, épouvanté de ne pas l'entendre babiller. J'ai guetté les battements de son cœur. "Respire, s'il te plaît, Brit, respire. Tu t'en es super bien sortie, tu as été si courageuse…"

J'ai alors senti un très léger souffle dans mon oreille. Elle était en vie ! Mais que lui arrivait-il ? On aurait dit qu'elle était plongée dans un profond sommeil…

À cet instant, les lattes du plancher ont grincé dans le couloir. Je me suis retourné et j'ai découvert Miriam sur le seuil de la chambre, sa silhouette découpée par le reflet de la lune, sa chevelure blonde.

— Miriam ! ai-je crié en me relevant. Il faut l'emmener à l'hôpital ! Je crois qu'ils lui ont fait du mal.

Elle a ouvert les bras pour m'accueillir. Elle m'avait probablement entendu entrer dans la maison. Le temps pressait, je lui expliquerais tout sur le chemin de l'hôpital. Je lui raconterais pourquoi je m'étais échappé de la clinique cette nuit, tout ce que j'y avais trouvé. Ce n'était pas le père Dave, mais quelque chose de beaucoup plus sophistiqué et intelligent.

Alors que j'avançais, je me suis rendu compte qu'elle était en chemisier et jupe, plutôt qu'en chemise de nuit. Ça m'a paru étrange, mais j'étais déjà presque tout contre elle. J'ai réalisé à la dernière seconde qu'elle me dépassait de cinq centimètres. Ce qui n'était pas le cas de Miriam, même en talons aiguilles.

À la seconde où ses bras m'enlaçaient, j'ai respiré un parfum inconnu. "Combien de fois il va falloir te le répéter, Bert ? Toutes les blondes ne se valent pas."

J'ai levé les yeux pour découvrir Edilia Van Ern me souriant, et j'ai senti au même instant une piqûre à la gorge.

X

Je me suis brutalement écarté d'elle en pressant mon cou dans un geste instinctif. J'ai trébuché et me suis retrouvé le cul par terre.

— Qu'est-ce que vous m'avez injecté ? ai-je braillé.

Sans bouger d'un millimètre, Edilia Van Ern a rengainé la seringue qu'elle tenait dans la main et l'a laissée tomber dans un petit sac. Puis elle a franchi le seuil de la porte et j'ai aperçu son visage diabolique.

— Salut, Bert.

Où était mon pistolet ? J'ai tâté le sol sans la quitter des yeux, mais n'ai pas réussi à mettre la main dessus. La surprise et la terreur me nouaient la gorge et m'engourdissaient. Mais il y avait autre chose, qui me parcourait les veines aussi rapide qu'une couleuvre, et commençait à agir sur moi.

Elle a fait deux pas en avant et j'ai tenté de l'esquiver en m'appuyant sur les coudes. Je l'ai vue envoyer un coup de pied dans quelque chose… et le pistolet a glissé à l'autre bout de la pièce.

— Qu'est-ce que vous leur avez fait ? ai-je demandé en essayant d'élever la voix.

— Épargnez-vous les efforts inutiles, Bert. Vous ne voudriez pas réveiller les voisins ?

Le poison s'emparait peu à peu de mon corps. J'avais déjà connu cette sensation avant mon accident de voiture, mais le phénomène avait alors été beaucoup plus lent.

— Qu'est-ce…

— On a bu un café et mangé un gâteau ensemble, a expliqué cette poupée souriante. Quel bel après-midi. Je voulais être auprès de Miriam en ce jour si difficile. Elron a ramené Britney un peu plus tard. Elle revenait tout juste de sa visite à la clinique, elle était un peu nerveuse, mais elle a fini par accepter un morceau de cake. Au fond, c'est une jeune fille bien élevée.

V. J. a surgi du couloir, tout de noir vêtu, muni de gants, un pistolet à la main.

— Salut, Bert.

Edilia est passée près de moi et s'est assise sur le matelas, à côté de Britney. Mon corps me répondait avec de plus en plus de décalage. J'ai tourné le cou, très lentement, et vu ses longues jambes tout près de moi. Puis j'ai éprouvé une sensation bizarre, de la douleur peut-être, tandis que ma tête partait en arrière. Edilia me tirait les cheveux. J'ai aperçu la lampe, un fragment de visage.

— François est mort. Tu sais qu'on a grandi ensemble ? Eric a le nez broyé et a peut-être perdu un œil.

— C'est tout ce qu'ils méritaient…

Ma langue avait perdu presque toute mobilité.

— Maintenant écoute-moi. Il faut se dépêcher avant que la drogue te paralyse totalement. Britney va se prendre une balle dans le crâne. Puis ce sera le tour de Miriam.

Et pour finir tu vas te suicider. On ne voulait pas ça, vraiment. Je n'ai pas envie de perdre une associée et une amie, et encore moins d'exploser le visage de la petite amie de mon fils. Alors je te le répète une dernière fois : dis-nous à qui tu as envoyé cette lettre, et on laissera les filles en paix. Ce sera un suicide passionnel. Parole de voisine.

— On prendra soin d'elles, Bert, a ajouté V. J. Je te le promets.

Mon visage n'était presque plus capable d'exprimer les sentiments qui m'agitaient : la frayeur, l'angoisse, le désespoir. Tout avait été tramé à la perfection ; je m'étais enfui de la clinique cette nuit, j'avais tué le responsable de la sécurité et j'avais couru à travers les champs de colza pour rejoindre la route. Après quoi, tel un forcené, j'avais pris en otage un homme dans sa voiture. Le scénario parfait.

— Crache le morceau, Bert, sauve-les.

— Mark Bernabe, ai-je réussi à articuler au prix d'un gros effort. 318, rue d'Ukraine, Looondrrres.

Edilia m'a lâché les cheveux et ma tête est retombée comme celle d'une marionnette. Mon champ de vision se réduisait aux jambes de V. J.

— J'espère que c'est la vérité, Bert, sinon on reviendra s'occuper d'elles.

— C'est la vérrriiiiitéééé, ai-je marmonné, la langue de plus en plus ankylosée.

Edilia est passée près de V. J. et lui a murmuré quelque chose. À ce stade, je ne pouvais même plus lever le cou pour les regarder. Puis elle a disparu dans le couloir et je l'ai entendue passer un coup de téléphone. Elle a parlé en français et a dicté l'adresse à Londres.

Ses jambes sont réapparues dans la chambre. Elle est revenue se pencher sur moi, son visage contre le mien. Elle m'a saisi le menton et m'a embrassé sur les lèvres.

— On aurait pu être de grands amis, Bert, mais tu nous as mis des bâtons dans les roues. Toi et ta maudite imagination d'écrivain.

J'aurais bien répondu "Je t'emmerde, pauvre conne", mais je n'ai réussi qu'à remuer mollement les lèvres.

— Encore une chose. Britney est au courant de certains détails et elle a trahi Elron. J'espère que tu comprendras qu'on ne peut pas la laisser en vie.

Puis, se redressant, elle s'est adressée à V. J.

— Attends dix minutes et tue-les tous les deux. Après, tu laisses la lettre et tu retrouves les Grubitz à la clinique. On part tous cette nuit.

— Mais l'homme qui l'a amené… il va appeler la police.

— Dix minutes, Vincent, a répété Edilia. Dan t'attendra dans la voiture.

Je voulais crier, mais j'en étais absolument incapable. Une rage féroce me traversait le corps mais aucun de mes muscles n'acceptait de réagir. Seul mon bras droit a esquissé une tentative, tandis qu'Edilia quittait la pièce à toute vitesse. Les pieds de V. J. l'avaient suivie. Je les ai entendus discuter dans le couloir.

Mon bras était lent, terriblement lent, mais il acceptait de se mouvoir. Je voulais atteindre le tournevis, tenter quelque chose avec. Mais quoi ? J'avais autant de force qu'une fourmi. Mes yeux se sont remplis de larmes.

J'ai eu l'impression d'attendre ainsi une éternité. Mes oreilles percevaient l'atroce silence qui régnait dans la maison. Puis les pas de V. J. ont résonné et il est revenu dans la chambre. Il a d'abord cherché le pistolet qu'Edilia avait écarté d'un coup de pied. Il l'a pris et l'a coincé dans sa ceinture. Il s'est ensuite agenouillé pour entrer dans mon champ de vision.

— T'aurais dû me tuer, ce jour-là, Bertie, m'a-t-il soufflé en souriant. J'ai vraiment pensé que t'allais le faire… mais t'es pas un meurtrier. Tu veux une cigarette ?

Il en a sorti une de sa poche et l'a glissée entre mes lèvres.

— Tu sais quoi, moi aussi j'ai envie de fumer. Et puis, il faut que tout colle, et tout va coller, ça c'est sûr. Tu veux entendre ta dernière volonté ?

Il a posé le pistolet tout près de mes jambes et tiré un papier de la poche de sa chemise. Il l'a déplié devant mes yeux. Quelques phrases écrites et ma signature en bas.

— "Miriam, je t'avais prévenue, tu ne pourras pas me séparer de Britney. Ça t'aidera peut-être à comprendre la solitude à laquelle tu m'as condamné. Bert." Concis, hein ? C'est moi qui l'ai pondu. On reconnaît tout à fait ton style.

"Bien merdique, comme lettre de suicide", ai-je pensé.

— Je me suis pas mal débrouillé aussi pour la signature. Faut dire que je me suis entraîné toute la nuit en prenant exemple sur la dédicace de ton livre. Enfin bref, prends-la, Bert. Après tout, c'est la tienne.

J'avais la main près de ma hanche, à quelques millimètres du manche du tournevis. V. J. m'a saisi le poignet et a mis la lettre entre mes doigts, en serrant pour qu'ils se referment sur le papier. Ce qui a mis fin à mon espoir d'atteindre mon arme de secours. De toute façon, elle ne m'aurait pas été très utile.

V. J. a allumé sa cigarette puis la mienne, qu'il a coincée encore entre mes lèvres, même si je n'en avais aucune envie. Il a pris le temps de griller sa clope en me soufflant la fumée à la figure, sans me quitter des yeux.

— Je n'ai tué personne depuis dix ans, Bert. Et ça m'emmerde que ça tombe sur toi. Elle avait si bien commencé, votre installation à Saint-Rémy ! On pensait carrément vous introduire petit à petit dans notre business. En commençant par Miriam. Remarque, ça va peut-être se faire, finalement, d'une manière ou d'une autre…

Il a regardé sa montre, tiré sur sa cigarette.

— Plus qu'une minute, mon ami. Il faut que je me dépêche. Je vais commencer par toi, Bertie, et après je m'occuperai de la petite. Ce sera rapide. Elle s'est endormie, elle doit faire de beaux rêves. Après tout, la vie est un songe, non ?

Il a placé l'arme dans ma main droite, a fait en sorte que mes doigts l'agrippent et me l'a posée sur la tempe, la lettre d'adieu dans la main gauche.

— Allez, plus que trente secondes, mon pote. On ferme ses petits yeux, non ? Bon, OK.

La clope au bec, il me contemplait. Mes yeux étaient pleins de larmes. Des larmes pour Brit.

— Pleure pas, bonhomme, c'est pas si grave. T'as eu une belle vie. Tu vas te trouver une chouette réincarnation. Un dauphin ou un éléphant. Allez, on va compter. Dix, neuf, huit… Oh, et puis ça fait chier. *Ciao*, Bert !

Et le coup de feu est parti.

XI

1

Je ne voyais rien alors que je n'avais pas fermé les yeux. Ils étaient noyés de larmes et j'ai pensé que j'étais toujours en vie, même si c'était impossible, puisque j'étais mort.

La puissance de la détonation m'avait assourdi et j'avais probablement un trou en plein milieu de la tête. Ma boîte crânienne avait dû exploser, et ma masse cérébrale se répandre sur les draps de Britney. Et pourtant, d'une certaine manière, je sentais la vie en moi.

J'avais dû me transformer en fantôme, comme Chucks. Le fantôme de Provence. Comme Daniel, comme Linda.

"Je suis un fantôme."

Ils étaient là, dans la chambre, avec moi. D'un coup, d'autres gens franchissaient la porte. Une, deux personnes. Quelqu'un s'est approché de moi, mais je ne voyais pas qui. "C'est toi, Chucks ? Tu es venu nous accueillir, Britney et moi ? Elle est sur le point d'arriver, elle aussi. Mon Dieu, qu'est-ce que je suis content qu'il y ait une vie après la mort. Ce serait tellement dur, sinon, tellement triste..."

On m'a secoué la tête, les épaules, on m'a crié quelque chose, mais mes tympans hors service ne captaient pas le moindre son.

— Bert ? Putain, t'es là ?

Un visage est apparu devant mes yeux. Celui de Dieu ? Le crâne rasé, les traits simiesques, un nez de boxeur. Il avait un petit anneau à l'oreille droite et s'exprimait en anglais. Bon sang, un gars si laid, avec une tronche de voyou, ça ne pouvait pas être Dieu. Non, c'était Jack Ontam. Arrivé lui aussi au royaume des morts ?

On me secouait toujours les épaules ("Bert, putain, tu m'entends ?") et à force, ma tête a pivoté. J'ai vu quelqu'un chercher le pouls sur le cou d'un homme étendu sur le tapis. C'était V. J., les yeux grands ouverts mais mort, refroidi pour de bon. L'autre homme penché était en forme. Le lieutenant Riffle. Ce qui signifiait que moi, j'étais toujours en vie. Et Britney aussi.

Jack Ontam, avec son haleine chargée de whisky et son accent des faubourgs, me parlait. Je ne comprenais rien, mais j'aurais voulu l'embrasser sur la bouche.

2

Miriam et Britney ne se sont réveillées qu'au petit matin, mais je n'étais pas là pour leur dire bonjour. Toute la famille avait été admise aux urgences de Salon-de-Provence. Il y avait des policiers partout, dans une atmosphère tendue et confuse. Jack avait tellement la trouille qu'il avait demandé un pistolet au lieutenant Riffle "pour son autodéfense", en vain.

On avait d'abord cru que j'avais subi un choc et essayé de me ranimer de diverses façons. Plusieurs heures plus tard, certaines analyses avaient commencé à sonner l'alarme. À ce moment-là, j'avais déjà un peu récupéré mes fonctions physiques. Je sentais le froid, le chaud, la rugosité des draps, et je pouvais vaguement bouger les doigts. Un peu plus tard, j'ai réussi à articuler "Salut", et une avalanche de policiers m'est alors tombée dessus en me demandant de commencer par le début.

En réalité, ils connaissaient déjà une bonne partie de l'histoire. Mais je le répète, tout le monde était désorienté.

Le plan. Mon plan. J'ai presque éclaté de rire quand ces mots ont franchi les lèvres d'Ontam.

— C'était quoi, ton plan, tête d'œuf ?

Cela dit, finalement, il avait fonctionné. Pas exactement comme je l'avais prévu, certes, mais vaille que vaille, les choses avaient tourné en notre faveur.

— T'as fait quoi, de la clé USB ? lui ai-je demandé.

— Ce que tu m'avais demandé, bordel ! m'a répondu Jack en sortant une enveloppe froissée de sa poche. Je l'ai donnée à une grosse pointure de Scotland Yard. Un homme de confiance qui en plus est fan de Chucks. J'ai essayé de te joindre toute la journée, et comme tu ne répondais pas, j'ai décidé de me pointer.

J'ai saisi la lettre, celle que j'avais griffonnée en hâte quelques jours plus tôt, dans ce bureau de tabac près de Sainte-Claire.

Jack,

Tu sais que je suis le propriétaire exclusif de tous les droits d'auteur de Chucks. Et que c'est moi qui dois signer ton contrat en tant que représentant. Alors voilà, si tu veux ta part du gâteau, il faut que tu suives ces instructions au pied de la lettre.

1) Cette lettre est absolument confidentielle. Ma vie et celle de ma famille en dépendent.

2) Quoi qu'il arrive et quoi qu'on te dise, n'essaie pas de nous contacter, Miriam, Britney et moi. À partir de maintenant, tu dois agir en solo.

3) La clé USB *ci-jointe dans l'enveloppe contient des preuves qui incriminent plusieurs habitants de la ville de Saint-Rémy appartenant à un réseau criminel international. Ces informations proviennent d'une enquête que Daniel Someres réalisait ici. Elles ont fini entre les mains de Chucks – je t'expliquerai comment plus tard – mais il n'en a jamais rien su. Cette clé* USB *est probablement la raison pour laquelle il a été assassiné.*

4) Tu dois faire appel à la police britannique. (Je sais que tu y comptes des relations influentes.) Parle-leur de Daniel Someres, de Chucks et de moi. Qu'ils mènent l'enquête. Et surtout, qu'ils regardent le contenu de cette clé USB. *Elle est protégée par un mot de passe, mais je suis presque sûr qu'il s'agit d'"ermitage".*

5) Je te le répète, quoi qu'il se passe et quoi que tu entendes, suis mes instructions ou je te jure que je me dispenserai de tes services à l'avenir.

Désolé pour le ton mystérieux et menaçant de cette lettre. Mais au moment où j'écris ces lignes, je n'ai pas vraiment le choix.

Bert Amandale

— Tu l'as reçue quand ?

— Ce matin. T'as eu de la chance, parce que je ne me lève jamais tôt le lundi. Mais j'ai eu une insomnie. Comment tu connaissais mon adresse ?

— Le contrat. J'ai pensé que tu avais gros à perdre et que tu étais assez crevard pour accepter n'importe quoi. Et puis, je savais par Chucks que tu avais des accointances dans la police. Apparemment, je ne me suis pas trompé.

— Ben, j'ai d'abord cru que c'était une mauvaise blague, ou que t'étais devenu fou. Mais j'ai quand même rempli ma mission. J'ai joint quelqu'un à Scotland Yard. C'est le fan de Chucks qui nous a évité quelques soucis pendant pas mal d'années. Je lui ai dit que j'avais la preuve que Chucks Basil avait été assassiné et qu'une autre personne était en danger. Je lui ai filé la lettre, il m'a dit qu'il s'en occupait immédiatement. Mais tu sais comme ils peuvent être lents, parfois. Alors j'ai décidé de prendre un avion.

Jack était passé devant chez moi cet après-midi, sans oser sonner. Il avait peur d'enfreindre ma condition n° 2 : “N'essaie pas de nous contacter, Miriam, Britney et moi. À partir de maintenant, tu dois agir en solo”, mais quelque chose lui avait mis la puce à l'oreille.

— Il y avait des gens à l'intérieur, deux femmes qui discutaient avec Miriam. Je les ai vues à travers la fenêtre. Et j'ai remarqué deux voitures dehors. Des types qui faisaient semblant de lire le journal, mais qui ont eu l'air nerveux quand ils m'ont vu passer. Alors je me suis résolu à aller à Sainte-Claire et à parler à Riffle. Il m'a informé de ton accident de voiture et de ton admission dans une clinique de désintoxication. Putain, là j'ai commencé à flipper comme un malade, et Riffle ne m'a pas laissé repartir. Je lui ai montré la lettre et lui ai parlé de la clé USB. On a décidé d'aller jeter un œil à la clinique, mais il n'y avait pas un chat. Un hélicoptère venait de décoller et les lieux semblaient avoir été abandonnés précipitamment. Riffle voulait rester pour enquêter, mais je lui ai dit qu'il fallait qu'on aille chez toi. Que j'avais peur pour Britney et Miriam. En chemin, on a reçu un message d'un homme qui avait été pris en otage sur la D81. Et on est arrivés juste à temps pour sauver ta jolie frimousse.

— Bon Dieu, Jack, merci beaucoup.

— De rien, mon pote. Te perdre après Chucks, ça aurait été un sacré coup de Trafalgar. Et, au fait, on va le signer quand, ce contrat ?

3

Il y a eu un incendie cette nuit-là, à Sainte-Claire. L'équipe de sapeurs-pompiers a été alertée par des usagers de la D81 qui ont aperçu de grandes flammes s'élever dans le ciel, au-delà des pinèdes qui bordaient la route. De l'autre côté du champ de colza, la vieille chapelle des Rothschild avait brûlé jusqu'aux fondations avant que le premier camion-citerne ne trouve le moyen de la rejoindre.

La police n'avait trouvé personne à prévenir dans la clinique. Ni patients ni employés. Toutes les dépendances avaient été désertées à la hâte, et des centaines de papiers réduits en confettis. Pas âme qui vive non plus dans la maison des Van Ern. Tous les véhicules avaient disparu, ainsi que l'hélicoptère, qui a été repéré le lendemain matin à l'aéroport de sauvetage en mer de Marseille. Des témoins ont affirmé avoir aperçu deux voiliers qui attendaient tout près de là, au milieu de la nuit.

De leur côté, les journalistes avaient du mal à comprendre où était précisément le scoop. Certains penchaient pour la tentative d'assassinat sur un "écrivain résidant dans la petite ville de Saint-Rémy", et évoquaient une "histoire terrifiante qui aurait débouché sur la mort d'un gendarme local". Une équipe de reporters de *La Provence*, collant aux trousses des policiers, avait remarqué la présence de plusieurs inspecteurs venus de Paris et de certains agents du service international de Scotland Yard, sans parvenir à soutirer une seule information précise, les investigations étant menées dans la plus grande discrétion. En revanche, dans les rues et les cafés des environs, les rumeurs allaient bon train. Des voisins avaient disparu sans laisser de traces, abandonnant leurs maisons, les frigos remplis... sans même avertir le jardinier ou la femme de ménage. Et tout s'était produit au cours de cette étrange nuit de l'incendie à Sainte-Claire. La nuit où l'écrivain anglais avait tué un gendarme. Était-ce bien lui qui l'avait tué, d'ailleurs ? On n'en avait aucune certitude. D'autres prétendaient que c'était un officier de Sainte-Claire.

Des sources mieux renseignées soulignaient l'étonnant abandon de la clinique Van Ern et de tous ses employés, tentant de relier la mort de Chucks Basil et la tentative d'assassinat de Bert Amandale et de sa famille avec certaines activités mafieuses, mais, là non plus, personne ne trouvait véritablement la clé du mystère. Et personne n'y mettait une grande volonté.

Ontam se méfiait de tout et je n'avais encore signé aucun papier, si bien que du jour au lendemain, nous nous sommes retrouvés entourés de gorilles spectaculaires. Cinq types de deux mètres de haut surveillaient notre couloir d'hôpital, nos chambres et notre maison. Deux limousines blindées nous ont escortés chez nous quatre jours plus tard. Le temps de plier bagage et de ficher le camp.

4

Dix mois ont passé et le moment est venu de relater ces événements. Nos vies en sont restées marquées, notre tranquillité, brisée comme du cristal. Nous ne nous promènerons plus jamais en paix. L'argent, sous lequel nous croulons désormais, nous sert à payer ces ombres qui vivent avec nous, qui suivent chacun de nos pas.

Britney est venue me voir aujourd'hui. Elle vit avec sa mère à Pise, mais elle envisage de déménager, peut-être à Utrecht, en Hollande, où Miriam est en phase de négociation pour travailler dans un musée. En réalité, Britney n'a pas abandonné son rêve de partir aux États-Unis pour se consacrer à la musique. Un jour, elle le réalisera.

Elle est arrivée accompagnée de Miroslav, son inséparable *terminator* slovène. Nous avons dîné face à la mer, dans la maison de Cadix, par cette nuit de pleine lune. Je vis là depuis six mois, écrivant et profitant de la vie, et je crois que je vais y rester encore un bon bout de temps.

Britney est d'avis que les Van Ern ne reviendront pas nous chercher. Ils n'ont pas besoin de se venger, dit-elle, ce n'est pas leur genre. Et les rapports que nous remet la police française de temps en temps confirment que la bande s'est totalement dissoute. Que les Van Ern et le reste de leur clan se sont dispersés et cachés pour toujours. Mais c'est ce que tout le monde croyait déjà la dernière fois.

Après le dîner, nous avons écouté *Beach Ride*. Castellito a terminé le mixage et l'album est sorti il y a quatre mois, pour Noël. Il a connu un succès considérable, surtout si l'on tient compte du fait que l'artiste n'est plus en vie pour défendre son travail. Mais l'histoire maudite accompagnant l'album et la mort de son auteur avait éveillé la curiosité du public, et certains le qualifiaient déjà de "classique du rock". De fait, les critiques s'accordaient à dire que Chucks Basil n'avait jamais rien composé d'aussi bon que *Beach Ride*. De mon côté, le troisième tome de *Premières lueurs du jour à Testamento* se vendait bien, mais pas autant que nous l'avions espéré. De toute façon, je n'avais plus tellement envie de donner vie à des assassins psychopathes. Il était temps de tourner la page. Amanda Northörpe, avec qui j'ai entamé une relation épistolaire, m'annonce sa visite prochaine. C'est une belle femme, et mes commentaires sur ses livres l'ont beaucoup impressionnée (surtout la phrase où j'expliquais qu'ils m'avaient "sauvé la vie"). Bon, il se trouve que je suis à nouveau célibataire. Qui sait, on pourrait avoir une chouette conversation littéraire, et plus si affinités.

La nuit tombe. Brit est allée se coucher, et moi j'admire les étoiles. Les deux hommes "de confiance" sont de l'autre côté du mur, à fumer et bavarder. Je ferme les yeux, la brise nocturne caresse mes cheveux. Je dors mal depuis des mois, et je crois que je ne retrouverai plus jamais un sommeil paisible, mais au moins ai-je viré les médicaments de ma vie. Je lis, j'écoute de la musique et je me laisse bercer par le climat, tout simplement. Parfois, les soirs de chance, je dors cinq heures d'affilée.

Cette fois, je me réveille en panique. Un grand silence règne. Où sont passés les deux gardes du corps ? Je me lève et jette un coup d'œil sur la terrasse et sur la mer. Il me semble apercevoir des gens qui marchent au loin, sur la plage. Des silhouettes qui avancent en direction de la maison, avec une seule et criminelle intention.

Mais ce sont des fantômes, des mirages, et en quelques clignements de cils, ils ont disparu. Miroslav et Andrew surgissent soudain.

— Tout va bien, monsieur Amandale ?

— Oui, oui, les gars. Tout va parfaitement bien.

Je retourne dans la maison. Britney dort ; je m'assois par terre, à côté d'elle, et je me concentre sur son souffle. C'est tout ce qui compte pour le moment. Bientôt le soleil pointera à l'horizon et la vie continuera.

Sur le mauvais chemin, certes, mais elle continuera.

Amsterdam-Bilbao, 2014-2015

REMERCIEMENTS

L'idée générale de ce roman m'est venue en conduisant – pouvait-il en être autrement ? – un soir après avoir dîné avec un ami, Aiert Erkoreka, qui est un fantastique musicien et l'un des rares de ma bande à s'être finalement consacré professionnellement au rock. Ce soir-là, mes phares balayaient des forêts de pins et des à-pics, et c'est là, entre la pluie et le brouillard, que Daniel Someres m'est apparu pour la première fois. "Que se passerait-il si un homme surgissait à cet instant au milieu de la route et que tu le percutais ? Comment réagirais-tu ?" Voilà comment j'ai peu à peu imaginé *Le Mauvais Chemin.* Une histoire avec un mort, une rock star et pas mal d'asphalte. Le reste, c'est un travail de presque huit mois, traversé de plusieurs crises et problèmes, pour lesquels je me dois, comme toujours, de remercier diverses personnes de leur aide précieuse.

En premier lieu, un grand merci à Javi Santiago, l'une des premières personnes à qui j'ai raconté l'histoire et qui m'a aidé à l'affiner. Merci pour les grandes idées qui sont nées en discutant de ce roman autour d'un café.

À Bernat Fio, pour sa vérification méticuleuse du manuscrit qui a permis d'apporter environ deux cents corrections.

À Carmen Romero, de Ediciones B, qui a encore une fois mis dans le mille en trouvant le titre, mais qui a aussi été d'un soutien constant et plein de compréhension durant ces mois.

Comme toujours, merci à ma compagne Ainhoa, qui m'a autorisé à remplir la maison de notes, de petits dessins… et à lui raconter l'histoire encore et encore, et qui l'a encore lue dès qu'elle a été couchée sur le papier et m'a suggéré quelques idées géniales qui ont trouvé leur place dans *Le Mauvais Chemin*. Merci pour cette coécriture et ce cosoutien !

Et à vous, lectrices et lecteurs, qui continuez à lire et à jouer, et qui m'envoyez même parfois des messages d'encouragement me réclamant la prochaine histoire. J'espère que celle-ci vous a plu et qu'on se retrouvera au prochain roman.

À bientôt !

MIKEL SANTIAGO

OUVRAGE RÉALISÉ
PAR L'ATELIER GRAPHIQUE ACTES SUD
REPRODUIT ET ACHEVÉ D'IMPRIMER
EN MARS 2020
PAR NORMANDIE ROTO IMPRESSION S.A.S.
À LONRAI
POUR LE COMPTE DES ÉDITIONS
ACTES SUD
LE MÉJAN
PLACE NINA-BERBEROVA
13200 ARLES

DÉPÔT LÉGAL
1re ÉDITION : MAI 2020
N° impr. : 2001168
(Imprimé en France)